개화기의 서사 풍경

우리의 근대서사는 어떤 모습으로 출발하였을까?

저자 장노현, hyperjang@hnu.kr
한남대학교 국어국문창작학과 교수

디지털서사와 문화콘텐츠를 연구하며 학교에서는 웹드라마 시나리오, 인문콘텐츠 기획, 하이퍼서사 창작 등을 강의한다. 현재는 하이퍼서사 장르의 확산과 대중화에 관심을 갖고 있다.
2000년 무렵 한국문화 대표사이트로 세간의 주목의 받았던 '디지털한국학' 사이트를 기획·개발하였고, 2003년에는 '한국향토문화전자대전' 사업을 기획하여 이후 20년 가까이 계속되고 있는 초대형 문화콘텐츠 사업의 틀을 만들었다.
저서로 『디지털 매체와 문학의 확장』, 『하이퍼텍스트 서사』, 『소월이 지금 나에게로 왔다』, 『태평동 사람들 이야기』, 『은행동 사람들 이야기』, 『한국 현대시어 빈도 사전』(공저) 등이 있으며, 논문도 다수가 있다.

개화기의 서사 풍경

우리의 근대서사는 어떤 모습으로 출발하였을까?

초판 1쇄 인쇄 2019년 6월 21일
초판 1쇄 발행 2019년 6월 28일

저 자 장노현
펴낸이 이대현
편 집 권분옥
디자인 안혜진

펴낸곳 도서출판 역락
주 소 서울시 서초구 동광로 46길 6-6 문창빌딩 2층
전 화 02-3409-2058(영업부), 2060(편집부) | 팩시밀리 02-3409-2059
이메일 youkrack@hanmail.net
역락홈페이지 http://www.youkrackbooks.com
등 록 제303-2002-000014호(등록일 1999년 4월 19일)

ISBN 979-11-6244-108-4 93810

* 책값은 표지에 있습니다.
* 파본은 구입처에서 교환해 드립니다.
* 이 도서의 국립중앙도서관 출판예정도서목록(CIP)은 서지정보유통지원시스템 홈페이지(http://seoji.nl.go.kr)와 국가자료종합목록 구축시스템(http://kolis-net.nl.go.kr)에서 이용하실 수 있습니다.(CIP제어번호 : CIP2019023415)

개화기의 서사 풍경

우리의 근대서사는 어떤 모습으로 출발하였을까?

장 노 현

역락

머리말

근대 서사의 출발을 회고하며 디지털 서사를 전망하기

근대 서사의 전사에 해당하는 개화기 서사는 1912년에 최전성기를 맞이한다. 그해에 가장 많은 개화기 소설이 연재되거나 출판되었다. 이 책에 수록된 BGN-2019에 따르면, 1912년 한 해에 나온 개화기 소설의 판본이 85개에 이르며 이듬해에도 78개의 판본이 출간되었다. 이는 1911년의 판본 수가 불과 20개 정도에 지나지 않은 것과 비교된다.

내가 개화기의 서사 자료에 관심을 갖기 시작한 것은 2010년 무렵이었다. 바야흐로 전성기로부터 100여 년의 세월이 흘렀고, 그사이 개화기 소설은 연구자를 제외하면 아무도 읽지 않는 그야말로 세월만큼이나 낡은 형식이 되어버렸다. 그럼에도 불구하고 내가 이렇게 오랜 세월의 간극을 건너뛰어 개화기의 서사 자료에 관심을 갖게 된 것은 순전히 문학 매체에 대한 관심 때문이었다.

나는 주로 디지털 서사 장르에 흥미를 갖고 있으며 이에 관한 연구와 강의를 하고 있다. 디지털 서사라고 하면 일반인들은 잘 모른다. 서사(narrative)를 잘못 알아듣고 도서관 사서(librarian)의 일종인가 오해하는 사람도 간혹 있다. 그래서 말을 좀 바꿔 디지털 스토리텔링이라고 하면 이제야 알겠다는 듯이 고개를 끄덕인다. 그러면서 곧바로 2000년대 초반에 회자되던 인터넷소설 같은 것을 연구하느냐 하기도 하고, 게임 스토리텔링에 관심을 갖고 있느냐고 묻기도 한다. 하지만 그런 것들도 관련이 없는 것은 아니지만 나의 핵심 연구 테마는 아니다. 나는 디지털 시대의 새로운 이야기 형식인 하이퍼서사를 실험하고 연구한다.

우리나라에 근대적 인쇄술이 도입된 것은 1880년대였다. 그 무렵 조선 정부는 신문이나 서책들을 출판하기 위해 통리아문 산하에 최초의 근대식 인쇄소인 박문국(博文局)을 설치하고 최초의 신문인 『한성순보』를 발간했다. 근대적 인쇄술은 신문의 창간과 수많은 책들의 발간으로 이어졌다. 이런 과정에서 근대 서사의 씨앗도 같이 뿌려지게 된다. 개화기 소설이 창작되고 출판과 유통의 과정을 거쳐 독자에게 전달될 수 있었던 것은 근대적 인쇄술이 도입되었기 때문에 가능한 일이었다. 이후 개화기 소설은 근대 소설로 진화하여 지금까지 100여 년의 전성기를 구가했다. 그러는 동안 인쇄기술은 근대 소설의 여러 형식적·내용적 특성이 만들어지고 규정되는 데 관여해 왔다.

내가 지금 새 책의 머리말을 쓰고 있는 것처럼 세계 곳곳의 수많은 서재와 연구실에서도 셀 수 없을 만큼의 많은 저자와 창작자들이 새 책을 준비하고 있을 것이다. 책이라 불리는 인쇄물은 아직도 우리 곁에 넘쳐나고 있다. 책은 여전히 우리 시대의 문화 형식을 대표하는 것처럼 보인다. 책을 인류가 만들어낸 가장 창의적인 생산물이라고 상찬하면서 그것은 영원히 사라지지 않고 인류와 운명을 같이 할 거라고 말하기도 한다.

하지만 영원한 것이 어디 있으랴? 우리의 삶도, 문화 형식도 여러 가지 요인에 따라 변하고 바뀐다. 그런 변인들 중 하나가 매체 곧 미디어이다. 문학도 매체를 변인으로 하여 형식과 장르가 바뀌고 유통과 수용의 방식이 바뀌게 된다. 문학이 아니던 것이 문학의 틀 속에서 논의되고 문학이던 것이 더 이상 의미 없어지기도 한다. 끝내는 문학이라는 틀과 제도마저도 힘을 잃고 다른 것들과 결합하거나 융합하여 새로운 무엇, 지금의 우리가 상상하지 못하는 전혀 새로운 무엇이 되어 갈 수 있다.

1910년대를 전후한 때에 근대의 인쇄기술이 첨단의 문학 매체로 등장했던 것처럼, 지금은 디지털 매체가 새로운 문학 매체로 등장하여 근대 문학의 존재 방식에 의문을 던지기 시작했다. 디지털 매체와 기술은 문학을 둘러싼 기존의 모든 것을 변화시키는 핵심 변인이 되고 있다. 디지털이 우리 삶의 시간과 생활 공간 전반으로 스며든 지금은, 문학이 기존의 문학이 아닌 새로운 문학 혹은 새로운 무엇으로 커다란 질적 전화를 겪어내야 하는 시대인 것이다.

이런 생각을 하게 되면서 나는 디지털 서사, 특히 '하이퍼서사'에 관심을 갖게 되었다. 2000년대 초반 하이퍼서사 관련 연구에서 시작한 내 관심사는 2015년부터 하이퍼서사 창작 실험으로 이어졌다. 제자들과 함께 하는 '하이퍼서사' 창작 실험은 온라인이나 앱북 등의 디지털 출판으로 완성되며, 지금은 20여 편 이상의 하이퍼서사 작품이 일반 독자에게 꾸준히 읽히고 있다. 이 실험을 통해 창작자들은 근대 소설 창작과는 다른 새로운 창작 방법에 흥미를 갖게 되었고, 독자들은 좀 더 깊이 읽는 탐색적 독자로서의 경험을 하고 있다.

시작이 반이라는 말이 있다. 어느 정도 시간이 흐르면 하이퍼서사는 디지털 시대를 대표하는 새로운 스토리텔링 양식으로 자리잡아 갈 것이다. 그것이 나의 바람이고 기대이다. 이런 바람과 기대를 갖고 지금의 스토리텔링 현상을 골똘히 생각하다 보면 자연스럽게 내 생각이 가서 멈추는 지점이 있다. 바로 100여 년 전 근대의 인쇄기술이 도입되고 그로 인해 새로운 근대 서사가 출발했던 바로 그때이다. 근대의 인쇄기술은 어떻게 어떤 과정을 거쳐 근대 서사를 탄생시켰을까 하는 생각으로 자연스럽게 연결되는 것이다. 디지털 서사 연구자인 내가 뜬금없이 개화기 서사 자료에 관심을 갖게 된 이유이다. 매체론의 관점에서 인쇄 매체가 근대 서사를 탄생시키는 과정을 체계적으로 해명해 보고 싶었다. 그러다보면 하이퍼서사가 어떻게 어떤 과정을 거치면서 시대적인 장르이자 형식으로 자리잡아갈 것인지 보다 잘 이해할 수 있을 것으로 보았다.

　머리말을 쓰는 지금 다시 살펴보니, 애초의 생각과는 다소 거리가 있는 책이 만들어졌다는 생각이 든다. 근대 서사의 전사로서 개화기 서사와 관련된 몇 가지 풍경을 단편적으로 그려낸 정도라고 할까. 책은 개화기 소설 창작자들에 관한 새로운 사실을 밝혀내고 있는 '작가들의 풍경'에서부터 개화기 소설의 테마 문제를 규명한 '작품 속 풍경', 개화기 소설의 창작 의도와 서술 기법을 다룬 '서술의 풍경', 작품 속의 캐릭터들이 지향하는 가치 체계를 분석하고자 했던 '작중인물들의 풍경', 외국문학의 유입과 번역 상황을 정리한 '번역·번안의 풍경'까지 다섯 가지 풍경에 제1장 '출판의 풍경'을 얹어 총 6장으로 만들었다. 2장부터 6장까지 다섯 가지 풍경은 이미 여러 학술지에 발표했던 글들을 모아 구성했으며, 일부 자료는 수정·보완했고 어떤 글들은 합치거나 크게 고쳤다.

　개화기 소설의 판본별 서지 목록으로 구성된 '출판의 풍경'은 이 책에서 가장 많은 노력과 공이 들어간 부분이다. 일반적으로 서지 목록은 책의 부록으로 붙이는 경우가 많은데 이 책에서는 특별히 제1장에 배치하였다. 7~8년을 두고 오랜 기간 동안 힘들게 정리한 자료일 뿐 아니라 관련 연구자들에게는 쓰임이 가장 많을 것이라고 판단했기 때문이다. 우리의 학문 풍토에서 연구자들은 목록이나 아카이브 작업을 별로 좋아하지 않는다. 설혹 그런 것이 만들어져도 전체 결과를 온전히 공개하는 경우는 많지 않다. 하지만 나는 출판상의 제약이 없는 범위에서 내가 작성한 서지 목록 전체를 공개하고자 했다. 공개한 목록에는 BGN-2019(Bibliography of Gaehwagi Novel)라는 약칭도 부여했다. 연구자들이 이 목록을 자유롭게 이용하고 함께 수정하고 보완해 가면 좋겠다는 생각을 하고 있다. 그래서 이 서지 목록의 두 번째 버전이 좀 더 완전한 모습으로 다시 만들어지길 기대한다.

　100여 년 전의 개화기 서사 자료를, 그 오래된 흔적을 뒤지는 일은 행복하면서도 힘든 일이었다. 그 과정에서 국립중앙도서관 온라인 플랫폼을 통해 제공되는 디지털 아카이브 자료는 큰 도움이 되었다. 그것이 없었다면 이 책은 완성되기 힘들었을 것이다. 아카이브 구축에 참여했을 모든 이들에게 감사를 전하고 싶다. 일본 토야마 대학의 디지털 아카이브도 많은 참고가 되었다. 토야마 대학에서 구축한 한국 신소설 아카이브는 디지털화의 수준과 상태가 매우 우수하여 활용하기 편했다. 역시 감사의 마음을 전한다. 그밖에 국내 여러 대학과 기관들의 디지털 목록을 참고하였고, 필요할 때마다 해당 기관에 전화를 해서 자료 상태를 확인했다. 그때마다 내 질문에 친절하게 응대해 주었던 여러 사서 분들께도 감사를 드린다. 그중 독립기념관에서 근무하는 이은주 님은 특별히 기억에 남아 있다. 한편 중국 유학생으로 대학원 후배이기도 한 송정자 선생은 여러 개의 중국 자료를 직접 구해 보내주는 수고를 마다하지 않았다. 특별한 감사를 표한다.

출판 과정에서 도움을 준 여러 분에게도 감사의 인사를 남긴다. 우선 원고 교정 작업을 기꺼이 도와준 진유정, 박정윤 학생에게 감사한다. 번거로운 표작업이 많았던 편집 과정에서 내 의견을 최대한 수용해주고 좋은 책을 만들어 준 역락 출판사의 권분옥 편집장님에게도 감사를 전한다. 무엇보다도 이 책이 세상에 나올 수 있게 출판을 맡아준 역락의 이대현 사장님에게 특별한 감사를 드리고, 더불어 역락이 오래도록 흥성흥성하길 바란다.

2019년 5월 28일

한남대학교 문과대학 318호실에서 장노현 쓰다.

차례

CHAPTER 3 작품 속 풍경__무엇에 대해 썼는가?

CHAPTER 4 서술의 풍경_어떤 전략과 기법으로 서술되었나?

〈혈의 누〉, 서사전략의 실패와 텍스트의 균열 • 209

신소설에 나타나는 반복서술의 기법 • 237

CHAPTER 5 작중인물들의 풍경__그들은 어떤 가치를 지향하였는가?

작중인물의 가치유형 분석 방법 • 269

여성인물의 탈주 양상과 가치유형 • 309

<u>일러두기</u>

✿ 작품 제목은 〈 〉 속에 넣어 표기하였다.
✿ 논문 제목과 신문기사는 「 」속에, 단행본과 학술지, 잡지명, 신문명 등은 『 』속에 넣어 표기하였다.
✿ 작품 인용은 [1] [2] [3] … 의 일련번호를 붙여 구분하되 장별로 새번호를 부여하였다.
✿ 작품 인용은 원문을 그대로 옮겨 적되 현대맞춤법에 따라 띄어쓰기만을 수정하였고, 끝에 작품명과 쪽수를 밝혔다.
✿ 작품 인용 시 밑줄 등의 강조 표시는 필자가 붙인 것이다.
✿ 주석은 장별 미주로 처리하였고 장별로 새번호를 부여하였다. 본문과 긴밀하게 함께 읽어야 하는 주석은 본문 내에서 박스 주석으로 처리하였다.

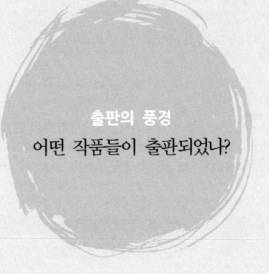

CHAPTER 1

출판의 풍경
어떤 작품들이 출판되었나?

개화기 소설의 판본별 서지 목록

1. 이 목록은 BGN-2019(Bibliography of Gaehwagi Novel)로 약칭한다. 약칭을 활용하여 특정 판본을 지칭하고자 할 경우에는 BGN-2019 : 798처럼 콜론 뒤에 판본의 고유번호를 붙이도록 한다.
2. 이 목록은 1900년대를 전후한 시기부터 1930년대까지 개화기의 서사 작품을 판본별로 정리한 것이다. 따라서 같은 작품이라도 판본이 달라지면 다른 항목으로 정리하였다. 작품의 생명력을 확인하는 데 필요하다고 생각되는 경우 간혹 30년대 이후의 판본을 포함시켰다.
3. 이 목록은 단행본으로 출간된 서사 작품을 대상으로 하지만, 작품의 최초 발표 시기를 알아보기 쉽도록 일부 신문연재본의 서지를 포함하였다.
4. 이 목록은 개화기 소설, 신소설, 역사전기소설 등으로 불리는 서사 작품 중심으로 작성되었다. 하지만 당시의 출판 시장이나 독서 현장에서 신소설과 고소설은 구분하기 힘들 정도로 혼재되어 있었다. 이런 연유로 일부 고소설 목록을 완전히 배제하지 않았다. 통칭 근대소설로 분류되는 작품은 모두 제외하였다.
5. 이 목록은 실물이나 영인본, 혹은 디지털 스캔 자료를 직접 확인할 수 있는 판본만을 대상으로 하였다. 하지만 경우에 따라서는 판이 거듭되는 상황을 파악하기 쉽도록 발행일자만 간접 확인되는 판본도 수록하였다.
6. 이 목록은 선행 연구자들이 작성한 다음 목록들을 꼼꼼하게 비교·참조하는 과정을 거쳤다.

- 개화기 소설의 서지적 정리 및 조사(하동호, 동양학 제7호, 단국대, 1977)
- 신소설 서지 데이터베이스의 분석과 그 의미(오윤선, 우리어문연구 제25집, 2005)
- 일본 토야마대학 소장 <조선 개화기 대중소설 원본 컬렉션>의 서지적 연구(유춘동·함태영, 겨레어문학 제46집, 2011)
- 국어사 자료로서의 개화기 소설(이영아, 국어사연구 제13호, 2011)
- 이해조와 신소설의 판권(박진영, 근대서지 제6호, 2012)

7. 이 목록은 아래 전집류 자료도 함께 참고하였다.
- 한국신소설전집(전10권, 을유문화사, 1968)
- 신소설번안(역)소설(전10권, 아세아문화사, 1978)
- 신소설전집(전21권, 계명문화사, 1987)

8. 이 목록은 원래 표제, 작품명, 발행연도(일본연호), 발행일자, 판구분, 발행소, 발행소 주소, 소장처, 가격, 쪽수, 저작자(저작자 표기 위치 포함), 교열자, 발행자, 발행자 주소, 인쇄자, 인쇄자 주소, 인쇄소, 인쇄소 주소, 발매소 혹은 분매소, 고소설 여부, 기타정보 등을 하나의 레코드로 하는 보다 복잡한 형태로 작성되었지만, 책으로 편집되는 과정에서 어쩔 수 없이 여러 정보를 누락시키고 일부 중요한 정보만으로 재구성했으며, 하나의 판본 정보가 왼쪽에서 오른쪽 페이지까지 연결되는 맞쪽편집 방식을 택했다.

9. 이 목록은 일련번호, 작품명, 판구분, 발행일자, 발행소, 쪽수, 가격, 저작자, 저작겸발행자, 소장처, 비고 등의 정보를 담고 있다.
- 일련번호 : 작품명과 발행일자를 기준으로 배열한 일련번호이다.
- 작품명 : 분권인 경우는 괄호 속에 상, 중, 하 등의 표기를 첨가하였다. 별칭이 있는 작품은 비고란에 그것을 밝혔다.
- 판구분 : 판권지에 판구분 표지가 있는 경우에만 초판 재판, 3판, 4판, …… 혹은 초간, 재간, 3간, …… 등으로 원래 표기를 그대로 옮겼다. 간혹 필사본이 포함되어 있다.
- 발행일자 : 연월일을 정확하게 표기하는 것을 원칙으로 하였지만, 연도만을 표기하거나 판권지가 없어 '불명'으로 처리한 경우도 있다.
- 발행소 : 판권지에 발행소, 발행겸발매소, 발행겸총판매소, 발행원 등으

로 표기된 정보이다. 발행소 대신 발매소, 원매소 등을 표기한 일부 판본의 경우는 이로 대체하였다. 판권지를 직접 확인하지 못한 판본은 발행소를 괄호 안에 넣어 표기했다.

－쪽수 : 작품이 끝나는 페이지를 직접 확인하여 쪽수를 표기하였다. 상하 합본의 경우는 상하권 쪽수를 합산하였다. 낙질인 경우는 남아있는 마지막 쪽수를 표기하고 비고란에 '낙질'이라고 알렸다.

－가격 : 판권지에 표기된 가격정보를 그대로 표기하였다. 가격 표시가 없는 경우나 판권지를 확인하지 못한 경우는 비워두었다.

－저작자 : 표지, 본문 1쪽, 판권지 등에 저, 작, 저술, 원저자 등으로 표기된 저작자 정보를 추출하여 밝혔다. 표지와 본문 1쪽에 표기된 저작자 정보를 판권지 정보보다 우선하였다. 정보가 표기된 위치를 괄호 속에 '표지', '1쪽' 등으로 밝혔고 그것이 판권지인 경우는 아무런 표시를 하지 않았다. 고소설이나 번안·번역 소설은 편집자, 편술자, 역술자 등의 정보를 대신 밝혔다.

－저작겸발행자 : 판권지에 저작겸발행자, 편집겸발행자, 역술발행자 등으로 표기된 정보이다. 이 정보는 실제 저작자가 단독으로 표기되지 않은 작품에서 저작자에 관한 추가적인 단서를 제공해 주는 경우가 있어서 중요하다. 저작이나 편집을 겸하지 않고 오직 발행자(인)으로 표기된 경우는 이름 뒤에 *를 붙여 구분하였다.

－소장처 : 해당 판본의 소장 기관이다. 소장처 약어는 다음과 같다. 국중(국립중앙도서관), 한중연(한국학중앙연구원), 토야마대(일본 토야마대학), 아단(아단문고), 독립운동(독립운동사 정보시스템), 을유(한국신소설전집 전10권, 을유문화사, 1968), 아세아(신소설번안·역소설 전10권, 아세아문화사, 1978), 계명(신소설전집 전21권, 계명문화사, 1987).

－비고 : 작품의 표제나 한자 표기, 표기문자, 기타 참고사항을 밝혔다.

10. BGN-2019에서 오류 수정이나 목록 추가 등이 필요한 경우는 메일(hyperjang@gmail.com)로 알려주시기 바랍니다. 새로운 버전을 만들 때 참고하겠습니다.

개화기 소설의 판본별 서지 목록

	작품명	판구분	발행일자	발행소	쪽수	가격
1	가인기우	초판	1918.09.25	대창서원, 보급서관	54	
2	가인기우	재판	1921.11.23	대창서원, 보급서관	54	25전
3	가인기우	3판	1924.12.30	신명서림	54	25전
4	강감찬전		1908.07.15	현공렴 발행	33	
5	강감찬전	재판	1914	광동서국	33	
6	강감찬전		1926	고려관	32	
7	강릉추월	초판	1915.11.09	덕흥서림	107	30전
8	강릉추월	4판	1918.03.07	덕흥서림	79	30전
9	강릉추월	6판	1922.02.18	(덕흥서림)		
10	강릉추월		1925.12.05	(박문서관)	63	
11	강릉추월		1952	(세창서관)	68	
12	강릉추월		1953	(세창서관)	68	
13	강릉추월전	필사본	1912.03.19			
14	강릉추월전	필사본	1924.06		102	
15	강릉추월전	필사본	불명		78	
16	강명화 실기	초판	1925.01.18	(회동서관)		
17	강명화 실기(상)		1924.04.05	회동서관	93	40전
18	강명화 실기(하)	재판	1926.02.08	회동서관	90	40전
19	강명화의 설음		1928	(영창서관)	56	
20	강명화의 애사		1936.09.30	세창서관	56	30전
21	강명화의 애사		1952	(세창서관)	56	
22	강명화의 죽음		1964	(향민사)		
23	강명화전		1925	박문서관	81	
24	강명화전	초판	1925.11.15	신구서림	81	40전
25	강명화전		1927.01.25	회동서관	93	40전

저작자	저작겸 발행자	소장처	비고	
		연세대		1
	현공렴	국중, 계명17	표제 '고대소설'	2
	현공렴	서울대	표제 '고대소설'	3
우기선 편집			국한문	4
		서울대, 연세대, 충남대		5
장도빈		고려대, 한중연	국한문	6
	김동진	계명15	일명 [옥소전]	7
	김동진	국중	일명 [옥소전]	8
				9
	(노익형)	한중연		10
		계명대, 고려대, 연세대		11
		고려대, 이화여대		12
		일본동양문고	임자년 필사	13
		한중연	갑자년 필사	14
		한중연		15
				16
이해관 저	이해조	한중연	일명 [女의鬼]	17
	이해조	동덕여대	일명 [女의鬼]	18
박철혼 편(1쪽)		서울대		19
	신태삼	한중연		20
		이화여대		21
				22
				23
최찬식 저	최찬식	연세대		24
이해관 저작(5쪽)	고유상	국중, 계명20	일명 [女의鬼]	25

	작품명	판구분	발행일자	발행소	쪽수	가격
26	강명화전		1935.12.25	영창서관, 한흥서림, 진흥서관	56	40전
27	강명화전		1938.11.20	홍문서관	58	30전
28	강상기우		1912.01.20	동양서원	56	17전
29	강상기우		1918.01.30	박문서관	41	20전
30	강상련		1912.03.17~04.26	매일신보 연재		
31	강상련	초판	1912.11.25	광동서국	120	30전
32	강상련	3판	1913.09.05	광동서국	120	
33	강상련	4판	1914.05.30	신구서림	120	
34	강상련	5판	1916.01.24	신구서림	111	
35	강상련	8판	1917.06.10	신구서림	111	30전
36	강상련	8판	1918.02.10	신구서림	75	30전
37	강상련	9판	1919.01.25		75	
38	강상련	10판	1920.02.26	신구서림	111	
39	강상련	11판	1922.02.28	신구서림	111	35전
40	강상련		1923			
41	강상루(상하합편)		1919.01.25	대창서원	164	80전
42	강상루(상하합편)		1925.11.30	영창서관, 한흥서림, 삼광서림	164	50전
43	강상루(상하합편)		1930	(영창서관)	164	
44	강상루		불명		164	
45	강상월(상하편)		1913.01.07	회동서관	217	50전
46	강상월(상하편)	재판	1916.11.30	회동서관	181	50전
47	강상촌	초판	1912.11.07	박학서원	141	30전

저작자	저작겸 발행자	소장처	비고	
	강의영	국중	표제 '절세미인'	26
	홍병석	동덕여대		27
	민준호	국중, 한중연, 계명2	본문에는 [강산기우]로 표기됨	28
김용제	김용제	국중		29
				30
이해조 편집	이종정*	국중, 계명5	일명 [심청가]	31
				32
이해조 편집	이종정*	국중	일명 [심청가]	33
이해조 편집	이종정*	국중		34
이해조 편집	이종정*	국중		35
이해조 편집	이종정*	국중	원본 자체의 판구분 오류	36
				37
				38
이해조 저작	이종정*	국중	일명 [심청전]	39
				40
김이태 원저(1쪽)	강의영	국중, 연세대		41
김이태 원저(1쪽)	강의영	계명18, 고려대		42
		영남대		43
김이태 원저(1쪽)		한중연	판권지 낙질	44
	고유상	국중, 연세대, 계명6	고려 명조 시대의 이야기	45
	고유상	국중		46
청초당 저(1쪽)	구승회	국중	[경무휘보]31호에 의하면 저작자 최찬식, 발행자 최찬식.	47

	작품명	판구분	발행일자	발행소	쪽수	가격
48	강상촌	재판	1913.12.14	동미서시	139	30전
49	강상촌	3판	1917.10.25	덕흥서림	105	40전
50	강상촌	4판	1919.04.26	덕흥서림	105	24전
51	강상촌	5판	1920.10.30	덕흥서림	104	30전
52	강상촌	6판	1922.12.05	덕흥서림	105	30전
53	강상촌	7판	1924.10.25	덕흥서림	105	
54	강상촌	9판	1928.01.08	덕흥서림	105	35전
55	강상촌		1934	(덕흥서림)	105	
56	강철대왕전		1912.03.25	보급서관	84	
57	거부오해		1906.02.20~03.07	대한매일신보 연재		
58	검중화	초판	1912.09.25	신구서림	128	25전
59	검중화	재판	1918.03.15	(신구서림)	65	
60	검중화	3판	1921.11.25	신구서림	65	25전
61	검중화	4판	1923.11.25	신구서림	65	20전
62	검중화	5판	1924.10.30	박문서관	65	20전
63	검중화		불명	(박문서관)	65	
64	결초보은		1930.12.20	대성서림	75	30전
65	경국미담(하)		1908.09	(현공렴 서가)	95	40전
66	경세가		1908.11	보문사	63	15전
67	경세종		1908.10.30	광학서포	53	15전
68	경중화		1923.01.30	보문관	71	25전
69	경포대		1926.12.15	광동서국, 동양서원	113	35전
70	계명성		1908	이태우(발행자)	45	15전
71	고목화		1907.06.05~10.04	제국신문 연재		
72	고목화		1908.01.20			
73	고목화		1912.01.20	동양서원	148	30전

저작자	저작겸 발행자	소장처	비고	
청초당 저(1쪽)	구승회	국중		48
청초당 저(1쪽)	구승회	국중		49
청초당 저(1쪽)	구승회	국중		50
청초당 저(1쪽)	구승회	국중	낙질	51
청초당 저(1쪽)	김동진	국중		52
청초당 저(1쪽)	김동진	독립운동		53
청초당 저(1쪽)	김동진	국중		54
(청초당 저)		연세대		55
(김용준 역)		연세대	국한문, 철강왕 카네기 전기	56
				57
	지송욱	국중, 을유6		58
				59
	지송욱	국중		60
	지송욱	국중		61
	지송욱	국중, 서울대, 한중연, 아단		62
		Columbia University		63
유연성 작(1쪽)	강은형	서울대	표제 '가정소설'	64
현공렴 역술	현공염	토야마대		65
홍종은 저술		한중연	홍종은의 호는 당성(唐城)	66
김필수 저술(53쪽)	김상만*	아세아2, 을유5		67
김교제 저(1쪽)	홍순필	국중, 계명4	[鏡中花]	68
	이종정	국중, 계명21		69
의대 저, 반랑 역(1쪽)	이태우*	한중연, 계명	이풍호 저술(판권지)	70
				71
			초판 발행 추정	72
이동농 저작(1쪽)	현공렴	국중, 계명2	동농(東儂)은 이해조의 호	73

	작품명	판구분	발행일자	발행소	쪽수	가격
74	고목화(상하)		1922.11.05	박문서관	139	40전
75	고목화(별개작품)		1923.05.31	한성도서주식회사	76	35전
76	고사신지	필사본	불명			
77	고의성		1912.09.30	대창서원	160	30전
78	고진감래		1916.02.25	광동서국	73	25전
79	고진감래		1917	불명		
80	공산명월	초판	1912.12.15	박문서관	148	30전
81	공산명월	재판	1916.06.30	박문서관	113	30전
82	공산명월	3판	1916.12.25			
83	공산명월		1919.01.06	박문서관	74	30전
84	공진회		1915.08.25	안국선 자택	92	25전
85	곽랑애사		1921.11.20	회동서관	93	30전
86	광악산		1912.07.30	박문서관	64	20전
87	광야		1912.09.30	유일서관	66	20전
88	광한루		1913.04.20	동양서원	119	30전
89	광한루		1917.11.29			
90	광한루	재판	1918.11.20	박문서관		20전
91	교기원		1912.01.06~02.09	경남일보 연재		
92	구마검		1908.04.25~07.23	제국신문 연재		
93	구마검		1908.12	대한서림	135	
94	구마검		1917.10.20	이문당	75	30전
95	구미호	초판	1922.11.08	덕흥서림	70	25전
96	구미호	3판	1926.11.08	덕흥서림	70	25전
97	구의산(상)		1911.06.22~09.28	매일신보 연재		
98	구의산(상)	초판	1912.07.20	신구서림	98	25전

저작자	저작겸 발행자	소장처	비고	
	노익형	국중, 아단, 아세아6		74
	류재익	국중, 계명19	표제 '이상소설'	75
		한중연	[古楂新枝]	76
	현공렴	국중, 서울대, 계명4	[鼓의聲]	77
신귀영 저작	김용기*	국중	표제 '여자귀감'	78
				79
박영운 저(1쪽)	노익형*	국중, 연세대, 계명5		80
박영운 저(1쪽)	노익형*	국중	朴永遠 저작(판권지)	81
				82
박영운 저(1쪽)	노익형*	서울대	朴永遠 저작(판권지)	83
안국선 저술(표지)	안국선	국중, 계명15, 을유8	안국선의 호 '弄球室主人'	84
	고유상	국중, 서울대	국중에서는 [곽낭애사]로 만 검색	85
박건병 저작	노익형*	국중, 계명3	표제 '가정소설'	86
	남궁준	국중, 계명4		87
	민준호	국중	표제 '증정특별춘향전'	88
			표제 '증정특별춘향전'	89
	김용제		표제 '증정특별춘향전'	90
박영운		해양연구소	총 16회 연재	91
				92
		한중연, 을유2		93
열재 저(1쪽)	김용제	아세아5		94
김동진 저작(3쪽)	김동진	국중, 계명19		95
김동진 저작(3쪽)	김동진	국중		96
				97
이해조 저작	지송욱*	국중, 아단, 아세아9, 을유2		98

	작품명	판구분	발행일자	발행소	쪽수	가격
99	구의산(상)	3판	1916.03.13	신구서림	80	25전
100	구의산(상)	7판	1922.08.28	신구서림	80	25전
101	구의산(상하)	9판	1925.02.15	박문서관, 신구서림	160	50전
102	구의산(하)	초판	1912.07.25	신구서림	97	25전
103	구의산(하)	재판	1914.02.05	신구서림	97	25전
104	구의산(하)	3판	1916.01.26	신구서림	80	25전
105	구의산(하)	4판	1917.10.05	신구서림	80	30전
106	구의산(하)	5판	1919.01.10	신구서림	80	18전
107	구의산(하)	6판	1920.10.11	신구서림	80	25전
108	국의향		1913.10.02~12.28	매일신보 연재		
109	국의향(상)		1914.08.05	유일서관	159	40전
110	국의향(하)		1914.08.10	(유일서관)	152	
111	국치전		1907.07.09~ 1908.06.09	대한매일신보 연재		
112	귀의성(상)		1906.10.14~ 1907.02.01	만세보 연재		
113	귀의성(상)		1907.05.25	중앙서관	146	30전
114	귀의성(상)		1908			
115	귀의성(상)		1912.02.05	동양서원, 보급서관	146	30전
116	귀의성(상)		1913.10.15	(동양서원)	188	
117	귀의성(하)		1907.02.06~05.31	만세보 연재		
118	귀의성(하)	초판	1908.07.25	중앙서관	125	30전
119	귀의성(하)	(재판)	1913.03.15	(중앙서관)	181	
120	귀이성(상하)		불명			70전
121	그날밤		1936.11.15	홍문서관	125	80전

저작자	저작겸 발행자	소장처	비고	
이해조 저작	지송욱*	국중, 아단,		99
이해조 저작	지송욱*	국중		100
이해조 저작	지송욱*	국중, 아단, 영남대		101
이해조 저작	지송욱*	국중, 아단, 아세아9, 을유2		102
이해조 저작	지송욱*	국중		103
이해조 편집	지송욱*	국중		104
이해조 저작	지송욱*	국중		105
이해조 저작	지송욱*	국중		106
이해조 저작	지송욱*	국중		107
				108
조중환 저작	남궁준*	국중, 계명13, 을유9		109
		을유9		110
				111
				112
국초(1쪽)	주한영*	아세아1, 을유1	[1907.10.3. 광학서포]로 발행사항이 잘못 알려짐.	113
				114
국초(1쪽)	민준호*	토야마대		115
				116
이인직				117
국초선생 저(표지)	주한영*	한중연, 아세아1, 을유1		118
				119
			[鬼耳聲], 신구익지서관 책 광고에 나옴.	120
	홍병석	국중, 아단	표제 '비극소설'	121

	작품명	판구분	발행일자	발행소	쪽수	가격
122	금강문	초판	1914.08.19	박문서관	130	
123	금강문	재판	1915.11.26	동미서시	184	45전
124	금강문	4판	1919.12.28			
125	금강문	5판	1922.01.05	박문서관	130	40전
126	금강문		1953	영화출판사	130	
127	금국화(상)		1913.10.01	보급서관	104	22전
128	금국화(하)		1914.01.10	보급서관	117	28전
129	금산월		1912.11.25~?	경남일보 연재		
130	금상첨화	초판	1913.10.28	(신구서림)		
131	금상첨화		1917	신구서림	90	
132	금상첨화	5판	1920.10.11	신구서림	90	30전
133	금상첨화	6판	1921.11.25	신구서림	90	30전
134	금상첨화	8판	1924.11.10	(영창서관)	67	
135	금수강산	초판	1926.12.20	신구서림	28	30전
136	금수강산	재판	1927.01.31	신구서림	28	20전
137	금수재판		1910.06.05~08.18	대한민보 연재		
138	금수회의록	초판	1908.02	(황성서적업조합)		
139	금수회의록	재판	1908.05	황성서적업조합	49	15전
140	금옥연	초판	1914.09.26	동미서시	79	20전
141	금옥연	재판	1916.05.08		79	
142	금옥연	3판	1917.04.25	동미서시	79	25전
143	금옥연		1925.02.20	회동서관	49	25전
144	금의 쟁성		1913.01.25	유일서관	88	22전
145	금의환향		1926.12.20	신구서림	31	20전

저작자	저작겸 발행자	소장처	비고	
	최찬식	연세대		122
동초생(1쪽)	최찬식	국중, 계명13		123
				124
동초생(1쪽)	최찬식	국중, 한중연, 아단, 영남대, 을유4		125
		연세대		126
	김용준	국중, 연세대, 계명9		127
김용준 저작(1쪽)	김용준	국중, 계명9, 을유7		128
박영운			516호~?	129
				130
		연세대		131
	지송욱	국중		132
	지송욱	국중		133
				134
	노익환	국중		135
	노익환	서울대		136
흠흠자(欽欽子)				137
		을유8		138
안국선 저술(1쪽)		국중, 아단, 한중연, 독립운동, 아세아2		139
이광하 저작	김상학*	국중, 계명14		140
				141
이광하 저작	이〇〇*	국중		142
	고유상	중고서점 신고로닷컴		143
	남궁준	국중, 연세대, 아세아6, 계명6, 을유6		144
	노익환	국중, 서울대, 계명21		145

	작품명	판구분	발행일자	발행소	쪽수	가격
146	금자동	필사본	불명		63	
147	금지옥엽		1930	(신구서림)	63	
148	금지환		1912.05.10	동양서원	95	25전
149	꽃다운 청춘	(초판)	1926.03.20	백합사	63	25전
150	나파륜사		1908	(박문서관)		
151	난봉기합		1913.05.25	동양서원	130	25전
152	남무아미타불		1922.02.28	광동서국	46	20전
153	남편 찾아 만주		1936	세창서관		
154	노처녀 고독각시		1916.09.16	광명서관	41	15전
155	노처녀의 비밀	초판	1923.05.10	영창서관, 한흥서림	62	25전
156	녹두장군		1930.10.10	신구서림	31	20전
157	누구의 죄	초판	1913.06.05	보급서관	187	35전
158	누구의 죄	재판	1921.09.18	박문서관	133	40전
159	눈물		1913.07.16~1914.01.21	매일신보 연재		
160	눈물(상)	초판	1917.01.31	동아서관	169	50전
161	눈물(상)	재판	1919.07.25	(동아서관)	166	
162	눈물(상)	4판	1923.05.10	영창서관	157	
163	눈물(하)	초판	1917.02.15	동아서관	178	50전
164	눈물(하)	3판	1920.05.10	동아서관, 영창서관	166	60전
165	눈물(하)	4판	1923.05.10	영창서관	166	

저작자	저작겸 발행자	소장처	비고	
			[화세계]와 [금자동] 합편	146
안경호 저(1쪽)		한중연	표제 '협의소설'	147
박영운	민준호	연세대	표제 '최신정탐소설'	148
영득 작(1쪽)	강봉회	국중	표제 '연애애화'	149
		(한중연)	박문서관 편집부	150
아곡선생 저(1쪽)	민준호*	한중연, 연세대	작품끝에 "임자중양일"이라 표기됨.	151
	이종정	서울대		152
			표제 '의협연애'	153
박건회 편집(1쪽)		국중		154
	강의영	국중, 계명20	표제 '회심곡'	155
	노익환	서울대	표제 '동학풍진'	156
은국산인(1쪽)	김용준	을유7, 토야마대		157
해관 刪正 (1쪽)	김용준	영남대	1918년본 [화의혈] 판권지에 같이 실린 광고에는 [화의혈], [쌍옥적], [빈상설], [누구의죄] 4종 소설도 이해조 씨가 일신교정하여 오거서창에서 인쇄발행하였다는 광고가 실림.	158
			121회 연재	159
이상협 저(표지)	김연규*	국중, 아단		160
				161
		을유10		162
이상협 저(표지)	김연규*	국중, (계명16)	표제 '비극소설'	163
	이상협	한중연		164
		을유10		165

	작품명	판구분	발행일자	발행소	쪽수	가격
166	능라도	초판	1919.02.07	유일서관	198	42전
167	능라도	재판	1922.05.05	(한성도서주식회사)	199	
168	능라도	5판	1925.11.10	조선도서주식회사	199	55전
169	능라도	12판	1930.03.10	박문서관	199	
170	능라도		1946	광한서림		
171	단발령		1913.06.20	신구서림	149	30전
172	단발미인	초판	1925.01.30	신구서림		
173	단발미인	재판	1928.01.20	(신구서림)		
174	단발미인	3판	1928.11.05	(신구서림)		
175	단발미인	4판	1930.01.10	신구서림	95	30전
176	단산봉황		1913.10.20	신구서림	108	25전
177	단산봉황(개량)	초판	1917.02.25			
178	단산봉황(개량)	4판	1923.01.13	신구서림	94	30전
179	단소		1922.06.28	문창사	73	25전
180	단장록		1914.01.01~06.10	매일신보 연재		
181	단장록(상중하)		1916	(유일서관)		
182	단장록(상)		1916	유일서관	179	
183	단장록(중)		1917.02.02	청송당서점, 유일서관	127	
184	단장록(하)		1916.11.30	유일서관, 한성서관, 청송당서점	148	38전
185	대동역사략	재판	1908.04.	박학서관	192	40전
186	대장부		1926.10.21	대성서림	72	30전
187	대포성		1926.12.30	덕흥서림	91	35전
188	대한신지지		1908.12.10	박문서관		25전

저작자	저작겸 발행자	소장처	비고	
최찬식 저(1쪽)	남궁준	국중	1쪽 제목에 [릉라도(鏡中 影)]이라고 표기됨.	166
				167
	홍순필			168
최찬식		연세대		169
				170
	지송욱	국중, 계명8		171
		딱지본		172
				173
				174
	노익환	국중	표제 '협의소설'	175
안경호 저작	김홍제*	국중, 연세대, 계명10		176
				177
	지송욱	서울대, 국중	1쪽 제목 앞에 "改良"이라 고 표시하여 판본이 달라 진 상황을 밝혀놓음.	178
최연택 작(1쪽)	최연택	국중, 계명19	표제 '사회소설'	179
조일제 작			116회 연재	180
(조중환 번역)		독립운동		181
		독립운동		182
	남궁준	국중		183
	남궁준	국중		184
유성준 편술		국중	국한문	185
이규용 저(1쪽)	강은형	서울대, 계명21	표제 '의협신소설'	186
	김동진	국중, 한중연, (토야마대)		187
박문서관 편집부	노익형*		국한문	188

	작품명	판구분	발행일자	발행소	쪽수	가격
189	대한십삼도유람 (상)		1909	옥호서림	47	20전
190	대한십삼도유람 (하)		1909.02.10	옥호서림	47	20전
191	덕성복		1926.10.05	대성서림	78	30전
192	도리원(상)		1913.01.20	박문서관	118	25전
193	도술 유명한 소강절		1926.12.10	광동서국, 동양서원	65	30전
194	도화원	초판	1916.08.30	유일서관, 이문당, 한성서관	134	35전
195	도화원	재판	1918.04.10	유일서관	134	45전
196	도화원	3판	1921.03.02	조선도서주식회사	134	
197	도화원	3판	1921.03.02	(박문서관)	134	
198	독부의 루		1935	세창서관		
199	동각한매		1911.09.27	현공렴가	69	30전
200	동각한매	재판	1912.02.18	현공렴가	69	30전
201	동령수송		1926.12.20	조선도서주식회사	117	35전
202	동정의 루	재판	1925	영창서관	75	30전
203	동정추월	초간	1912.07.25	동양서원	104	
204	동정추월	재간	1914.01.10	청송당	104	20전
205	동정추월		1925.12.20	회동서관	46	20전
206	동정호		1922	회동서관	146	
207	동정호	재판	1925	회동서관	146	40전
208	두견성(상)		1912.02.20	보급서관	129	30전
209	두견성(상)		1913.03.29	(보급서관)		
210	두견성(상)		불명		128	
211	두견성(하)		1912.09.20	보급서관	128	30전

저작자	저작겸 발행자	소장처	비고	
정은모 저작		국중, 아단		189
정은모 저작		국중, 아단		190
이규용 저작(1쪽)	강은형	서울대		191
	노익형	국중, 연세대	표제 '정탐소설'	192
	이종정	국중		193
해동초인 저(1쪽)	최찬식	국중, 토아마대		194
해동초인 저(1쪽)	최찬식	국중, 아단		195
	최찬식	아단, 을유5		196
(해동초인)		영남대	발행일자가 동일한 다른 출판사 판본	197
		딱지본	표제 '비극소설'	198
현공렴 편저(1쪽)	현공렴	국중, 아세아5	日鮮語新小說	199
현공렴 편저(1쪽)	현공렴	한중연	日鮮語新小說	200
	홍순필	국중		201
월파(月波) 작(1쪽)	강의영	서울대	표제 '애정비극'	202
				203
경제당 제(1쪽)	민준호	토아마대, 을유6	표제 '최신연극소설'	204
경제당 서(1쪽)	고유상	서울대		205
		연세대		206
	고유상	서울대		207
녹동 선우일 저(1쪽)	김용준*	한중연, 아세아7	표제 '애원소설'	208
		을유5		209
		토아마대	129쪽 낙질	210
녹동 선우일 저(1쪽)	김용준*	연세대, 아세아7, 을유5	표제 '애원소설'	211

	작품명	판구분	발행일자	발행소	쪽수	가격
212	라란부인전		1907.05.23~07.06	대한매일신보 연재		
213	라란부인전		1907.08	박문서관	34	
214	라빈손 표류기		1908.09.10	의진사	178	40전
215	류성기		1914.03.18	광학서포	111	25전
216	류화우(상하)		1912.09.15	동양서원	148	25전
217	마상루		1912.09.05	동양서원	110	20전
218	마상루	초판	1921.12.05	박문서관	48	
219	마상루	재판	1923.12.15	박문서관	48	20전
220	마적과 처녀		1952	세창서관		
221	만강홍		1914.05.28	회동서관	84	25전
222	만강홍		1921	회동서관	84	
223	만고풍상		1932	화광서림		
224	만국대회록		1926.02.05	영창서관, 문화사	96	70전
225	만월대		1908.09.18~12.03	제국신문 연재		
226	만월대	초판	1910.12.05	동양서원		
227	만월대	재판	1911.09.08	동양서원	123	25전
228	만인계		1912.09.06	신문관	112	20전
229	만인산		1909.07.13~08.08	대한민보 연재		
230	만인산		1912.01.20	동양서원	39	15전
231	만인산		1924	박문서관	40	
232	만화방창	초판	1925.12.10			
233	만화방창	재판	1926.01.06	(대창서원)(보급서관)	94	
234	만화방창	4판	1929.01.10	태화서관	50	20전
235	말하는 돈		1928	(상식보급회)		
236	매국노		1908.10.25~ 1909.07.14	대한매일신보 연재		

저작자	저작겸 발행자	소장처	비고	
			표제 '근세제일녀중영웅'	212
		독립운동, 국중	표제 '근세제일녀중영웅'	213
김찬 역술(표지)		한중연	표제 '절세기담'	214
	전창석			215
김우진 저작	민준호*	한중연, 연세대, 을유6		216
민준호 저(1쪽)	민준호	한중연, 아세아10, 토야마대	교열자 김교제(1쪽)	217
	민준호			218
	노익형	딱지본		219
		딱지본	표제 '의협소설'	220
이종린 저작	고유상*	한중연		221
(이종린 저)		연세대	국한문	222
	(강범형)	영남대	표제 '가정비극'	223
송완식 저(표지)	강의영*	국중, 아단, 을유10	표제 '사회풍자', [蠻國大 會錄]	224
				225
		아단		226
이해조 저작	민준호*			227
	최창선	국중, 아세아9	엣디워어쓰 부인 원저(1쪽)	228
백학산인				229
	민준호	국중, 한중연, 연세대 계명2		230
		영남대		231
				232
				233
	현공렴	국중		234
	(강환석)	토야마대		235
			덕국 소덕몽 저술	236

	작품명	판구분	발행일자	발행소	쪽수	가격
237	매국노의 자		1923.03	회동서관		
238	매화루		1912	동양서원		
239	명금(名金)		1920.11.18	신명서림	65	70전
240	명금(名金)	초판	1921.07.28	영창서관		
241	명금(名金)	재판	1923.03.20	영창서관	92	30전
242	명금(名金)		1934.10.10	태화서관	161	60전
243	명월정(상하)	초판	1912.07.30	유일서관	130	25전
244	명월정(상하)	재판	1918.02.10	유일서관, 한성서관	86	35전
245	명월정(상하)	삼판	1922.02.28	조선도서주식회사	86	25전
246	모란병		1909.02.13~?	제국신문 연재		
247	모란병	초판	1911.04.15	박문서관	112	25전
248	모란병	재판	1911.08.25	박문서관		
249	모란병	3판	1912.05.10	박문서관	107	25전
250	모란병	삼판	1916.01.25	박문서관	107	30전
251	모란병	사판	1918.01.20	박문서관	91	25전
252	모란병(별개작품)		불명			
253	목단봉		1912.11.10	동양서원	145	25전
254	목단봉(모란봉)		1913.02.05~06.03	매일신보 연재		
255	목단화		1911.05.17	광학서포	167	25전
256	목단화		1919.01.06	박문서관	81	30전
257	몽견제갈량		1908.08	광학서포	158	50전

저작자	저작겸 발행자	소장처	비고	
		고려대	(주더만 원작)	237
				238
윤병조 저작	김재희*	국중	표제 '정탐모험소설', 원작은 미국영화 [The Broken Coin]	239
				240
송완식 역(1쪽)	강의영*	국중	표제 '사진소설대활극'	241
	강하형	국중, 동국대		242
박이양저작(130쪽)	남궁준	국중, 아세아8, 계명3, 을유6		243
	남궁준	국중		244
	남궁준	국중		245
				246
이해조 저작	노익형*	국중, 계명1	표지 제목은 한글 표기	247
				248
이해조 저작	노익형*			249
열재(1쪽)	노익형*	아세아4		250
이해조 저작	노익형*	토야마대, 을유2		251
		계명1		252
이인직	민준호*	국중, 아단, 한중연	[혈의누]를 이인직이 직접 [목단봉(牧丹峰)]으로 改題 간행함.	253
이인직		국중, 을유1	제목 원표기 [牧丹峰(모란봉)]. 65회 미완작. [목단봉]의 하편으로 기획.	254
아속생(1쪽)	김상만*	국중, 토야마대, 아세아4, 계명1, 을유7		255
아속생(1쪽)	노익형*	국중, 아단, 영남대, 서울대		256
유원표 저술	김상만*	한중연, 토야마대, 독립운동		257

	작품명	판구분	발행일자	발행소	쪽수	가격
258	몽외인		1913.01.10	광덕서관	272	40전
259	몽조		1907.08.02~09.17	황성신문 연재		
260	무궁화(상)		1918.12.05	신문관	175	50전
261	무궁화(하)		1918.12.05	신문관	182	50전
262	무정세월		1920년대			
263	무정의 루(눈물)		1926	삼광서림		
264	미국고대통령 까퓌일트전		1908.03	현공렴 발행	112	
265	미국독립사	재간	1906.09.29	오영근 현채 발행		
266	미국독립사		1909.09.11~1910.03.05	대한매일신보 연재		
267	미남자의 루(눈물)		1935.12.30	세창서관	57	25전
268	미인계	초판	1919.11.18			
269	미인계	재판	1920.10.30	덕흥서림	75	25전
270	미인계	4판	1923.11.15	(덕흥서림)	75	
271	미인기사		1919	(덕흥서림)	98	
272	미인도	초판	1913.09.20	(회동서관)		
273	미인도	초판	1915.05.17	동미서시	72	20전
274	미인도	재판	1916.07.29	동미서시	72	20전
275	미인도	재판	1919.01.23	회동서관	68	16전
276	미인도	3판	1920.12.06	(회동서관)	68	
277	미인도	4판	1921.01.25	회동서관	68	20전
278	미인도	5판	1921.12.05	회동서관	68	
279	미인도	7판	1923.11.15	회동서관	68	20전
280	미인도	8판	1924.12.15	(회동서관)	68	
281	미인도		1926	회동서관		

저작자	저작겸 발행자	소장처	비고	
	황일수	국중		258
반아 석진형			1면에 총 24회 연재	259
이상협 작(표지)	최창선	국중		260
이상협 작(표지)	최창선	국중		261
		토야마대		262
		딱지본	표제 '연애애화'	263
				264
				265
				266
	신태삼	국중		267
				268
	김동진	국중, 계명18	표제 '신출귀몰'	269
				270
(김동진)	(김동진)	토야마대, 연세대		271
				272
	김용준	국중	표제 '비극소설'	273
	이용한	국중	표제 '비극소설'	274
	고유상	국중, 계명9	표제 '비극소설'	275
				276
	고유상	국중	표제 '비극소설'	277
				278
	고유상	국중	표제 '비극소설'	279
				280
		영남대	[美人心] 표제 '비극소설'	281

	작품명	판구분	발행일자	발행소	쪽수	가격
282	미인심		1912.01.22~ 1914.06.18	신한민보 연재		
283	미인의 루		1921.12.30	박문서관	61	20전
284	미인의 루		1931.02.05			
285	미인의 자태		1926.02.20	신구서림	78	30전
286	미인의 한		1925.04.30	(박문서관)		
287	박명한 미인		1926.11.15	영창서관, 한흥서림	56	25전
288	박명한 미인		1933	영창서관	56	
289	박명화	초판	1921.09.01	박문서관	76	25전
290	박연폭포		1913.02.07	유일서관	100	25전
291	박천남전		1912.11.25	조선서관	47	20전
292	박행한 처녀		1926	(박문서관)		
293	방산월		1961	세창서관		
294	방화수류정	초판	1920.12.31	박문서관	102	30전
295	방화수류정	재판	1921.12.10	박문서관	102	30전
296	방화수류정	3판	1923.12.20	박문서관	102	30전
297	백년한	초판	1913.11.24	회동서관	133	30전
298	백년한	재판	1917.01.15	회동서관	111	30전
299	백년한	3판	1923.02.08	회동서관	122	35전
300	백년한	4판	1924.01.31	회동서관	122	35전
301	백년한	초판	1926.12.20	경성서적조합	122	25전
302	백년한	4판	1929.01.25	회동서관	122	35전
303	백련화		1926.05.10	조선도서주식회사	86	35전
304	백의미인	초판	1933.11.10	덕흥서림		
305	백의미인	재판	1934.01.20	덕흥서림	70	30전

저작자	저작겸 발행자	소장처	비고	
동해수부 저			4면에 연재	282
	노익형	국중, 아단, 토아마대	표제 '애정소설'	283
		한중연		284
	노익환	국중, 계명21		285
	(유광렬)			286
	강의영	국중, 계명21		287
		영남대		288
	노익형	국중, 계명18		289
이상춘 원저(1쪽)	남궁준	국중, 연세대, 계명7, 을유7, 토아마대		290
박건회 저자(1쪽)	박건회	국중	표제 '기담소설'	291
(조춘광 역)		토아마대	또르게-네후 원작	292
		영남대	표제 '비극소설'	293
	김원길	국중, 연세대, 계명18, 을유10		294
	김원길	국중		295
	김원길	국중, 영남대		296
소운(紹雲) 저(1쪽)	고유상	국중, 연세대, 계명11		297
	고유상	국중		298
소운(紹雲) 저(1쪽)	고유상	국중		299
소운(紹雲) 저(1쪽)	고유상	국중		300
소운(紹雲) 저(1쪽)	홍순필	국중		301
소운(紹雲) 저(1쪽)	고유상	국중		302
해동초인 저(1쪽)	홍순필	서울대		303
				304
	김준환	국중	표제 '만주황야	305

	작품명	판구분	발행일자	발행소	쪽수	가격
306	백의처녀		불명		108	
307	백의청년		1934.12.10	덕흥서림	72	35전
308	백학진전		1917	보신서포(관)	42	20전
309	법국혁신전사		1900.06	황성신문사		
310	법란서신사		1906	흥학사		
311	법란서신사	재간	1908.06.25	현채 발행		
312	벽부용		1912.12.20	회동서관	72	20전
313	벽성선		1922	신구서림	114	35전
314	벽오동		1912.11.25	신구서림	205	35전
315	병인간친회록		1909.08.19~10.12	대한민보 연재		
316	병자임진록		1934.11.25	성문당서점	50	30전
317	보노사국 후례두 익대왕 칠년전사		1908.05.10	김상만 발행		
318	보법전기		1908.08	현공렴 발행	103	
319	보은록		1913.08.25	이종성	116	25전
320	보응		1909.08.11~09.07	대한매일신보 연재		
321	보환연		1913.02.25	박학서원	144	25전
322	봉선화		1912.07.07~11.29	매일신보 연재		
323	봉선화		1913.09.20	신구서림		
324	봉황금	3판	1918.12.14	회동서관	112	25전
325	봉황금	초판	1922.02.20	(회동서관)		
326	봉황금	재판	1923.02.05	회동서관	112	35전
327	봉황금		1925	신구서림	112	
328	봉황기합		1913	동양서원		

저작자	저작겸 발행자	소장처	비고	
		토야마대	표제 '만주애화', 108쪽 이하 낙질	306
	김동진	국중	표제 '만주황야'	307
	(김익수)	한중연, 단국대		308
(현채 역)		국중		309
현채 역		성균관대	[法蘭西新史]	310
현채 역				311
소운(紹雲) 저술(1쪽)	고경상	국중, 계명5		312
안경호 저		연세대	[碧城仙], 옥루몽의 개작.	313
	지송욱	국중, 아단		314
굉소생(轟笑生)			표제 '풍자소설'	315
	이종수	국중, 계명21	표제 '역사야담', 일명 천하장군	316
유길준 역		한중연		317
현채 역		한중연	[普法戰紀]	318
	유영상	국중, 계명8		319
				320
	구승회	국중, 아단, 계명7	표제 '가정소설', 박학서원 편술(표지)	321
해관자		국중		322
이해조 저작	지송욱*	토야마대, 을유3		323
	고유상	국중	표제 '창선감의'	324
				325
	고유상	국중	표제 '창선감의'	326
		연세대		327
(김교제)		토야마대		328

	작품명	판구분	발행일자	발행소	쪽수	가격
329	봉황대	초판	1912.11.28	유일서관	95	25전
330	봉황대	재판	1914.02.05	유일서관	95	25전
331	봉황대	3판	1916.02.29	유일서관	56	23전
332	부란극림전		1911.06.20	보급서관	105	
333	부벽루		1914.01.20	보급서관	147	30전
334	부벽루의 미인	초판	1931.11.25			
335	부벽루의 미인	4판	1935.11.30	덕흥서림	70	30전
336	부벽완월		1913.02.11~06.30	경남일보 연재		
337	부용담		1915.04.30	동미서시	71	20전
338	부용담	초판	1920.03.30	회동서관	71	25전
339	부용담	재판	1923.01.20	회동서관	71	25전
340	부용담		1925	박문서관	70	
341	부용의 상사곡	초판	1913.09.30	(신구서림)		
342	부용의 상사곡		1914	신구서림	87	
343	부용의 상사곡		1916	(신구서림)	87	
344	부용의 상사곡	3판	1918.02.20	신구서림	87	
345	부용의 상사곡	4판	1921.12.20	신구서림	87	25전
346	부용의 상사곡	4판	1923.12.10	신구서림	87	25전
347	부용헌		1914.03.07	동미서시	75	20전
348	부평초		1925.07.25	(박문서관)		
349	불가살이전	초판	1921.11.22	광동서국	67	30전
350	불가살이전	재판	1922.12.25	광동서국	67	30전
351	불로초	초판	1912.08.10	유일서관	56	15전
352	불로초	재판	1913.09.30	유일서관	56	15전

저작자	저작겸 발행자	소장처	비고	
	남궁준	국중		329
	남궁준	국중, 토야마대		330
	남궁준	국중	표제 '구대소설'	331
이시후 편		국중, 연세대	[富蘭克林傳], 국한문, 표제 '실업소설'	332
	김용준	국중, 아단, 연세대, 을유8	보급서관편집부 저(1쪽)	333
				334
	김동진	국중	표제 '신성연애'	335
(박영운)			66회 연재	336
	이용한	국중, 연세대		337
	고유상	국중		338
	고유상	국중, 계명15		339
		영남대		340
				341
지송욱		연세대, 딱지본		342
		한중연		343
	지송욱	국중	표제 '고대소설'	344
	지송욱	국중	표제 '고대소설'	345
	지송욱	서울대	표제 '고대소설', 판구분을 4판으로 잘못 표기.	346
김영한 저작	이용한*	국중, 연세대, 토야마대, 계명 14, 을유8		347
		국중		348
현영선 저(1쪽)	현병주	국중, 계명19	영선은 현병주의 호	349
현영선 저(1쪽)	현병주	국중		350
	남궁준	국중	[토끼전]의 이본	351
	남궁준	국중, 계명3		352

	작품명	판구분	발행일자	발행소	쪽수	가격
353	불로초	(3판)	1915			
354	불로초	4판	1917.03.15	유일서관	40	10전
355	불로초	5판	1920.01.26	(박문서관)	40	
356	불쌍한 남매		1930	대성서림	90	35전
357	불여귀(상)		1912.08.20	경성사서점	160	45전
358	불여귀(하)		1912.08.20	경성사서점	121	45전
359	불여귀		1936	암파서점	394	
360	비사맥전		1907.08.25	보성관	71	
361	비율빈전사		1907.07.22	보성관		
362	비파성		1912.11.30~1913.02.13	매일신보 연재		
363	비파성	초판	1913.10.28	신구서림	195	45전
364	비파성	재판	1918.04.15	신구서림	171	60전
365	비파성	초판	1923.10.10	(박문서관)		
366	비파성	3판	1924.10.10	박문서관	171	55전
367	비파성		1934	(박문서관)	171	
368	비행 여사		1926.11.30	조선도서주식회사	72	25전
369	비행선		1912.05.15	동양서원	216	35전
370	비행의 미인		1923	한흥서림	65	
371	비행의 미인		1926	(영창서관)		
372	비행전쟁		1934.10.05	덕흥서림	72	30전
373	빈상설		1907.01.05~1908.02.12	제국신문 연재		
374	빈상설	초판	1908.07.05	광학서포	154	30전
375	빈상설	재판	1911.09.30	동양서원	154	30전

저작자	저작겸 발행자	소장처	비고	
		국중		353
	남궁준	국중, 토야마대		354
				355
루향(淚香) 작(1쪽)	강은형	토야마대	표제 '인정비극소설'	356
조중환 역술(1쪽)	복영문 지조*	국중, 아단, 서강대, 독립운동	일본 동경에서 출판	357
조중환 역술(2쪽)	복영문 지조*	국중, 아단, 서강대, 명재연구소	일본 동경에서 출판	358
		국중		359
황윤덕 釋			[比斯麥傳]	360
현채 역			[比律賓戰史]	361
				362
이해조 저작	지송욱*	국중, 계명11, 을유3		363
이해조 저작	지송욱*	국중		364
				365
이해조	지송욱*	국중, 아단, 영남대		366
				367
안경호 저(1쪽)	홍순필	국중, 서울대		368
아속(1쪽)	민준호*	국중, 연세대, 아세아9	표제 '과학소설'	369
(박철혼)		국중	표제 '탐정소설'	370
(박철혼)		독립운동		371
	김동진	국중		372
				373
이해조 저술	김상만*	아세아1, 을유2		374
	민준호	국중		375

	작품명	판구분	발행일자	발행소	쪽수	가격
376	빈선랑의 일미인		1912.03.01	매일신보 연재		
377	빛나는 청춘		1936	성문당서점		
378	사랑은 섧다		1932	백합사		
379	사랑의 각성		1923.03.05	영창서관	41	20전
380	사랑의 꿈		1923.03.05	영창서관	71	30전
381	사랑의 설음(번뇌)	초판	1933.01.25			
382	사랑의 설음(번뇌)	재판	1935.12.15	화광서림	132	15전
383	사랑의 소년		1928	박문서관		
384	사랑의 학교		1927.10~1928.02	신민 연재		
385	사랑의 학교		1929.01.23~05.23	동아일보 연재		
386	사랑의 학교		1929.12.01	이문당	545	1원 20전
387	사랑의 한	초판	1921.09.05			
388	사랑의 한	2판	1921.12.05	박문서관	53	20전
389	사성기봉(개량)		1913	유일서관	80	
390	사시장춘		1926.01.07	대성서림	72	30전
391	사촌몽		1916.01~02	매일신보 연재		
392	사촌몽		1917.07.05	(광학서관)		
393	산중처녀	초판	1926.10.13	대성서림	74	30전
394	산중처녀	3판	1929.12.15	대성서림	74	30전
395	산중화		1917.04.04~?	매일신보 연재		
396	산천초목(박정화)		1910.03.10~05.31	대한민보 연재		
397	산천초목	초판	1912.01.20	유일서관	91	25전
398	산천초목	재판	1912.02.15	유일서관	91	25전
399	산천초목	4판	1925.12.15	조선도서주식회사	62	20전

저작자	저작겸 발행자	소장처	비고	
국초생		을유1, 서울대출판부2		376
				377
			표제 '연애비극'	378
양건식 작(1쪽)	강의영	국중	[사랑의 꿈]의 하편, 일명 [新노라]	379
철혼(哲魂) 작(1쪽)	강의영	국중, 계명20	[사랑의 각성]의 상편(71쪽)	380
				381
유석조 저(1쪽)	강범형	국중	표제 '연애애화'	382
(고장환 역)			원작 [쿠오레]	383
적라산인(赤羅山人)			5회 완. 적라산인은 김영 진의 필명	384
이정호 역			총 98회 미완.	385
이정호 역	안도*	국중, 한중연		386
			원작 [로미오와 줄리엣]	387
정순규 역(표지)	노익형*	국중	원작 [로미오와 줄리엣]	388
박이양편(1쪽)		국중, 장서각		389
장야(長野) 저(1쪽)	강은형	국중, 계명20		390
익명자			[沙村夢]	391
		(아단)		392
대원산사 저(1쪽)	강은형	국중	표제 '최신연애미담소설'	393
대원산사 저(1쪽)	강은형	서울대	표제 '최신연애미담소설'	394
(심우섭)				395
이해조				396
	남궁준	한중연, 아세아6		397
	남궁준	국중, 을유6		398
	홍순필	서울대		399

	작품명	판구분	발행일자	발행소	쪽수	가격
400	삼각산		1912.09.10	광동서국	71	20전
401	삼강문		1918.11.11	덕흥서림	138	35전
402	삼성기		1918.10.26	천일서관	90	
403	삼촌설(상)		1913.04.15	동양서원	255	40전
404	상사루	초판	1916.12.10			
405	상사루	재판	1918.07.01	한성서관	58	25전
406	새벽길		1912	동양서원		
407	새벽길		1922	불명		
408	서사건국지		1907.08	대한매일신보사	55	15전
409	서사건국지		1907.11.10	박문서관	44	15전
410	서해풍파		1914.01.20	유일서관	113	25전
411	설중매		1908.05	회동서관	79	20전
412	설중매		1912	회동서관		
413	설중매		1954	불명		
414	설중매화	초판	1913.08.25	창문사	115	25전
415	설중매화	재판	1917.04.10	신구서림	83	25전
416	설중매화	3판	1920.10.23	신구서림	83	25전
417	설중매화	4판	1922.01.20	신구서림	83	25전
418	설중매화	5판	1923.12.20	신구서림	83	25전
419	설중송	초판	1920.03.30	회동서관	112	
420	설중송	재판	1920.09.30	회동서관	112	
421	설중송	3판	1926.11.20	(회동서관)	112	
422	성산명경		1909.03.20	황화서재	91	25전
423	성산명경		1911.08.03	동양서원	80	25전
424	성산명경	초판	1922.10.30	박문서관	76	25전
425	성피득대제전		1908.11.05	광학서포	82	

저작자	저작겸 발행자	소장처	비고	
	이종정	국중, 계명4		400
최찬식	최찬식	연세대		401
	이O재	국중, 연세대, 계명17		402
	민준호			403
				404
남궁설 편집(!쪽)	남궁설	국중		405
				406
				407
박은식 역술(1쪽)		국중	한문현토. 표제 '정치소설'	408
김병현 번역	노익형*	토야마대	순국문	409
이상춘 원저자(1쪽)	남궁준	국중, 계명12		410
구연학 저술	고유상*	국중, 독립운동, 아세아3	표제 '정치소설'	411
		을유6		412
				413
	김익수	국중, 계명8, 을유8	표제 '최신소설'	414
	김익수	국중	표제 '최신소설'	415
	김익수	국중	표제 '최신소설'	416
	김익수	서울대, 토야마대	표제 '최신소설'	417
	김익수	국중	표제 '최신소설'	418
				419
	고유상	계명18	표제 '애정신소설'	420
				421
최병헌 저		국중, 토야마대		422
최병헌 저작	민준호*	국중, 한중연, 연세대		423
최병헌 저작	노익형*	서울대		424
김연창 역			국한문	425

	작품명	판구분	발행일자	발행소	쪽수	가격
426	세검정		1913.10.13	신구서림	132	30전
427	세검정		1914	신구서림		
428	세검정		불명	신구서림		
429	세계역사		1910.06.03~08.28	대한매일신보 연재		
430	소경과 앉은뱅이 문답		1905.11.17~12.13	대한매일신보 연재		
431	소금강		1910.01.05~03.06	대한민보 연재		
432	소상강	초판	1912.10.20	유일서관	62	20전
433	소상강	재판	1915.04.05	유일서관	62	20전
434	소상강		1927	박문서관	62	
435	소양정		1911.09.30~12.16	매일신보 연재(65회)		
436	소양정	초판	1912.07.20	신구서림	112	25전
437	소양정	재판	1914.02.20	신구서림		
438	소양정	3판	1916.04.21	신구서림	112	25전
439	소양정	6판	1921.11.15	신구서림	112	35전
440	소양정	7판	1923.01.10	신구서림	112	35전
441	소양정	7판	1923.01.10	박문서관, 신구서림	112	35전
442	소학령		1912.05.02~07.06	매일신보 연재		
443	소학령		1913.09.05	신구서림	191	45전
444	송뢰금(상)		1908.10.05	박문서관	115	25전
445	송죽	초판	1914.01.10	동미서시	109	25전
446	송죽	재판	1915.05.31			
447	송죽	3판	1917.01.20			
448	송죽	4판	1918.01.10	회동서관	79	30전
449	송죽	6판	1925.11.25	회동서관, 광익서관	79	25전

저작자	저작겸 발행자	소장처	비고	
	지송욱	국중, 계명10, 을유10		426
				427
		한중연	80쪽 이하 낙질	428
				429
			잡보란에 연재	430
빙허자(憑虛子)				431
	남궁준	국중, 계명4		432
	남궁준	국중		433
		영남대		434
		을유5		435
우산거사(1쪽)	지송욱*	국중	이해조 저작(판권지)	436
				437
우산거사(1쪽)	지송욱*	국중, 계명3	이해조 저작(판권지)	438
우산거사(1쪽)	지송욱*	국중	이해조 저작(판권지)	439
	지송욱*		7판 두 종류는 인쇄자와 인쇄소만 다르고 모든 서지 동일	440
우산거사(1쪽)	지송욱*	서울대, 영남대	박문서관 발행(표지)	441
		국중		442
이해조 저작	지송욱*	한중연, 을유3	판권지 낙질	443
초우당주인 저(1쪽)		국중, 아세아2	초우당주인은 육정수	444
김영한 저술	이용한*	국중		445
				446
				447
김영한 저술	이용한*	국중		448
김영한 저작	이용한*	서울대		449

	작품명	판구분	발행일자	발행소	쪽수	가격
450	송죽	8판	1937	박문서관	79	
451	수일롱		1916.01.15	동아서관	82	25전
452	술은 눈물인가 한숨이런가		1934.12.05	춘양사	36	20전
453	시사문답		1906.03.08~1908.04.12	대한매일신보 연재		
454	신단공안		1906.05.19~12.31	황성신문 연재		
455	신랑의 보쌈		1917.10.15	광익서관	73	30전
456	신일선의 눈물		1935.05.30	세창서관	45	25전
457	신출귀몰		1912.06.15	광학서포	47	15전
458	실연의 루		1931.10.30	회동서관	164	50전
459	십생구사	초판	1923.01.23	(대성서림)		
460	십생구사	초판	1926.12.20	경성서적업조합	50	15전
461	십생구사	5판	1929.11.04	대성서림	50	20전
462	십생구사	6판	1930.10.10	대성서림	50	20전
463	십생구사		1933.09.20	삼문사	32	20전
464	십생구사		1934.12.10	세창서관	32	20전
465	십생구사		1935.11.30	성문당서점	32	21전
466	십오소호걸		1912.02.05	동양서원	154	30전
467	쌍련몽	초판	1922.02.28	(한남서림)		
468	쌍련몽	재판	1926.01.15	한남서림	89	30전
469	쌍미기봉		1916.01.25	회동서관	96	30전
470	쌍봉쟁화	초판	1919.01.17	보문관	137	30전
471	쌍봉쟁화		1934.10.05	영창서관, 한흥서림	135	50전
472	쌍신랑	초판	1930.09.15	(덕흥서림)		
473	쌍신랑	재판	1936.11.20	덕흥서림	48	25전

저작자	저작겸 발행자	소장처	비고	
		연세대		450
	김연규	국중, 계명16, 을유10	[水溢瀧] 표제 '가정소설'	451
	김정표	국중	표제 '비련소설'	452
				453
				454
	박건회	국중		455
	신태삼	국중	표제 '홍루애화'	456
황갑수 저작	심우택*	국중, 계명3	황갑수의 호 '石濃'	457
	고병교	토야마대		458
				459
	홍순필	국중	표제 '충의소설'	460
	강하형	서울대	표제 '충의소설'	461
	강하형	국중	표제 '충의소설'	462
	김천희	국중	표제 '충의소설'	463
	신태삼	국중	표제 '충의소설'	464
	이종수	국중	표제 '충의소설'	465
	민준호	국중, 연세대, 계명2	표제 '모험소설'	466
				467
	백두용	한중연		468
이규용 저작	고유상*	국중, 연세대		469
김교제 찬(1쪽)	홍순필	국중		470
김교제 찬(2쪽)	강의영	국중		471
				472
	김동진	국중	표제 '농가성진((弄假成眞)'	473

	작품명	판구분	발행일자	발행소	쪽수	가격
474	쌍옥루		1912.07.17~ 1913.02.04	매일신보 연재		
475	쌍옥루(상)		1913	보급서관	173	
476	쌍옥루(중)		1913.01.20	보급서관	168	35전
477	쌍옥루(중)	초판	1913.06.02	(보급서관)		
478	쌍옥루(중)	재판	1914.08.02	보급서관	168	35전
479	쌍옥루(하)		1913	(보급서관)	170	
480	쌍옥루(상중하)		1913	보급서관		
481	쌍옥루(상하)		불명			
482	쌍옥적		1908.12.04~ 1909.02.12	제국신문 연재		
483	쌍옥적	초판	1911.12.01	보급서관	118	25전
484	쌍옥적	재판	1912.03.12	현공렴가	104	25전
485	쌍옥적	3판	1917.04.10	동일서관	98	25전
486	쌍옥적	재판	1918.04.01	오거서창	74	30전
487	아국약사		1898.04	학부편집국	68	
488	아국약사	재간	1904.03.	학부편집국		
489	안의성		1914.09.30	박문서관	174	45전
490	안의성	초판	1915.04.05	(박문서관)신구서림	120	
491	안의성	필사본	1923.03.03			
492	안의성	3판	1938.10.30	박문서관	120	35전
493	안의성		불명	(박문서관)		
494	안인거		1909.03.15	(보구서관)	99	
495	암야의 총소리		1934.12.10	대성서림	60	30전
496	암영		1923.01.30	(동양서원)		
497	압록강	필사본	불명			
498	앙천대소		1917	박문서관	98	

저작자	저작겸 발행자	소장처	비고	
			1면 연재, 총151회.	474
		연세대		475
	김용준	국중, 아단		476
				477
	김용준	국중, 한국현대문학관		478
		국중, 토야마대		479
				480
		토야마대		481
				482
	김용준	한중연, 아세아4	표제 '정탐소설'	483
	김용준			484
	김용준	국중	표제 '정탐소설'	485
	김용준	서울대	표제 '정탐소설'	486
		연세대, 서울대	[俄國略史]	487
		(한중연)		488
해동초인(1쪽)	노익형	국중, 계명14		489
				490
			한글본 2권2책	491
해동초인(1쪽)	노익형	국중, 한중연, 아단, 연세대		492
		토야마대		493
(이창직 역)				494
이원규 작(1쪽)	이원규	국중	표제 '탐정소설'	495
(진학문)		(토야마대)		496
민병소 저		한국학자료센터	표제 '비극소설'	497
(선우일 편)				498

	작품명	판구분	발행일자	발행소	쪽수	가격
499	애국부인전		1907.10.03	광학서포	39	15전
500	애국정신		1908.01.01	(중앙서관)	86	
501	애국정신담		1907.06.	西友 분재		
502	애국정신담		1908.01	중앙서관	78	20전
503	애급근세사		1905.09.	황성신문사		45전
504	애사		1922.06.15	박문서관	129	60전
505	애원성	초판	1921.10.05	박문서관		
506	애원성	재판	1922.02.28	박문서관	55	20전
507	애지화	초판	1920.01.17			
508	애지화	재판	1925.03.17	보문관	57	20전
509	약산동대		1913.11.10	광동서국	171	30전
510	약산동대	초판	1915.07.30			
511	약산동대	4판	1921.03.02	박문서관	89	30전
512	양귀비	초판	1926.12.20	경성서적업조합	101	30전
513	어머니를 찾아 삼천리		1947	(대성서림)		
514	어사 박문수	초판	1919.02.20			
515	어사 박문수	재판	1921.12.31	백합사, 동흥서관	40	35전
516	여영웅		1906.04.05~04.29	대한일보 연재		
517	여장부		1925.03.06	(박문서관)		
518	연광정		1913.09.20	신구익지서관	128	25전
519	연광정	재판	1917.04.10	신구서림	94	
520	연광정	초판	1922			
521	연광정	삼판	1929.01.10	회동서관	94	30전
522	연애의 고투		1923.12.21	신명서림	191	80전

저작자	저작겸 발행자	소장처	비고	
숭양산인	김상만*	국중		499
(이채우 역)		(아단)		500
노백린 역술		국중	서우학회, 法人 愛彌兒 拉 著作人	501
이채우 역술	주한영*	국중, 연세대	법국인 애미아랍 저술(1쪽)	502
(장지연)		동국대, 단국대, 성균관대	국한문	503
홍영후 저작	고경상*	국중	원작 [레미제라블]	504
				505
	이진원	서울대		506
				507
(최찬식)	홍순필			508
이종정 저(표지)	이종정	국중	[춘향전]의 모방작	509
				510
	이종정	국중		511
현영선 저(1쪽)	홍순필	국중	표제 '염정'	512
(이원규)			원작 [쿠오레]	513
				514
	현병주	한중연		515
백운산인(白雲山人)				516
				517
	이종성	국중		518
	김익수	계명9		519
				520
	고유상	국중		521
	김재덕	한중연		522

	작품명	판구분	발행일자	발행소	쪽수	가격
523	연애의 고투		1932.10.15	(영창서관)		
524	연의각		1912.04.29~06.07	매일신보 연재		
525	연의각		1913.12.25	신구서림	99	25전
526	연의각	초판	1916.11.05	신구서림	89	25전
527	연의각	재판	1917.06.20	신구서림	89	25전
528	연의각	5판	1922.02.25	신구서림	89	25전
529	연의각	초판	1925.11.10			
530	연의각	재판	1926.12.20	경성서적업조합	89	20전
531	연의각		1930년대	(영창서관)	79	
532	연의각		1952.12.30	세창서관	89	
533	열녀문		1933	(세창서관)		
534	열정	초판	1926.10.12	태화서관		
535	열정	재판	1928.01.17	(태화서관)		
536	열정	3판	1929.02.05	태화서관	222	70전
537	열정의 불길		1921.02.10	덕창서관	57	25전
538	영국사기	필사본	1902.04.11			
539	영법로토제국가리미아전사		1908.06.30	광학서포	166	50전
540	영산홍(상하)		1914.09.14	성문사	116	25전
541	영산홍(상하)	초판	1922.11.08	덕흥서림		
542	영산홍(상하)	재판	1924.12.10	덕흥서림	94	30전
543	영산홍(상하)	3판	1927.11.30	덕흥서림	94	30전
544	영원의 사랑		1926.12.11	영창서관, 한흥서림	85	30전
545	오경월		1909.11.25~12.28	대한민보 연재		
546	오동추월	초판	1923.12.15	(영창서관)		
547	오동추월	4판	1928.09.25	영창서관	56	25전

저작자	저작겸 발행자	소장처	비고	
		Columbia University		523
				524
이해조 편집	이종정*	국중	일명 [흥부가]	525
	지송욱	국중	일명 [흥부가]	526
	지송욱	국중	일명 [흥부가]	527
	지송욱	국중	일명 [흥부가]	528
			일명 [흥부가]	529
	홍순필	국중	일명 [흥부가]	530
		서울대		531
	신태삼	국중	일명 [흥부가]	532
(신태삼 편)		영남대		533
	(강하형)		표제 '연애소설'	534
				535
백남신 창작(1쪽)	강하형	한중연		536
	박승화	서울대	표제 '연애애화'	537
				538
유길준 역술(표지)	김상만*	국중	[英法露土諸國哥利米亞戰史]	539
이종린 저작(표지)	심우택*	국중, 계명14		540
				541
	김동진	국중, 아단		542
	김동진	서울대		543
월파 역(속표지)	강의영	국중, (계명21)	표제 '대활비극'	544
일우생(一吁生)			[五更月]	545
				546
박철혼 작(1쪽)	(강의영)	서울대	표제 '비극소설' '애정소설'	547

	작품명	판구분	발행일자	발행소	쪽수	가격
548	오위인소역사		1907.05.18	보성관	33	
549	오작교		1927	(회동서관)	103	
550	오호 천명	초판	1926.11.10	영창서관	79	30전
551	오호 천명	재판	1930.12.25	영창서관	79	30전
552	옥년이 책	필사본	불명		137	
553	옥랑전		1910.08.16~08.28	대한매일신보 연재		
554	옥련기담		1924.12.09	동양대학당	92	30전
555	옥련당(상)		1912.02.11~11.22	경남일보 연재		
556	옥련당(상)		1913	(동양서원)		
557	옥련당(하)		1913.10.20	(동양서원)	179	
558	옥련당(상하)	초판	1923.01.10	박문서관	195	60전
559	옥련의 눈물	초간	1922.12.10			
560	옥련의 눈물	5판	1927.12.05	덕흥서림	70	25전
561	옥련의 눈물	7판	1933.12.26	덕흥서림	70	25전
562	옥매화		1913.05.22	보서관	93	25전
563	옥상화	초간	1925.12.27	광한서림		
564	옥상화	재간	1928.12.30	광한서림	61	25전
565	옥중가화		1916.01.10	세창서관	140	40전
566	옥중가화		1918.11.21	대창서원	108	40전
567	옥중금낭	초판	1913.01.25	신구서림	117	25전
568	옥중금낭	3판	1918.02.16	신구서림	75	30전
569	옥중금낭	6판	1924.01.15	신구서림, 박문서관	75	25전

저작자	저작겸 발행자	소장처	비고	
이능화 역			좌등소길 저	548
		서울대	표제 '기연소설', [춘향전] 이본	549
월파 작(1쪽)	강의영	국중, 아단	표제 '대비밀대활극'	550
	강의영	서울대	표제 '대비밀대활극'	551
		국중	[혈의누] 필사본, 국중에 [옥련전]으로 등록.	552
				553
	신원행추	국중	표제 '인정비극'	554
박영운			표제 '애락소설'. 1면에 135회 연재.	555
			동양서원 소설총서 제3집 제3편	556
				557
	노익형	서울대	표제 '애락소설'	558
				559
김동진 저작(1쪽)	김동진	계명19	표제 '무쌍연애'	560
김동진 저작(1쪽)	김동진	국중	표제 '무쌍연애'	561
	손재용	국중		562
				563
	김송규	국중	표제 '비극신소설', [혈의 누] 이본	564
	강의영	국중, 한중연	[특정신간 춘향전]	565
	강의영	국중	[특정신간 춘향전]	566
	지송욱	국중		567
	지송욱	국중		568
	지송욱	국중, 아단, 전남대	박문서관 발행(표지)	569

	작품명	판구분	발행일자	발행소	쪽수	가격
570	옥중화		1912.01.01~03.16	매일신보 연재		
571	옥중화	초판	1912.08.17			
572	옥중화	재판	1913.01.10			
573	옥중화	3판	1913.04.05	(보급서관)	188	
574	옥중화	4판	1913.12.09			
575	옥중화	5간	1914.01.17	보급서관	188	40전
576	옥중화	6간	1914.02.05	보급서관	188	40전
577	옥중화	10판	1917.05.28	박문서관	157	40전
578	옥중화		1917.09.05	한성서관	147	40전
579	옥중화		1918.04.20	한성서관, 유일서관	147	50전
580	옥중화	8간	1920.12.30	대창서원	188	50전
581	옥중화		1921.01.10	대창서원	188	50전
582	옥중화	17판	1921.12.20	박문서관	157	45전
583	옥중화		1923.01.25	대창서원, 보급서관	174	45전
584	옥중화	4판	1929.04.30	박문서관	157	45전
585	옥호기연		1912.01.20	보급서관	53	20전
586	옥호기연		1918.07.15	박문서관	46	25전
587	완월루	초판	1912.08.28	유일서관	101	20전
588	완월루	필사본	1913		112	

저작자	저작겸 발행자	소장처	비고	
				570
				571
				572
				573
				574
이해조 편역	김용준*	국중, 한중연	표제 '訂正五刊', 일명 [春香歌演訂]	575
이해조 편역	김용준*	국중, 한중연	표제 '訂正六刊', 일명 [春香歌演訂]	576
이해조 저작	김용준*	국중	표제 '訂正九刊', 일명 [春香歌演訂]	577
	남궁준	국중	일명 '演訂春香傳'	578
	남궁설	국중	일명 [남원옥중화][演訂 春香傳]	579
	승목낭길	국중	표제 '訂正八刊', 일명 [春香歌演訂]	580
	승목낭길	국중	표제 '訂正八刊', 일명 [春香歌演訂]	581
이해조 저작	김용준*	국중	표제 '訂正九刊', 일명 [春香歌演訂]	582
	현공렴	국중	표제 '訂正八刊', 일명 [春香歌演訂]	583
이해조 저(표지)	노익형*	국중	표제 '訂正九刊', 일명 [春香歌演訂]	584
	민준호	국중, 한중연, 아세아10		585
김용제 저작	노익형*	서울대		586
	남궁준	국중, 아세아10, 계명3		587
		국중	금산군 고가대면 양곡동에 서 필사	588

	작품명	판구분	발행일자	발행소	쪽수	가격
589	완월루	재판	1915.03.25	유일서관	82	25전
590	완월루	삼판	1917.10.25	유일서관	78	30전
591	완월루		1925.12.15	신구서림, 박문서관	78	25전
592	요지경	초판	1910.12.10	수문서관	102	25전
593	요지경	재판	1911.11.04	수문서관	102	25전
594	요지경	3간	1913.03.30	수문서관	102	25전
595	용과 용의 대격전					
596	용정촌		1926.11.30	(조선도서주식회사)	90	
597	용함옥		1906.02.23~04.03	대한일보 연재		
598	용함옥	필사본	불명			
599	우순소리		1908.07.30	대한서림	74	25전
600	우중기연		1913.01.30	신구서림	155	
601	우중행인		1913.02.25~05.11	매일신보 연재		
602	우중행인		1913.09.22	신구서림	220	50전
603	운외운(상편)		1913.07.02~?	경남일보 연재		
604	운외운(상편)		1914.09.21	춘포약방	169	40전
605	원앙도		1908.02.13~04.24	제국신문 연재		
606	원앙도	초판	1911.12.30	보급서관, 동양서원	106	25전
607	원앙도		1912.01.27	보급서관, 동양서원	106	25전
608	원앙도	재판	1913.03.05	동양서원	125	25전
609	원앙도	초판	1921.07.10	박문서관	62	20전
610	원앙도	재판	1922.09.20	(박문서관)	62	
611	원앙의 상사		1916.09.30	청송당서점	64	20전
612	원앙의 쌍		1929.02.05	대창서원	49	30전
613	월남망국사		1906.11.	보성관		

저작자	저작겸 발행자	소장처	비고	
	남궁준	국중		589
	남궁준	국중		590
	최석정	서울대, 한중연		591
박영진 저술	박희관*	한중연		592
박영진 저술(1쪽)	박희관	국중		593
박영진 저술(2쪽)	박희관	국중, 계명1		594
(신채호)				595
해동초인 작(1쪽)		국중		596
금화산인(金華山人)				597
		UC Berkeley Library		598
윤치호 저작		토야마대	낙질	599
	지송욱	을유8		600
		국중, 을유3		601
이해조 저작	지송욱*	국중, 계명9		602
박영운			1면에 연재	603
박영운 저(1쪽)	노인규	국중, 계명13	표제 '최신풍화소설'. 평양 에서 발행됨.	604
				605
이해조 저(1쪽)	민준호	아세아5, 을유2		606
이해조 저(2쪽)	민준호	국중	1911년 초판에서 발행일 만 수정 흔적	607
이해조 저(3쪽)	민준호	국중, 계명1		608
이해조 저(4쪽)	노익형	국중, 서울대		609
				610
	신귀영	계명16		611
	현공렴	국중	일명 [자유결혼]	612
현채 역			한문현토	613

	작품명	판구분	발행일자	발행소	쪽수	가격
614	월남망국사	재간	1907.05.27	현공렴(발행자)	92	25전
615	월남망국사		1907.10.31	(박문서관)		
616	월남망국사		1907.12.			
617	월남망국사	(재판)	1908.03.	(박문서관)		
618	월남망국사	(삼판)	1908.06.	(박문서관)		
619	월미도		1915년 이후			
620	월세계		1922.01.17	대창서원, 보급서관	74	25전
621	월하가인		1911.01.18~04.05	매일신보 연재		
622	월하가인	초판	1911.12.20	보급서관	124	25전
623	월하가인	재판	1913.01.30	보급서관	118	25전
624	월하가인	3간	1914.02.05	보급서관	118	25전
625	월하가인	4판	1916.01.25	박문서관	118	30전
626	월하가인	5판	1917.03.06	박문서관	109	30전
627	월하가인	8판	1921.12.25	박문서관	86	25전
628	월하가인	9판	1924.01.07	박문서관	82	25전
629	유성기		1914.03.18	광학서포	111	25전
630	유정한 사랑		1934.12.15	덕흥서림	70	35전
631	유정한 처녀		1935.11.27	세창서관	66	35전
632	육선각		1913.01.25	신구서림	151	30전
633	은세계(상)	필사본	1908.06			
634	은세계(상)		1908.11.20	동문사	141	30전
635	을밀대	초판	1918.02.15			
636	을밀대	재판	1921.11.25	대창서원, 보급서관	59	25전
637	을지문덕		1908.05.30	광학서포	79	
638	을지문덕(전)		1908.07.05	광학서포	43	15전

저작자	저작겸 발행자	소장처	비고	
현채 역(1쪽)	현공렴*		한문현토	614
주시경 역	노익형*		순국문	615
리상익 역	현공렴*		순국문, 주시경 역본의 축약본.	616
(주시경 역)			순국문	617
(주시경 역)			순국문	618
박철혼 저(1쪽)			민족문학사연구 34권 수록	619
	현공렴	국중, 계명19		620
			1면에 연재.	621
	김용준	국중	표제 '애정소설'	622
	김용준			623
	김용준	국중, 계명1	표제 '애정소설'	624
	김용준	국중	표제 '애정소설'	625
	김용준	국중	표제 '애정소설'	626
	김용준	아세아6	표제 '애정소설'	627
	김용준	서울대, 영남대	표제 '애정소설'	628
	김창석	국중, 서울대, 계명12		629
	김동진	국중	표제 '청춘남녀'	630
	신태삼	국중	표제 '비극소설' '애정소설'	631
	지송욱	국중, 한중연		632
				633
이국초 저(1쪽)		한중연, 아세아3, 을유1		634
				635
	이민한	국중, 계명17		636
신채호 저			국한문	637
신채호 저술, 김연창 역술	김상만*	독립운동	국문	638

	작품명	판구분	발행일자	발행소	쪽수	가격
639	의대리독립사		1907.05			
640	의문		1922.11.10	(영창서관)		
641	의인의 무덤		1916	성문당서점		
642	의협의 아		1926.01.20	회동서관	86	30전
643	이두충렬록		1914	(문익서관)		
644	이봉빈전		1922(?)	(경성서관)		
645	이봉빈전		1925.11.27	경성서관	71	15전
646	이순신		1908.05.02~08.11	대한매일신보 연재		
647	이순신전		1908.06.11~10.24	대한매일신보 연재		
648	이십춘광		1925.12.20	대성서림	50	25전
649	이태리건국삼걸전		1907.10.25	광학서포	94	30전
650	이태리건국삼걸전		1908.06.	(박문서관)		
651	이태리국 아마치전		1905.12.14~12.21	대한매일신보 연재		
652	이태리 소년		1908.10.28	중앙서관	64	20전
653	이팔청춘	초판	1925.05.03			
654	이팔청춘	재판	1925.12.31	대성서림	71	25전
655	이팔청춘	3판	1926.12.23	대성서림	71	25전
656	이팔청춘		1946	대성서림		
657	이화몽	초판	1914.09.30	신구서림	123	30전
658	이화몽		1918			
659	이화몽	4판	1923.11.25	신구서림	87	25전
660	익모초		1908	가정잡지 분재		
661	인정의 누		1923.07.06	(신명서림)		
662	일념홍		1906.01.23~02.18	대한일보 연재		
663	일념홍	필사본	불명			

저작자	저작겸 발행자	소장처	비고	
(김덕균 연역)		(한중연)		639
				640
				641
	고유상	토야마대	표제 '연애소설'	642
	이병재			643
		토야마대		644
김재덕 저작	복전정태랑	계명15		645
신채호			표제 '수군제일위인'	646
신채호 저, 패서생 번역			표제 '수군의 제일 거룩한 인물'	647
박만희 저(1쪽)	강은형	국중, 계명20	표제 '연애소설'	648
신채호 역술	김상만★	독립운동	국한문	649
(주시경 역)			순국문	650
				651
이보상 역술	주한영★	독립운동, 토야마대	표제 '교육소설'	652
				653
	강은형	국중		654
	강은형	국중, 계명20		655
		딱지본		656
지송욱 저작(표지)	지송욱	국중, 계명14		657
				658
	지송욱	국중, 서울대		659
		독립운동	3월호, 7월호 수록	660
				661
일학산인(一鶴散人)			한문현토. 총16회.	662
		버클리대	한국학자료센터 디지털원문	663

	작품명	판구분	발행일자	발행소	쪽수	가격
664	일당백		1930.12.10	세창서관	89	30전
665	일대장관		1918.01.07	동미서시, 회동서관, 광익서관	86	35전
666	일로전기		1904.06	박문사		
667	일만구천방		1913.04.25	동양서원	147	25전
668	일지매		1926.11.30	조선도서주식회사	70	25전
669	일지화		1928.11.15	대성서림	77	35전
670	자유종		1910.07.30	광학서포	40	15전
671	자작부인		1926	박문서관	79	
672	자작부인		1926.11.30	조선도서주식회사	79	25전
673	잠상태		1906.11~1907.04	소년한반도 분재		
674	장발장의 설움		1923.02	박문서관		
675	장익성전	초판	1922.01.20	광문서시	65	25전
676	장파륜전사(상)		1908.08.09	의진사	178	
677	장한몽		1913.05.13~10.01	매일신보 연재		
678	장한몽(상중하)		1916(?)	(조선도서주식회사)		
679	장한몽(상중하)		1921	(회동서관)		
680	장한몽(상)		1919	회동서관	177	
681	장한몽(상)		1930	회동서관	177	50전
682	장한몽(상)	6판	1930.12.10	박문서관	177	50전
683	장한몽(중)		1913.12.20	(유일서관)	177	
684	장한몽(중)	초판	1916.12.20			
685	장한몽(중)	재판	1917.01.05	유일서관	144	40전
686	장한몽(중)	3판	1919.10.20	한성서관	136	32전
687	장한몽(중)	8판	1930.01.20	조선도서주식회사		

저작자	저작겸 발행자	소장처	비고	
	윤용섭	서울대	표제 '의협소설' '가정소설'	664
	박건회	국중, 계명16	[금송아지전], [황새결송긔] 등 5개 이야기 모음집.	665
				666
김교제 저작	민준호*	아단		667
안경호 저자(1쪽)	홍순필	서울대		668
벽계산인 창작(1쪽)	강은형	국중	표제 '비극소설'	669
이해조 저(1쪽)	김상만*	한중연, 아세아4, 을유2	표제 '토론소설'	670
(최찬식)		연세대		671
해동초인 저(1쪽)	홍순필	국중		672
이해조				673
홍영후 저작(표지)			원작 [레미제라블]	674
정기성 편술	정경휘*	국중		675
유문상 역				676
조일제			119회 연재	677
		토야마대		678
		독립운동		679
		한중연		680
조중환 저작	고유상*	국중, 아단		681
조중환 저작	고유상*	국중, 아단, 을유9	1930년 회동서관본과 박문서관본은 다른 판본	682
				683
				684
조중환 저작		국중		685
		한중연	판권지 낙질	686
		을유9		687

	작품명	판구분	발행일자	발행소	쪽수	가격
688	장한몽(하)		1913.12.20	(유일서관)	216	
689	장한몽(하)		1914.03.02	유일서관	217	50전
690	장한몽(하)	초판	1916.12.20	(조선도서주식회사)		
691	장한몽(하)	4판	1921.12.10	조선도서주식회사	176	50전
692	장한몽(하)	6판	1923.11.26	조선도서주식회사	176	50전
693	장한몽(하)	8판	1930.01.20	조선도서주식회사		
694	장한애사		1934.12.05	춘양사	68	40전
695	장한애사		1952	세창서관		
696	장화홍련전	초판	1915.05.20	한성서관		
697	장화홍련전	초판	1915.05.24	영창서관		
698	장화홍련전		1915.05.24	세창서관		25전
699	장화홍련전		1915.11.30	동명서관	50	20전
700	장화홍련전	재판	1916.10.09	영창서관		
701	장화홍련전		1917.01.27	동명서관	50	20전
702	장화홍련전		1917.02.10	박문서관	40	20전
703	장화홍련전	재판	1917.10.15	한성서관	40	20전
704	장화홍련전	3판	1917.12.22	영창서관	40	20전
705	장화홍련전	3판	1918.11.15	한성서관	37	10전
706	장화홍련전	4판	1921.11.10	영창서관	40	25전
707	장화홍련전	초판	1923	대창서원, 보급서관	40	15전
708	장화홍련전	6판	1923.12.15	조선도서주식회사	40	15전
709	장화홍련전	7판	1926.12.20	경성서적업조합	40	10전
710	장화홍련전	초판	1929.12.03	동양대학당	40	15전
711	재봉춘		1912.08.15	동양서원	209	30전
712	재봉춘	초판	1916.09.20	박문서관		
713	재봉춘	3판	1919.01.06	박문서관	123	40전

저작자	저작겸 발행자	소장처	비고	
				688
조중환 저작	남궁준*	국중, 아단		689
				690
조중환 저작	남궁준*	국중, 계명11		691
	홍순필	국중		692
		을유9		693
	김정표	국중		694
			표제 '연애비극'	695
				696
				697
	강의영	국중		698
	고영수	국중	표제 '비극소설'	699
				700
	고영수	국중	표제 '비극소설'	701
	노익형	국중	표제 '고대소설'	702
	남궁설	국중		703
	강의영	국중	표제 '고대소설'	704
남궁설 편집(1쪽)	남궁설	국중		705
	강의영	국중	표제 '고대소설'	706
	현공렴	국중		707
	홍순필	국중	표제 '고대소설'	708
	홍순필	국중		709
	송경환	국중		710
이상협 저(1쪽)	민준호	아세아10, 을유10	표제 '가정소설'	711
				712
이상협 저(1쪽)	김용제	한중연	표제 '가정소설'	713

	작품명	판구분	발행일자	발행소	쪽수	가격
714	재봉춘		1923.03.31	박문서관	123	40전
715	절대가인		1918.11.28	대창서원	108	50전
716	절대가인	초판	1920	(대창서원)		
717	절대가인	3판	1922.01.03	대창서원	108	35전
718	절처봉생	초판	1914.01.17	박문서관	159	30전
719	절처봉생	3판	1921.06.10	박문서관	115	35전
720	정(情)		1913.02.08~02.09	매일신보 연재		
721	정부원		1914.10.29~ 1915.05.19	매일신보 연재		
722	정부원		1925	(박문서관)	503	
723	정영신화		1909.10.14~11.23	대한민보 연재		
724	정호기		1917.11.17	매일신보 연재		
725	죄악의 씨(종자)		1922.09.28	문창사	65	25전
726	죄악의 씨(종자)		1922.12.25	문창사	66	30전
727	주(酒)		1919.09.09	매일신보 연재		
728	죽서루		1911.10.02	서적 급 모자 제조소	107	30전
729	중국혼(상하)		1908.05	석실포(大邱)	98	
730	중동전기(상하)		1899.03	황성신문사		
731	중일략사 합편		1898.04	학부편집국		14전
732	지구성 미래몽		1909.07.15~08.10	대한매일신보 연재		
733	지상의 천국		불명	백합사		
734	지장보살		1912.12.25	동양서원	151	30전
735	지환당		1912.01.27	보급서관, 동양서원	124	25전
736	참마검		1906.04.18~04.26	대한일보 연재		
737	창송녹죽	초판	1923.02.15	한남서림	103	30전
738	창송녹죽	3판	1926	한남서림	103	30전

저작자	저작겸 발행자	소장처	비고	
이상협 저(1쪽)	노익형	국중	표제 '가정소설'	714
	이민택	국중	일명 [춘향전]	715
				716
	이민한	국중	일명 [춘향전]	717
	노익형	국중, (계명12)		718
박문서관 편집(1쪽)	노익형	국중, 서울대, 연세대		719
(이상춘)		을유7		720
하몽			155회 연재	721
		서울대		722
백치생(白痴生)			표제 '골계소설'	723
(심우섭)				724
녹동 최연택 저(1쪽)	최연택	국중, 계명19	표제 '사회소설'	725
봉학산인 작(1쪽)	최연택*	국중	봉학산인은 최연택의 호	726
(심우섭)				727
현공렴 저(표지, 1쪽)	현공렴	국중, 아세아5	표제 '日鮮語신소설'	728
장지연 역(1쪽)		한중연		729
(현채 역)				730
		한중연	학부편집국	731
(단재 신채호)			한글판에 19회 연재	732
				733
김교제	민준호*	연세대, 을유7, (아단)		734
	민준호	국중, 연세대, 계명2		735
불명				736
	백두용	국중, 계명7	표제 '貞烈소설'	737
	백두용	서울대	표제 '貞烈소설'	738

	작품명	판구분	발행일자	발행소	쪽수	가격
739	채봉감별곡(정본)	초판	1914.05.25			
740	채봉감별곡(정본)	재판	1915.09.30			
741	채봉감별곡(정본)	3판	1916.01.10		97	
742	채봉감별곡(정본)	4판	1916.10.26	박문서관	94	25전
743	채봉감별곡(정본)	5판	1917.02.15	박문서관	97	25전
744	처녀의 비밀		1923.05.10	(영창서관)	62	
745	처녀의 혼	초판	1926.12.20			
746	처녀의 혼	재판	1927.01.28	신구서림	31	15전
747	천리경		1912.12.19	조선서관	48	15전
748	천리원정		1922.01.09	신명서림		
749	천리원정		1930.12.10	(신명서림)	70	
750	천리춘색		1925.10.12	대성서림	54	25전
751	천연정		1913.10.16	신구서림	120	25전
752	천연정		1925.03.05	신구서림	94	30전
753	천정연분		1927.01.15	경성서적업조합	33	10전
754	천중가절		1913.01.30	유일서관	65	18전
755	철세계		1908.11.20	회동서관	98	25전
756	철혈원앙		1916.05.04~ 1917.04.19	신한민보 연재		
757	청국무술정변기		1900.09	학부편집국		
758	청년회심곡	초판	1914.08.05	신구서림	99	25전
759	청년회심곡		1916.09.12	신구서림	84	25전
760	청년회심곡	4판	1918.11.25	신구서림	84	20전
761	청년회심곡	5판	1921.12.20		84	25전

저작자	저작겸 발행자	소장처	비고	
				739
				740
				741
석농거사 원저(1쪽)	노익형	국중	석농거사(石農居士)는 황갑수	742
석농거사 원저(2쪽)	노익형	국중, 계명13		743
				744
			.	745
	노익환	국중, 서울대, 계명21		746
박건회 저자(1쪽)	박건회	국중		747
	(왕세창)	토야마대, Columbia University Library		748
	(김재희)	서울대	표제 '최신식비극소설'	749
	강은형	서울대		750
	지송욱	국중, 계명10, 을유8		751
	지송욱	서울대		752
	홍순필	국중	[天情緣分] 표제 '新舊소설'	753
	남궁준	국중, 계명6, 을유8		754
이해조 역술	고유상*	국중, 연세대, 토야마대, 아세아3	표제 '과학소설'	755
동해수부			4면 수록	756
현채 역			[淸國戊戌政變記]	757
	지송욱	국중	표제 '고대소설'	758
	지송욱	국중		759
	지송욱	국중		760
	지송욱	국중		761

	작품명	판구분	발행일자	발행소	쪽수	가격
762	청년회심곡		1925	(영창서관)		
763	청년회심곡	초판	1926.12.20	경성서적업조합	84	15전
764	청루의녀전		1906.02.06~02.28	대한매일신보 연재		
765	청야휘편(상)		1913.10.10	회동서관	119	30전
766	청천백일		1913.12.18	박문서관	41	15전
767	청천백일		1935.11.20	세창서관	48	30전
768	청천벽력		1924	박문서관	75	
769	청춘의 꽃동산	초판	1926.06.10	삼광서림	99	50전
770	청춘의 사랑		1923.06.06	신명서림	154	70전
771	청춘의 사랑		1933			
772	청춘의 사랑		1934.11	세창서관	154	
773	청춘의 애인		1931.12.30	세창서관	85	30전
774	청춘의 한	초판	1932.02.08	(영창서관)		
775	청춘의 한	재판	1933.11.30	영창서관, 한흥서림, 진흥서관	122	70전
776	청춘화	초판	1925.09.25	(태화서관)		
777	청춘화	재판	1925.12.02	(태화서관)		
778	청춘화	3판	1926.01.20	(태화서관)		
779	청춘화	4판	1927.12.12	태화서관	57	25전
780	초생달		1930	영창서관		
781	최도통		1909.12.05~1910.05.25	대한매일신보 연재		
782	최도통전		1910.03.06~05.26	대한매일신보 연재		
783	최후의 사랑		1923.03.15	경성서관출판부, 동양대학당서적부	110	50전
784	최후의 악수		1922.09.30	박문서관	67	

저작자	저작겸 발행자	소장처	비고	
		Columbia University		762
	홍순필	국중		763
				764
	고경상	국중, 계명10		765
박이양 원저(1쪽)	노익형	계명11	표제 '의협소설'	766
	신태삼	국중	표제 '모범재판극'	767
	(김천희)	영남대, 독립운동	표제 '정탐소설'	768
	강범형	국중	표제 '연애서간집'	769
(홍난파 번역)	홍영후	국중, 계명20	표제 '연애소설', 원작자는 도스토예프스키(1쪽)	770
				771
(신태삼 역)				772
박준표 작(1쪽)	윤용섭	토야마대	표제 '비극소설'	773
			일명 [고학생의 설음]	774
월파 창작(1쪽)	강의영	국중	일명 [고학생의 설음]	775
				776
				777
				778
무궁(無窮) 작(1쪽)	강하형	국중	표제 '최신소설'	779
			표제 '연정비극'	780
금협산인(신채호)			표제 '동국거걸'	781
금협산인(신채호)			표제 '동국에 제일 영걸'	782
김재덕 저작	이등이지길*	국중	원작 [쿠오바디스]	783
홍난파(1쪽)		국중	판권지 낙질	784

	작품명	판구분	발행일자	발행소	쪽수	가격
785	추야월		1913.03.05	광덕서관	138	35전
786	추월색	초판	1912.03.13	회동서관	112	25전
787	추월색	필사본	1912.07		209	
788	추월색	재판	1913.01.30	회동서관	99	25전
789	추월색	3판	1914.02.21	회동서관	99	25전
790	추월색	4판	1915.05.15	회동서관		
791	추월색	5판	1916.01.15	회동서관	93	25전
792	추월색	6판	1916.10.05	회동서관	85	25전
793	추월색	7판	1917.01.25	회동서관	81	25전
794	추월색	16판	1921.11.14	회동서관	80	25전
795	추월색	16판	1922.11.18	회동서관	80	25전
796	추월색	18판	1923.12.08	회동서관	80	25전
797	추월색	21판	1928.10.25	박문서관	80	25전
798	추월색	22판	1935.10.30	박문서관	80	25전
799	추천명월		1914.01.15	신구서림	129	30전
800	추천명월	초판	1919.01.30	신구서림	90	25전
801	추천명월	재판	1922.01.20	신구서림	90	30전
802	추천명월	3판	1924.11.10	신구서림		
803	추풍감별곡	초판	1913.10.16	신구서림	127	25전
804	추풍감별곡	재판	1914.02.12			
805	추풍감별곡	3판	1915.01.07			
806	추풍감별곡	4판	1916.01.25	신구서림	102	25전
807	추풍감별곡	5판	1917.02.05	(신구서림)	84	
808	추풍감별곡	7판	1918.09.13	신구서림	84	19전
809	추풍감별곡	8판	1920.04.15	(신구서림)	84	

저작자	저작겸 발행자	소장처	비고	
수석청년 저(1쪽)	김성진	국중, 계명7	표제 '경세소설'	785
	고유상	국중,아세아7, 을유4		786
		한중연		787
	고유상	국중, 계명2		788
	고유상	국중		789
				790
	고유상	국중		791
	고유상	국중		792
	고유상	국중		793
	고유상	국중		794
	고유상	국중	'17판'이 되어야 함.	795
	고유상	국중		796
	고유상	토야마대		797
	노익형	국중, 아단, 한중연, 영남대, 토야마대		798
	김홍제	국중, 계명12		799
	지송욱	국중		800
	지송욱	국중		801
		을유10		802
	지송욱	국중,계명10	표제 '신증연의'	803
				804
				805
	지송욱	국중	표제 '신증연의'	806
				807
	지송욱	국중	표제 '신증연의'	808
				809

	작품명	판구분	발행일자	발행소	쪽수	가격
810	추풍감별곡	초판	1925.11.30	동양서원	73	25전
811	추풍감별곡	재판	1926.12.20	경성서적업조합	67	15전
812	추풍감수록	필사본	1909.01.			
813	추풍감수록		1912.02.15	동양서원	85	25전
814	추풍명월		1926.11.20	한성서관	53	25전
815	춘몽	필사본	1908(?)		110	
816	춘몽		1924.02.29	박문서관	309	80전
817	춘몽		불명		306	60전
818	춘몽의 꽃		1932	광한서림		
819	춘외춘		1912.01.01~03.14	매일신보 연재		
820	춘외춘(상)	초판	1912.12.25	신구서림	136	25전
821	춘외춘(상)	재판	1918.03.11	신구서림	83	35전
822	춘외춘(하)	초판	1912.12.25	신구서림	133	25전
823	춘외춘(하)	재판	1918.03.11	신구서림	81	35전
824	춘외춘(상하)	3판	1924.10.10	박문서관, 신구서림	164	50전
825	치악산(상)		1908.09.20	유일서관	193	40전
826	치악산(상)	초판	1918.01.12	보문관	207	
827	치악산(상)	재판	1919.02.28	보문관	130	28전
828	치악산(하)	초판	1911.12.30	동양서원	122	30전
829	치악산(하)		1912.01.27	동양서원	122	30전
830	치악산(하)	재판	1913.07.05	동양서원	193	30전
831	치악산(하)	초판	1918.01.12	(동양서원)(보문관)	193	
832	치악산(하)	재판	1919.03.28	보문관	97	22전
833	치악산(하)	3판	1922.02.10	보문관	97	30전
834	치악산(상하합편)		1934.09.25	영창서관, 한흥서림, 진흥서림	227	80전

저작자	저작겸 발행자	소장처	비고	
	조남희	국중, 연세대	표제 '고대소설'	810
	홍순필	국중	표제 '고대소설'	811
				812
	민준호	국중, 아세아6		813
	최호형	국중	[추월색]의 모작일 가능성	814
		한국역사정보시스템	국문	815
	홍순필	을유4		816
		독립운동		817
				818
				819
이해조 저작	지송욱*	국중		820
이해조 저작	지송욱*	국중, 계명5		821
이해조 저작	지송욱*	국중		822
이해조 저작	지송욱*	국중, 계명5		823
이해조 저작	지송욱*	한중연		824
이인직 저술	김상천*	국중, 아세아2, 을유1	표제 '연극신소설'	825
				826
이인직 찬(1쪽)	홍순필	국중	표제 '연극신소설'	827
아속생(1쪽)	민준호*	아세아2, 을유1		828
아속생(1쪽)	민준호*	국중	1911년 판본에 수정지를 덧붙여 발행일만 수정됨.	829
아속생(1쪽)	민준호*	국중		830
				831
아속생(1쪽)	홍순필	국중	표제 '연극신소설'	832
아속생(1쪽)	홍순필	국중	표제 '연극신소설'	833
이인직 저(상권 1쪽), 아속생(하권 1쪽)	강의영	한중연	표제 '연극신소설'	834

	작품명	판구분	발행일자	발행소	쪽수	가격
835	칠도팔기		1926	대성서림		
836	카이제루 실기		1920.01.10	(영창서관)	84	
837	쾌남아		1924.10.30	영창서관	89	30전
838	탄금대		1912.03.15~05.01	매일신보 연재		
839	탄금대	초판	1912.12.10	(신구서림)	95	
840	탄금대	재판	1918.01.07	신구서림	117	30전
841	탄금대	3판	1920.11.28	신구서림	117	35전
842	탐화봉접		1927.11.05	신구서림	97	30전
843	태서신사		1897.06.	학부편집국		
844	토의간		1912.06.09~07.11	매일신보 연재		
845	토의간		1916.01.05	(박문서관)	94	
846	토의간		1925.11.10	회동서관	67	25전
847	파도상선		1913.09.05	회동서관	160	35전
848	파란국말년전사		1899.11.10	탑인사		
849	파선밀사		1908.07.03~1909.01.	경향신문 연재		
850	포와유람기		1909.01.20		58	
851	학교일기		1925.08.24~ 1926.01.26	동아일보 연재		
852	학의성(상)		불명			
853	학의성(하)		1914.08.25	유일서관	81	20전
854	한씨보응록(하)		1918.05.27	오거서창	89	37전
855	한월(상)		1908.08	대한서림	110	18전
856	한월(상)	초판	1912.10.30	박문서관	130	25전
857	한월(상)	재판	1918.05.08	박문서관	80	25전
858	한월(하)		1912	박문서관	80	

저작자	저작겸 발행자	소장처	비고	
(이규용 저)		영남대	표제 '비극소설'	835
	(송완식)			836
	강의영	서울대, 토야마대	표제 '의협대활극'	837
				838
이해조 저작	지송욱*	을유5		839
이해조 저작	지송욱*	토야마대		840
이해조 저작	지송욱*	한중연		841
안경호 저(1쪽)	노익환	서울대		842
		(한중연)		843
				844
				845
	고유상	서울대	일명 [별주부가]	846
	고유상	국중, 계명8		847
		(한중연)		848
			27회 미완.	849
현순(玄楯)	현공렴*			850
			총49회 미완.	851
		아단		852
	남궁준	한중연, 토야마대		853
(이해조 산정)	이해조	한중연		854
박승옥 저술(1쪽)	박승옥*	국중, 아단, 토야마대		855
노익형 저술(1쪽)	노익형	국중, 아단, 한중연, 을유7, 연세대		856
노익형 저술		서울대		857
		독립운동		858

	작품명	판구분	발행일자	발행소	쪽수	가격
859	한월(하)		1913.10.10	박문서관	108	35전
860	한월(하)		1913.10.13	박문서관	162	30전
861	해당화		1918.04.25	신문관, 광학서포	134	40전
862	해당화	3판	1921.11.20	(신문관)	105	
863	해상명월		1929.10.30	신구서림	74	25전
864	해안		1914.01.14~11.15	우리의가정 분재		
865	해왕성		1920.07.30	(박문서관)		
866	해외고학		1910.03.25~09.30	경향신문 연재		
867	해혹		1926.11.15	영창서관, 한흥서림	34	15전
868	행락도	초판	1912.04.10	동양서원	150	30전
869	행락도	재판	1913.03.15	(동양서원)	177	
870	행락도		1918.02.25	(박문서관)	93	
871	행로인		1922.10.25	(광명서관)	175	
872	향객담화		1905.10.29~11.01	대한매일신보 연재		
873	향로방문의생		1905.12.21~1906.02.02	대한매일신보 연재		
874	허영	초판	1922.01.20	박문서관	117	25전
875	허영의 눈물		1934.10.18	성문당서점	210	80전
876	현미경		1912.06.05	동양서원	264	35전
877	현미경	초판	1918.02.04	보문관	150~	50전
878	현미경	재판	1922.02.20	보문관	151	45전
879	현미경(별개 작품)		1909.06.15~07.17	대한민보 연재		
880	혈루(1)		1927.00.30	조선농민사본부	55	20전
881	혈루몽	초판	1926.07.26			
882	혈루몽	재판	1927.12.15			
883	혈루몽	3판	1929.01.20			

저작자	저작겸 발행자	소장처	비고	
	노익형	서울대		859
	노익형	국중, 아단, 계명4	859판본과 발행일 3일차	860
	최창선	국중, 계명17, (토야마대)	표제 '카츄샤 애화'	861
				862
	노익형	서울대		863
		을유4	2호~12호 수록	864
				865
			미완.	866
	강의영	국중, 서울대, 계명21	표제 '가정소설'	867
	민준호	아세아7	표제 '가정신소설'	868
				869
				870
				871
우시생			잡보란에 연재.	872
				873
난파생(1쪽)	노익형*	국중, 서울대, 계명19		874
월파(月坡) 술(1쪽)	이종수	국중, (토야마대)		875
아속 저(1쪽)	민준호*	국중, 아세아8, 서울대		876
아속 저(1쪽)	홍순필	국중		877
아속 저(2쪽)	홍순필	국중, 서울대		878
신안자(神眼子)				879
	최환규	서울대	표제 '현대의인간비극'	880
				881
				882
				883

	작품명	판구분	발행일자	발행소	쪽수	가격
884	혈루몽	4판	1929.12.20			
885	혈루몽	5판	1930.12.30			
886	혈루몽	6판	1932.12.10			
887	혈루몽	7판	1932.12.20	대성서림	108	70전
888	혈루의 미인		1935	세창서관		
889	혈의누		1906.07.22~10.10	만세보 연재		
890	혈의누	초판	1907.03.17	(광학서포)	94	
891	혈의누	재판	1908.03.27	광학서포 김상만 책사	94	20전
892	혈의누(하편)		1907.05.17~06.01	제국신문 연재		
893	형산백옥	초판	1915.01.30	(신구서림)		
894	형산백옥	재판	1918.03.10	신구서림	87	35전
895	형산백옥	3판	19??.??.15	신구서림	87	
896	형월		1915.01.25	박문서관	122	35전
897	형제		1914.06.11~?	매일신보 연재		
898	형제	초판	1918.11.20	영창서관	118	30전
899	형제	재판	1919.10.20			
900	형제	3판	1921.11.25	영창서관	124	
901	형제	4판	1923.12.30	영창서관	124	40전
902	호걸남자	초판	1926.12.05	덕흥서림	58	
903	호걸남자	3판	1935.11.30	덕흥서림	58	25전
904	호사다마	초판	1926.12.22	(태화서관)		
905	호사다마	재판	1927.12.13	태화서관	78	25전
906	호상몽(상하)		1924.03.08	봉양서원	118	40전
907	홍도화(상)		1908.07.24~09.17	제국신문 연재		
908	홍도화		1908.00.00	유일서관	72	20전

저작자	저작겸 발행자	소장처	비고	
				884
				885
			발행년이 1931(소화06)의 잘못으로 보임.	886
서병수 저(1쪽)	강은형	국중, 계명21	표제 '비극소설'	887
				888
이인직				889
				890
이인직 저작	김상만*	아세아1, 을유1		891
				892
				893
	박건회	국중		894
	박건회	국중	발행일자 일부 판독 불가	895
	노익형	국중, 계명15	최찬식 작품으로 추정	896
				897
심천풍 저(1쪽)	강의영	국중, 계명17	심천풍은 심우섭	898
				899
		을유8		900
심천풍 저(1쪽)	강의영	국중	부제 [과거의 죄]	901
		서울대		902
	김동진	국중		903
				904
이응환 작(1쪽)	강하형	서울대		905
손수근 저(1쪽)	현공렴*	토야마대		906
				907
이해조 저술	남궁준*	국중	표제 '최근소설'	908

	작품명	판구분	발행일자	발행소	쪽수	가격
909	홍도화(상)	초판	1910.05.	동양서원		
910	홍도화(상)	재판	1912.04.22	동양서원	72	20전
911	홍도화(하)	초판	1910.05.10	(유일서관)	116	
912	홍도화(하)	재판	1911.10.20	동양서원	116	25전
913	홍도화(상하)	초판	1917.10.07	(박문서관)		
914	홍도화(상하)	재판	1918.02.25	박문서관	132	50전
915	홍루지(상)	초판	1917.09.26			
916	홍루지(상)	재판	1921.11.28	회동서관	84	50전
917	홍루지(하)	초판	1917.09.26	회동서관		
918	홍루지(하)	재판	1921.11.28	회동서관	47	50전
919	홍백화		1926.02.10	박문서관	79	
920	홍보석		1913.02.10	보급서관	226	
921	홍보석		1922	(박문서관)	226	
922	홍안박명		1928.12.10	신구서림	76	30전
923	화간앵	초판	1921.04.22	대창서관, 보급서관	79	30전
924	화도화		1925		84	
925	화상설		1912.11.05	동양서원	179	30전
926	화성돈전		1908.04	회동서관	62	20전
927	화세계		1910.10.12~ 1911.01.17	매일신보 연재		
928	화세계		1911.10.10	동양서원	150	30전
929	화세계	초판	1917.11.30	(박문서관)		
930	화세계	3판	1920.12.06	박문서관	98	30전
931	화세계		1922.12.14	(박문서관)	98	
932	화세계	필사본	불명		93	

저작자	저작겸 발행자	소장처	비고	
				909
	민준호	국중, 아세아3	표제 '최근소설'	910
				911
	남궁준	국중, 아세아3, 을유6		912
				913
	김용제	국중, 아단	상권 53쪽, 하권 79쪽	914
				915
이종린 저작	김상규*	국중, 서울대, 계명16		916
				917
이종린 저작	김상규*	국중, 서울대, 계명16		918
		국중, 계명20		919
	김용준	국중, 울산대, 아단		920
	(김용해)	독립운동, 서울대		921
박철혼 저(1쪽)	노익환*	서울대		922
	현공렴	국중, 계명18	[花間鶯], 이야기 모음집	923
		서울대	[花桃花], 낙질	924
김우진 저작	민준호*	국중, 을유6		925
이해조 역술	고유상*	서울대		926
				927
선음자(1쪽)	민준호	국중, 한중연, 아세아5, 을유2		928
				929
	김용제			930
선음자(1쪽)		서울대		931
		국중	[화세계]와 [금자동] 합편. 필사자 崔成基.	932

	작품명	판구분	발행일자	발행소	쪽수	가격
933	화수분		1914.01.25	광학서포	121	
934	화용월태	초판	1918.12.31	영창서관		
935	화용월태		1919.01.13	대창서원	67	35전
936	화용월태	재판	1920.12.15	(영창서관)	50	
937	화용월태	6판	1926.11.19	영창서관	67	25전
938	화용월태	7판	1928.09.25	영창서관	67	25전
939	화원호접		1913.01.16	대창서원	110	30전
940	화원호접		1919	대창서림		
941	화의혈		1911.04.06~06.21	매일신보 연재		
942	화의혈	초판	1912.06.30	보급서관	190	35전
943	화의혈	재판	1918.03.13	오거서창	100	40전
944	화중병		1912	동양서원		
945	화중왕		1928	영창서관	137	
946	화중왕		1934.10.05	영창서관	137	
947	화중화		1912.09.10	광동서국	51	20전
948	황금의 몽		1934	세창서관		
949	황금탑	필사본	1909.01			
950	황금탑		1912.01.10	보급서관	101	25전
951	회천기담		1908.06.20	탑인사(인쇄)	41	15전
952	흉아리 애국자 갈소사전		1908.04	중앙서관	55	15전
953	흑의도		1935.11.27	삼문사	49	20전
954	흑진주		1922.08.18	(조선도서주식회사)		
955	흥부전		1913.10.05	신문관	52	6전
956	흥부전		1917.09.05	박문서관	60	25전

저작자	저작겸 발행자	소장처	비고	
		을유8		933
		Columbia University		934
	강의영	국중	표제 '비극소설'	935
				936
	강의영	국중, 계명17	표제 '대활극소설'	937
	강의영	서울대	표제 '대활극소설'	938
현영선(1쪽)	현공렴*	국중, 계명6		939
		딱지본		940
		을유2	66회 연재.	941
	김용준	국중	1,2쪽 낙질	942
	김용준	아세아8		943
				944
				945
김교제 찬(1쪽)		국중	[목단화]의 개작	946
	이종정	국중, 한중연, 아세아8, 을유6	[話中話]	947
				948
		단국대본		949
김용준 저작(1쪽)	김용준	국중, 아세아6		950
(현공렴 번역)	현공렴*	한국기독교역사박물관	[回天綺談] 발행소 표기 없이 인쇄소 표기만 있음.	951
이보상 역술		연세대, 이화여대	국한문, 양계초 원작	952
	고경상	국중	[黑衣盜], 표제 '정탐소설'	953
	(박용환)			954
	최창선	국중	육전소설	955
	노익형	국중		956

작가들의 풍경
누가 신소설 작가가 되었나?

1910년대의 계몽 신소설 작가들

1. 알려지지 않은 개화기 작가들

69명의 작가들

개화기 신소설 연구는 최근 많은 진전이 있었다. 그럼에도 불구하고 아직 갈 길은 멀어 보인다. 개별 작품에 대한 검토와 연구가 충분히 축적되지 않았을 뿐만 아니라, 특히 개별 작가들에 대한 검토는 거의 이루어진 바가 없기 때문이다. 그동안의 연구는 몇몇 작가에 국한되어 왔다. 역사전기소설 작가로 신채호, 장지연, 박은식, 유원표 정도가, 신소설 작가로는 이인직, 이해조, 최찬식, 김교제, 안국선, 조중환 정도가 그나마 자주 언급되며 연구되었다. 그리다 보니 개화기 소설에 대한 평가는 지나치게 이들 중심으로 이루어질 수밖에 없었다.

1900년대 이후의 개화기 작품을 전수 조사하여, 판권지나 본문 첫 페이지에 '저작자(著作者)', '저(著)', '작(作)' 등의 형태로 작가를 분명하게 따로 밝힌 경우만을 가려 뽑아보아도 적잖은 사람들이 개화기 소설 저작에 나섰던 것이 확인된다. 다음은 그렇게 작성한 명단이다.

경제당, 굉소생, 금화산인, 김교제, 김동진, 김영한, 김용제, 김용준, 김재덕, 김재희, 김천희, 김필수, 노익형, 대원산사, 동해수부, 무궁, 민준호, 박건병, 박건회, 박만희, 박승옥, 박영운, 박이양, 박철혼, 백남신, 백운산인, 백학산인, 벽계산인, 서병수, 석진형, 손수근, 송완식, 소운, 수석청년, 신귀영, 신안자, 심우섭, 안경호, 영득, 월파, 우기선, 유석조, 유연성, 육정수, 윤병조, 은국산인, 이광하, 이규용, 이상춘, 이원규, 이응환, 이인직, 이종린, 이풍호, 이해조, 일우생, 일학산인, 장야, 정기성, 조중환, 지송욱, 최연택, 최찬식, 현공렴, 현병주, 현영선, 홍종은, 황갑수, 흠흠자 등

이 명단은 판권지의 '저작 겸 발행' 혹은 '편집 겸 발행' 란에 적힌 이름은 포함하지 않으며, 번역(변안) 작품의 역술자 또한 제외되었다. 기존 논의에서 주로 출판업자로만 한정하여 논의되어 왔던 김용준, 노익형, 민준호, 지송욱 등의 이름이 포함되어 있는데, 이들은 '저작자'로 따로 표기된 사례가 확인되고 있다. 따라서 이들이 신소설 저작에 직접 나선 사실을 굳이 부인할 필요는 없다는 것이 필자의 생각이다.

최근 들어 〈송뢰금〉의 육정수, 〈한월〉의 박승옥, 〈서해풍파〉의 이상춘 등에 대한 작가 연구[1]를 바탕으로 개화기 소설의 지형을 확대하려는 노력이 생겨나고 있는 것은 다행한 일이다. 하지만 우리는 여전히 앞서 나열한 개화기 작가들 대부분에 대해서 거의 아는 바가 없다. 행적이나 사상은 고사하고 이름조차 생소한 작가들이 대부분이다.

작가는 신소설 해석의 열쇠

그렇다면 개화기 신소설 작가들에 대한 전반적인 지식 없이 개화기 소설 혹은 신소설을 옳게 해석하고 이해하는 것은 가능할까? 물론 전혀 불가능하다고는 할 수 없다. 그렇지만 작가들에 대한 이해가 뒷받침되지 않는다면 개화기 신소설에 대한 이해가 제 길을 찾지 못할 가능성은 아주 높다. 개화기가 다른 어느 시대보다도 사상적 착종이 심했던 시대였기 때문에 더욱 그렇다. 예컨대, 당시의 "애국계몽운동은 '의병무력투쟁' 노선과 달리 전통적 양식을 부정하고 근대를 '문명'으로 인정하는 것으로부터 출발했기에 아시아에서의 근대적 국가의 선두인 일본의 훈도 가능성을 원천적으로 부정하기 어려운 논리구조적 한계"[2]를 지니고 있었다. 그런 점에서 신소설의 문학적 성취를 판단하는 중요한 준거틀이 되어 왔던 계몽성은 많든 적든 그 자체에 친일적 요소를 내재하고 있을 가능성이 높다. 뿐만 아니라 오늘날의 시각으로는 아주 자연스럽게 친일적으로 이해되는 요소가 당대의 이데올로기적 지형에서 보면 다른 식의 해석을 필요로 하는 경우도 많다. 동일한 표면을 보고도 전혀 다른 의미 해석과 평가가 내려질 수 있다는 말이다. 따라서 개화기 신소설의 경우 작가에 대한 선행 이해는 개별 작품의 해석에 결정적인 영향을 미치게 될 수밖에 없다. 어떤 작가가 어떤 이데올로기적 성향을 가진 사람이냐에 따라 작품의 이른바 '친일적' 요소에 대한 해석이 달라질 수 있다는 말이다.

개화기는 다른 어느 시대보다 작가 연구가 우선적으로 필요한 시대이다. 작가 연구 성과를 바탕으로 작품 연구로 나아가야 할 필요가 있다. 이런 생각을 가지고 세 명의 개화기 신소설 작가 박영운, 김용제 그리고 박건병의 알려지지 않았던 행적을 새로 조사하여 밝혔다. 우선 박영운은 <옥련당>, <운외운> 등 비교적 많은 작품을 발표한 작가임에도 불구하고 전기적 행적이 거의 알려지지 않았고, 작품 경향이 친일적이라고 잘못 알려졌던 작가이다. 김용제도 알려진 행적이 거의 없으며, 그가 쓴 <옥호기연>은 이해조의 작품으로 잘못 알려지기도 했다. 박건병은 중국에서 활동한 독립운동가로서 1993년 건국훈장 독립장이 추서된 인물임에도 불구하고 그가 신소설 작품을 썼다는 사실은 전혀 알려진 바 없으며, 그의 작품인 <광악산> 역시 어떤 연구에서도 거론되지 않았다. 이들에 관한 새로운 자료의 발굴과 해석을 통해 그들의 전기적 생애를 재구성함으로써 작품에 대한 새로운 해석의 가능성을 만들고자 한다.

2. 박영운의 생애와 작품 해석의 방향

민족주의자의 '친일적 신소설'이라는 모순

박영운(朴永運)은 지금까지 전기적 사실이 거의 알려진 것이 없었다. 생몰년, 출신지, 행적이나 사상 등 모든 것이 미상인 채로 남아 있었다. 그에 대해 알려진 것이라곤, 그가 1910년대 초반 지방지 『경남일보』의 소설기자로 활동하면서 거기에 몇 편의 신소설 작품을 연재했다는 사실뿐이다. 그의 작품에 대한 연구도 아직까지 거의 이루어진 바 없고, 이재선의 오래된 연구가 거의 유일한 상황이다. 이재선은 이 글[3]에서 <옥련당>의 줄거리를 정리하고 난 후 "친일감정이 유달리 노출"된 작품이라는 평을 내놓았으며, <부벽완월>도 사정이 비슷하다고 했다. 그의 연구는 이후의 다른 연구[4]나 각종 사전류에서 박영운에 대한 기본 자료처럼 인용되어 왔다.

그런데 박영운 신소설에 대한 이재선의 연구는 기본적인 문제를 안고 있다. 그는 <옥련당>을 분석하기에 앞서 "더구나 이인직과 같이 친일사상이 농후했던 사람이 신소설의 작가이고 보면, 한일합병 이후의 신소설 작가들의 작품적 귀결은 어떠했던 것일까?"[5]라고 전제한 후, 박영운의 <옥련당>에서 친일적 요소를 찾아냈다. 작가의 친일성이 작품의 친일성으로 귀결했음을 지적한 것이다. 한마디로 박영운은 이인직처럼 친일사상이 농후한 사람이고 따라서 그의 작품은 친일적일 수밖에 없다는 논리이다. 하지만 그의 논문 어디에서도 박영운의 행적이나 사상에 대한 객관적 고찰은 보이지 않는다. 결국 실제 논문은 작품 속에서 친일적 해석이 가능한 부분을 찾아내 작품의 친일성을 먼저 규정한 후, 그것으로부터 작가의 친일성을 예단하고 확정하는 구조이다.

　그렇다면 박영운은 실제로 친일적인 인물이었는가? 실제 행적을 통해 본 박영운은 친일과는 아주 거리가 먼 인물이었다. 오히려 그는 계몽 교육과 독립운동으로 일생을 보낸 민족주의자였다. 이런 행적을 참고할 때, 그가 친일적 요소가 다분한 소설 작품을 썼다는 사실이 오히려 믿기지 않는 부분이다. '민족주의자'의 '친일적 신소설'이라는 치명적인 모순이 발생하는 것이다.

　어디서 이런 모순이 생긴 것일까? 이는 신소설 작품에 들어있는 통상 '친일적'이라고 간주되는 요소들이 사실은 해석적 이중성을 가질 수도 있음을 간과한 데서 온다. 끝까지 훼절하지 않고 일관되게 민족주의적 삶을 견지했던 한 작가를 작품 해석의 과정에서 친일주의자로 둔갑시켜 버리지 않기 위해서는 해석적 이중성이 걸려 있는 요소들에 대한 세심한 연구가 필요하다. 작가에 대한 객관적이고 실증적인 조사 연구는 이런 해석적 이중성을 최소화하는 한 방법일 수 있다. 이는 박영운에 국한된 문제가 아니라 앞서 열거한 신소설 작가 대부분에 관계되는 문제일 수도 있다.

작가 의식과 작품 서지

『경남일보』 소설기자였던 박영운은 소설을 연재할 때 매회마다 "著者 朴永運"이라는 분명한 저작자 표기를 남겼다. 신소설 최대 작가인 이해조마저도 작품마다 다양한 필명을 어떤 일정한 원칙 없이 사용했던 당대의 사정을 고려하면 이는 예외적인 현상에 해당한다. 저작자의 본명을 이처럼 분명하게 밝혀 적었다는 사실은 박영운이 신소설 작가로서 자신의 정체성을 중요하게 생각했다는 증거이다. 또한 『경남일보』에 실린 작가의 광고에 "본기자의 저술한 수십 권 소설 중"[6]이라는 표현으로 볼 때, 비록 지금 확인되는 작품은 7편에 불과하지만 실제 그가 지은 소설 작품 수도 만만치 않았던 것으로 보인다. 더구나 박영운은 정부 서훈을 논의해야 할 만큼 민족 계몽과 독립운동에 평생을 받쳤던 인물임이 새로 발굴한 자료를 통해 뒷받침되고 있어, 독립운동가로서도 새롭게 주목해야 할 인물이다.

이 글은 박영운 연구의 출발선에서 그의 행적을 실증적으로 밝혀내는 데에 기본 목표를 두고 있다. 이를 위해 당대의 법원 판결문과 신문기사들을 폭넓게 조사하였고, 박영운의 행적을 합병 전후로 나누어 재구성했다. 논의의 과정에서 작품에 대한 일부 언급이 있지만, 이는 행적 재구성을 위해 필요한 경우로만 제한하였고, 본격적인 작품 연구가 아님을 밝힌다. 새로 밝혀낸 행적에 상응하는 논리 구조 속에서 작품에 대한 의미 있는 새로운 연구가 뒤따르길 기대하는 마음이다.

그동안 박영운의 작품 서지는 일부 알려지기도 했다. 예컨대 『한국민족문화대백과사전』을 비롯하여 이 정보를 받아쓰고 있는 각종 인물사전의 '박영운' 항목에서는 <최근풍화소설(最近風化小說) 상(上)>(1914, 춘보약국, 평양)이라는 작품이 소개되어 있지만, 이는 잘못된 정보이다. '최근풍화소설'은 <운외운>이라는 작품의 표제일 뿐 이것이 별개의 작품명은 아니다. <교기원>과 <옥련당>의 연재 시기도 부정확하게 알려져 있고, <교기원>의 연재가 15회로 알려진 것도 잘못된 부분이다. 정밀 조사한 결과 총16회 연재된 것으로 확인되었다. 또한 권영민이 편한 『한국현대문학작품연표』(서울대출판부, 1998)에서는 <부벽완월>을 <정벽완월>로 잘못 표기하기도 했다. 이런 잘못을 바로잡아 박영운의 작품 서지를 아래 표와 같이 새롭게 확정하였다.

[표 1] 박영운 신소설 판본별 서지

	작품명	표제	연재(발행) 시기	발표지(발행사)
신문 연재본	교기원		1912.01.06~02.09.	경남일보(총16회 연재)
	옥련당	애락소설	1912.02.11~11.22	경남일보(총135회 연재)
	금산월	윤리소설	1912.11.25~?	경남일보
	부벽완월		1913.02.11~6.30	경남일보(총66회 연재)
	운외운	풍화소설	1913.07.02~?	경남일보
단행본	금지환	최신정탐소설	1912.05.10	동양서원
	옥련당(상하)	애락소설	1923.01.10(초판)	박문서관
	운외운(상)	최신풍화소설	1914.09.21	춘포약방
	공산명월	애정소설	1912.12.15(초판)	박문서관
	공산명월	애정소설	1916.06.30(재판)	박문서관
	공산명월	애정소설	1919.01.06	박문서관

[표 1]의 단행본 서지는 현재 실물이 남아있는 판본만을 대상으로 하였다. 이에 따라 <옥련당>(상)은 1913년 이전에 "동양서원 소설총서" 제3집 제3편으로 출간된 사실이 확인7)되지만, 실물 확인이 안 돼 목록에 포함하지 않았다. 이밖에 1913년 10월 20일 동양서원에서 발행한 <옥련당>(하)와 1916년 12월 25일 제3판 <공산명월> 등의 판본이 있는 것으로

파악되지만8) 확실한 서지를 알 수 없어 역시 표에서 제외했다.

피고인 박영운과 소설가 박영운

필자는 우연한 기회에 국가기록원 데이터베이스에서 '박영운'이라는 사람이 피고인으로 등장하는 독립운동 관련 판결문 하나를 발견했다. 1921년 고등법원 형사부에서 작성한 이 판결문9)에는 "平安北道義州郡義州面南門洞在籍 當時支那安東縣下六洞溝居住醫生 被告人 朴永運 四十六年"이라 기록되어 있었다. 피고인에 관한 기본적인 인적사항을 판결문의 모두(冒頭)● 형식에 따라 기록한 것이다. 이에 따르면, 피고인 박영운은 첫째 1921년 당시 46세 곧 1875년생으로, 둘째 평안북도 의주군 출신이며, 셋째 당시 중국 안동현에 거주하였고, 직업은 의생

● 판결문은 모두(冒頭), 주문, 이유의 3부분으로 구성되며, 모두에는 본적, 주거, 직업, 이름, 연령 등 피고인에 관한 인적사항이 기록된다.

이었다. 그렇다면 이 판결문에 등장하는 의주 출신이며 의생이었던 피고인이 개화기 신소설 작가로 알려진 박영운과 동일인이라는 것을 어떻게 확인할 수 있을까? 의외로 그것을 증명할 수 있는 단서는 여러 군데서 포착되었다.

우선 피고인 박영운의 출신지 즉 본적지가 '평안북도 의주군 의주면'이라는 사실에 주목해 볼 수 있다. 평안도와 함경도는 박영운 소설에 빈번하게 등장하는 공간이다. 특히 '평안북도 의주'는 그의 소설에서 가장 중요한 공간적 배경을 형성한다. <운외운>은 의주 성중에 사는 강지사의 딸 수영과 의주 인근의 용천 고을에 사는 고참봉의 아들 정백 간의 혼례를 전후한 이야기이다. 나이 어린 정백과 혼례를 치른 수영은 시어머니로부터 견디기 힘든 음해를 당하게 되며, 끝내 우물에 투신하여 자살을 시도하지만 어느 노부부에게 구조된다. 그 후 수영이 이곳저곳으로

떠돌면서 겪는 사건을 중심으로 스토리 라인이 형성되어 있다. 그래서 <운외운>에는 용골산, 압록강, 차련관●, 철산 등 의주 인근의 여러 지명이 등장한다.

● 차련관은 철산군 참면에 위치하며 이는 신의주 남쪽에 해당한다. 조선시대에는 역참이 있어 굉장히 번화했으며 근대 이후에는 경의선 철도의 작은 정거장이 있었다. 1925년 일제 경찰의 차련관 주재소가 습격당하는 사건이 벌어진 곳이기도 하다.

뿐만 아니라 작품 속에는 피고인 박영운의 거주지로 기록된 '안동현'이라는 지명도 등장한다. 안동현은 의주 맞은편 압록강 너머의 중국 지역으로 지금의 단동 일대를 가리킨다. 작품에는 장사를 하는 정대량이라는 인물이 등장하는데, 그는 눈보라 속을 헤매다가 선천동림 산골짜기에 쓰러져 죽어가고 있는 수영을 구조한다. 그런데 수영을 구조할 당시 그는 '청국 안동현'으로 수개월 전에 장사를 떠났다 돌아오는 것으로 설정되어 있다. <운외운> 하편이 전하지 않아 정확히 알 수 없지만, 아마도 하편에서는 수영이 정대량을 따라 안동현으로 옮겨가는 과정과 그곳에서의 사건을 중심으로 이야기가 전개될 것이라는 예상이 가능하다. 결국 의주를 비롯한 인근 지명, 나아가 안동현까지 작품 속 지명들이 피고인 박영운의 출신지 혹은 거주지와 동일 지역임을 알 수 있다.

더구나 의주와 인근 지명들은 박영운의 다른 작품에서도 빈번히 등장한다. <공산명월>(BGN-2019 : 080)은 박초시와 백경옥 부부가 나쁜 계략에 걸려서 겪는 기구한 이야기인데, 이 소설의 중심 공간 역시 '의주군 가산면 옥강동'이며, 여주인공 백경옥의 투신 장소도 압록강으로 설정되었다. 또한 <공산명월>에는 의주와 주변 지역의 물산에 대한 자세한 설명이 나온다. "원릭 의쥬 룡천 등디 사룸들이 히마다 춘졀이 되야 압록강물이 풀리게 되면 큰 빅에다 소곰과 메역 갓흔 히물을 만히 싯고 챵셩 벽동 초산 위원 강게 후챵 싸으로 지어 함경도 삼슈 쌍신지 압록강 연안에 잇는 각읍 싸으로 올나가 돈 밧고 팔기도 ᄒ고 각죵 토산지물에 곡식과 쑬과 담빅와 포속 갓흔 거슬 교환ᄒ여 오는 쟈가 몃 천명인지 몰으는 터이라"(공산명월, 131). 의주를 중심으로 하는 각종 물산의 거래와 교환에 대한 이처럼 자세한 서술은 저작자가 이 지방 출신일 가능성을 한층 높여 준다. 또한 충청도 청풍에 살던 옥형 낭자와 그의 시비 홍련이 계모와 송운세의 흉계를 피해 도망하는 스토리를 다룬 <옥련당>에서도 함경도 장진과 평안도 강진 등이 비중 있게 등장한다. 이처럼 의주를 중심으로 평안도와 함경도의 여러 지역이 박영운 소설에서 주요 사건이 벌어지는 공간으로 빈번하게 설정될 수 있었던 것은 그가 어떤 식으로든 이쪽 지역과 연관을 갖고 있었기 때문일 것이다. 따라서 소설가 박영운이 바로 피고인 박영운일 가능성이 높다.

피고인 박영운의 직업이 '의생'이라는 점도 그가 소설가 박영운과 동일인일 가능성을 말해 준다. 단행본으로 출판된 <운외운>(BGN-2019 : 604)은 다른 신소설 작품들이 모두 서울에서 발행된 것과 달리, 거의 유일하게 평양의 '춘포약방'●이라는 데서 발행되었다. 권말에 붙은 광고에 따르면, 춘포약방은 각종 약들을 직접 제조하였을 뿐만 아니라 약방의 출장소 특약점을 모집할 정도여서 꽤 규모가 있었던 것으로 보인다. 그런데 이 약방의 소유주가 <운외운>의 '저작 겸 발행자'인 노인규였다. 이는 '춘포(春圃)'가 바로 노인규●●의 호라는 데서 알 수 있다. 결국 <운외운>은 춘포약방의 소유주인 노인규의 지원으로 발행되었음을 알 수 있다.

● <운외운>의 판권지에는 發兌所로 춘포약방(평양부 전구리 46번지), 야소교책사(평양부 계리 140번지), 광문책사(평양 관후리 125번지), 서적상 최득린(평양부 남문통 3정목) 등 네 곳이 함께 기록되어 있는데, 그중에서 춘포약방이 가장 먼저 적혀있다.

●● 『매일신보』 1916년 9월 29일, 30일자에 실려 있는 「滿洲遊歷觀」은 필자가 '春圃 盧麟奎'로 명기되어 있다. 이를 통해 춘포가 노인규의 호라는 사실을 알 수 있다.

그렇다면 박영운은 어떻게 노인규로부터 지원을 얻을 수 있었을까? 이에 대한 의문은 춘포약방 광고 앞 쪽에 실린 『의약월보』 광고를 통해 해결할 수 있다. 『의약월보』는 의약강습회라는 단체가 매월 1회씩 발행했는데, 이를 2년간 구독하면 의약강습회 명의의 졸업증서를 수여했다고 한다. 즉 단순한 잡지가 아니라 일종의 의약교과서의 성격까지 띠었다고 볼 수 있다. 그런데 박영운은 노인규(盧麟奎), 김수철(金壽哲), 겐마 고조(弦間孝三) 등과 함께 이『의약월보』의 주간을 맡은 것으로 나온다. 소설가 박영운이 노인규와 상당한 협력 관계에 있었을 뿐만 아니라, 의약 잡지(혹은 교과서)의 주간을 맡을 만큼 이 분야에 상당한 지식을 갖추었음을 확인할 수 있다. 실제로 박영운은 일찍이 1906년 공제의원(共濟醫院)을 설립하고 내부에 이의 승인을 요청했던 일[10]도 있었다. 의약 분야에서 보여준 이런 행적들로 볼 때 소설가 박영운은 의생이라는 직업을 가진 피고인 박영운과 동일인임이 거의 확실해진다.

피고인 박영운이 소설가 박영운과 동일인이라는 무엇보다 확실한 증거는 판결문 내에서 찾을 수 있다. 판결문에서 피고인 박영운은 자신이 예전에 "소설을 저작 간행"하였고, "의약월보의 주필"을 맡아 한 적이 있음을 주장하고 있다.

이와 같은 여러 증거들로 미루어 볼 때, 판결문에 등장하는 박영운은 신소설 작가 박영운과 동일 인물임에 확실하다. 즉 개화기 신소설 작가인 박영운은 1875년에 평안북도 의주에서 태어났고, 의약 분야에 전문적인 지식을 갖춘 의생이었다. 이제 본격적으로 그의 행적을 추적할 수 있는 기본적인 단서가 확보된 셈이다.

의주신사회와 의주보민회

1875년 의주 출신의 의생이라는 단서를 가지고 추적해 본 결과, 박영운은 기독교인이고 부인은 주강숙(朱剛淑)이라는 개화여성이었다. 집안이나 성장기 기록은 없으며, 31세가 되던 1906년부터 행적이 나타난다. 바로 그해에 그는 백용호(白用鎬), 박창화(朴昌華) 등 의주의 뜻있는 사람들을 모아 '의주신사회(義州新社會)'를 조직하였다. 일반 평민을 중심으로 회원을 모집했던 의주신사회는 일종의 지역민을 대상으로 하는 계몽 조직의 성격을 띠었으며, (1) 신학문과 지식을 탐구하고, (2) 정치와 법률을 강구하고, (3) 장차 자본을 모아 학교를 설립하는 것을 목표로 했다. 이를 위해 매주 토요일 저녁에 토론회를 개최했고 관련 문제들에 대해 상호 연설하는 방법을 통해 지식을 발달시키고자 노력했다.[11] 또한 그는 비슷한 시기에 의주의 유력인사 300여인을 조직하여 '의주보민회'를 창립하기도 했다. 의주보민회는 구미의 문명을 받아들여 "義州에 新學新式에 風"을 조성하는 것이 목적이었으며, 박영운은 창립 초기부터 그 회장을 역임했던 것으로 확인된다. 그만큼 그는 일찍부터 문명개화에 눈떴던 인물이었다.

1907년 무렵, 박영운은 국민교육회가 운영하는 사립사범학교에 다녔다. 조창용(趙昌容)의 문집인 『백농실기』에는 1907년 7월 7일에 졸업증서를 받은 이 학교의 졸업생 명단이 나와 있는데, 박영운이 조창용, 백원진 등과 함께 총25명의 졸업생 명단에 포함되어 있다. 졸업생 명단에는 각각 이름과 주소가 기록되어 있는데, 박영운은 주소 대신 "대한의주보민회 회장"이라고 기록되어 있어 그의 신분을 확인할 수 있다. 국민교육회 사립사범학교의 수업연한이 6월~1년이라는 점을 감안하면, 박영운의 입학 시기는 아무리 늦게 잡아도 1907년 1월이 되어야 하며, 따라서 그는 이때를 전후하여 상경하였고, 한동안 서울 생활을 했을 것이다. 이 시기 박영운은 대한자강회에 가입하여 활동하기도 했다. 이는 『대한자강회월보』 제9호(1907.3.25일자)에 기재된 회원 명단을 통해 알 수 있다.

사진박람원 설립

박영운의 서울 체류는 채 1년을 넘지 않았다. 그는 1907년 11월이 되기 전에 이미 의주로 돌아와 있었다. 이런 정황은 "義州 基督教 信士 朴永運氏는 其間 京城에 逗留타가 浩然히 本鄕에 歸ᄒ야 다만 敎育에 從事ᄒ고 民智開發을 自任"12)했다는 1907년 11월 5일자『대한매일신보』기사를 통해 알 수 있다. 의주로 돌아온 박영운은 두 가지 새로운 활동을 구상하고 실천했다. 우선 하나는 사진박람원을 설립하는 일이었다. 그는 지역민들에게 "新識을 開導"하고 "現世界 景物에 如何흠을 知得케" 하려는 목적으로 의주 서부에 신세계 사진박람원을 세웠다. 미국에서 직접 사들인 700환 상당의 사진 장비들로 꾸며진 박람원 내부는 중앙에 설치된 커다란 유성기를 통해 애국가와 찬미가곡이 끊임없이 흘러나왔고, 관람객들은 이 유성기 소리를 들으면서 세계 각국의 자연 풍광과 근대 도시의 모습들을 신기한 사진 기계를 통해 조람할 수 있었다.13)

서간도 목민학교 설립

박영운이 귀향 후 펼친 또 하나의 활동은 학교 설립을 통한 교육계몽 사업이었다. 학교 설립은 의주신사회를 조직할 때부터 그가 추진하고자 했던 핵심 사업이었다. 그가 늦은 나이에 국민교육회의 사립사범학교 과정을 졸업한 것도 이를 위한 사전 포석이었던 것으로 보인다. 결론부터 말하면, 그가 이런 관심과 노력 끝에 세운 학교는 '서간도 목민학교'였다. 당시의『황성신문』과『대한매일신보』에는 이 학교에 관한 기사14)가 여러 차례 실렸다. 신문기사들을 종합해 보면, 압록강 너머에 세워진 서간도 목민학교는 이미 1906~7년부터 설립 논의가 이루어졌던 것으로 보이며, 늦어도 1909년 초에는 정식 개교했다. 고등과와 사범과를 설치 운영하였는데, 첫해에 이미 학생 수가 100여 명에 달했다. 박영운은 창립주무를 맡아 학교 설립을 주도했으며, 이후에도 주무 겸 교장직을 수행했다.

부인 주강숙도 학교에서 영어를 가르쳤다고 한다. 박영운이 이 학교에 열성을 보인 사실은 여러 번의 신문 기사를 통해 확인할 수 있다. 특히 1909년 8월 이후에는 교사를 증축하고 교원을 추가 초빙하는 등 학교 확장 계획을 세우고 이를 위해 적극적으로 의연금, 찬성금 모금에 나서기도 했다. 그 결과 비록 압록강 너머 국외에서 설립된 학교였지만 국내로부터 많은 후원이 이루어졌다. 학부와 한성부 민회 등에서 지원 결정이 내려졌는가 하면, 김윤식을 찬성장으로 하는 찬성회도 조직되었다. 물론 개인들도 목민학교를 위해 기부에 동참했다.

이상을 종합하여 볼 때, 박영운은 일찍부터 개화에 눈을 뜨고 근대적 서구 문물을 도입하여 국내에 소개했던 개화인이었다. 특히 한일합병 이전 그는 청년의 지식을 계발하고 이들을 계몽하기 위한 학교의 설립 및 교육에 힘을 쏟았던 교육계몽 활동가였다.

합병 이후 신소설 연재

합병 이후 서간도 목민학교가 어떻게 되었는지 현재로서는 확인되지 않는다. 더불어 박영운의 행적도 확인하기 쉽지 않다. 박영운이 새로운 활동을 시작한 것은 합병 후 1년 이상이 지난 후였다. 당시 유일한 지방 신문이었던 『경남일보』에 신소설 연재를 시작한 것이다. 한반도 최북단의 함경북도 의주 출신이 어떤 경로로 최남단 진주에서 발행된 『경남일보』에 신소설을 연재하게 되었을까? 아래 광고는 이 궁금증에 대한 흥미로운 추론의 실마리를 제공한다.

[1] 本社에서 各種 小說꺼리 이야기 될 만흐고 滋味잇는 事蹟을 만히 募集홀 次로 布告ᄒ오니 만약 一個月 十五回 揭載홀 만흔 小說件을 보ᄂᆡ주시

면 一個月 本報를 無代金으로 發送ᄒᆞ깃사오니 江湖쳠君은 照亮ᄒᆞ심을 敬
要. 慶南日報社 特告.

1개월 15회 분량의 소설을 모집한다는 경남일보사 명의의 특별 광고
이다. 이 광고에는 '慶南日報社 特告'라는 표지가 있다. 중요 단어들은 제
목 크기의 활자로 크게 조판하여 눈길을 끌도록 했다. 경남일보사가 이
무렵 연재소설을 절실하게 필요로 했음을 이 광고를 통해 짐작할 수 있
다. 광고는 1911년 12월 13일부터 25일까지 매호마다 게재되었고, 1912
년 1월에는 6일, 18일, 20일에 같은 광고가 실렸다. 바로 이 무렵 박영운
의 <교기원> 연재가 시작되고 있다. 연재 시기와 연재 횟수 등을 고려할
때 <교기원>은 이 광고를 보고 응모한 소설일 가능성이 높다. 즉 광고가
7차례 게재된 이후 <교기원>의 연재가 시작되고 있으며, 연재 시작 이
후에는 광고가 불규칙적으로 3차례만 더 실릴 뿐이다. 작품의 분량도 광
고가 요구하는 15회에 가깝다. 더욱이 <교기원>은 짧은 분량 안에 긴
스토리를 무리하게 뭉쳐 넣은 것 같은 인상을 받게 되는데, 이는 광고가
요구하는 15회 분량에 맞추려 했던 때문
일 수 있다. 이런 추론이 맞는다면, 박영
운은 소설모집 특별광고를 보고 <교기
원>을 응모하였고 이것이 계기가 되어
경남일보 소설기자가 되었다는 추론이
가능하다. 아마도 그는 1912년 1월말쯤
경남일보와 소설 연재 계약을 마무리하
고 정식 소설기자가 되었을 것이다. 왜냐
하면 이후로는 소설모집 특별광고가 더
이상 나지 않기 때문이다.●

● 서울의 인맥을 통해 추천받았을 가능성도 여
전히 남아 있다. 『경남일보』는 장지연을 주
필로 초빙하고 인쇄시설도 서울에 있던 우문
관의 것을 매입하는 등 신문사의 설립에서
서울과 밀접한 관련을 맺고 있었다. 이때 이
미 박영운은 서간도 목민학교의 설립 운영자
로서 중앙에 잘 알려져 있었던 것으로 보이
며, 이런 인맥이 『경남일보』 소설기자로 추
천되는 통로가 되었을 수 있다. 또한, 『경남
일보』 사장 김홍조가 함경도 초토사를 역임
했고 2대 사장 강위수는 1902년 평북관찰부
주사를 역임했다는 사실에 주목해 볼 수 있
다. 특히 강위수의 경우는 그 지역 출신인 박
영운의 존재를 인지했을 가능성이 높다. 그
렇다면 강위수가 박영운을 『경남일보』 소설
기자로 데려왔을 개연성도 무시할 수 없다.

어쨌든 박영운은 <교기원> 첫 연재가 이루어진 1912년 1월 6일부터 1913년까지 2년여 동안 5편의 신소설을 『경남일보』에 연속 연재하였다. 한 작가의 작품들이 같은 신문에 연속 연재된 사례는 이해조를 제외하면 따로 찾기 어렵다. 그런데 박영운이 합병 이후 돌연 신소설 연재로 관심을 돌린 이유는 무엇일까? 그것은 합병 전 목민학교를 통해 추진했던 직접적인 계몽 활동이 합병으로 인해 봉쇄된 때문일 수 있다. 봉쇄를 우회하는 방법으로 신소설을 택한 것이다. 소설적 담론의 간접성이 일제의 통제와 간섭을 우회하면서도 합병 전의 교육계몽 운동을 지속 실천하는 하나의 대안으로 받아들여졌을 가능성을 배제할 수 없다. 어쨌든 그가 갑자기 신소설 연재 작가가 되어 나타난 저간의 사정에 대해서는 추가적인 연구가 필요한 상황이다.

박영운의 신소설 연재는 오래 가지 못했고, 『경남일보』도 얼마 후 폐간 조치되었다. 신소설 연재의 길이 막힌 후, 박영운은 한동안 자신의 생업이라 할 의약업 분야에 종사했다. 그는 1910년대 중반기에 평양에서 춘포약방을 경영하던 노인규와 함께 의약강습회를 조직하였고, 『의약월보』를 발간하며 공동 주간을 맡았다. 『의약월보』는 의약업 종사자들을 위하여 의약에 관한 강의와 관련 법제 서식을 주석하여 실었던 월간지였다. 이 무렵인 1914년에 그는 노인규의 도움으로 <운외운>(상)을 단행본으로 간행하기도 했다.

독립청년단 사건

박영운은 그 후 어느 시점부터는 중국 안동과 무순, 평남 순천, 평북 정주 등으로 옮겨 다니며 모종의 독립운동을 비밀리에 펼쳤다. 1921년 전후의 독립청년단 사건, 1930년 전후의 오산농우회 사건은 그의 비밀

활동이 일경에게 포착되어 사건으로 불거진 것이다. 그는 이 사건들로 두 차례나 재판을 받고 실형을 선고받았다.

우선, 독립청년단 사건과 관련하여 유일하게 남아 있는 기록은 앞에서 이미 언급했던 고등법원 형사부의 판결문이다. 이 판결문에 따르면, 박영운은 1920년 음력 12월에 독립운동자라는 혐의를 받고 최대걸, 윤석태 등과 함께 의주 지역 일본 경찰에 체포된다. 그의 구체적인 죄명은 대정8년 제령 제7호 위반으로, 순천군 풍전면 독립청년단에 가입하여 안동현 방면의 교통원으로 활동했다는 것이다. 독립청년단은 독립군자금을 모금하여 대한민국 임시정부에 보내고 임시정부로부터 무기를 배급받아 친일분자를 처단하며, 항일독립전쟁이 개시되면 결사대를 조직해 무력투쟁을 전개하고, 국내에 파견되어 오는 독립운동가들에게 숙식을 제공하고 안내를 하는 것 등을 활동 목표[15]로 하는 독립운동 조직이었다. 여러 시군 지역에서 조직되어 활동하였으며, 특히 평안남도에서 활발한 활동을 보였다. 실제로 박영운이 체포되어 재판을 받던 1920~21년의『동아일보』에는 각 지역의 독립청년단 체포와 재판에 관한 기사가 다수 실렸다.

박영운은 체포된 후 1심과 2심에서 징역 1년 6월의 유죄 판결을 받았다. 하지만 그는 이런 판결을 인정하지 않고 평양 복심법원에 상고했다. 상고 재판 판결문에 인용된 박영운의 상고 이유는 다양했으며, 그는 아주 적극적으로 자신의 무죄를 주장했다. 그는 우선 해당 사건이 사법순사에 의해 조작되었다고 주장했다. 자신은 공범자로 지명된 최대걸이나 윤석태와는 서로 알지도 못하고, 더구나 순천군 풍전면이 어딘지조차 모른다고 했다. 1심과 2심에서 채택된 조서는 협박과 물고문에 의해 작성된 거짓이며, 공범으로 지명된 윤석태가 심문 과정에서 피를 토하고 죽은 것이 고문의 확실한 증거라고 했다. 그밖에 1심과 2심은 피고의 진술과 변론의 기회가 제대로 주어지지 않았고 재판 관할지도 잘못되었기 때문에 재판을 인정할 수 없다고도 했다. 무죄 석방을 위해 자신이 독립운동과 연관되지 않았음을 강력하게 주장한 것이다. 심지어 박영운은 스스로를 친일주의자라고 항변하기도 했다. 아래 인용문은 박영운 사건 상고심 판결문의 한 대목이다.

> [2]　本人ハ義州ノ一士族ニシテ由來獨立協會員トシテ熱烈ナル親日主義者トシテ當路頑固輩ノ親露主義ヲ排斥シ其勢力ノ驅逐ニ盡力シ明治三十七八年ノ戰役ニ旅團長ニ必勝策ヲ獻提シ日韓兩民族ノ仝化主義ヲ骨子トセル小說ヲ著述刊行シ日本基督組合敎會ニ入リ牧師渡瀨常吉代等ト鮮人歸化ニ全力ヲ注キ每日申報記者トシテ騷擾當時ニ時局安堵ノ記事ヲ揭載シテ民心ノ歸定ニ盡力シ總督府ヨリ醫生ノ許可ヲ受ケテ內鮮人醫師ト協力シテ醫生ノ爲ニ發行セル醫藥月報ノ主筆トシテ (…중략…) スル等常ニ穩健ノ主張ヲ以テ親日主義ヲ實行セル者ナルニ平北第三部巡査輩之ヲ知ラサルニアラサルモ……16)

인용문에서 박영운은 자신이 평소 온건한 주장을 가지고 친일주의를 실행해 왔다고 주장하였다. 자신은 그동안 (1) 친러주의 세력을 배척하는 데 힘썼고, (2) 러일전쟁 때는 여단장에게 승리의 방책을 제안했고, (3) 한일 양민족의 동화주의를 골자로 하는 소설을 지어 간행했고, (4) 일본 기독조합교회에 가입하여 조선인의 귀화에 전력을 쏟았고, (5) 매일신보 기자로서 삼일운동 당시 민심을 진정시키는 기사를 썼고, (6) 총독부의 허가를 받아 발행한 『의약월보』의 주필을 맡았다는 사실 등을 조목조목 나열했다. 이런 자신이 청년독립당 사건에 관계했을 리 만무하다고 주장하는 것이다. 하지만 박영운의 이런 주장을 곧이곧대로 받아들이기는 어렵다. 실제로 일본인들이 주재하는 일본의 복심법원에서는 박영운의 무죄 주장을 전혀 받아들이지 않았고, 그의 상고를 기각하였다. 박영운이 청년독립단의 독립운동에 관여하였음을 일본의 재판부가 최종적으로 인정한 것이다. 즉 박영운은 친일주의자가 아니며, 정체를 위장하고 활동하는 독립운동가라는 판결이다.

실제로 당시의 복잡한 국내외 정세 속에서 이루어지는 어떤 선택이나 행동은 민족운동의 일환으로도, 반민족적 친일로도 해석될 이중적 성격이 잠재되어 있었다. 박영운이 자신의 무죄 입증을 위해 끌어들인 그의 행적들도 얼핏 보면 친일의 분명한 증거처럼 보이기도 하지만, 당대의 복잡한 시대 상황에 대입해 정밀하게 분석해 보면 정반대 해석도 불가능하지 않다. 박영운이 한때 회원으로 활동했던 대한자강회는 문명화를 최우선 목표로 설정하였던 애국계몽 단체로, 한국의 자강 노력에 문명국 일본이 모범이 될 수 있다고 보았고, 그 결과 일본통감부에 대해서도 일정한 기대감을 지니기도 했다.[17] 이처럼 반민족적이지 않은, 애국계몽적 성격의 친일 노선은 얼마든지 해석적 이중성이 존재할 수밖에 없었다. 그는 재판에서 주로 이런 행적만을 선택적으로 언급하였다고 할 수 있다.

예컨대, 러일전쟁 전후의 시기에는 러시아의 남하와 세력 팽창을 일본을 통해 막아야 한다는 생각에 동조하는 민족운동 세력도 많았다. 세계의 판도를 서양과 동양, 백인종과 황인종의 대결로 보고 러일전쟁에서 일본의 승리를 우리 민족에게 유리한 상황 전개로 파악했던 것이다. 당시 지식인 사회는 러일전쟁을 인종전쟁으로 이해하는 분위기가 지배적이었고, 같은 황인종을 대변하여 백인종과 전쟁을 벌이는 일본을 적극 지원해야 한다는 여론까지 제기[18]되었을 정도였다. 박영운은 <옥련당>의 결말 부분에서 러일전쟁에 참전하여 일본 편에서 싸우는 주인공들을 그리고 있다. 이재선은 이 부분을 문제 삼아 그의 소설이 "친일·귀화적인 무국적의 인간상을 제시"[19]했다고 평가한 바 있다. 박영운이 재판에서 한일 양민족의 동화주의를 골자로 하는 소설을 지어 간행했다고 한 주장도 <옥련당>을 염두에 둔 것으로 보인다. 하지만 <옥련당>의 결말

부분은 러일전쟁을 인종전쟁으로 이해했던 당시 지식인 사회의 일반적인 분위기를 사실적으로 그려낸 것으로도 해석 가능하다. 해석적 이중성이 다분히 존재한다는 말이다. 즉 주요 인물들이 일본 편에서 전쟁에 참가하는 사건이 작품 집필 시에는 동아시아 지역 연대론의 실천으로 이해되었다면, 재판 시에는 그것이 친일의 증거로 제출되었던 것이다. 박영운은 이처럼 해석적 이중성을 교묘하게 활용하여 자신의 무죄 주장을 관철시키고자 했던 것이다.

일본기독교조합 가입이나 『매일신보』 기자 관련 주장은 구체적인 행적을 아직 확인할 수 없어 단정적으로 말하기는 어렵지만, 이 또한 무죄 주장을 위한 위계일 확률이 높다. 『의약월보』의 주필로 활동한 사실도 총독부의 식민 체제를 돕기 위한 것이 아니라 우리 민족의 위생과 건강을 확보하기 위한 애국 계몽적 행적으로 해석 가능한 사안이다. 실제로 합병 이전 근대적 위생은 일제가 식민통치를 위해 선택한 전략적 지식이기도 했지만, 우리의 애국 계몽적 지식인들도 그 중요성을 적극 강조한 바 있었다.[20] 그만큼 당대적 상황에서 이런 사안들은 정반대로 인식될 만큼의 이중적인 속성을 다분히 내재하고 있었다.

박영운은 자신의 가장 핵심적인 활동 중 하나였던 학교 설립과 그를 통한 교육계몽 활동은 거론조차 하지 않았고, 상황 변화에 따라 '친일적'이라 해석 가능한 것만을 모아 교묘하게 자신의 행적을 편집함으로써 무죄 증거로 삼으려 했다. 박영운으로서는 고도의 수 싸움을 노렸지만, 일제의 재판부는 수 싸움에 쉽게 넘어오지 않았다. 결국 그는 안동현 방면의 교통원으로 독립운동에 관여했다는 혐의가 최종 인정되어 징역 1년 6개월의 실형을 선고받게 된다. 당시 독립운동 관련 다른 재판들과 비교해 볼 때, 1년 6개월은 결코 가벼운 형량이 아니었다.

오산농우회 사건

박영운이 민족주의자였다는 사실은 그의 두 번째 체포와 재판 기록을 통해 다시 분명해진다. 독립청년단 사건이 있고 10여 년이 지난 1929년 박영운은 오산농우회(五山農友會) 사건으로 다시 일경에게 체포되었다. 『동아일보』는 박영운의 체포와 재판 과정을 7차례에 거쳐 연속 보도하였고, 『신한민보』21)도 이 사건이 갈수록 확대되고 있다고 한 차례 소식을 전했다.

[표 2] 『동아일보』의 오산농우회 사건 보도 일지

보도 일자	기사 제목	기사로 재구성한 사건 일지
1929.8.10	農友會員 六名 檢擧, 撫順에 刑事 急派	1929.8.5, 오산농우회 회원 6명 검거. 1929.8.7, 중국 무순 방면으로 형사대 급파.
1929.8.14	滿洲方面에서 六名 又 檢擧, 定州農友會事件	1929.8.10, 만주에서 박영운 외 6명 검거, 정주 압송.
1929.8.21	고려공산당원 검거, 定州署 事件과 관련	1929.8.16, 정주 오산학교 졸업생 김재경 체포.
1929.9.5	定州某事件 예심에 착수	1929.9.3, 박영운 등 6명 신의주 형무소로 이감 후 신의주지방법원에서 예심. 검사의 기소 죄명은 치안유지법 위반.
1930.10.2	피고 14명 중 13명 면소, 五山農友會事件 終豫	1930.9.13, 오산농우회사건 예심 종결. 박영운 (55세)만 치안유지법 위반으로 신의주지방법원 공판에 회부, 나머지 13명은 면소됨.
1931.2.3	五山農友事件 朴永運 公判	1931.1.31, 검사의 상고로 평양복심법원 재판.
1931.2.6	朴永運事件 一審대로 判決	1931.2.3, 징역 6개월 선고.

그해 8월 10일 『동아일보』에 실린 사건 관련 제일보에서는, 이 사건의 중심인물 박영운이 익성동에 거주하는 의생이며 거년까지는 오산농

우회 간부였는데 어떠한 사건으로 인하여 만주 무순으로 들어갔다고 전했다. 그리고 1930년 10월 2일 기사에서는 그가 55세라 했는데, 환산해 보면 1875년생이 된다. 1875년생 의생이라면, 그는 순천군 풍전면 독립청년단 사건의 주인공이었던 박영운과 동일인이라는 사실을 쉽게 확인할 수 있다.

오산농우회 사건은 1929년 8월 5일 평북 정주군 갈산면 익성동에 있던 오산농우회 간부 김덕필 등 6명이 검거되고, 그들에게 편지를 보낸 박영운을 검거하기 위해 만주 무순 방면으로 형사대가 급파되면서 시작되었다. 남강 이승훈이 1907년 오산학교를 세워 민족의식을 고취하고 인재를 양성해 왔던 바로 그곳에서 오산농우회 사건이 터졌던 것이다. 며칠 후 무순 방면에서 박영운 외 6명이 검거되어 정주로 압송되어 왔고 다시 며칠 뒤 김재경이라는 오산학교 졸업생이 추가로 체포되었다. 이로써 이 사건 관련하여 박영운 외 13명이 검거되었다. 이 사건에서 박영운은 만주 방면에서 국내와의 연락을 유지하면서 모종의 잠행운동(潛行運動)을 벌여 공산당치안유지법을 위반했다는 혐의를 받았다. 독립청년단 사건에서 그가 안동현 방면의 교통원으로 활동했다는 혐의 내용과 유사하다.

오산농우회 사건의 예심은 신의주 지방법원에서 1년여를 끌다가 1930년 9월 13일에 종결되었다. 예심의 결정에 따르면 피고들 중 박영운만 유일하게 치안유지법 위반으로 공판에 회부되었고, 나머지 13명의 피고는 면소되었다. 그의 구체적인 혐의는 당시 농촌 청년의 교양기관으로 조직된 농우청년회 창립대회 석상에서 청년 이십여 명을 모아놓고 공산주의 선전 활동을 했다는 것이었다. 일제강점기 하의 공산주의 활동은 대부분 민족운동을 견인하는 사상적 기반이나 다름없었다. 3·1운동 이후 폭발적으로 증가했던 노동운동이나 농민운동뿐만 아니라 학생들의 귀향 운동이나 농촌계몽 운동 등이 모두 공산주의 이념에 입각한 경우가 적지 않았다. 따라서 박영운이 청년 조직을 상대로 공산주의 선전 활동은 벌였다는 것은 그 자체가 독립운동의 일환으로 해석될 수 있었다. 일제 경찰과 재판부도 이런 관점에서 박영운의 활동을 문제 삼고 있는 것이다. 이후 박영운 사건은 평양 복심법원까지 올라갔고, 1931년 2월 3일 그에게 징역 6개월이 확정되면서 마무리되었다.

지금까지 살펴본 독립청년단 사건과 오산농우회 사건은 10여 년의 간격을 두고 발생했다. 그런데도 두 사건은 비슷한 데가 있다. 평안도에서 조직된 청년 중심의 지역 단체가 관련된 사건이라는 점이 우선 그렇다. 국외에 있던 박영운이 국내의 이들 단체와 연결 관계를 유지하며 모종의 활동을 펼쳤다는 것도 유사하다. 이런 유사점으로 볼 때, 박영운은 첫 번째 사건에서 실형을 선고받은 것에 아랑곳하지 않고, 두 번째 사건이 발생할 때까지 최소 10년 이상 유사한 방식의 독립운동을 비밀리에 지속해 오고 있었던 것으로 볼 수 있다. 그러는 동안 일제는 박영운을 요주의 인물로 지목하고 감시를 늦추지 않았던 것 같다.

이후 박영운의 행적은 문일평의 일기에서 마지막으로 한 번 더 등장한다. 문일평은 평북 의주군 의주면 출신으로 박영운과 동향인이며, 후일 건국훈장 독립장을 추서받은 독립운동가요 민족주의자였다. 일기에 따르면, 박영운은 1934년 1월 5일 당시 조선일보사 편집고문으로 있던 문일평을 회사로 찾아가 그와 함께 진고개(泥峴)를 산책했다.22) 오산농우회 사건 이후, 박영운이 서북지역과 만주를 오가면서 벌이던 활동을 접고 서울로 잠입하여 모종의 다른 계획을 진행하고 있었던 것인지 궁금해진다. 한일합병 이후의 행적을 종합해 보면, 박영운은 1930년대 전반기, 그의 나이 50대 중반에 이르도록 훼절하지 않고 독립운동 전선에서 자신의 역할을 다했던 투철한 독립운동가이자 확고한 민족주의자였던 것은 분명하다.

박영운 신소설의 해석 방향

지금까지 1910년대 초에 『경남일보』에 5편의 작품을 연속 연재했던 신소설 작가 박영운의 행적을 추적해서, 그동안 전혀 알려진 바 없던 그의 기본적인 인적 사항을 밝히고 구체적인 행적들을 재구성해 보았다. 요약하면 다음과 같다.

박영운은 1875년에 태어났으며, 직업은 의생이었다. 평안북도 의주 출신으로 일찍부터 개화에 눈뜬 개화인이자 기독교인이었다. 부인 주강숙도 개화여성으로 영어에 능숙했다. 1906년 박영운은 의주에서 '의주신사회'와 '의주보민회'를 창립하여 신지식과 근대문물을 도입 소개하는 데 힘썼다. 1907년 서울로 상경하여 국민교육회의 사립사범학교에 다녔고, 대한자강회 회원으로도 활동했다. 학교 졸업 후 의주로 돌아온 그는 신세계 사진박람원을 설립하였고, 1909년에는 서간도 목민학교를 세워 교육계몽 활동에 헌신하였다.

한일합병으로 학교 교육을 통한 애국계몽 활동이 불가능해지자 박영운은 신소설로 눈을 돌렸다. 1910년대 초 『경남일보』에 5편의 신소설을 연속 연재하면서 신소설을 통해 계몽 활동을 지속하고자 했다. 그의 이런 선택은 신소설이 지닌 계몽의 힘에 대한 신뢰를 바탕으로 했다. 하지만 신소설 연재도 오래 갈 수 없었다. 이후 그는 평양에서 춘포 노인규 등과 함께 의약강습회를 조직하고 『의약월보』를 간행하기도 했다. 1920년을 전후해서부터 박영운은 중국과 국내를 오가면서 독립운동에 전념했다. 1921년 전후의 독립청년단 사건과 1930년 전후의 오산농우회 사건은 그의 비밀 활동이 일경에게 포착되어 불거진 사건이었다.

이처럼 박영운은 한일합병 전까지는 지역사회와 청년을 대상으로 한 근대 계몽 활동에, 합병 후에는 비밀조직을 통한 독립운동에 투신한 민족주의자의 삶을 살았고, 그 과정에서 신소설을 저작하기도 했다. 그는 애국계몽기에서 일제시대까지 거쳐 살았던 지식인들 중에서 끝까지 훼절하지 않고 애국적 삶의 모형을 견지했던 많지 않은 인물 중 하나였다고 평가할 수 있다. 이를 고려한다면 그의 작품 <옥련당>이 친일적 요소를 내포하고 있다는 기존 연구의 결론은 자연스럽다고 볼 수 없다. 확고한 민족주의자가 친일적 내용의 소설을 쓴다는 것은 불가능에 가깝다. 그런 면에서 그의 소설은 전체적으로 새롭게 분석되고 해석될 필요가 있다. 그가 보여주었던 계몽활동과 독립운동에 부합하도록 작품 해석의 방향을 전환하고, 이를 통해 그의 삶과 작품의 의미를 새롭게 가치화해야 한다.

마지막으로, 개화기처럼 사상과 이념의 착종이 심했던 시대의 작품을 작가의 행적이나 사상에 대한 고려 없이 작품 자체만으로 연구할 때 발생하는 문제를 소홀히 생각해서는 안 되며, 이제라도 개화기 작가들에 대한 연구의 폭을 넓혀나가는 것이 좋겠다고 제안한다. 또한 어떤 역사의 격랑에 휘말려야 했던 사람의 삶을 평가할 때, 특히 그들의 시대가 사상적 착종이 심한 시대였다면 연구자들은 보다 섬세한 시각을 갖고 안목을 발휘해야 한다.

3. 김용제와 <옥호기연>의 계몽 방식

개화기 소설은 국권 상실의 시기인 1910년대로 들어서면서 통속화되어 갔다. 그런 흐름은 『매일신보』에 실렸던 조중환과 이상협의 번안소설●이나, 현상 응모 단편소설23) 등

●조중환의 <쌍옥루>(1912.7.17~1913.2.4), <장한몽>(1913.5.13~10.1), <단장록>(1914.1.1~6.9), 이상협의 <눈물>(1913.7.16~1914.1.21), <정부원>(1914.10.29.~1915.5.19) 등.

이 주도했다고 볼 수 있다. 이것들은 사실『매일신보』의 판매부수를 끌어올리기 위한 기획의 산물이었다. 애국계몽기에 왕성하게 창작, 번역·번안되었던 계몽성 강한 역사전기류는 거의 맥이 끊겨갔다. 이런 상황에서 김용제(金用濟)는 <옥호기연>(BGN-2019 : 585)을 발표하게 된다. 1912년에 처음 간행된 <옥호기연>은 계몽적 의도가 강한 작품이었다. 애국계몽기 서사물의 강한 계몽성이 국권 상실 이후 물거품처럼 사그라져간다고 생각되는 지점에서 계몽적인 신소설을 내놓았던 것이다.

<옥호기연>의 저작자 논란

<옥호기연>은 그동안 이해조의 작품 혹은 작자 미상으로 알려져 왔다. 이용남24)이 작성한 41편의 이해조 저작 목록과 권영민이 편찬한『한국현대문학대사전』의 '이해조' 항목에서는 이 작품을 이해조의 것으로 보았다. 반면 한국학중앙연구원의『한국민족문화대백과사전』과 일부 온라인사전 등에서는 작자 미상으로 처리했다. 최원식25)의 경우는 <옥호기연>에서 금주를 납치하는 막동이 일당이 이해조의 <춘외춘>에 나오는 호춘식 일당과 유사해서 이 작품의 저작자가 이해조일 가능성을 완전히 배제할 수는 없다고 말하면서도, 이용남이 작성한 이해조 저작목록에 <옥호기연>이 포함된 것은 납득할만한 근거가 부족하다고 말한다. 그러면서 결정적인 증거가 나타나지 않는 한 작가 미상으로 처리해야 하는 것이 옳다고 했다.

<옥호기연>은 1912년에 단행본으로 간행된 신소설 작품이다. 그동안 동양서원 발행이라고 알려져 왔지만 실제 판본의 판권지에 발행사 표기는 없다. 대신 보급서관, 동양서원, 광학서포 등이 공동 발매소로 되어 있고, '저작 겸 발행자'에는 민준호가 적혀 있다. 민준호(1877~1937)26)는

1910년에 동양서원을 설립하여 문학서적과 종교서적을 주로 간행했던 인물이다. 그는 1913년에 '동양서원 소설구락부'라는 이름으로 소설총서를 기획 간행한 바 있고, 그리스도교에 입교해 기독교 문서 출판에도 크게 기여했었다. <옥호기연>이 동양서원 발행이라고 알려진 것은 민준호가 발행자로 되어 있기 때문으로 판단된다. 하지만 분명한 것은 이 판본 어디에도 이해조의 이름은 등장하지 않는다는 사실이다. 최원식의 지적대로인 것이다.

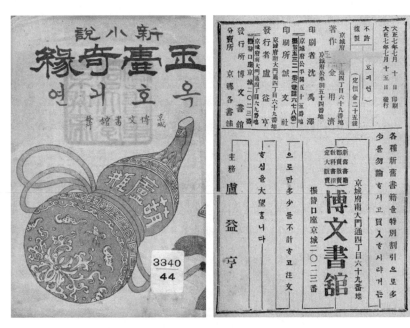

[그림 1] 1918년본 <옥호기연>의 표지와 판권지

그렇다면 <옥호기연>의 저작자를 판권지에 '저작 겸 발행자'로 표시된 민준호로 봐야 되는가? 당시의 출판 관행으로 볼 때, 판권지에 표기된 '저작 겸 발행자'가 실제 저작자일 가능성은 거의 없다. 이와 관련하여

<명월정>의 말미에 나오는 이런 언급을 참고해 볼 수 있다. "이 글(<명월정>을 가리킴)은 박이양 씨의 져작이나 져작판권이 남궁준의 소유이기로 발힝 겸 져작권 소유는 남궁준이라 ᄒ오".27) 이 언급에 따르면, '저작 겸 발행자'에서 '저작'은 실제 저작자(author)를 가리키는 것이 아니라 저작판권 소유자(copyrighter)를 지칭하며, '저작 겸 발행자'는 저작판권의 소유자이면서 동시에 서책의 발행자를 가리키게 된다. 따라서 <옥호기연>의 '저작 겸 발행자'로 기록된 민준호는 저작판권을 소유한 발행자일 뿐이며 실제 저작자는 아니다.

실제 저작자는?

그렇다면 <옥호기연>의 실제 저작자는 누구인가? 다행히 이를 해결할 수 있는 자료가 남아있다. 그동안 잘 알려지지 않았던 <옥호기연> 판본이 서울대학교 중앙도서관 고문헌자료실에 소장되어 있다. 46쪽 분량으로 된 이 판본은 1918년 박문서관에서 간행되었다.28) 이것은 53쪽 분량의 1912년 동양서원본 <옥호기연>과 내용 면에서는 완전히 동일하다. 다만 띄어쓰기가 없어지고 한쪽에 배열된 행수가 늘어났기 때문에 전체 쪽수는 46쪽으로 줄었다. 앞표지의 디자인은 얼핏 보면 1912년본을 그대도 사용한 것처럼 보이지만, 자세히 살펴보면 원래 디자인을 베껴 새로 제작된 표지임을 알 수 있다. 제목 바로 밑에는 '경성 박문서관 발행'이라는 글씨가 추가되었다.

그런데 1918년 박문서관본 <옥호기연>의 판권지(그림 1)에서는, 1912년 초간본과 달리, 저작자를 발행자와 분리해서 따로 명기해 놓았다. 이에 따르면 <옥호기연>의 저작자는 김용제(金用濟)이며, 그는 '경성부 ○○통 4정목 69번지'에 살고 있었다. 당대의 신소설 판권지들을 정밀 검토해 보면, 발행자와 분리되어 표기된 저작자는 실제 저작자이거나 혹은 번안작가로 판명되고 있다. 따라서 김용제를 <옥호기연>의 실제 저작자로 단정해도 무리가 없다.

김용제는 누구인가?

<옥호기연>의 저자 김용제가 어떤 인물인지 알려진 것은 전혀 없다. 여러 자료를 확인해 보니, 비슷한 시기에 김용제라는 이름을 쓰는 인물이 몇 군데서 확인된다. 우선 시인이자 프롤레타리아 문학가였다가 중일전쟁 당시 친일문학으로 전향해 버렸던 김용제(金龍濟, 1909~1994)라는 이가 있다. 하지만 이 사람은 <옥호기연>의 저자 김용제가 아님이 이름의 한자 표기나 출생년도 등에서 쉽게 확인된다. 또 충남 홍성 장곡 출신의 독립운동가로, 1993년 대통령 표창을 받았던 김용제(金用濟, 1893~1974)라는 분도 있다. 그러나 이 분과 <옥호기연>의 김용제가 동일인물인지 아닌지를 확인할 수 있는 결정적인 단서를 찾을 수는 없었다. 지속적인 확인 노력이 필요한 부분이다.

자료가 많지 않아 확인에 어려움이 있었지만, 몇 가지 저작물을 검토하여 <옥호기연>의 저작자인 김용제가 어떤 성향의 인물이었는지 추론해 보는 것이 가능하다. 우선, 김용제의 저작물로 <광한루>라는 작품이 확인된다. 이는 <춘향전> 개작본으로 일명 <증정 특별 춘향전>으로 불렸다. <옥호기연> 보다 한해 늦은 1913년에 민준호가 경영하던 동양서원에서 첫판이 나왔던 책이다. 1917년과 1918년에는 박문서관으로 출판사를 옮겨 재차 발행●된 바 있다. <광한루>도 1913년 동양서원본은 역시나 저작자가 따로

●1918년 발행된 <광한루>가 서울대 중앙도서관에 소장되어 있는데, 판권지에 재판 표시가 있고 초판은 1917년 11월 25일에 발행된 것으로 병기되어 있다. 설성경 편저 『춘향예술사 자료 총서』 4(국학자료원, 1998)에 수록된 <광한루>도 1918년 재판본이다.

표기되지 않았다. '편집 겸 발행자' 란에는 민준호가 적혀있는데, '저작' 대신 '편집'이라고 한 것으로 보아 민준호가 개작자일 가능성은 별로 없다. 그런데 다시 간행된 1918년 박문서관본에서는 김용제가 '저작 겸 발행자'로 적혀있다. 이는 김용제가 저작판권의 소유자이면서 발행자라는 말인데, 1918년 당시 박문서관의 경영주는 김용제가 아니었기 때문에 그를 발행자로 보기는 어렵다. 발행자가 아니라면 그는 개작자일 가능성이 높다.29) <옥호기연>과 <광한루>의 사례를 함께 고려하면, 김용제는 1912~13년의 동양서원본에서와는 달리 1917~18년 박문서관본에서는 자신의 이름을 판권지에 노출하고 있는데, 이것이 저작판권의 회복을 의미하는지 아니면 어떤 상황의 변화를 반영하는지 알기는 어렵다.

그밖에, 김용제는 『보통학교 조선어독본 4년제』30) 3권과 4권, 『마라손왕 손기정 우승기』라는 책자의 저작 겸 발행인이기도 하다. 전자는 일제의 출판경찰이 1910년 8월에 불허가출판물로 처분한 책이다. 출판이 불허된 이유는 밝혀져 있지 않지만, 일제의 식민정책에 반하는 내용이 수록되어 있었기 때문일 것이라는 점은 쉽게 추론할 수 있다. 후자는 베를린올림픽 마라톤에서 우승한 손기정을 기념하고 홍보하는 책자로, 올림픽 직후인 1936년 11월에 명문당에서 나왔다. 상하 2편으로 구성되어 있는데, 상편에는 제11회 올림픽대회에 7명의 조선선수가 참가했다는 내용과, 마라톤에 참가한 손기정과 남승룡의 각오, 투지 있게 경기에 임하여 끝내 월계관을 머리에 썼다는 내용이 적혀있고, 하편에는 손기정의 출생과 인생역정, 그리고 마라톤에 대한 집념과 그의 가족들에 대하여 기술되어 있다.

이상의 저작 활동을 종합해 볼 때, 김용제는 민족주의자였던 것으로 보이며, 계몽적 출판문화 활동에 주로 종사했을 가능성이 높다. 일제 출판경찰에 의해 불허된 조선어독본을 펴냈을 뿐 아니라, 당시 민족적 영웅이었던 손기정의 마라톤 제패를 소개하는 책을 만들었다는 점에서 그렇다. 또한 그는 <광한루>의 개작을 통해서 풍속개량에 대한 관심도 보였다. 김용제의 계몽적 민족주의적 성향은 그가 쓴 신소설 작품 <옥호기연>에서도 잘 드러난다. <옥호기연>은 국권 상실 이후에 발표된 작품임에도 불구하고 애국계몽기의 역사전기류 번역 및 번안 서사들에서 자주 활용되던 계몽의 두 가지 방식이 재활용되고 있다는 측면에서 주목된다.

애국계몽기의 계몽 방식

국권 상실 이전의 번역 및 번안 서사에서 주로 활용되었던 계몽의 방식은 크게 두 가지로 나누어진다. 하나는 타국의 독립사나 쇠망사를 소개하여 국권 상실의 위기에 대처하려는 방식이고, 다른 하나는 정치외교를 비롯한 여러 분야의 영웅적 인물들의 사례를 통해 개화 및 계몽을 장려하는 방식이다. 당시 출판된 번역 및 번안 서사 58편을 조사 분석한 연구31)에 따르면, <파란말년전사>, <월남망국사>, <비율빈전사> 등 36.2%가 전자에 속하며, <이태리건국삼걸전>, <애국부인전>, <라란부인전> 등 46.5%가 후자에 속하는 것으로 조사되었다. <옥호기연>은 애국계몽기가 아니라 국권 상실 이후에 출간된 작품이다. 그러면서도 애국계몽기의 번역 및 번안 서사에서 활용하던 계몽의 두 방식을 변용하여 허구적 서사와 혼재하도록 구성한 색다른 작품이다.

<옥호기연>의 내용

<옥호기연>은 막동이가 연등제 구경을 나온 금주에게 반해서 그녀를 납치하게 되는 데서 시작된다. 그는 납치한 금주를 집으로 데려와 겁간

하려 하지만 금주의 저항으로 뜻을 이루지 못한다. 막동이는 하는 수 없이 금주를 놓아 보내고 대신 다른 여자를 또 납치한다. 하지만 이번에는 일이 발각되어 경찰에 잡혀 간힌다. 그후 막동이는 평소 그를 따르던 건달 친구들의 도움으로 탈출하여 해외로 도피하게 된다.

개화기 소설에서 등장인물의 외국행은 거의 유학이나 유람의 목적인 경우가 대부분이었다. <옥호기연>처럼 범죄 도피의 목적으로 주인공이 외국행을 택한 사례는 거의 나타나지 않는다. 막동이가 '경인철도'를 타고 인천으로 가서 구라파행 윤선에 올라 망망한 바다 위에서 도피의 목적지로 최종 선택한 곳은 이탈리아이다. 이탈리아가 반도국으로 조선과 흡사한 환경이라는 이야기가 생각났기 때문이다. 막동이는 이탈리아에서 로마, 나폴리(나파부), 사르데냐(살명) 등지를 구경하면서, 이탈리아의 지나간 역사를 상고하고 현재를 목도한다. 이런 역사 여행을 통해 아버지 주 감리의 재산을 믿고 건달패들과 어울려 다니며 못된 짓을 일삼던 자신의 과거를 회개하게 된다.

막동이가 이탈리아 역사 여행을 통해 새 사람으로 거듭났을 때, 돌아오라는 부친의 편지가 그에게 전달된다. 편지는 사면령이 내려 죄가 없어졌다는 것과 혼인할 여자를 정해 두었으니 속히 돌아와 혼례를 치루라는 내용이었다. 이에 막동이는 급거 귀국하여 아버지가 정해 준 금주와 혼례를 치른다. 그 과정에서 막동이는 금주를 납치했던 과거 일의 오해를 풀고 용서를 받는다.

〈옥호기연〉의 계몽 방식

이런 줄거리를 가진 <옥호기연>은 세 부분으로 나누어지는데, 막동이의 이탈리아 여행을 중심으로 전후에 에피소드가 배치된 구성이다. 작품의 주제와 관련된 핵심 부분은 단연 막동이의 이탈리아 여행 부분이다. 막동이의 이탈리아 역사 여행은 로마에서 시작된다. 그는 로마에서 셩피득수(셩베드로셩당)와 올고셩(산탄젤로셩), 혹시마의 구경터(콜로세움) 등의 유명한 유적지를 둘러본다. 그러면서 그는 강력했던 고대 로마, 천하를 움직였던 중세 교황의 시대를 상고하고, 그 시대가 쇠망하게 된 원인을 생각한다. 로마의 쇠망은 "지샹쟈가 정전을 망령되이 희롱ᄒ고 량민을 불상히 넉일 줄을 알지 못ᄒ고"(옥호기연, 31) 자기들의 즐거움만 좇은 결과라는 점을 인식하기에 이른다. 또한, 교황권이 추락하게 된 원인에 대해서도 다음과 같이 언급한다.

[3] 로마 교왕이 놉픈 왕위에 쳐ᄒ야 능히 옛것을 곳치며 싀것을 취ᄒ고 리흔 일을 경영ᄒ며 폐단을 졔각ᄒ지 못ᄒ고 다만 목젼에 부귀만 욕심ᄂᆡ여 구추ᄒ고 인슌ᄒ야 스스로 이 세계의 교왕은 가히 만ᄃᆡ 샹젼홀 줄만 넉이어 교만ᄒ고 음난흔 것을 못홀 바가 업시ᄒ야 귀에는 풍류소리가 젓져잇고 눈에ᄂᆞᆫ 금쥬 슈능라가 취ᄒ히 잇고 몸은 고루거각에 드러잇셔 셰상의 변ᄒ가ᄂᆞᆫ 것과 빅셩의 졍틱를 몰오며 (옥호기연, 29~30)

한마디로 로마가 쇠망하고 교황권이 추락한 것은 모두 윗사람들의 잘못이라는 것이다. 그 결과 지금의 이탈리아는 나폴리에서 목격하는 것처럼, 땅은 살지고 기후는 온화한데도 불구하고, 사람들은 의욕이 없고 삶은 남루하게 되었다. 심지어 그런 낙후된 상태가 "열ᄃᆡ지방에 사ᄂᆞᆫ 야만"(옥호기연, 33)과 같다고 비교될 정도이다. 김용제가 <옥호기연>을 통해서 다른 나라의 쇠망의 역사를 소개하는 이유는 자명하다. 그것을 소개함으로써 국권 상실에 이른 조선의 현실을 환기시키고 이런 결과가 지배 계층의 잘못으로 초래된 것임을 분명히 하면서, 국권 회복 의지를 북돋고자 하는 데 목적이 있다고 볼 수 있다. 이는 <파란말년전사>, <월남망

국사>, <비율빈전사> 등 애국계몽기의 번역 및 번안 서사에서 이미 경험한 바 있는 계몽의 한 방식이었다.

<옥호기연>이 목표로 했던 계몽의 의도는 막동이의 사르데냐(살명) 여행을 통해 좀 더 분명해진다. 막동이는 로마와 나폴리에서 목도하였던 것과는 아주 다른 이탈리아를 사르데냐에서 경험하는데, 그것은 다름 아닌 이탈리아의 독립과 통일 전쟁에서 활약한 영웅 이야기이다. 막동이는 사르데냐의 국왕 사리스아이딕(비토리오 에마누엘레 2세)이 외세인 오스트리아를 물리치고 나라를 겸손하게 다스려 결국에는 이탈리아의 초대 국왕이 된 역사를 상고하고, 또 이탈리아의 발달한 근대 의회를 방청하게 된다. 의회는 사리스아이딕에 의해 초석이 마련된 근대적 정치제도였다. 이탈리아 구국 영웅을 상고하고 근대 의회제도를 소개함으로써 조선의 국권회복 의지를 다지고 근대적 문명개화의 중요성을 강조하겠다는 계몽 서사의 의도를 분명히 드러낸 것이다. 영웅적 인물들의 사례를 통해 개화 및 계몽을 장려하는 이런 방식 또한 <이태리건국삼걸전>, <비사맥전>, <애국부인전>, <라란부인전> 등 애국계몽기의 번역 및 번안 서사에서 활용되었던 계몽의 또 다른 방식에 해당한다.

검열에 대응하는 형식

김용제는 <옥호기연>에서 퇴폐한 권력이 불러오는 쇠망의 역사와 이를 구원할 영웅에 대한 대망을 함께 서술함으로써, 당시 국권상실을 전후한 시기의 역사적 상황을 환기하는 한편 위기를 극복할 동력을 찾고자 했다. 하지만 당시 국권 상실의 역사적 상황 하에서 그런 의도를 곧이곧대로 드러낼 수는 없었다. 국권 상실과 함께 계몽의 서사는 크게 위축될 수밖에 없었다. 김용제는 계몽 서사에 가해질 검열의 시선을 피할 방법을 찾아야 했다. 그는 이미 자신의 출판물이 일제 출판경찰에 의해 불허가출판물로 분류되었던 경험이 있었다.

그는 '외국 유람'의 모티프를 활용하여 검열의 시선을 피해가고자 했다. 즉 막동이의 이탈리아 여행과 그것을 계기로 개인적 잘못을 반성하고 회개하는 허구적 서사 형식은 검열의 시선을 피하는 한 가지 방편이 될 수 있었다. 여기서 '외국 유람'은 보다 이른 근대전환기 단형서사에서 자주 활용되던 '몽유'라는 서술 방법과 기능적 유사성을 갖는다. 서사적 틀로 도입된 꿈속 세계와 외국이라는 공간은 모두 현실의 문제를 비판하거나 대안을 제시하는 데 요긴하면서도 현실과는 절연되어 담론에 대한 책임의 문제를 피해가기에 편리했다.

그렇지만 허구적 서사가 늘어나는 비중만큼 계몽 서사는 크게 위축될 수밖에 없었다. 막동이가 금주를 납치하여 겁간하려 하고, 건달패의 도움으로 경찰서에서 탈출한 후 밀항하고, 혼례식 날 금주가 막동이를 알아보고 기절하는 등의 허구적 에피소드가 확장되는 데 반면, 계몽의 서사를 구성하는 역사적 사건과 사실에 대한 구체적이고 세세한 정보는 대부분 탈각되어 버렸다. 그 결과 계몽 서사는 서술자의 감상과 평가 위주로 서술이 간략화되는 형식의 변화를 겪었다. 이런 면에서 <옥호기연>은 1909년 출판법 공포와 한일병합으로 사상 통제와 출판 검열이 강화되면서 나타날 수 있는 계몽 서사의 대응 방식을 보여준다고 할 수 있다. 하지만 변형되고 약화된 계몽 서사는 시대의 파고를 넘기에 힘에 부치는 형식이었다. 계몽적 민족주의적 성향을 지녔던 김용제가 <옥호기연> 이후에 작품 창작을 이어가지 못했던 이유이다. 더구나 김용제는 이해조나 최찬식과는 달리 특정 매체와의 연계 속에서 지속적으로 작품 창작을 할 수 있는 상황도 아니었다. 개화기 신소설 작가의 퇴장!

4. 박건병과 <광악산>의 계몽성

박건병(朴健秉, 1892~1931)은 중국에서 주로 활동했던 독립운동가로 1993년 건국훈장 독립장이 추서된 인물이다. 하지만 그가 신소설 작가라는 사실은 전혀 알려진 바 없으며, 그의 신소설 작품 <광악산> 역시 어떤 연구에서도 거론되지 않았던 작품이다. 여기서는 박건병의 행적을 탐색하고 <광악산>에 나타나는 계몽성의 문제를 짚어볼 것이다.

박건병의 <광악산>(BGN-2019 : 086)은 1912년에 발표된 작품이다. 이때는 한일합병으로 계몽성 강한 역사전기소설의 맥이 거의 끊겨버린 시기였다. 그런데 앞서 다룬 김용제가 그랬던 것처럼, 박건병도 이런 어려운 때에 자신의 첫 작품으로 계몽적 의도가 강한 신소설 작품을 출간한다. 애국계몽기 서사물의 강한 계몽성이 국권 상실 이후 물거품처럼 사라져버렸다고 생각되는 지점에서 김용제도, 그리고 박건병도 계몽적인 신소설 작품을 내놓았던 것이다. 여러 현실적 어려움 속에서 출간되었을 박건병의 신소설 작품에서 애국계몽적 개화기 소설의 마지막 모습을 확인할 수 있지 않을까 하는 기대가 생기는 이유이다.

철원 출신의 독립운동가

<광악산>은 1912년 7월 30일 박문서관에서 발행한 신소설로, 여성교육과 자유 혼례의 주제의식을 보여준다. 판권지에 따르면 저작자는 박건병(朴健秉)이고 발행자는 노익형(盧益亨)이다. 개화기 소설 연구자들에게 발행자 노익형은 박문서관을 설립한 경영인으로 익숙하다. 이에 비해 저작자 박건병에 대해서는 아직 알려진 것이 전혀 없다. 그는 누구인가?

박건병(朴健秉)은 강원도 철원 출신의 독립운동가이다. 그는 무장투쟁

노선을 견지하면서 하와이에서 독립운동을 전개했던 우성 박용만(朴容萬)의 5촌 숙부였다. 독립운동가였던 박장현(朴章鉉), 그리고 박용각(朴容珏)과 박용철(朴容喆) 형제도 그의 집안 사람들이다. 그렇다면 철원의 독립운동가 집안 출신의 이 인물과 신소설 <광악산>의 작가 박건병은 동일인인가? 그 의문은 의외로 쉽게 풀린다.

철원, 가평, 춘천이 맞닿는 경계에 위치한 화악산은 높이가 1,468m로 일대에서 가장 높은 산이다. 지역 토박이들은 대대로 이 화악산을 광악산이라고 즐겨 불렀다. 신소설 <광악산>에 등장하는 광악리, 영평 제비울, 그리고 가평읍 장터 등은 모두 광악산으로부터 20여km 안쪽에 실재하는 지명들이다.

[4] 그 길로 믜파가 두 주먹을 부루쥐고 고성령을 너머셔셔 졔고량을 얼는 지나 사당니를 지나셔니 길가에 소나무 졍즈가 보기죠케 셧는지라 다리가 압푸든지 믹긴흔 마가목 집팡이를 멈짓 머무르고 잔쎄밧헤 펄석 주져안저 (광악산, 7)

위 인용문은 강감역 내외의 부탁을 받은 매파가 중매를 넣으러 목동지 집으로 넘어가는 장면인데, 고성령, 제고량, 사당리를 거쳐 이후 광악리 목동지 집에 이르는 과정이 상세히 서술되고 있다. 이 지역 출신이 아니면 이처럼 세세한 실제 지명들을 서술에 충분히 활용하기는 힘들다. 이는 <광악산>의 저작자가 광악산 인근 지리에 밝은 지역민이라는 단적인 증거이다. 철원 출신의 독립운동가 박건병은 광악산으로부터 불과 30여km 떨어진, 철원군 철원읍 화지리에서 태어나고 자랐다. 그가 <광악산> 저자 박건병과 같은 인물이라고 보는 첫 번째 이유이다. 더구나 독립운동가 박건병은 중국에서 독립운동을 하는 동안에도 소설에 대한 남다른 관심을 갖고 중국 무협소설 <강호기협전>을 『동아일보』에 번역

●박건병은 1931년 9월 3일부터 11월 19일까지 총 60회에 걸쳐 평강불초생(平江不肖生)의 장편 무협소설 <강호기협전>을 『동아일보』에 번역 연재했다. 그는 연재 첫 회에서 "명나라가 만주족의 천하인 청나라에게 망한 뒤에 비분강개한 명나라의 끼친 백성들이 참을 수 없는 적개심을 풀 길이 없으매 몸을 도술의 문에 붙이어 귀이하고도 씩씩한 일을 행하는 협객들"의 사적을 소설체로 풀어낸 것이라고 작품 소개를 하고 있다.

연재●했던 인물이다. 그를 <광악산>의 저자로 보는 두 번째 이유이다.

박건병은 1919년 강원도 철원군 동송면 도피안사(到彼岸寺)에서 대한독립애국단의 군단위 조직(일명 철원애국단)을 만드는 데 참가하였고, 철원군 사요리 우시장 만세시위를 주도하였다. 그후 중국 상해로 건너갔고, 임시정부 임시의정원 의원으로 활동하는 등 줄곧 중국에서 독립운동에 투신하였다. 이에 대해서는 독립유공자 공훈자료에 비교적 상세히 소개되어 있다. 하지만 이 자료에는 박건병의 1919년 이전 행적에 대해서는 한마디 언급이 없다.

조선어 연구 활동

1919년 철원애국단에 참가하기 전까지 박건병은 어디서 무엇을 했을까? 이에 대한 단서는 안타깝게도 그의 피살 소식을 전하는 『동아일보』기사에서 찾을 수 있다.

> [5] 일직이 <u>故周時經 先生의 門徒</u>로서 朝鮮語를 硏究하든 바 己未運動 以後 時局에 對한 不平을 품고 上海로 건너가 ○○運動에 努力하는 한便 朝鮮語의 權威 金枓奉氏와 가티 斯學을 硏究"[32]

이 기사문은 박건병이 1919년 삼일운동 이전에 '주시경 선생 문도'로서 조선어 연구 활동을 하고 있었음을 알려 준다. 더구나 이 기사에 "朝鮮語學界에도 貢獻"이라는 부제가 붙어 있는 것으로 봐서, 당대적 평가로는 그의 활동 내역 중 조선어 연구 활동 비중이 결코 적지 않았던 것으로 보인다. 여기서 '주시경 선생의 문도'라는 의미를 좀 더 캐어볼 필요가 있다.

당시 주시경은 1908년에 국어연구학회를 만들어 국어 연구 및 강습 활동을 벌이고 있었다. 1911년에는 학회의 이름을 '배달말글몯음'으로 고치는 한편, 산하의 국어강습소도 '조선어강습원'으로 바꾸었다 '배달말글몯음'은 30대 후반의 주시경을 중심으로 [5]번 인용문에 이름이 보이는 김두봉과 이규영, 권덕규 등 20대 중반의 인사들이 주축을 이룬 단체였다. 서울 박동의 보성중학교 안에 설립된 '조선어강습원'에서는 최현배 등 이후 국어학계에 크게 기여하는 이들이 공부하고 있었다. 그런데 이 배달말글몯음이라는 단체의 성격이 간단치 않다. 이 단체는 한글 연구와 강습뿐 아니라 정치혁명과 풍속개량, 문명사업 등의 독립적 근대화 코스를 지지하는 민족주의 비밀결사의 성격33)도 함께 지니고 있었던 것이다.

박건병이 '주시경 선생의 문도'였다는 언급은, 그가 배달말글몯음의 일원이거나 조선어강습원의 학생 혹은 강사 신분이었음을 말하는 것으로 보인다. 그는 1910년을 전후한 무렵에 이미 이 단체에 관계하면서 조선어 연구와 강습 활동에 참여하고 있었다. 이때 그는 고향 철원을 떠나 서울에서 지내고 있었던 것으로 보인다. <광악산>의 판권지에 그의 거주지가 '경성 남부 초동 78통 3호'로 기록된 것에서 그것을 확인할 수 있다. 그가 언제부터 어떤 경로를 통해 주시경 선생(혹은 주시경을 중심으로 하는 지식인 그룹)과 인연을 맺게 되었는지 정확한 것을 파악할 수 없지만, 이 무렵 그가 풍속개량 문명사업 등 독립에 도움이 되는 민족 계몽 활동에 관심을 갖고 있었음은 분명하다.

계몽의 방편으로서 신소설

이런 상황에서 박건병은 계몽 활동의 한 방편으로 신소설에 주목하게 된다. 1912년을 전후하여 신소설은 최고 전성기를 누리고 있었다. 이 책의 머리말에서도 언급했지만, 1912년은 출판 건수 기준으로 신소설이 가장 많이 출간된 해였다. 따라서 신소설의 대중적 인기를 민족 계몽의 수단으로 이용할 수 있다면 더 없이 좋은 선택일 수 있으며, 박건병의 <광악산>은 이 지점에서 창작되었다고 볼 수 있다. 한마디로 <광악산> 창작은 민족주의 비밀결사였던 배달말글몬음의 활동 내에서 이루어졌거나 적어도 그 영향 하에 이루어졌던 것이다.

이는 <광악산>의 발행사가 박문서관이라는 사실에서도 간접적으로 증명된다. 박문서관은 주시경과 관계가 깊은 출판사였다. 박문서관이 1907년 처음 문을 열어 발행한 첫 책이 주시경 번역의 『월남망국사』였을 뿐만 아니라, 그 책의 서문을 박문서관의 사주 노익형이 직접 썼다는 사실에서 주시경과 박문서관 사이의 깊은 연관성을 확인할 수 있다.34) 주시경은 이후에도 『국문초학』(1908), 『국어문전음학』(1908) 등 여러 책을 박문서관을 통해 펴냈다. 이로 본다면 <광악산>이 박문서관에서 발행된 것은 우연이 아니라 배달말글몬음을 이끌던 주시경의 주선이 있었을 것이라는 점을 쉽게 추측할 수 있다.

박건병은 민족 계몽의 방법으로 특별히 소설을 선택했다. 하지만 그의 이런 선택과 실천은 지속되지 못했다. 애국계몽의 시대는 이미 지나갔고, 소설을 통한 계몽 활동은 더 이상 여의치 않았다. 이에 박건병은 계몽 소

●흥미로운 점은, 주시경의 문도로 국어학 연구에 힘쓰면서 동시에 신소설 창작에까지 관심을 보였던 이가 박건병 혼자가 아니었다는 사실이다. 백야 이상춘(1882~?)도 <박연폭포>(1913), <서해풍파>(1914) 등의 신소설을 써서 계몽활동에 이용하고자 했다. <박연폭포>는 도적이 개과천선하여 기독교 신학을 연구하고 목숨을 노리는 원수를 오히려 사랑으로 대한다는 내용이며, <서해풍파>는 모험적인 삶을 살아가는 두 형제의 진취적 기상을 통해 열악한 식민지 백성의 민족정신을 깨우고자 했던 작품이다.

설 창작을 그만두고 철원애국단을 조직하는 등 직접적인 독립투쟁에 뛰어들게 된다. 그는 당시 이해조나 최찬식처럼 소설을 재미와 통속성을 기본으로 하는 상품으로 인식하지 않았다. 자신을 전문작가 혹은 직업작가로 생각하지 않았다. 그는 단지 소설을 계몽을 위한 도구로 활용하고자 했을 뿐이다. 따라서 소설의 계몽적 효용성이 떨어진다고 판단되었을 때, 그는 기꺼이 소설을 버리고 민족운동을 위한 다른 수단으로 전환하는 것이 가능했다. 물론 그렇다고 문필 활동에 대한 관심이 완전히 사라진 것은 아니다. 그는 중국 북경에 체류하면서 도보사(導報社)● 주간을 역임하기도 하고, 앞서 언급했듯 <강호기협전>을 번역 소개하기도 하면서 문필 활동을 지속해 갔다.

●도보사(導報社)는 '앞잡이社'로도 불렸던 것으로 보이며, 박건병의 독립유공자 공훈자료에 보이는 선두자사(先頭者社)도 이 단체를 일컫는 다른 이름일 수 있다. 단체 이름이 이렇게 여럿인 것은 일제의 탐지를 피해가기 위한 한 방편이었을 것이다.

결국 박건병은 고향 철원 인근의 광악산을 배경으로 하는 신소설 <광악산>을 창작하여 계몽적 목적으로 활용하고자 했다. 작품 끄트머리에서 작가는 "이 칙을 긔록ᄒ야 일반 동포에게 젼파홈은 풍속 기량에 만분지일이라도 도움이 잇슬가 바람이로다"(광악산, 64)라고 하여 <광악산> 저작의도가 풍속의 개량이라는 계몽의 기획 내에 위치하고 있음을 분명히 하였다.

가정 담론의 한계

박건병의 <광악산>이 계몽 활동의 필요에 따라 쓰여졌다는 사실은 작품 말미의 '긔ᄌ왈'로 시작되는 논평에서 더욱 분명해진다. 3쪽 분량의 '긔자왈'은 문명한 국가의 건설을 위해서는 가정과 가족의 역할이 중요하며, 자유 혼인이 가정의 보전을 위한 중요한 방편임을 주장하면서 계몽의 의도를 직설적으로 드러낸다.

그가 말하는 자유 혼인이란 "부부될 사람이 서로 의합흔 후에야 피차 몸을 허락ㅎ고 부모에게만 맛겨두지"(광악산, 62) 않는 것이다. 즉 부부될 사람이 혼인 전에 서로를 미리 알고 뜻이 하나가 되는 것이 중요하다는 것이다. 그렇지 않고 부모가 정해준 혼사는 성례한 후에 뜻이 맞지 않아 불행에 빠질 확률이 높아진다는 논리이다. 여기서 자유 혼인은 개인의 중요성에 대한 근대적 발견 차원에서 강조되는 것이 아니라, 가정을 지키고 보전하는 방법론 차원에서 주장되며, 이는 또한 가정이 없으면 나라가 반문명과 식민지라는 하등국으로 전락한다는 국가주의 담론으로까지 연장된다. 이때 가정은 국가주의의 실천 단위가 된다. 그런 의미에서 개인-가정-국가의 세 차원 중에서 <광악산>의 계몽의 초점은 가정에 맞춰졌다. 이는 이 소설이 '가정소설'이라는 표제를 달고 있는 데서도 확인된다.

가정에 대한 계몽의 목적을 달성하기 위해서, 작자는 가족의 구성원을 일일이 호명한다. 그리고 각자에게 맞는 행동지침을 전달하는 수고를 아끼지 않는다. 이때 호명되는 가족구성원은 남의 시부모 된 이를 비롯하여, 남의 동서, 시누이, 남편, 부인 된 이 등이다. 이들은 각각 <광악산>에 등장하는 시어머니 손씨부인, 큰동서 염씨부인, 시누이 병순, 남편 강을형, 부인 목태희에 대응된다. 작가는 가족구성원들을 호명해 놓고, <광악산> 등장인물들의 행적을 거울삼아서 스스로 삼가고 경계하라고 말한다. 예컨대, "태희 소져의 시모 손씨부인은 일시 자긔 마음에 불합ㅎ다고 자식 ㄴ외의 빅년언약을 일조에 ㄹ으러드럿스니 이는 졔 발등을 졔가 짓짐이라 일반 시모된 이는 이를 거울삼아 경계"(광악산, 63) 하라고 하는 식이다.

<광악산>의 계몽성은 내용적 층위에서 국권 상실 이전에 비해 훨씬

위축된 모습을 보여준다. 근대지식인의 계몽 기획을 3층위, 즉 정치적 계몽 층위, 계몽교육의 층위, 풍속 교화의 층위로 구분할 때 <광악산>에서는 풍속 교화의 층위만 주로 나타난다. 즉 가족구성원 사이의 폐습을 비판하고 이를 바로잡기 위한 설득에 주력할 뿐이다. <광악산>의 가정 담론은 사회적 조건이나 식민지 권력과의 역학관계를 치밀하게 분석하거나 비판하지 못하고, 가정의 붕괴를 성급하게 가족구성원 개개인의 탓으로 돌리고 말았다는 한계를 드러냈다.

물론 문면에서는 가족의 폐습을 고쳐나가는 것이 문명한 국가로 나가는 길이라고 전제를 달았지만, 국권을 잃어버린 상황에서 문명한 국가 건설이라는 계몽의 구호는 공허해질 수밖에 없다. 국망의 상태에서 표출되는 계몽담론이 국권 상실 이전에 제기되었던 계몽 담론과 같을 수는 없었다. 다시 말해서 국권 상실 이전의 계몽성이 공적 혹은 사회적 상징성을 띠었다면, 한일병합 이후 <광악산>의 계몽성은 사적이며 개인적인 영역으로 축소 조정되는 한계를 드러내게 되었다.[35]

계몽의 직접성

<광악산>의 계몽의 형식은, 서사가 끝나는 지점에서 '기자왈'의 논평적 덧붙임을 통해 계몽적 의도를 직설적으로 드러내는 방식이다. 여기에서 박건병은 가정과 가족의 문제를 훈계하듯이 서술한다. 이와 같은 계몽의 직접성은 국권 상실에 따른 시대적 조급함에서 빚어진다. 계몽적 의도를 에둘러 표현할 정신적 여유가 계몽 지식인에게 더 이상 남아 있지 않았던 것이다. 그런데 이보다는 소설사적 맥락에서 원인을 찾아보는 편이 작품 이해에 도움이 된다.

박건병이 보여준 계몽의 직접성은 1910년대 남성들의 소설관과 관계

가 깊다. 1910년대에도 여전히 남성들은 소설을 교훈과 계도, 혹은 징계 등의 교화적 차원으로 이해하려 했다. 당시 여성들이 소설을 동정과 감정이입적 측면에서 이해하려 했던 것과 크게 다른 측면이다.36) 한마디로 박건병 같은 계몽 지식인에게 있어서 문학은 계몽성에 대한 믿음 이외에 다른 무엇이 아니었다. 계몽성과 분리된 문학은 별 의미가 없었다. 박건병이 최찬식처럼 재미와 통속성을 위주로 하는 직업적인 신소설 작가가 될 수 없었던 이유이다. 또한 같은 이유에서 그는 1910년대 후반에 도래하게 되는 정(情)을 기반으로 하는, 이광수나 현상윤 같은 근대문학 작가로 변신할 수도 없었다.

뿐만 아니라 식민지 체제 하에서는 가정 담론은 본의 아니게 일제의 식민화담론에 복무할 가능성도 완전히 배제할 수 없었다. 예컨대 일제는 『매일신보』의 여성담론을 통해 제대로 된 며느리와 아내와 어머니의 역할에 대한 교육의 필요성을 주장하였는데, 이는 여성 주체의 강화 목적이 아니라, 안정되고 규율 잡힌 가정을 만들기 위함이었다. 이는 유교적 질서를 재삼 강조함으로써 남성 중심의 가부장제를 공고하게 만들고, 가부장제의 확대 모델인 천황 중심의 국가를 이룩하기 위함이었다.37) 식민지 체제 하에서 간행된 <광악산>의 가정 담론도 얼마든지 이런 논리로 둔갑할 가능성이 없지 않았다. 물론 저작자인 박건병이 한글 연구와 독립운동으로 한평생을 보낸 투철한 민족주의자였다는 점을 고려하면, <광악산>의 가정 담론이 일제의 식민화 논리에 복무하려는 의도에서 창작되었다고 볼 수는 없다. 그것은 분명하다.

하지만 계몽의 혼란스러운 이중성 때문에 소설의 계몽성이 막히고 의심받는 시대적 상황이 전개되자, 박건병은 신소설 창작을 통한 계몽활동을 지속하기 어려웠을 것이다. 만약 소설 창작을 계속하려 했다면 시류를 따라 통속적 직업작가로 변신해야 했을 것이다. 하지만 그는 통속작가의 길로 들어설 마음이 전혀 없었다. 그에게 있어서 신소설은 계몽활동의 방편이었기 때문에 계몽을 뺀 소설 창작은 고려사항이 될 수 없었다. 또한 같은 이유 때문에 정(情)의 문학이라는 새로운 문학, 즉 본격적인 근대문학의 길로 나갈 수도 없었다. 그래서 그는 소설 창작을 접었다. 그리고 독립운동에 본격 투신하였다. 젊은 개화기 작가의 조용한 퇴장! 박건병은 근대문학의 무대에 오르지 않고 스스로 퇴장했던 개화기 작가의 마지막 모습이었다.

5. 계몽 신소설 작가들의 퇴장

1910년대 초반의 문단은 일본의 통속적인 번역 및 번안 서사물과 현상응모 단편 양식이 우세한 양상을 보였다. 하지만 그것이 전부는 아니었다. 박영운, 김용제, 박건병의 경우에서 확인할 수 있는 것처럼, 애국 계몽적 성향을 지닌 새로운 작가들이 등장하여 계몽의 문학 서사를 이어가려 애쓰기도 했다.

박영운은 한일합병 전까지는 지역사회와 청년을 대상으로 한 근대 계몽 활동에 열성을 보였고 합병 후에는 독립운동에 투신하였던 민족주의자였다. 그런 그에게 신소설은 계몽 활동을 지속하는 한 방편이었다. 김용제는 <춘향전>을 개작한 <광한루>를 펴내 풍속을 개량하려 했던 계몽적 민족주의자였다. 그는 국권 상실 이후 계몽적 의도가 분명하게 드러나는 <옥호기연>이라는 신소설을 발표함으로써 애국계몽기의 역사전기물이 보여주었던 계몽 서사를 계승하고자 하였다. 박건병은 철원의 독립운동가 집안 출신으로, 조선어 연구와 애국계몽 활동을 펼쳤던 인물이다. 신소설 <광악산>의 창작은 그런 계몽활동의 연장선에서 이해할 수 있다.

그러나 그들의 시도는 오래 지속되지 못하고 아쉽게도 일찍 끝나버린다. 일제강점이라는 시대 상황은 계몽활동에 신소설을 활용하고자 했던 그들의 노력을 좌초시켰다. 그들의 글쓰기는 근대소설로 전환되거나 확장되지 못하고 계몽 서사의 마지막 페이지로 끝나고 마는 운명이었다. 그들은 문학의 계몽적 효용에 집중하였을 뿐, 다가오는 다음 시대의 문학을 사유할 여유가 없었다고 할 수 있다. 역사전기물이나 계몽적 신소설을 저작했던 개화기 작가 중 어느 누구도 근대소설 작가로 변신하지 못했던 것은 바로 이런 이유 때문일 것이다. 그래서 근대소설은 개화기 작가들이 아닌, 이광수나 현상윤 같은 또 다른 부류의 사람들을 기다려 시작될 수밖에 없었다.

미주

1) 조경덕, 「초우당 주인 육정수 연구」, 『우리어문연구』 41호, 2011; 강현조, 「신소설 연구를 위한 시론(試論)-신자료 <한월 상>(1908)의 소개 및 신소설의 저작자 문제에 대한 고찰을 중심으로」, 『현대소설연구』 47, 2011; 최영호, 「한국인의 해양 도전 정신과 문학적 관심-100년 전 한국 최초의 남극탐험 소설을 중심으로」, 『비교한국학』 14권 1호, 2006.

2) 안외순, 「애국계몽운동과 준식민지에서의 자유주의」, 『한국사상과 문화』 21집, 2003, 197쪽.

3) 이재선, 「경남일보와 박영운의 신소설」, 『한국개화기소설 연구』, 일조각, 1979, 80~88쪽 참조 바람.

4) 양진오, 『한국 소설의 형성』, 국학자료원, 1998, 40쪽.

5) 이재선, 「경남일보와 박영운의 신소설」, 『한국개화기소설 연구』, 일조각, 1979, 81쪽.

6) 『경남일보』 1912년 11월 22일자 3면 2,3단 광고. 이재선, 『한국개화기소설 연구』, 일조각, 1979, 44쪽.

7) 1913년 7월 5일 발간된 동양서원 소설총서 제1집 제9편 <치악산>의 권말에 실린 동양서원 소설총서 목록에서 확인 가능하다. 이 목록에서 제4집의 7편의 소설들은 근간이거나 인쇄 중으로 표시되어 있는 데 반해, 제3집 제3편 <옥련당>(상)은 기간행된 것으로 나온다.

8) 박진영, 「이해조와 신소설의 판권」, 『근대서지』 6호, 2012, 183쪽.

9) 국가기록원(www.archives.go.kr), 독립운동관련 판결문 DB (관리번호 : CJA0000487).

10) 『대한매일신보』(국한문판), 1906년 10월 24일자 2면 4단.

11) 「의주신사회」, 『대한매일신보』, 1906년 4월 11일. "每土曜日夕에 討論會를 開호고 新學問에 긴절훈 問題로 互相 演說호야 智識 發達과 患難相救로 目的을 立호고 內外國 政治法律을 講求호야 一心 遵行케 호며 將次 財本을 鳩聚호야 學校를 廣設"

12) 「博覽設院」, 『대한매일신보』(국한문본), 1907년 11월 15일.

13) 「博覽設院」, 『대한매일신보』(국한문본), 1907년 11월 15일. "該院의 設備는 中央에 一大 留聲器을 置호고 愛國歌와 讚美歌曲을 奏호며 각國 寫眞 圖影 數百種을 顯微鏡

으로 照覽케 ᄒᆞᄂᆞᆫᄃᆡ 其形狀 種類ᄂᆞᆫ 귁國 山川 海岸 舟舶 車路 都城 港市 及 家屋 花園 遊戲場 학교 軍隊 婚喪設禮 等 實地 眞影과 及 耶穌事蹟 等을 遍覽케ᄒᆞᄂᆞᆫᄃᆡ 該寫眞機物 等은 美國에서 購來ᄒᆞᆫ 七百圜 價値요 該院을 一覽ᄒᆞᆷ이 萬國 新世界을 遊行博覽ᄒᆞᆷ과 無異ᄒᆞ야 未開ᄒᆞᆫ 人民으로ᄒᆞ야금 現世界 景物에 如何ᄒᆞᆷ을 知得케 ᄒᆞᄃᆞ라”

14) 아래는 서간도 목민학교에 대한 주요 신문기사들이다. 목민학교에 대한 내용은 모두 이들 기사를 바탕으로 작성되었다.

"서긴도에 거류ᄒᆞᄂᆞᆫ 한인 목민학회 회원 빅여명이 발긔ᄒᆞ여 목민학교를 셜립ᄒᆞ고 희 교쟝 박영운 씨와 모든 신ᄉᆞ의 열심 찬셩ᄒᆞᆷ으로 스범과와 고등과에 학생이 수십명에 니르럿고 졈졈 셩취ᄒᆞᆯ 긔망이 잇다더라”(『대한매일신보』, 1909.2.13일자 1면)

"그 학교의 명망이 각쳐에 젼파되야 각쳐에서 학ᄉᆡᆼ이 날노 더ᄒᆞ고 ᄯᅩ 그 근쳐에 지교를 셩립ᄒᆞ고 녀학과를 부셜ᄒᆞ엿ᄂᆞᆫᄃᆡ 학도가 수십명이나 된다더라”(『대한매일신보』, 1909.4.30일자 1면)

"그 학교의 창셜ᄒᆞᆫ 지가 일 년이 지나지 못ᄒᆞ엿스나 셜립ᄒᆞᆯ 경영을 ᄒᆞᆫ 지는 이믜 삼 년이라 이제 그 력ᄉᆞ를 대강 말ᄒᆞᆯ진ᄃᆡ 그 창셜ᄒᆞᆫ 박영운씨 등 몃 사롬이 몃 빅환 경비를 담당ᄒᆞ고 여러 희를 지내도록 몸이 슈고로움을 ᄉᆞ양치 아니ᄒᆞ고”(『대한매일신보』, 1909.8.5일자 1면)

"西間島 牧民學校의 事ᄂᆞᆫ 前報에 已揭하얏거니와 該校ᄂᆞᆫ 原來 義州 紳士 朴永運 氏의 熱心ᄒᆞᆫ 決果로 成立하얏ᄂᆞᆫᄃᆡ 漸次 擴張하야 生徒가 百餘名에 達하얏고 該氏가 該地 敎育을 益益 發展키 爲하야 第二 第三의 支校를 加設ᄒᆞᆯ 計畫으로 現今 京城에 逗遛하야 各社有志人士 協贊하기로 期圖하ᄂᆞᆫᄃᆡ 該校 贊成長은 金允植 氏로 推薦하얏더라”(『황성신문』, 1909.8.21일자)

"압록강 연안 셔간도는 한국 류민이 다수히 이주ᄒᆞᄂᆞᆫ 디방인ᄃᆡ 유지신사들이 목민학교를 셜시ᄒᆞ고 교육을 진흥ᄒᆞᄂᆞᆫᄃᆡ 닉디 동포의 찬조가 만ᄒᆞ며 사범학교 졸업ᄉᆡᆼ 졔씨ᄂᆞᆫ 명예로 교슈되기를 자원ᄒᆞᄂᆞᆫ 이가 만타ᄒᆞ니 우리ᄂᆞᆫ 손을 들어 티하ᄒᆞ노라”(『신한민보』, 1909.9.22일자 3면)

이밖에 서간도 목민학교에 관한 당시의 신문기사로는, 「東淸韓人 牧民學校 趣旨書」, 『대한매일신보』(국한문판), 1909.2.16; 「西間島의 牧民學校」, 『대한매일신보』(국한문판), 1909.8.5; 「牧民有人」, 『황성신문』, 1909.8.24; 「牧民校 捐助協議」, 『황성신문』, 1909.9.24; 「民會協議」, 『황성신문』, 1909.9.25; 「寄付金 募集請願」, 『황성신문』, 1909.11.10. 등 다수가 확인된다.

15) 『한국민족문화대백과사전』, '대한독립청년단' 항목 참조.

16) 국가기록원(www.archives.go.kr), 독립운동 관련 판결문 DB(관리번호 : CJA0000487)

17) 함동주, 「대한자강회의 일본관과 문명론」, 『동양정치사상사』 제2권 2호, 2003, 162 쪽.

18) 정문상, 「19세기말~20세기초 개화지식인의 동아시아 지역 연대론」, 『아세아문화연 구』 8, 2004, 51쪽.

19) 이재선, 『한국개화기소설 연구』, 일조각, 1979, 86쪽.

20) 장노현, 「인종과 위생」, 『국제어문』 58, 2013, 548~550쪽 참조 바람.

21) 「만주방면에서 6명 검거 사건은 날이 갈수록 확대되어」, 『신한민보』, 1929.9.19.

22) 문일평, 『문일평 1934년 : 식민지시대 한 지식인의 일기』, 살림, 2008, 25쪽.

23) 『매일신보』에 현상 응모 단편소설이 처음 출현한 것은 1912년 3월이며, 이인직의 <빈선랑과 일미인>은 새로 도입된 현상 응모 단편소설의 본보기적 성격을 갖는 작품이라는 해석이 있다. 김재영, 「1910년대 '소설' 개념의 추이와 매체의 상관성」, 『한국 근대 서사양식의 발생과 전개와 매체의 역할』, 소명출판, 2005.

24) 이용남, 「이해조 연구」, 서울대 석사논문, 1982.

25) 최원식, 『한국 근대소설사론』, 창작사, 1986, 30쪽.

26) 『매일신보』 1면의 '인사'란에 따르면, 민준호는 1937년 3월 23일 관철동 아들 집에서 사망했다. 박진영, 반거들충이 한무릎공부, http://bookgram.pe.kr/120148220742 참조. 박진영의 블로그는 그동안 알려진 바가 거의 없던 민준호에 대해 몇 가지 흥미로운 사실을 밝혀주고 있다.

27) 박이양, <명월정>, 유일서관, 1912, 130쪽.

28) 오윤선의 신소설 서지 데이터베이스에는 <옥호기연>이 아세아문화사의 『신소설 번안(역)소설』에 실린 1912년본만 포함되고, 1918년 박문서관본은 누락되었다. 오윤선, 「신소설 서지 데이터베이스의 분석과 그 의미」, 『우리어문연구』 25집, 2005. 566쪽 참고.

29) 여기에는 조판 과정에서 있을 수 있는 약간의 부주의가 개입되었을 가능성이 높다. 실제로 당대의 책 판권지들을 정리하다 보면 여러 가지 종류의 오류들이 적지 않게 발견된다.

30) 「불허가출판물목록(8월분)」, 『조선출판경찰월보』 제84호, 1910.08.06.

31) 문한별, 「국권 상실기를 전후로 한 번역 및 번안 소설의 변모 양상」, 『국제어문』 49집, 2010, 64쪽 참조. 58편 중 10편(17.2%)은 허구적 서사로 분류되었다.

32) 「故朴健秉氏 被殺事件 確報」, 『동아일보』 1931.01.31자 2면.

33) 박경석, 「20세기 초 국제질서의 재편과 한국 신지식층의 대응—사회주의 지식인의 형성과정을 중심으로」, 『대동문화연구』 43, 2003.

34) 김종수, 「일제 식민지 문학서적의 근대적 위상 : 박문서관의 활동을 중심으로」, 『우리어문연구』 41집, 2011, 461쪽 참조.

35) 김영민은 '신년소설'에 관한 논문에서 한일합방을 전후하여 계몽성의 성격이 크게 달라졌음을 거론한 바 있다. 그는, 무도생(舞蹈生)이라는 필명의 작가가 1910년 1월 1일자 『대한민보』에 발표한 단편소설 <화세계>와 한일병합 이후인 1911년 1월 1일자 『매일신보』에 발표한 <재봉춘>을 비교하면서, 한일합병을 전후하여 동일 작가의 소설에 나타난 계몽의 성격이 정치적·사회적 계몽에서 비정치적·개인적 계도로 바뀌었다고 논구했다. 김영민, 「한국 근대 신년소설의 위상과 의미」, 『현대문학

의 연구』47, 2012, 133~137쪽 참고.

36) 전은경, 「1910년대 『매일신보』소설 독자층의 형성과정 연구-독자투고란을 중심으로」, 『현대소설연구』29, 2006, 123쪽 참조. 이 논문은 1910년대 <매일신보> 독자란을 통해 당시 독자들의 소설관을 연구하였다.

37) 전은경, 「1910년대 『매일신보』소설 독자층의 형성과정 연구」, 『현대소설연구』29, 2006, 125쪽.

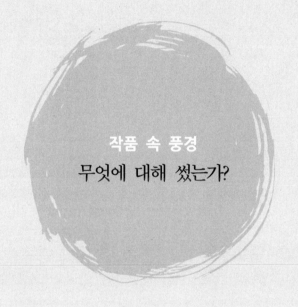

작품 속 풍경
무엇에 대해 썼는가?

인종과 위생의 담론

1. 회동서관에서 나온 <철세계>

단행본 소설 <철세계>

이해조의 번안소설 <철세계>(BGN-2019 : 755)는 1908년 11월에 회동서관에서 단행본으로 발행되었다. 주지하다시피, 번안의 직접 대본은 포천소(包天笑)의 중역본 <철세계>(문명서국, 1903)이며, 일역본 <철세계>(집성사, 1887)을 참조했을 가능성도 없지 않다. 그리고 최초 원작은 프랑스의 쥘 베른이 쓴 <인도 왕비의 유산>(1879)이다.[1] 이해조의 <화성돈전>이 1908년 4월에 출판된 사실을 고려하면, <철세계>의 실제 번안 작업은 1908년 4월부터 10월 사이에 이루어졌을 것으로 추정된다.

이 무렵 이해조는 제국신문사 기자로 활동하고 있었다. 『제국신문』은 1907년 5월에 대대적인 지면 확장과 체제 개편을 단행하여, 지면을 4단에서 6단으로 확장하고 1면의 논설란을 2면으로 옮기는 대신 1면 하단에

'소설'란을 배치하는 등의 변화를 겪었다.2) 이해조는 이때 제국신문사 기자로 입사했고, 입사 후 곧바로 소설 연재를 시작하였다. <철세계>를 번안할 때도 이해조는 <구마검>(1908.4.25.~1908.7.23)과 <홍도화>(1908.7.24~1908.9.17) 등을 『제국신문』에 연재하고 있었다. 당시 정운복의 논설, 박정동의 학술과 함께 『제국신문』의 핵심 콘텐츠의 하나였던 이해조의 소설은 연재를 하루도 거르지 않고 1909년까지 계속되었다. 이런 가운데 이해조가 신문연재가 아닌 단행본으로 <철세계>를 출판하게 된 계기 혹은 이유는 무엇일까?

고유상의 회동서관

<철세계>의 단행본 출판 이유는 그것을 출판한 회동서관과 관련이 있을 수도 있다. 회동서관 주인 고유상은 아버지로부터 '고제홍서사'를 물려받아 1907년에 상호를 '회동서관'으로 고치고 출판을 겸한 서적상으로 재출발하였다. 주로 교육계에서 필요로 하는 각종 서적을 수입하고 분매하는 역할3)을 하다가 스스로 책을 발행하는 근대적인 출판사로 거듭났던 것이다. 이때가 "고유상의 나이 24세였으며, 그의 선친이 고제홍서사를 연 지 만 10년 뒤의 일이었다. 고유상은 이 10년 동안 발매에 관한 업무와 출판과 관련된 실무 수업을 착실히 닦아왔다"4)

상호를 회동서관으로 바꾸고 새출발하게 된 고유상으로서는 회동서관의 인지도를 높여줄 대표작이 필요했을 것이다. 표지 그림이 화려하게 장식된 이해조 번안의 <철세계>는 고유상의 이런 의도가 반영된 회동서관 기획 출판물일 가능성이 농후하다. 그러나 이런 가능성은 결정적인 증거 없이는 추론에 머물 수밖에 없다.

[그림 1] 1908년 회동서관본 〈철세계〉의 표지
연철촌의 대포가 장수촌을 향해 발사되는 장면을 그린 서양화풍의 채색 그림으로 장식되었다. 이는 중역본이나 일역본 〈철세계〉의 표지가 텍스트 위주인 것과 차이가 날 뿐 아니라, 몇 개월 앞서 나온 회동서관의 〈화성돈전〉, 〈설중매〉 등의 표지 디자인과도 크게 다르다. 한마디로 신경을 많이 쓴 표지 디자인이다.

〈철세계〉는 과학소설인가?

원작의 어떤 요소가 이해조로 하여금 소설 연재가 계속되는 바쁜 일정에도 불구하고 이 작품을 번안하게 만든 것일까? 이런 점을 분명하게 밝힐 수 있다면 이해조의 근대계몽 사상의 연구에도 도움이 될 것이다.

그동안 〈철세계〉에 관한 연구는 과학소설로서의 성격을 밝히는 데 집중되어 왔다.[5] 소설을 통해 과학기술을 소개함으로써 당시 저조하기 이를 데 없는 과학사상을 고취하고 과학계몽을 통해 자주자립 사상을 표방하려 했다거나 혹은 이것이 과학소설사의 초기 작품이라는 거론들이다. 하지만 이해조의 회동서관본 <철세계>를 면밀히 검토해 보면, 과학소설적 성격에 대한 강조가 두드러진다고 보기 어렵다. 포천소의 중역본 <철세계>는 표지에 '과학소설'이라는 표제를 큼지막하게 박아놓았을 뿐 아니라, '역여췌언(譯餘贅言)'이라는 일러두기를 통해 과학소설이 무엇이며 과학소설이 세상의 진보에 얼마나 중요한 역할을 하는지 자세히 언급해 두었다. 일역본에도 과학소설의 중요성을 언급하는 '철세계서(鐵世界序)'라는 서문이 붙어 있다. 그런데 이해조의 회동서관본 표지에서는 '과학소설'이라는 표제가 사라지고 없다. '과학소설'이라는 표제는 본문이 시작되는 1쪽과 본문이 끝나는 98쪽에서만 보인다. 뿐만 아니라 과학소설에 대해 언급한 '역여췌언'의 번역도 완전히 생략해 버렸다. 이해조 역본 <철세계>의 과학소설적 성격을 특별히 강조하기 어려운 이유들이다. 그렇다면 <철세계>는 좀 다른 관점에서 분석될 필요도 있다.

번안은 지역과 국가에 따라 서로 다른 상상력을 낳고 서로 다른 작품을 탄생시킨다. 번안 대본 텍스트로부터 무엇을 끌어내 강조할 것인지는 번안자의 결정에 따르며, 번안자의 결정은 번안자가 속한 지역과 국가의 당대적 담론에 영향을 받게 마련이다. 실제로 이해조의 <철세계>를 번안의 직접 대본이 된 포천소의 중역본과 비교해 보면, 다양한 축약과 대폭적인 생략이 이루어진 텍스트임을 확인할 수 있다. 포천소가 백화문이 아닌 고문으로 번안한 중역본 <철세계>는 총 118쪽으로 되어 있다. 이것을 우리말로 옮기면 대개 150쪽 이상의 분량이 나와야 한다. 그런데 이해조 번안본은 총 98쪽에 그친다. 이해조는 축약과 생략 등의 기법을 통해 자신의 <철세계>를 만들어 낸 것이다. 실제로 이해조 역본 <철세계>는 원본에 비해 계몽소설적 색채가 짙어졌다. 이 글은 기본적으로 이런 전제를 가지고 이해조 역본 <철세계>의 서사 내용을 당대의 지적·담론적 상황과의 관련 속에서 살폈다. 그리고 이를 통해 작품의 번안 계기와 연관된 계몽의 논리를 밝혀보려고 시도했다.

<철세계>에서 우선 주목해야 하는 부분은 '인비'라는 인물의 인종적 이념과 그것의 제국주의적 속성이다. 1900년대를 전후한 시기에 인종주의는 전세계에 널리 유포되어 있었다. 세계 각국에서 열린 박람회들이 인종을 중요한 전시품으로 전시할 정도였다. 그 대표적인 사례는 1904년 미국에서 개최된 세인트루이스 세계박람회였다. 당시 미국의 시어도어 루스벨트 대통령은 미개한 지역에 사는 필리핀인 1,200명을 세인트루이스로 데려오게 했고, 그들을 인간보다는 원숭이에 더 가까운 생명체로 소개하면서 동물원 같은 야릇한 전시관에 전시하도록 했다.6) 그리고 이렇게 만연했던 인종주의는 제국주의 침략의 합리화에 동원되고 있었다. 일제가 황인종과 백인종 간의 대결의식을 조장하여 아시아 침략의 정당성을 확보하려 했던 것도 이런 상황의 연장이었다. 이해조의 <철세계> 번안은 이런 역사적 상황과 관련되어 있다.

<철세계>에서 주목할 다른 부분은 장수촌의 위생학적 실천들이다. 위생 관리와 검열은 새로운 형태의 규율적 권력으로, 식민권력이나 애국계몽 지식인들 양쪽 모두에서 중시했다. 특히 <철세계>가 번안된 1908년을 전후로 신문 매체에 위생담론이 급증하는 현상이 나타나는데, <철세계> 번안은 이런 담론 상황과 관련 있다고 보인다.

일역본 <철세계>의 역자

　<철세계> 번안과 관련하여 잘못 알려진 사실 하나를 바로 잡아 두기로 한다. 그것은 일역본 <철세계>의 역자에 대한 것이다. 일역 본 <철세계>의 역자는 그동안 모리타 시켄(森田思軒)으로 알려져 왔 다. 모리타 시켄의 본명은 모리타 분조(森田文藏)이다. 일역본 <철세 계>의 표지에는 역술자로 모리타 분조라는 이름이 분명하게 표기되 어 있다. 판권지에도 역자 겸 출판인으로 모리타 분조가 표기되어 있다. 일본 국회도서관 사이트의 서지에도 <철세계> 역자는 모리 타 시켄으로 정리되어 있다. 그동안의 <철세계> 연구자들은 이에 따라 일역본 <철세계>의 번역자를 모리타 시켄이라 단정하였던 것 으로 보인다.

　그런데 모리타 시켄이 쓴 '鐵世界序'에는, "지난날 내 친구 홍작원 주인(紅芍園主人)이 쥘 베른 씨의 <왕녀의 유산(The Begum's Fortune)> 을 역술해서 제목을 철세계라고 붙였다."7)라는 구절이 나온다. <철 세계>를 처음 역술한 이가 홍작원주인임을 분명히 했다. 그리고 시 켄 자신은 그것을 약간 산윤(刪潤)하고 서문을 덧붙인다고 밝혔다. 서문에 이어서 나오는 '凡例三則'은 홍작원주인이 쓴 것으로 되어 있 다. 뿐만 아니라 소설 본문 시작 페이지에도 '紅芍園主人 譯述, 思軒 居士 刪潤'이라 명기되어 있다. 이를 종합해 보면, 모리타 시켄은 교 열자이며, 실제 역술자는 그의 친구인 홍작원주인이다. 홍작원주인 이 어떤 인물인지는 자료가 없어 알 수 없다. 일본판 위키피디아에 서는 紅芍園主人을 모리타시켄의 여러 별호 중 하나로 설명하고 있 다. 하지만 이는 <철세계> 서문에 적힌 내용과 배치되어 그대로 믿 기 어렵다. 표지와 판권지에 모리타 시켄이 역술자로 표기된 것은 판권을 가진 출판사 경영주를 저자나 역자로 표기했던 당대의 관행 때문으로 보인다. 당시 우리나라 신소설도 실제 저자나 역자 대신 출판사 경영주를 표지나 판권지에 표기한 사례가 많았다.

2. 인종 담론, 제국주의 확장의 논리

차별을 노린 차이의 전략

인종주의는 무엇보다도 시각에 의존하게 된다. 인종주의는 주체와 타자 간의 몸의 차이를 '인종'이라는 특권화된 범주로 고정시키고 이로부터 지배를 위한 차별의 논리를 끌어낸다. <철세계>에서 "신톄 절대ᄒ고, 슈족이 츄악ᄒ며, 억기를 웃슥ᄒ면, 즈가옷슨 솟고, 눈을 불읍쓰면, 불덩이가, 도ᄂᆞᆫ 듯ᄒᆞᄡ야, 아모 스름이던지, 흔 번 보면, 뢰수에 스못쳐, 밤이면, 가위눌려, 좀을 못 잔다"(철세계, 12)고 하는 인비의 몸에 대한 기괴한 묘사는 다분히 인종적 차별을 위한 차이 만들기의 전형적 사례로 볼 수 있다. 객관적인 것처럼 위장된 이러한 시각 정보에는 이미 상대에 대해 인종적 우위를 주장하려는 서술자의 인종차별화 전략이 내재되어 있다.

그런데 <철세계>에서 인종적 태도는 서술자보다 오히려 서술자가 기괴하게 묘사한 인비라는 인물에게서 본격적으로 나타난다. 후에 연철촌을 건설하여 그곳의 주인이 되는 인비는, 19세기 유럽 국가들 간의 치열한 패권 경쟁●을 "법국으로셔, 이대리, 셔반아, 비리시, 등국에 퍼진" 라전인종(羅甸人種, Latin Race)과 "일이만으로셔, 셔젼, 라위, 영국 등디에 퍼진"(철세계, 17) 살손인종(撒遜人種, Saxon Race)의 인종간 대결로 규정하고, 여기서 살손인종이 승리했다고 주장한다. 뿐만 아니라 인비는 패권 경쟁에서의 자신들의 일시적인 승리를 인종적 우수성과 연결짓는다. 즉 패권 경쟁에

●19세기는 유럽 국가의 패권 경쟁이 치열하던 시대였다. 영국이 나폴레옹 전쟁에서 승리하면서 일찍이 해외 패권을 공고히 하고 있을 때, 이탈리아는 1859년 프랑스와 손잡고 오스트리아군을 롬바르디아에서 몰아내 중부 이탈리아를 병합하고 1861년까지는 대부분의 이탈리아 지역을 점령, 통일을 이루었다. 1866년 오스트리아와의 전쟁에 승리하여 북독일연방을 결성한 독일은 다시 1870~71년 사이에 프랑스와의 전쟁(보불전쟁)에서 나폴레옹3세의 항복을 받고 알자스-로렌 대부분을 할양받았다. 또한 1877~78년 러시아와 터키는 동방문제를 둘러싸고 전쟁을 하였고, 알자스-로렌을 독일에 빼앗긴 프랑스에서는 대독복수론이 빈번하게 제기되고 있었다.

서의 승리가 우등한 인종임을 증명하고, 반대로 패하게 되면 그것이 열등한 인종의 증명이 된다고 보며, 나아가서는 한 번 패한 라전인종은 점차 쇠하여 완전히 소멸하고 전세계는 살손인종의 세계가 될 수밖에 없다는 논리까지 펼친다. 이와 관련하여 한 부분을 인용해 보면 다음과 같다.

[1] 本社에셔 各種 小說꺼리 이야기 될 만ᄒ고 滋味잇는 事蹟을 텬디의 대법공심을, 말ᄒᄌ면, 싱존경징 ᄒᄂ 세계에, 우등인종이, 익이고, 열등인종은 패ᄒᄋ며, 약ᄒ 쟈가, 고기 되고, 강ᄒ 쟈가 먹으며, 묵어온 물건은, 집기고, 거벼온 물건은, 쓰ᄂ 것이, 텬디 간에, 졍졍ᄒ 리치라, 이런 고로, 셰계에, 셰력잇ᄂ 사름이, 텬디의, 대법공심을 승슌ᄒᄋ야 대표쟈가 되거늘, 뎌 좌션은, 이 대법공심을 억의고, 나젼의 렬등인종을, 번셩ᄒ랴 ᄒ니, 이ᄂ, 하늘을 거시르ᄂ 쟈ㅣ라. (철세계, 53)

이런 논리에 따르면, 패권 경쟁에서 패한 라전인종이 인명 장수를 도모하기 위해 건설한 장수촌은 그 자체가 천지의 대법공심을 어기는 일이 된다. 한마디로 열등한 인종이 소멸하지 않고 사회적 조치에 의해 인위적으로 생존하는 것 자체가 인종의 자연 선택 법칙에 위배된다는 생각이다.

우생학적 인종차별의 논리

인비가 보여주는 이런 생각은, 쥘 베른의 원작이 출간된 19세기 후반 독일에서 나타났던 인종위생(Rassenhygiene)의 논리와 무척 닮았다. 독일 인종위생의 탄생과 발전에 결정적인 역할을 했던 프뢰츠(A. Ploetz, 1860~1911)는 사회적 부적자들에 대한 정부의 보호는 자연선택의 방향을 왜곡시켜 국가 전체의 생물학적 적합성을 훼손할 것이고 반대로 정부가 국민보건을 방임할 경우 생물학적 부적자의 수가 증가하여 사회적 비용 증가를 초래한다고 보았다. 샬마이어(W.Schallmayer, 1857~1919) 역시 프뢰츠와 유사한 견지에서 인종위생을 논했다. 샬마이어는 의학적 간섭이 사회적 약자와 환자들을 구원함으로써 자연선택을 통한 완전성의 추구를 불가능하게 만들고 있다고 비판했다.[8]

독일뿐만이 아니었다. 근대 국가의 건설은 대개 이런 류의 우생학을 떼어놓고는 상상할 수 없다. 근대 과학의 이름으로 등장했던 우생학은 적자생존 법칙을 사회, 민족, 국가에 적용하여 진화에 적응하는 쪽과 적응하지 못하는 쪽을 구별하고 등급을 매겼다. 그리고 나서 인위적으로 적자를 늘리고 부적자를 줄이는 기술을 추구했다. 근대전환기 지식인들이 신교육과 함께 그토록 강조했던 자유로운 연애결혼마저도 본질은 자연스런 선종(善種)법의 한 방편이었을 정도였다. 연애의 자유를 부르짖던 앨렌 케이(Ellen Karolina Sofia Key, 1849~1926) 같은 스웨덴 출신의 여성운동가는 인종개량의 목적에 적합하게 배우자 선택의 자유가 주어져야 함[9]을 강조한 바 있었다.

<철세계> 서사의 한 축을 담당하는 인비라는 인물은 이처럼 근대 우생학과 유사한 논리를 내면화한 인물이다. 이제 인비는 자신의 이념을 연철촌 건설을 통해 사회적 실천으로 옮기려 한다. 즉 그는 좌선의 장수촌이 천지의 대법공심에 위배된다는 생각을 갖고 이에 반대하기 위해 연철촌 건설에 들어간다. 이로써 프랑스로 대표되는 라전인종과 독일로 대표되는 살손인종 간의 인종 대결은 본격적으로 좌선과 인비의 대결, 장수촌과 연철촌의 대결로 옮겨간다. 따라서 장수촌과 연철촌의 대결은 표면적으로는 단순히 프랑스(인)와 독일(인)의 대결로 드러나지만, 이면에는 우생학적 인종차별주의 이데올로기가 작동하고 있는 셈이다.

앵글로색슨의 오래된 신화

살손인종 이외에는 다른 어떤 인종의 번성도 용납할 수 없다는 인비의 인종차별적 태도는 역사적으로 연원이 깊다. 그것은 앵글로색슨의 역사, 우화, 신화의 오래된 혼합체로 전해져왔다.

그것에 따르면, 아주 먼 옛날 지금의 이란 북쪽 코카서스 산맥에서 생겨난 '아리아인'은 하얀 피부, 큰 골격, 건장한 체격, 파란 눈, 그리고 놀랍도록 지능이 뛰어난 우수한 인종이었으며, 타고난 문명 전파자였다. 머지않아 그들은 사방으로 퍼져나가 전세계에서 위대한 문명을 건설하게 되지만, 그 과정에서 다른 인종과의 혼혈로 불결하고 열등한 인종이 나타났고 문명이 잡종화되는 치명적인 결과가 초래되고 말았다. 그런데 그때 한 무리의 아리아인이 코카서스를 떠나 태양의 길을 따라 서쪽으로 이동하여 지금의 독일이 있는 유럽 북부에 자리잡았다. 그들은 열등한 피를 가진 사람들과 짝을 짓지 않고 혈통의 순수성을 지켰다. 이후 수세기 동안 '독일의 검은 숲속'의 그들은 더욱 우수한 존재인 튜턴족으로 진화했다. 〈철세계〉에서 인비를 '일이만 삼림' 속에서 뛰어나온 괴물로 설명한 것●이 단순히 인비의 국적(일이만 즉 독일)에 대한 설명이라기보다는 그의 인종적 출신 성분에 대한 분명한 지시임을 알 수 있다. 인비는 앵글로색슨의 신화적 내용에 계보학적 기원을 두고 만들어진 인물로 볼 수 있는 것이다.

● 중역본과 이해조의 회동서관본 〈철세계〉 제3장의 소제목은 "일이만 삼림 줍에서 괴물 하나이 쮜어나온다"로 되어 있다. 또한 제4장에서도 유사하게 "난딕업는 일이만 총림 줍에, 흔 괴물이 니다라"(철세계, 16)라는 표현이 사용되고 있다. 이에 비해 원작과 일역본에서는 일이만 삼림의 괴물이라는 표현이 덜 강조된다.

신화는 계속된다. '독일의 검은 숲속'의 그들은 아리아인의 문명화 본능에 따라 다시 전세계로 퍼져나갔다. 남행을 감행한 사람들은 그리스 이탈리아 스페인 지역의 문명에 활기를 불어넣게 되지만 초기 아리아인과 같은 실수를 저질러 거무스름한 피부를 가진 지중해인의 열등한 피와 혼혈을 만들어내고 말았다. 태양의 길을 따라 서쪽으로 이동한 사람들은 영국해협을 건너 영국에 상륙한 후 그곳 원주민들을 조직적으로 살육하고 자신들의 순수성을 지켰고, 서쪽과 북쪽으로 계속 세력을 확장해 나가면서 점차 앵글로색슨이란 이름으로 알려지게 된다.10) 그렇게 하여 19세기 영국에서는 '앵글로색슨주의(Anglo-Saxonism)'라고 부를 수 있는 독특한 인종 의식이 발달하게 되었고,11) 대서양 건너의 1800년대 미국 지식인 대부분도 이를 믿었다.

이러한 앵글로색슨의 신화에서 주목되는 것은, '인종의 퇴화에 대한 두려움'과 '문명의 서진에 대한 믿음'이 곳곳에 베어있다는 사실이다. 신화는 우선 열등한 인종과의 혼혈은 반드시 인종의 퇴화를 가져오며, 이를 막기 위해서는 원주민을 살육하여 그들과 혼혈을 만들지 않는 것이 최선이라고 가르치고 있다. 인종 퇴화의 두려움과 타자 살육에 대한 이런 이야기는 <철세계>에서 인비가 연철촌을 만들어 라전인종을 소멸시킬 구상을 하는 데서도 적나라하게 반복된다. 인비의 연철촌 건설은 바로 이런 인종적 퇴화에 대한 신화적 두려움을 문학서사가 수용하여 재가공한 것으로 이해할 수 있다.

'문명의 서진에 대한 믿음'과 관련해서도 <철세계>는 흥미로운 내용을 보여준다. 인비가 '일본 바다 근처'에 지으려 했던 제2연철촌 구상이 그것이다.

> [2] 내, 일본 바다 근처에, 뎨이 련텰촌을 짓고, 평싱 경력을 다ᄒᆞ야, 무등흔, 살인공뎐구를 지여, 구만리 세계를, 일이만 일통을 민들고, 도쳐에 면보 믹쥬로, 일용 통샹ᄒᆞᄂᆞᆫ 물품이, 되게 ᄒᆞ얏시면, ᄌᆞ네 갓흐나가, 어ᄂᆞ 디방에 솔던지, 면보 믹쥬 업ᄂᆞᆫ 걱졍을, 아니ᄒᆞᆯ 거시니, 쟝ᄒᆞ지 안켓나 (철세계, 43)

'면보(빵)'와 '맥주'를 앞세워 세계를 일이만 일통으로 만들겠다는 제2연철촌 구상[12]은 문명화에 대한 아리아인의 사명의식을 표출하고 있다. 더구나 태평양 건너 일본 근처에 건설하겠다는 제2연철촌은 '문명의 서진'이라는 앵글로색슨주의적 믿음을 문학적으로 구체화한 것이라고 볼 수 있다. 실제로 당시 앵글로색슨이 지배하던 미국은 문명의 서진이라는 인종적 신념을 앞세워 태평양 너머 아시아로 제국주의적 확장에 뛰어든 상태였다.

이상의 논의를 통해 볼 때, 인비의 연철촌은 인종주의적 이념의 토대 위에 세워진 제국주의의 축소판과 같다. 그곳은 타자 살육과 영토 확장에 대한 인종적 광기가 지배하는 세계이다. <철세계>는 인비의 인종주의적 이념이 자연스럽게 제국주의와 결합하는 과정을 보여주고 있다. 이는 인종주의를 이용해 제국주의적 침략을 합리화하는 과정에 다름 아니다.

황·백인종의 인종적 대결 의식

<철세계>가 보여주는 인종주의적 대결 서사는, 황인종과 백인종의 대결의식을 아시아 침략을 위해 전략적으로 활용했던 일본 제국주의의 논리로 손쉽게 연결된다.

사회진화론을 수용한 한국 지식사회는, 아관파천 이후 조선에 대한 러시아의 영향력이 한층 증대되고 만주와 한반도에 대한 러시아의 침략 의도가 명확해지자 심각한 위기의식 속에서 이를 '백인종의 동양 침략'으로 인식하였다. 그리고 이에 대응하여 황인종 국가인 한중일 3국의 제휴의 필요성을 한층 강하게 제기하였다.[13] 대한제국기의 인종 개념과 그에 따른 황인종으로서의 자기 인식은 러시아와 일본의 대결이 첨예화될수

록 점차 현실감을 띠면서 강화되어 갔고, 일제는 이를 적극 조장하고 활용했다. 황·백의 인종적 대결의식이 일본 제국주의의 침략적 도구였음이 명확하게 드러난 것은 러일전쟁 이후였다.

동아시아 황인종의 정체성과 대한제국 국민의 정체성이 맞부딪히게 되는 애국계몽기의 인종 개념은 이후 제국주의 논리로 규정되어 복잡한 몰락의 길을 걷기 시작한다. 이 무렵 '민족'이라는 개념이 새로 유입되어 제국주의에 대한 저항적 개념으로 급속히 확산되어 갔다. 더 나아가 1908년 무렵에는 종족적/문화적 독자성을 지닌 것으로 이해되는 '한국민족'이라는 개념까지 정립되어 나갔다.14)

이해조의 <철세계> 번안 출판은 이처럼 인종과 민족 개념을 둘러싼 국내외의 지적 상황이 급변하고 있던 때에 이루어졌다. 이런 혼종 상황 하에서 이해조는 인비라는 캐릭터와 그가 건설한 연철촌을 통해서 일본 제국주의를 상기시킨다. 그리고 인종주의를 지렛대 삼아 제국주의적 침략을 정당화하려 했던 일본 제국주의의 숨겨진 의도를 분명하게 드러내 보인다. 즉 <철세계>는 문학적 복기를 통해 일본 제국주의 침략을 경계하고자 했던 애국 계몽 의식의 연장선에서 번역 출판되었다고 할 수 있다.

3. 위생 담론, 부국강병을 위한 전략적 지식

과학기술의 야만적 폭력성

<철세계>에서 살손인종의 인종적 패권을 노리고 인비라는 인물은 타자 살육과 제2연철촌 건설이라는 제국주의적 욕망을 실현하기 위해 연

철촌의 과학기술을 당시로서는 전위적이라 할 정도로 발달시킨다. 거대 대포와 가스 탄환은 전위적 과학 발달을 상징한다. 추밀각 꼭대기의 비밀스런 장소에 설치된 거대 대포는 입구로 사람이 걸어 들어갈 수 있을 만큼 초대형이며, 사오리 밖의 강철판도 떡부스러기를 만들만큼 강력한 위력을 지녔다. 대포에 사용할 탄환도 내부에 유동탄산을 채워 탄환이 터지는 순간 탄산가스가 사방을 얼려버리도록 디자인된 획기적인 신발명품이다. 약한은 연철촌의 이런 최첨단 무기를 목격하고 나서 '정충증'(심한 정신적 자극을 받거나 마음이 허하여 가슴이 몹시 두근거리고 불안한 증세)까지 느낀다. 그 외에 땅 밑을 꽹음을 내며 달리는 '쌍밋털도' 즉 지하철도 역시 연철촌의 첨단 과학기술을 상징한다.

그런데 과학기술의 성격이 문제이다. 앞서 말했듯이, 인비는 타자 살육과 제2연철촌의 건설, 그리고 그것을 통한 살손인종의 종국적 승리를 위해 첨단 과학기술을 발전시킨다. 목적이 그렇다 보니 연철촌의 과학기술은 철저한 비밀 유지를 통해 외부적으로 그 존재가 전혀 노출되지 않는다. 연철촌의 비밀을 캐내기 위해 잠입하여 활동하는 약한마저도 '쌍밋털도'의 존재를 오랫동안 눈치채지 못했고, 심지어 거대 대포의 존재는 더욱 은밀하게 관리되어 대포의 비밀을 알게 된 사람들은 모두 제거되는 운명을 맞이한다. 연철촌은 그만큼 내부적으로 완전히 통제되고 폐쇄된 사회였다. 폐쇄적인 사회체제에서 발달한 첨단의 과학기술은 결국 야만적인 폭력성을 띠게 되는데,● 아래 인용문을 참고해 보자.

●첨단 과학기술이 야만적 폭력성으로 이해되는 양상은 김교제가 번안한 과학소설 <비행선>(1912)에서도 놀랍도록 유사하게 나타난다. <비행선>의 '잡맹특'은 첨단의 과학문명을 갖추고 있으면서도 지극히 폐쇄적인 체제를 유지하면서 서구(세계)와의 교류를 거부한다. 주인공 니개특은 이런 잡맹특을 문명의 제국이 아니라 '미개한 야만국'으로 호명하였다.15) 흥미로운 사실은, 2018년에 개봉된 마블 영화 <어벤저스 : 인피니티 워>에 등장하는 '와칸다'의 모습이 비록 폭력성은 삭제되었지만 이와 유사하다는 점이다. '와칸다'는 첨단과학기술과 무한한 자원을 가진 나라이지만 원시 부족사회를 연상시키는 정치체제와 문화를 가진, 고립된 사회로 그려지고 있다.

[3] 아무 소리 업시, 달이 나 붉고, 셔리 찬 밤에, 슈만 가호, 십만 인구
와, 바소 개 닭까지라도, 무슨 싟닭을, 모로고, 밥 즛둣 일시에, 어름 텬
디 눈궁게, 영쟝ᄒ얏시면, 그 안니 셰계에 쟝관이며, 남아의 상쾌흔 일이
랴, (철세계, 50)

인비는 새로 발명한 대포를 이용하여 십만 인구를 일시에 몰살할 계획
을 세우면서, 그것이 '세계의 장관이자 남아의 상쾌한 일'이라고 한다.
이런 언급은 인비와 그의 연철촌이 갖는 야만적 폭력성을 유감없이 드러
낸다. 더구나 달 밝고 서리 내린 고요한 밤을 틈타 그런 계획을 실행하겠
다는 데서는 인비의 탐미적 악마성마저 엿볼 수 있다. 인비에게서 볼 수
있는 이런 폭력성과 악마성의 근원에는 다른 인종을 인정하지 않는 인종
주의적 신념이 자리하고 있다. 다시 말해서 인비는 자신의 인종차별주의
를 정당화 합리화하고 나아가 그것을 지탱하기 위한 수단으로 활용하기
위해 과학기술을 발전시켜 왔다고 볼 수 있다. 발전된 과학기술을 통해
다른 인종을 소멸시킴으로써 자기 인종의 우수성이 보존될 수 있다고 믿
는 것이다.

하지만 인비의 인종주의적 계획은 마지막 단계에서 실패하고 만다. 장
수촌을 향해 발사된 대포의 포탄은 연산 잘못으로 빗나가고, 인비 자신
은 스스로 개발한 가스에 노출되면서 냉동 상태로 죽고 만다. 연철촌의
과학기술은 야만적 폭력성만을 드러낸 채 반근대와 반계몽의 상징으로
변질되고 만다. 이렇게 되면서 <철세계>라는 제목을 통해 강철의 유용
성과 첨단 과학기술이 적용된 가공할 무기의 필요성을 주장하고자 했던
과학계몽 의도는 증발되어 버렸다.

장수촌의 위생학적 실천들

이해조의 <철세계> 번안을 과학기술의 소개와 국민 계몽에 대한 대단한 의지와 철학에서 비롯되었다고 보지 않고, 개화기의 시의성과 맞아떨어지는 신기한 내용 일색을 독자들이 좋아하리라는 상업적 계산속에서 번안되었다고 보는 견해16)도 있다. 이해조가 애국계몽기 지식인들에게 요구되었던 부국강병이나 애국 계몽이라는 시대적 명제에 투철했다는 것을 미심쩍게 바라보는 것이다. 하지만 최근 연구에서 이해조는 국민교육회나 연동예배당의 활동을 통해 근대 교육에 대단한 열의를 가진 인물이었다는 사실이 밝혀졌다.17) 또한 『제국신문』 기자 시절에 쓴 신소설에서도 여성교육 같은 계몽적 주제에 지속적인 관심을 보이고 있는 것을 볼 때, <철세계> 번안을 어떤 계몽적 의도와 관련짓는 관점은 지극히 자연스럽다. 그렇다면 증발해 버린 과학계몽의 의도는 무엇으로 대체될 수 있을까?

<철세계>에서 좌선의 장수촌은 위생학적 실천을 최고의 가치로 한다. 장수촌의 조직과 활동은 위생을 최우선으로 하여 사람의 수명을 늘리는 데 맞추어져 있다. 이를 위해 장수촌의 모든 가옥은 새로 발명한 벽돌을 사용하여 공기가 잘 통하고 습기가 머물지 않도록 하며, 이층 이상을 금하여 일광을 가리지 않게 하는 등 다양한 규제를 적용한 이른바 '위생주택'으로 만들어졌다. 그리고 여러 사람이 함께 살면 위생에 해롭다 하여 집 한 칸에는 반드시 한두 사람씩만 살게 했고, 심지어는 잠자는 것까지 규제하여 삶의 1/3은 잠을 자도록 규정해 놓았다. 물론 이런 주택 관련 제도나 규제 이외에, 의복과 음식 등에 대해서도 강력한 위생 관리가 뒤따랐다.

[4] 아동들이라도, 의복을 졍결ᄒ게 ᄒ고, 옷깃이나, 소믹에, 짬이나, 씌가 뭇시면, 곳 앞헤 불너 셰우고 욕을 뵈야, 다시 사름을, 못 볼 듯시 ᄒ며, 지어 음식은, 위싱 뎨일 긴요ᄒ다 ᄒ야, 음식 쟝ᄉ가, 혹 샹흔 물건을, 셩흔 물건에 혼잡ᄒ야 팔면, 곳 독약으로, 살인률을 쓰고 (철세계, 64)

인용문에서 보는 것처럼, 청결하지 못한 아이들과 위생을 속인 음식 장사에게는 가혹한 처벌이 가해졌다. 주택 같은 사물은 물론이고 사람까지도 위생 관리와 검열의 대상이 되고 있다. 이러한 위생 관리와 검열은 근대적 병리학이 병인체(病因體)를 통제하기 위해 즐겨 쓰는 방법이었다. 병인체 통제에 대한 장수촌의 강박은 병원제도에서 단적으로 드러난다. 장수촌에서는 병원 내 병균의 전염을 미리 차단한다는 이유로 1실 1환자 원칙을 적용한다. 심지어는 매년 병원을 불태우고 새로 짓는다. 이처럼 장수촌 사람들의 일상은 청결과 위생이라는 기치 아래 인위적으로 재조직되어 철저하게 통제 관리되었다. 한마디로 위생 관리와 검열이 '위생을 통한 지배'로 전화되고 있는 것이다.

위생을 통한 지배

실제로 근대 초기에 위생과 위생 담론은 개인을 국가의 요구에 순응시키는 가장 효율적인 테크네(術)였다. 유럽에서 공중 위생이 근대 국가의 형성에 어떻게 기능하는지를 배운 일본은 정부 기구 내에 위생 담당 부서를 만들었고 이를 통해 국민 개개인을 더욱 효과적으로 통제할 수 있게 된다. 그리고 제국주의적 팽창을 효과적으로 수행하기 위해 이 통치기술을 조선에도 적용하기 시작했다. 청일전쟁에서 승리한 일제는 경성, 부산, 원산, 인천에만 있던 병원을 조선 전역으로 확대해 나갔다.[18]

조선통감부가 만들어진 이후 일제는 위생경찰을 신설하여 위생 검열과 통제를 더욱 본격화하였고 급기야는 그들로 하여금 민간의 분뇨 수거와 변소 개량까지 통제 관리하게 만들었다. 사람들은 억지춘향으로 변소를 개량해야 했고 분뇨 수거를 강요당했으며 청결비를 징수당했다.[19] 일본인 거류지에는 상하수도 시설과 의료기관의 설치, 개인의 공중 위생과 관련된 목욕탕과 세탁소 설치 등의 다양한 위생 시설들을 관주도로 설치해 나갔다.[20] 일제는 기존의 주권적(sovereign) 권력과 새로운 유형의 규율적(disciplinary) 권력을 결합시키는 통치 기술(governmentality)을 적절하게 구사하였던 것이다. '권력이 달라지면, 지식도 달라져야' 했기에 일제는 근대적 위생을 전략적 지식으로 선택했다고 볼 수 있다.[21]

근대적 위생을 전략적 지식으로 선택한 것은 일제만이 아니었다. 김옥균과 박영효 등의 초기 급진개화파들을 비롯하여 애국적 계몽 지식인들도 위생 검열과 관리의 중요성을 주장하고 나섰다. 대한제국기에도 나름대로 위생의 제도적 정착을 위한 노력들이 이루어졌다. 대표적인 사례가 우두법이다. 갑오개혁의 일환으로 전 국민의 의무 접종을 규정한 '종두규칙'이 반포되고, 1899년까지 53명의 종두 의사가 양성되어 전국 각지에 파견되어 활동에 들어갔고, 1900년 이후에는 매년 몇 만 명 이상이 종두 접종을 받았다.[22]

위생 담론의 급증

<철세계>가 번안된 1908년에 이르면 국내 신문매체에 등장하는 위생 담론의 수가 그전에 비해 크게 증가하는 현상을 보인다. [표 1]은 『대한매일신보』와 『황성신문』에서 기사 제목에 '위생'이라는 용어가 포함된 기사의 건수를 조사한 결과이다. 표에 따르면, '위생' 어휘는 1906년 이전에 비해 1907년부터 크게 늘어난 것을 확인할 수 있다. 그리고 1908~9

년에는 그것이 더욱 늘어났다.

[표 1] '위생'이라는 용어가 제목에 포함된 기사 통계

연도	『대한매일신보』	『황성신문』	계
1905년	-	10	10
1906년	0	21	21
1907년	28	75	103
1908년	88	42	130
1909년	41	136	177

그렇게 된 이유는 추후 분석이 필요한 사항이지만, 1908년을 전후로 조선의 지식사회는 전체적으로 위생 담론에 높은 관심을 표명했던 것이 분명하다. 이해조가 기자로 근무하던 『제국신문』의 경우, 자료 접근이 여의치 않아 '위생' 기사의 건수를 구체적으로 확인하지 못했지만, 위생과 관련된 중요한 논설이 1907년에 게재된 것이 확인된다. <풍속개량론>의 여섯 번째 시리즈로 실린 '위싱에 쥬의홀 일'(1907.10.16)이라는 논설이다. 이는 『제국신문』에서 주로 논설을 담당했던 정운복의 글이다. 그런데 이해조는 정운복의 <풍속개량론>에 지대한 관심을 가지고 있었다. 그것은 <풍속개량론>의 첫번째 논설 '녀즈의 기가를 허홀 일'(1907.10.10)을 이해조가 자신의 <홍도화>에 길게 인용하여 삽입해 놓은 데서 알 수 있다. 그만큼 <풍속개량론>에 관심이 컸다는 증거이다. 그렇다면 이해조는 '위싱에 쥬의홀 일'이라는 여섯 번째 논설에 대해서도 분명 잘 파악하고 있었을 것이다. 그리고 여자의 개가 문제를 <홍도화>의 주제로 다루었던 것처럼, 위생 문제도 언제든지 작품화한다는 생각을 가졌을 수 있다.

<철세계>의 번안은 바로 이런 정황과 관련되어 있을 가능성이 많다.

왜냐하면 앞서 언급했듯이 <철세계>는 장수촌의 각종 위생학적 실천을 중요한 서사의 한 축으로 하는 작품이기 때문이다. 그것은 당시 한국사회가 필요로 하는 위생 관리의 모델이나 방법론으로서 손색이 없다고 생각했을 것이다. 사회 전체적으로 위생 담론이 크게 증가하고 있는 상황이었기 때문에 책의 상업적 성공에 대한 고려도 있었을 것이다. 이해조가 <철세계> 번안에서 위생계몽의 문제에 주목했을 것이라는 추론은, 그가 <만월대>에서도 위생의 문제를 다시 다루고 있다는 데에서 한층 분명해진다.

<만월대>는 『제국신문』에 1908년 9월 18일부터 12월 3일까지 연재된 신소설이다. <철세계>는 <만월대>의 연재 기간 중에 출판되었다. <철세계> 번안을 마치고 곧바로 시작한 작품이 <만월대>이었을 가능성이 아주 높은 것이다. 그런데 이 <만월대>는 가정 윤리, 종교, 상업 등의 문제와 함께 위생의 문제를 집중적으로 다룬[23] 작품이다. 선후하는 두 작품에 위생 문제에 관한 서사를 포함하고 있다면 이는 당시 이해조가 위생계몽에 상당한 관심을 가지고 있었다는 증거일 수밖에 없다. 거꾸로 해석하면, 위생계몽이 <철세계> 번안 의도나 계기에서 중요한 부분을 차지한다는 말이 된다.

인구증가와 부국강병의 길

<철세계> 번안의 중요한 계기가 될 만큼 위생계몽이 중요한 이유는 무엇일까? 앞서 위생은 개인을 국가권력의 요구에 순응시키는 근대적 "통치의 기술"이며, 그래서 국가권력은 근대적 위생을 전략적 지식으로 선택하게 된다고 했다. 위생이 통치의 기술이 되고 전략적 지식이 되는 이유는 그것이 '인구'의 문제와 직결되어 있기 때문이다. 지금도 그렇지

만 근대 초기에는 건강한 인구가 국가를 유지하고 확장하는 데 있어서 중요한 변수로 작용했다. 근대국가들이 여성교육에 관심을 가졌던 것도 국민을 생산하고 키우는 몸기계로서의 여성에 주목한 결과였다. 인구가 단순한 생물학적 문제를 넘어서 국가권력의 차원에서 사유되었던 것이다. 특히 제국주의 패권 경쟁이 끝없이 진행되던 당시로서는 인구의 크기가 국가의 존망과 번영에 직접 영향을 미칠 수 있었다.

장수촌에서 이루어지는 위생 관리와 검열도 인구 증가를 노리는 근대국가들의 위생학 테제와 관련이 없다고 할 수 없다. 아닌 게 아니라 <철세계> 서사에서도 인구의 문제를 거론하고 있다. 장수촌은 위생 최우선 정책을 편 결과, "호구가, 이상히 늘어, 초년에는, 륙빅 호가, 삼년 동안에, 구쳔 호가 되고, 지방은, 십여만 인구가 되며"(철세계, 65), 조상의 유전병을 제외하면 "불시 여역으로, 죽은 쟈"(철세계, 65)는 거의 없을 정도가 된다. 인구는 증가하고 사망률은 획기적으로 낮아졌다는 것이다. 위생 관리와 검열을 통해 인구가 비상히 증가했다는 것이다.

거기서 그치지 않고, 국가권력(장수촌)이 증가한 인구를 군사력으로 동원하는 서사가 이어진다. 인비의 도발에 대한 급보가 알려졌을 때 장수촌에서는 촌민총회가 개최되는데, 그때 상의원 한 사람이 촌민들의 '애국심'을 자극하는 연설을 한다. '오릭 살기만 욕심흔 바'는 좌선이 장수촌을 건설한 본 목적이 아니니, 장수촌을 위해 애국심을 발휘하라고 호소한다.

> [5] 졔군네들, 오날날 만일 광겁흐야, 용밍도 업고, 익국심도 업시면, 필연 이 밤으로, 이 촌을 쪄닉 피화나 흘지니, 그러코 보면, 우리 장슈촌 사름이, 오릭 살기만, 욕심흔 바요, 엇지 우리 좌션군의 본심을, 아는 바리오, 오날날 셰계에, 십오만만 싱령 중에, 우리 장슈촌 인민이, 웃듬이 되고져 흘진딕, 맛당이, 고상흔 싱각과, 격앙흔 의긔를 가져 아모리 화식

이 박두호고, 곤난이 비상홀지라도, 스싱존망을 한가지 ㅎ야, 장슈촌의
만셰긔념비를 셰울지니, 그런즉, 이 셰계에 몹실 악젹과, 일쟝 혈젼흠이,
만부득이 흔 일이요, (철세계, 70)

장수촌 촌민에게 요구되는 애국심은 한마디로 '고상흔 싱각과 격앙흔
의긔'를 가지고 연철촌과의 '일쟝 혈젼'에 참여하는 것을 통해 실현될 수
있다는 연설이다. 좌선이 인명 장수의 목표를 내걸고 장수촌을 건설한
궁극적 목적이 비로소 드러난다. 즉 장수촌의 위생학적 실천들은 개인적
가치 실현을 위한 것이 아니었다. 그것은 인구의 증가, 다시 말하면 라젼
인종의 수적 확대와 그것을 통한 부국강병의 실현을 위한 전략적 지식으
로 채택된 것임을 알 수 있다. 철저하고 가혹할 정도의 위생 검열과 통제
는 살손인종보다 많은 건강한 인구를 확보하기 위한 고육책이었다고 볼
수 있으며, 이는 제국주의 경쟁에 뛰어든 혹은 거기에 휘말린 당대의 모
든 근대국가가 추구하는 핵심 테제의 하나였다. 이해조는 <철세계> 번
안을 통해 근대적 위생 관리와 검열이 인구 증가와 부국강병에 이를 수
있는 길임을 보여주고자 했던 것이다.

4. 이해조의 단행본 3부작

이해조는 한일합병 이전에 연재소설 말고 3권의 단행본 작품을 남겼
다. <철세계>를 비롯하여, 미국 대통령 조지 워싱턴의 전기인 <화성돈
전>과 합병을 불과 1개월 앞두고 나온 <자유종>이 그것이다. 그동안
<자유종>에 대한 연구는 많이 축적된 편이지만, 다른 두 작품은 그렇지
못하다. 두 작품은 그동안 이해조 문학의 중심으로 여겨지지 않았다. 번

안 텍스트였기 때문일 것이다. 게다가 <화성돈전>은 국한문 혼용이었다. 단행본 3부작은 그의 『제국신문』 연재소설들과 비교해 볼 때, 이해조의 근대계몽 사상을 보다 직접 드러내고 있다. 그런 만큼 사상적 측면에서 이해조를 연구하고자 할 때 반드시 거쳐 가야 할 텍스트들이다. 더구나 행적에 관한 자료가 부족한 상황에서 그의 근대계몽 사상을 재구하려면 작품 내적 연구가 더욱 중요해질 수밖에 없다.

연구자들의 관심이 필요한 단행본 3부작 중, <자유종>은 그동안 많은 연구가 진척되었고 <화성돈전>은 인물의 일대기를 다룬 단순 구성의 전기라는 점을 고려한다면, 나머지 <철세계>는 향후 더 많은 관심이 필요한 작품이다. 그동안 연구자들은 <철세계>에서 주로 과학계몽의 메시지만을 읽어냈다. 소설을 통해 과학기술을 소개함으로써 당시 저조하기 이를 데 없는 과학사상을 고취시키려고 했던 작품이라는 것이다. 하지만 <철세계>의 계몽성은 과학계몽에만 국한되지 않는다. <철세계>는 패권적 대외 확장을 노리는 일제에 대한 경계와 부국강병을 위한 전략적 지식으로서 근대적 위생의 중요성을 계몽하는 작품이다.

서사의 중요한 한 축을 이루는 인비라는 인물은, 우생학적 인종차별 이데올로기에 사로잡힌 인물이다. 그는 라전인종의 소멸과 제2연철촌 건설과 같은 제국주의적 침략 계획을 세우는데, 이런 것들은 그가 신봉하는 앵글로색슨의 인종적 신화에 의해 정당화된다. 인종주의가 제국주의적 침략을 합리화하는 데 동원된 것이다. <철세계>가 보여주는 이런 서사는 당시 황·백의 인종적 대결의식을 조장하여 제국주의적 침략을 정당화하려 했던 일제를 떠올리게 함으로써 애국계몽의 목적을 달성하게 된다. 또한 <철세계>는 근대적 위생의 중요성을 강조하는 근대계몽의 메시지도 담고 있다. 위생은 근대국가들이 채택했던 전략적 지식으로 인구 증가와 부국강병에 이를 수 있는 길이었다. 1908년 전후로 조선의 지식사회는 위생 담론에 높은 관심을 보였는데, 이해조는 이런 담론적 상황에서 <철세계>를 번안하면서 자연스럽게 위생계몽에 주목하였던 것으로 보인다. 장수촌의 각종 위생학적 실천들은 위생계몽을 위한 효과적인 텍스트가 될 수 있다고 생각한 것이다.

개인적 가난의 발견과 소설적 대응

1. 가난은 자본의 결핍 상태

경제자본과 문화자본의 결핍

가난은 보통 경제적인 결핍이나 불충분 상태를 의미한다. 혹은 소득 분배의 날카로운 불균형, 어떤 열망적인 수준을 달성함에 있어서의 무기력 상태 혹은 행위 패턴이나 행동의 하부문화를 일컫기도 한다. 이렇게 볼 때 가난은 경제적 및 문화적인 두 측면을 모두 고려하는 개념이 된다.24) 그러므로 가난이란, 피에르 브르디외(Pierre Bourdieu)의 용어를 빌려 말하면, 경제자본의 결핍과 문화자본의 결핍 상태로 다시 정의될 수 있다. 경제자본은 소득을, 문화자본은 제도화된 학위나 자격증, 지식과 성향 등을 의미한다.●

경제자본과 문화자본은 상호 역동적인 전환 가능성이 있기 때문에 한쪽이 획득되면 다른 쪽도 쉽게 획득될 수 있다. 반대로 하나가 결핍되면

● 브르디외는 경제자본을 생산요소와 경제적 재화로 나누었다. 생산요소는 토지, 공장, 노동과 같은 요소들이며, 경제적 재화는 수입, 유산, 물질적 재화 등으로 구체화된다. 즉 생산요소는 경제적 재화를 만들기 위한 투입요소들이며 경제적 재화는 생산요소에 의하여 만들어진 화폐적 특성을 보유한 경제자본이다. 한편 문화자본은 체화된 상태(embodied state)의 문화자본, 객관화된 상태(objectified state)의 문화자본, 제도화된 상태(institutionalized state)의 문화자본으로 구분하였다. 체화된 상태의 문화자본은 몸짓, 외모, 표정, 억양, 어휘 등에서 나타나는 세련됨이나 고양 혹은 품위 등을 의미한다. 이는 양도, 상속, 화폐로의 전환이 불가능하며 장기적으로 축적되어야 하는 특성을 갖는다. 객관화된 상태의 문화자본은 물적 상태로 존재하는 그림, 도서, 건물, 기계 등이 포함될 수 있다. 증여나 상속이 가능하며 화폐적 가치로의 전환이 용이하다. 제도화된 상태의 문화자본은 개인이 교육의 과정을 통하여 획득한, 졸업장이나 학위로 상징되는 학력자본을 의미한다.25)

다른 것도 얻기 힘들다. 이런 경향은 안정된 사회일수록 더욱 심하며, 안정된 사회에서는 가난이 보통 경제자본과 문화자본의 동시 결핍을 의미하는 경우가 많다. 그렇지만 사회 변혁기에는 조금 복잡한 양상이 나타날 수 있다. 변혁의 시기에는 가난이 경제자본과 문화자본의 동시 결핍으로 나타나기도 하지만, 경제자본의 결핍만으로 나타나거나 반대로 문화자본의 결핍만으로 나타날 수도 있다. 예컨대 구한말의 몰락한 양반 계층은 주로 경제자본의 결핍에 시달렸고, 산업사회 초기의 신흥자본가 중에는 문화자본의 결핍 때문에 비하의 의미를 가진 '졸부'로 불리는 경우도 있었다. 그리고 부족한 자본의 획득 과정을 통해 계급이나 계층은 재조정될 수 있다.

개인적 가난 들추기

가난이 본격적으로 소설에 등장한 것은 보통 1920년대 이후로 이야기된다. 예컨대 이재선26)은 빈자의 생활양식과 사회적인 형태가 특별한 의미를 갖고 소설에 구체적으로 착생된 것은 1920년대 이후라고 했으며, 송하춘27)은 좀 더 구체적으로 1924년을 지목하여 가난이 근본적인 문학적 충동으로 제기된 시기라고 했다. 그밖에도 여러 연구들이 1920년대와 빈궁의 문학화를 연결시키고 있다. 이들 연구는 일제의 식민통치로 전통적인 산업과 경제 구조가 급격하면서도 파행적으로 변화하였고 이로 인해 빈부의 문제가 심각하게 드러났던 시기가 1920년대였다는 인식에 기초하고 있다.

그렇다면 1910년대 이전의 소설에서는 가난을 찾을 수 없을까? 필자는 1915년에 나온 〈형월〉이라는 신소설에서 가난이 중요한 테마로 활용된 사실을 확인하고, 1910년대 문학에 가난이 어떻게 등장하는지 탐색해 볼 필요가 있음을 느꼈다. 실상 1910년대는 자본주의 경제 시스템에 대한 이해가 진전되면서 근대적 국민경제의 개념, 즉 생산의 확대에 의한 국가경제의 발전이라는 사고가 더욱 구체화[28]된 시기였다. 이에 따라 돈(자본)에 대한 자본주의적 욕망이 나타나게 되며, 자본주의적 욕망은 자연스럽게 자본의 결핍 상태를 의미하는 '개인적 가난'을 들춰내게 되었다. 개인적 가난에 대한 인식이 생겨나게 된 것이다. 어떤 식으로든 이것이 글쓰기의 대상, 문학의 서술 대상이 될 수밖에 없는 사회경제적 환경이 만들어졌다고 볼 수 있다.

이에 따라 1910년대 이전, 좀 더 구체적으로는 일본 유학생 출신 근대 작가들이 본격적으로 활동하기 이전인 1910년대 전반기까지의 시기[29]를 대상으로 하여 '개인적 가난' 문제를 탐색해 보는 것이 필요해졌다. 이를 위해 가난을 문화자본의 결핍과 경제자본의 결핍으로 정의하고, 그것이 당대의 신문 기사와 『매일신보』 소재 단편소설들, 그리고 신소설 중에서 〈혈의 누〉, 〈은세계〉, 〈황금탑〉, 〈형월〉 등의 작품[30]에서 어떻게 나타나는지 알아보고자 한다. 이런 작업은 돈-자본의 욕망과 함께 개인적 가난 문제를 인식하는 사적·개인적 자아의 출현이라는 1910년대 근대성의 한 측면을 검증해 낸다는 의미를 갖는다. 더불어 1920년대 등장하는 본격적인 빈궁문학의 전사에 대한 연구로서도 나름의 의미를 가질 수 있다.

2. 개화기 신교육의 두 지향

개인적 가난의 무시

1896년 5월 16일자 『독립신문』 잡보란에는 가난과 관련된 흥미로운 기사가 실려 있다. 고양에 살던 한덕남의 아내가 남편이 너무 가난해 살기 힘들게 되자 딸 하나를 데리고 서울로 도망하였는데 경무서에서 그녀를 붙잡아두고 사방에 아내를 찾아가라고 방을 붙였다는 기사이다. 이 기사는 근대전환기가 시작될 무렵까지도 '가난'이라는 문제가 어떻게 무시되었는지 단적으로 보여준다. 기사에 따르면, 경무서에서 문제 삼고 있는 것은 아내가 딸과 함께 겪었을 지독한 가난이 아니라, 남편을 버리고 도망쳤다는 사실이었다. 이처럼 개인적 가난은 공적 담론에서 철저히 무시되었다.

근대 이전 문학에서 가난은 청빈이나 검약의 코드와 연결되어 있었던 까닭에 반드시 회피하거나 극복해야 하는 대상은 아니었다. 사대부의 청빈하고 검약한 삶은 사회적으로 존경의 대상이 되었기 때문에 가난이 가난 자체로서 문제가 되지는 않았다. 하지만 근대전환기로 들어서면서 상황은 일변했다. 가난의 개념을 옹위하고 있던 청빈이나 검약과 같은 긍정적 가치의 껍데기가 제거되면서 가난은 결핍의 상태로 인식되기 시작했고, 그것은 어떻게든 극복해야 하는 불편한 대상으로 발견되어 갔다. 그리고 가난에서 벗어나는 최선의 방법으로 '교육'이 주목받기 시작했다. 신식 교육이 선교사들에 의해 도입된 이래, 교육은 모든 계층을 위해 개방되어 있다는 믿음이 확산되었고, 교육의 결과로 주어지는 졸업장이나 학위 같은 문화자본은 경제자본의 안정적 획득을 위한 필수적 조건으로 인식되기 시작했다. 교육이 가난 극복의 방법이 될 수 있었던 것은 이런 조건 아래에서였다.

근대전환기의 지식인들은 국가의 실력 양성을 최우선 당면 과제로 삼았다. 국가의 실력을 양성한다는 것은 '부국강병' 혹은 '국부민강'을 달성하는 것을 의미했다. 유길준은 국가의 근대성을 '부'와 '강병'으로 설명했다. 『서유견문』에서 문명화의 주체는 국가였고, 국가가 법률과 교육이라는 기제를 통해 근대적 국민을 생산하는 것이 문명화의 가장 중요한 목표이자 방법으로 설정되었다.31) 이러한 국가주의 담론은 신소설 속에서도 그대로 재현되었다.

신교육을 통한 문화자본의 획득

신소설에서 해외 유학은 신교육의 상징적 기표였다. 신소설 속의 해외 유학생은 대개 남성이면서 양반 계층이었다. <혈의 누>의 김관일과 구완서, <치악산>의 백돌, <추월색>의 김영창, <빈상설>의 서정길 등이 대표적인 경우이다. 그들은 어느 날 갑작스럽게 유학길에 오르며, 유학은 곧바로 졸업장이나 학위와 같은 문화자본의 획득으로 이어지며 그 과정에서 어떤 경제적 어려움도 겪지 않는다. 그들은 구완서의 경우처럼 집에서 학비를 조달하거나, 혹은 김관일과 백돌처럼 장인으로부터 학비를 지원받을 수 있었다. 경제자본이 충족된 상태에서 새로운 시대를 위한 문화자본을 획득하는 데 전념할 수 있었다.

여성 유학생도, <혈의 누>의 옥련과 <은세계>의 옥순의 경우에서 볼 수 있는 것처럼, 경제적 어려움에 지속적으로 노출되는 경우는 없다. <혈의 누>의 옥련은 청일전쟁 때 부모와 헤어지지만 어떤 경제적 압박도 받지 않고 성공적으로 일본과 미국 유학을 끝마친다. 기차에서 우연히 만난 구완서가 미국 유학을 제안하고 옥련이 그것을 받아들이는 순간 그녀의 모든 경제적 문제는 해결되었다. <은세계>의 옥순은 고향의 돈 줄이 끊겨 목숨까지 포기해야 하는 상황에 부딪히기도 하지만, 돈 많은 기부자가 곧바로 등장하면서 경제적 문제가 쉽게 해결된다.

한국사회에서는 오랫동안 교육이 가난의 세습을 끊고 부의 세습을 견제하는 중요한 수단으로 인식되어 왔다. 그런 만큼 가난 속에서도 교육을 통해 성공한 입지전적 인물은 항상 주목받거나 존경의 대상이 되었다. 하지만 앞서 확인한 것처럼 신소설 유학생들은 이런 입지전적 인물과 거리가 멀었다. 그들이 신교육이라는 기제를 통해 획득하고자 했던 것은 경제자본이 아니라 근대적 지식과 졸업장 같은 문화자본이었다. 그것은 자주 인용되는 <혈의 누>의 다음 부분에서 명시적으로 드러난다.

[6] 구씨의 목적은 공부를 심써 ᄒᆞ야 귀국흔 뒤에 우리ᄂᆞ라를 독일국 갓치 연방도을 삼으되 일본과 ᄆᆞᆫ쥬를 흔듸 합ᄒᆞ야 문명한 ᄀᆞᆼ국을 맨들고 ᄌᆞ ᄒᆞᄂᆞᆫ (비스ᄆᆞᆨ) 갓한 마음이오 옥년이ᄂᆞᆫ 공부를 심써 ᄒᆞ야 귀국한 뒤에 우리나라 부인의 지식을 널려서 남자의게 압제밧지 말고 ᄂᆞᆷᄌᆞ와 동등 권리를 찻계 하며 (혈의 누, 87~88)

구완서와 김옥련은 근대적 지식의 습득과 그 결과로서 주어지는 졸업장이 중요했으며 그것은 오직 국가의 부강과 사회의 문명화, 즉 계몽 활동을 위한 용도였다. 모든 것의 가치가 '국가-사회'의 틀 안에서 규정되던 근대계몽기에는 해외 유학의 의미 역시 그러한 애국담론의 자장 안에서 획득되고 있었던 것이다.

개인적 가난의 서술

경제자본에 전혀 구애받지 않고 해외 유학을 무사히 마친 초기 신소설의 남녀 주인공들과는 달리, <형월>●의 장필영은 아예 적수공권으로 유학 생활을 시작한다. 작품 초두부터 가난에 관한 이야기로 시작하는 <형월>은 가난을 작품 전체의 중요한 모티프로 한다는 점에

● <형월>은 1915년 1월 25일, 박문서관에서 총 122쪽으로 간행된 신소설이다. 판권지에는 저작 겸 발행자로 노익형이 적혀있지만 당대의 출판관행으로 볼 때 그를 저작자로 확정하기는 어렵다. 따라서 저자는 아직 밝혀지지 않은 상태이다. 국립중앙도서관 전자도서관에서 원문을 온라인 서비스하고 있다.

서 주목된다. 장필영(나)은 자신을 영평 군내에서 가난하기로는 제일가는 장생원의 아들이라고 소개한다. 그는 가난에 찌들려 "얼골은 흑구자 갓치 타고 발바당은 제물에 훌륭ㅎ 쇠무쓰"가 되었고, 입성도 겨우 "불알만 가리는 쇠코잠빙이 억기만 덥는 왕베등거리 일긔나 혹독히 치워야 오만 죠각이 나 누덕누덕 기운 바지져고리"(형월, 4)를 입을 정도로 남루했다. 그는 경제 및 문화자본이 완전하게 결핍된 최악의 가난 상태였다. 초기 신소설의 남녀 유학생들이 경제자본이 충족된 상태였던 것과 극명하게 대비되는 지점이다.

장필영은 가난의 원인이 대대로 생업이 되어 왔던 농사 때문이라고 생각한다. 1인칭 서술주체의 주관적 이해를 바탕으로 농촌 가난의 실상과 원인을 밝히고 있는 아래 인용에 주목해 보자.

[7] 우리집의 싱활ㅎ는 직업은 다른 것이 아니라 우리 죠부도 ㅎ시고 우리 로친도 ㅎ시던 농업, 나도 하맛트면 그 길로 써러져 평싱 무한ㅎ 고싱을 면치 못홀번 하던 농업, 디디로 나려오며 큰 업을 삼든 농업인디 (…중략…) 우리집 집농스는 그러치 못ㅎ여 당장에 호구지계가 망연ㅎ고 로 위션 남의 집에 품을 팔아 종일토록 뢰력을 ㅎ고 겨우 돈 십오젼을 밧아셔 간신히 연명ㅎ야 가며 남의 집 셰답 마직이나 어더붓치면 그희 일년 니 신고ㅎ 결과가 몃셤이나 되든지 타작마당에셔 도지베 장리베 벌 쎄굿치 덤비여 다 뜻어가지고 우리집 쳐마 안애 드러와 노히는 곡식은 열말 되기가 과연 어려우니 농스라고 지어셔 츄슈ㅎ는 다음달브터 여전히 아모 것도 업는 그 농업이올시다 (형월, 1~2)

농촌의 가난이 잘못된 농사 관행 즉 소작농 제도에서 비롯된 것이라는 장필영의 가난 인식이 분명하게 드러난 부분이다. 농민들은 날품을 팔고 그 대가로 받는 15전으로 하루하루를 연명하면서 소작 농사를 짓는다. 소작 농사를 지으면서도 따로 남의 집 품팔이에 나서야 하는 이유는 추수거리를 도지벼 장리벼 등으로 모두 떼이고 나면 나머지 곡식으로는 추수 다음 달을 넘기기도 힘들었기 때문이다.

실제로 1910년대 들어 소규모 경지를 빌려 경작하는 소작농층 농가의 경제 상황은 점점 더 악화되어 갔다. 보리와 쌀을 추수한 직후를 제외하면 상시적 식량 부족에 시달렸고, 식량 구매를 위해 임노동, 영세 행상, 짚신 등의 간단한 품목의 제조 등에 종사할 수밖에 없다.[32] 이런 가난은 대개 봉건지주의 착취와 식민체제의 수탈이라는 이중적 모순에서 비롯되는데, <형월>의 서술주체인 필영은 봉건지주의 착취라는 측면에서 자기를 둘러싼 가난 문제를 이해했다고 볼 수 있다. 농촌의 가난을 소작농 현실과 가혹한 소작료 관행의 문제로 이해한다는 점에서 그렇다.

유학은 경제자본의 획득 수단

그렇지만 장필영은 마을 사람들과는 달리 가난을 극복할 수 있는 대상으로 생각한다. 이것은 마을 사람들이 가난을 "사람의 업원"(형월, 4)으로 생각하며, 가난을 자신들의 삶의 일부이며 숙명으로 받아들이는 태도와는 크게 다르다. 필영은 가난의 뿌리라고 여겼던 농사라는 생업을 부정하면서, "평싱을 흙속에 파묻처서 스름의 락을 모르고 맛츰니 가련흔 일부토가 될지면 누가 영평 쟝필영의 불상흔 쥴을"(형월, 3) 알아주겠는가 하고 깊은 감상과 근심에 빠져든다. 농사일에 파묻혀 개인을 드러내지 못하고 죽는 삶이 무의미하다는 자각을 하는 것이다. 이는 개인적 삶의 가

치와 의미에 대한 근대적 자각, 즉 근대적 개인에 대한 자각33)으로 볼
수 있다.

> [8] 사롬이라 ᄒᆞᄂᆞᆫ 것은 활동 중에셔 싱활ᄒᆞᄂᆞᆫ ᄌ인즉 사롬의 부귀와
> 빈쳔이 활동을 잘ᄒᆞ고 잘못ᄒᆞᄂᆞᆫ 딕 잇사온 바 그 활동을 잘 ᄒᆞᄌᆞ면 근본
> 되ᄂᆞᆫ 공부를 잘 ᄒᆞ여야 되ᄂᆞᆫ 것이 아니오닛가 (형월, 8)

근대적 개인이란 사적 개인이며 개인적 자아를 의미한다. 그들은 지위
와 계층, 전통과 관습에 얽매이지 않고, 자기 존재를 입증하기 위해 활동
한다. 사람의 부귀와 빈천은 활동의 결과라고 생각한다. 그리고 활동을
잘 하기 위해서는 공부를 잘 해야 한다고 확신한다. 그렇게 장필영은 분
명한 자의식을 갖고 빈천을 극복하기 위한 방법으로 '공부' 즉 교육을 선
택한다. 부귀공명은 팔자소관이라며 아버지 장생원이 만류하지만 그는
굽히지 않는다. 16살이 되었을 때 장필영은 전통적 학문보다는 '문명한
학식'이 필요하다고 생각한다. "지금은 이십셰긔라 문명ᄒᆞᆫ 학식이 업스
면 글은 ᄒᆞ나마나"(형월, 14)라는 생각에 미쳤을 때, 읍내에서 열린 양잠윤
회 연설에서 동경 고학생에 대한 이야기를 듣는다. 이를 계기로 그는 서
울 유학을 결심하게 된다.

장필영의 유학 결심은 이처럼 자신이 처한 가난한 현실에 대한 분명한
인식에서 비롯되는데, 서술주체는 자신의 경험을 회상하고 체계화하면서
이것이 분명하게 드러나도록 서술하였다. 즉 서술주체는 봉건지주의 수
탈에 의한 농촌의 가난과 그에 대한 분명한 인식을 가장 먼저 서술한 후,
그로부터 파생되는 근대적 개인에 대한 자각, 근대적 학식의 필요성, 그
리고 유학의 결심 등을 후속되는 경험으로 차례차례 체계화한다. 그리고
교육을 통해 부모와 자신이 가난의 곤경에서 벗어나 입신양명을 이루어

야 한다는 욕망을 일관되게 드러내 보이고 있다. <형월>의 서술주체는 '교육을 통한 문명한 국가건설'이라는 근대적 기획을 '교육을 통한 개인적 가난 극복'으로 재조정했다고 볼 수 있다. 이때부터 개개인의 가난이 문제되는 '가난의 개인화'가 발생했다. 그리고 이를 바탕으로 1920년대에는 개인화된 가난이 본격적인 문학적 탐구대상이 되게 된다.

3. 개인적 가난과 『매일신보』 단편소설의 대응

사적 개인들의 생활 속 가난

초기 신소설에서 해외 유학은 문화자본의 획득에 1차적 목적이 있었다. 이는 당대의 부국강병 담론과 깊게 관련되어 있었다. 그런데 1915년에 첫 출간된 <형월>에 와서는 신교육이 개인적 가난을 극복하는 수단으로 인식되기 시작했다. 근대적 학교교육을 통해 가난을 극복하고 경제자본과 문화자본을 획득함으로써 계층 이동에 성공하는 소설적 인물이 처음 등장한 것이다. 이런 인물이 등장하게 된 것은 1910년대의 사회 문화적 환경 변화의 영향이 크다. 제국주의적 탐욕이 작동하고 있던 현실에서 약소국 조선은 국가적 빈곤 상태를 극복하고 부국강병으로 나가지 못했다. 신소설 속의 해외 유학생들이 귀국하여 어떤 계몽 사업도 시작하지 못하고 무기력증을 드러냈던 것은 이런 현실에 대한 소설적 반영일 수 있다. 오히려 1910년 일제가 조선을 강제로 병탄함으로써 국부민강을 위한 계몽적 노력은 시작도 되기 전에 길을 잃고 만다.

계몽주의 패러다임은 자율적 개인과 개인들의 자율적 결합체로서의 사회, 그리고 그러한 개인과 사회를 보호하고 인도하는 국가의 합리성 등을 핵심으로 한다. 그러나 식민지 상황은 계몽주의적 개인-사회-국가 체계 안에서 설명하기 어려운 면이 많았다. 이런 상황 속에서 '개인'과 '사회'에 대한 담론은 부쩍 증가하는 현상을 보였다. '국가'라는 용어 대신에 '사회'라는 용어를 사용함으로써 제국과 식민지의 지배-종속 관계를 괄호 안에 넣으면서 조선인만으로 구성된 공동체를 표상하려 했고, 아울러 '개인'에 대해서는 정치적 권리 주체로서의 성격보다는 경제 활동의 주체, 문화 활동의 주체로서의 성격을 드러내려 했다.34)

이런 현상의 변화는 문학 작품에도 발빠르게 반영되었다. <화세계>와 <재봉춘>은 무도생(舞蹈生)이라는 동일 필자가 1910년 『대한민보』와 1911년 『매일신보』에 각각 발표한 단편소설이다. 그런데 1911년의 <재봉춘>은 불과 1년 전의 <화세계>에서 보여주던 '국가-집'의 은유적 수사 방식을 더 이상 차용하지 않는다. '한부흥'씨로 표상되던 대한국민은 '라씨부인'이라는 한 집안의 아낙으로 격하되고, 튼튼한 기둥을 세운 새 집으로서의 국가는 떡국 먹을 준비를 하는 평화로운 한 가정으로 바뀌어 있는 것이다.35) 정치와 사회의 영역을 구분하는 고전적 논리에 따른다면, 1910년대 지식인들이 주로 강조한 것은 사회적 주체로서의 개인이었다고 할 수 있다. 이렇게 되자 부국강병의 국가주의 담론에 묻혔던, 사적 영역의 개인들이 직면해야 하는 생활 속 가난의 문제가 차츰 대두되었다.

가난은 여러 매개를 통해 인식될 수 있다. 아래 인용문은 1910년대 서울의 차가난(借家難)을 다룬 『매일신보』 기사의 일부인데, 사적 영역에서 개인적 가난이 발생하는 과정과 연관되어 있다. 이 기사는 6회에 거쳐 연재되었으며, 차가난의 서러움, 원인, 화류계와 월세집, 월세집 드는 사람, 사글세의 시세, 가쾌와 집주인의 횡포 등을 다루고 있다. 월세집이 귀해지고 세전이 높아지는 세태 분석을 위한 기사로, 인용문에서는 체제 전환에 적응하지 못해 직업을 잃고 빈민으로 전락하는 사람들이 많아진 것을 차가난 발생의 원인 중 하나로 꼽았다.

> [9] 이젼에는 션조의 덕퇵이라던지 계급의 덕퇵으로 쟝셩만 ㅎ면 의례히 샹당한 직업에 엇어붓혀셔 싱활을 ㅎ야 가던 사름이 세샹의 형편이 한번 밧고이면셔 이젼의 관계로 붓허잇던 직업이 업셔지믹 젼일에 다수ㅎ 쳐츅이 잇는 사름들은 그딕로 지닉여 가지만은 그는 쳔에 한아 만에 한아요 그 외에는 모다 직업을 일는 그날부터 싱활이 곤난ㅎ 사름들이라.36)

인용문에서 '세샹의 형편이 한번 밧고이면셔'라는 언급은 본격적인 일제의 식민지배가 시작되면서 신분적 질서에 기반한 기존 체제에 큰 변화가 생겼다는 의미로 파악된다. 이로 인해 선조의 도움이나 계급적 기득권 등의 혜택을 받지 못하게 되는 사람들이 생겨나게 되었고, 그들 중 대부분은 직업을 잃고 생활 곤란자로 전락하게 되었다. 결국 '세샹의 형편'이라는 부드러운 표현으로 순화된 일제의 식민통치는 1910년대 들어 사람들이 가난으로 내몰리는 근본 원인으로 작용하였다. 그리고 그것은 서울의 차가난에 국한되지 않았다. 앞장에서 언급했던 농촌의 심각한 가난에서도 알 수 있듯이, 전국에 걸쳐 모든 부문에서 가난의 수효와 크기를 증대시켜 놓았다.

가난을 다룬 『매일신보』의 단편들

본격적인 식민지 체제에 접어들었던 1910년대의 대표적 신문매체였던 『매일신보』에는 단편소설 60여 편이 실려 있다. 대부분 현상모집 형태의 투고작으로 분량이 매우 짧은 작품들이다. 그동안 이 단편들은 문학적 성취가 낮고, '당대 현실과 연결된 소설적 문제성이 없다' 등의 평가를 받아 왔다.37) 그런데 1910년대 초반 『매일신보』에 실렸던 이 단편들은 개인이 겪는 가난과 빈궁에 관심을 보였다는 측면에서 주목해 볼 필요가 있다. 김성진이라는 작가의 단편들에서 뽑은 아래 인용문을 보자.

[10] 셰발막되 것칠 것 업는, 쓰러져 가는 집, 치운 방에, 늙은 모친, 약흔 쳐즈가, 긔한을 못익여, 그러누엇고, 돈은커녕, 팔 것이라던지, 잡힐 것도, 흔푼즈리, 찌여진 셕유통 흐아이 업는지라, 눈에 보이는 것이 업시, 긔가 탁 막히는 모양이니38)

[11] 허트러진 머리에, 째무든 얼골, 히여진 옷에, 찌그러진 집신, 허리에는 즈루 손에는 족박든, 늙슈구러흔 녀인 한아이, 마루 짓 기동을, 붓 들고 셔셔39)

첫 번째 인용은 <잡기비의 량약>이라는 단편소설의 한 부분으로, 노름판에서 돈을 다 잃은 노름꾼이 밑천을 보충하려고 돌아온 집안의 살풍경이다. 세 발이나 되는 막대를 휘저어도 걸릴 것이 아무것도 없을 만큼 세간살이라곤 하나도 없는 가난한 집에는 늙은 노모와 병약한 아내가 굶주림에 지쳐 쓰러지듯 널부러져 있는 장면이 참혹할 정도이다. 두 번째 인용에서는 늙은 거렁뱅이의 모습을 카메라로 훑듯이 시각적으로 포착하였다. 궁핍한 실상이 개인의 외모를 통해 생생하게 전달될 수 있도록 했다. 시각적으로 포획된 가난의 표상은 근대적이다.

또한, 앞서 다룬 차가난을 직접 겪고 있는 황떠벌이 부부를 주인공으로 등장시킨 단편소설도 있다. 『매일신보』 1면에 1912년 7월 12, 13, 14, 16일 4회에 걸쳐 연재된 이 작품은 제목이 없고(이하 <황떠벌이>라고 지칭함) 작자 표기도 없다. 강원도에서 화전민으로 살다가 서울로 이주해 온 황떠벌이와 김성녀 부부가 집세 독촉을 받게 되자 드난살이를 하던 잿골 이판서댁을 찾아가 가짜 죽음을 핑계로 돈을 구해온다는 웃지 못할 에피소드를 다룬 작품이다. 결말의 처리를 판소리소설이나 마당극처럼 해학적으로 그려 가난의 심각성이 감소되기는 했지만, 집세를 해결하려고 살아 있는 남편과 아내를 죽은 사람으로 만들어야 하는 가난 상황은 결코 가볍지 않다.

돈 욕망에 포획되는 개인들

가난의 모습에 막 관심을 기울이기 시작했던 1910년대 초반의 소설은 자본(돈)에 포획되어 가는 개인들의 모습도 그려냈다. 우선 1912년에 발표된 신소설 <황금탑>은 배오개장터의 막벌이꾼 황문보와 주변 시정인들 사이에서 벌어지는, 돈을 둘러싼 속임수와 갈등을 그려낸 작품40)이다. 주인공 부부의 출신과 직업, 인물들 간에 속임수와 사기 등 여러 측면에서 앞의 <황떠벌이> 단편과 유사한 내용이다. 우선 황문보는 흉년이 들었던 어느 해 화전민 생활을 청산하고 서울로 올라와 짐방꾼, 인력거꾼, 드난꾼, 녹용 심부름꾼 등의 온갖 잡역에 종사하면서 돈벌이에 나선 인물이다. 그는 생일날도 쉬지 않고, 파산 후에도 다시 일어나 돈벌이에 몰두한다. 황문보가 무엇을 위해 이처럼 돈벌이에 몰두하는지 서사 내에서는 자세한 설명이 없지만, 황문보를 비롯하여 <황금탑>에 등장하는 시정인들에게 돈에 대한 욕망이 넘쳐나는 것만은 분명하다.

『매일신보』 단편소설 중, 김성진의 <수전노>,41) 이상기의 <진남아>,42) 김정진의 <고진감래>43) 등에도 돈의 욕망에 포획된 인물들이 등장한다. <수전노>에는 근대적 학문과 지식을 배우는데 많은 돈을 쓰는 작은 아들이 못마땅하여 시골로 낙향해 버리는 수전노 아버지와 돈벌이에 여념이 없는 큰아들이 등장하며, <진남아>에는 가산을 탕진한 후 예전에 관계하던 기생 섬월이를 찾아가 수모를 당하고 각성하여 큰 재산을 모은 김선달이라는 인물이 등장하고, <고진감래>에는 외숙모의 구박을 벗어나 배오개시장에 담뱃가게를 열어 주경야독으로 성공하는 고학생이 등장한다. 『매일신보』 소재 단편소설의 인물들은 경제자본의 결핍에 시달리는 사람들이다. 그들에게 돈은 개인적 문제와 당면한 삶의 어려움을 해결하는 데 필수적, 궁극적 수단이다. <황떠벌이>에서는 집세를 해결하고, <진남아>와 <고진감래>에서는 인간적 수모를 되갚고 스스로를 보상하는 수단이 된다.

식민지 체제로 전환되면서 다양한 개인에게 가난이 발생하고 또한 그들이 돈의 욕망에 포획되어 갔던 것은, 첫째는 사적 개인에 대한 강조가 계몽적 국가 담론을 대신하게 된 변화 때문이며, 둘째는 차가난처럼 구체적인 생활 속에서 가난이 개인적 삶을 규제하고 제약하는 현실에 대한 자각에서 비롯되었다고 할 수 있다. 1910년대 초반의 신소설과 단편소설들은 제한적이긴 하지만 이런 변화에 조금씩 관심을 갖기 시작했던 것이다. 그러나 이 소설들은 가난의 원인에 대한 서사적 탐색으로까지 나가지 못했고, 가난은 사회적 문제에서 기인하는 어떤 문제가 아니라 개인의 방탕이나 게으름에서 발생하는 것으로 여겨졌다. 결국 심각한 가난을 제시하기는 하지만, 가난의 원인, 개인적 삶과의 연관성 등을 구체적으로 발견하는 데까지 이르지는 못했다.

4. 신소설 <형월>의 개인적 가난

전면화된 가난의 심각성

<형월>(BGN-2019 : 896)은 개인적 가난의 심각성이 최초로 전면화된 작품이다. 개인적 가난의 문제는 앞서 살펴본 것처럼 1910년대 초반부터 차츰 문제시되었다. 그러다가 <형월>에 이르러 본격 제기된다. <형월>에서 주인공 장필영은 자신의 가난을 인식하고 그것에서 벗어날 목적으로 신교육을 받기 위해 고학생의 힘든 길을 선택하게 된다.

앞선 애국계몽기 신소설에 등장하는 유학생들은 새로운 시대가 요구하는 문화자본의 결핍을 인식하고 이를 충당하기 위해 신교육을 선택하였다. 그리고 이를 통해 부국강병과 계몽교육에 헌신하여 후일을 기약하고자 했다. 그들에게 있어서 결핍은 문화자본에 국한되며, 경제자본은 늘 충족된 상태였다. 하지만 <형월>의 주인공 장필영의 가난은 경제자본의 결핍과 문화자본의 결핍 모두로 구성된다. 이미 앞에서도 언급했지만, 그의 집안은 대대로 심각한 가난 상태였다. 유학길에 오를 때도 노자 한푼 보탤 처지가 못 될 만큼 가난했다. 그가 출발할 때 노자라고는 동네 훈장 김생원, 혼약이 있던 이웃집 옥순이가 건네준 돈 70전이 전부였다.

궁핍한 시골을 벗어나 처음 서울에 도착한 장필영은 도시의 화려함에 눈길을 빼앗긴다. 그가 보기에, 화려한 의복을 입고 마차와 자동차를 타고 의기양양하게 대로를 오가는 도시인은 모두 신선 같다. 필영은 그들이 뛰어난 학문, 인후한 성격, 그리고 풍족한 재산을 가진 사람들일 것이라 상상하면서 부러움에 빠진다.

[12] 어린 마음에 그 중 죠와 보이는 것은 화려흔 의복 입고 마챠나 즈

동챠를 모라 의긔양양히 듸로 상으로 단이는 사름이라 그 사름들은 내
눈에 모다 지상 신션으로 보히며 (…중략…) 아마 학문도 유여ᄒ고 품행
도 단졍ᄒ고 셩덕도 인후ᄒ고 지산도 풍죡ᄒ 사람들이렷다 ᄒ고 흠앙ᄒ
ᄂ 싯헤 에라 (형월, 23)

필영이 도시인들에게서 느낀 이런 '부러움'이라는 것은 자신의 결핍으
로 인한 심리적 위축의 결과라고 볼 수 있다. 그런데 현재의 서술주체는
경험주체의 그런 상상이 잘못된 것, 속은 것이었다는 사실을 알고 있다.
결핍의 해소 과정을 통해 부러움의 시선은 객관적이거나 비판적 시선으
로 옮겨가게 된다.

고학생의 가난한 유학생활

<형월>은 고학생 장필영의 유학 과정과 그때의 고생을 1인칭 서술주
체를 통해 비교적 사실적으로 상세하게 그려내고 있다. 우선 노자로 가
져온 70전을 '옹도리쌔 우리듯 일젼이젼으로 요긔를 ᄒ며 겨우 십일 간
을 연명'(형월, 25)하다가 결국 그것을 다 쓰고 아사 직전까지 몰리게 되는
경험으로부터 유학 생활은 시작된다. 이 지경에 몰리자 필영은 처음 생
각대로 공부를 해야겠다는 생각이 번쩍 들어서 중학동 중학다리(中學橋)
근처의 사립학교 중교의숙을 찾아가게 되고, 그곳에서 사정을 이야기하
고 입학을 허락받는다. 그는 우선 보통과 삼년급으로 입학을 하고, 한 달
만에 중학과 일년급으로 승급하며, 학기말에는 최우등의 성적까지 거둔
다. 초기 신소설이었다면 유학 과정에 대한 서술은 여기서 멈추었을 것
이다. 하지만 <형월>의 서술주체는 장필영의 가난과 그로 인한 고단한
생활에 주목한다. 그는 아침에는 남대문 시장에서 저녁에는 남대문 밖
정거장에서 소하물을 운반하는 잡역꾼 노릇을 했고, 밤에는 학교 교장에

서 지내며 잠을 설쳐야 했다. 심지어는 그런 생활로 인해 "얼굴이 외샷이 피고 상학시간에 공부를 ᄒᆞᄌᆞ면 눈이 아름아름 하야 글ᄌᆞ가 쪽쪽히 보이지 않을"(형월, 29)만큼 쇠약해지기도 했다.

살인 사건에 연루될 위기를 피해 급작스럽게 떠났던 일본에서도 그는 고단한 고학생 신분을 벗어나지 못하고 상점 고용, 인력거꾼, 엿장사 같은 잡역꾼 노릇을 다시 계속해야 했다. 그러면서도 종일 애써서 버는 돈은 늘 부족하여 여관 주인에게 식비를 독촉당하기 일쑤였고 이 때문에 공부도 제대로 하기 힘들 정도였다. 이런 가난은 쉬이 해결되지 않고 졸업 무렵까지 계속 이어졌다. 장필영은 졸업을 앞두고 귀국 경비를 마련하기 위해 엿장사를 해보지만 아무리 열심히 해도 돈이 모아질 기약이 없자 화증이 나고 자포자기 심정에 빠지기도 했다.

<형월>의 1인칭 서술주체는 서울과 동경에서의 가난한 고학 체험을 자세하게 언급한다. 서술주체가 경험주체의 가난 체험을 이처럼 확장하는 이유는, 성공한 현재를 크게 부각시키려는 욕망에 기인한다고 이해할 수 있다. 이렇게 힘든 상황에서도 이렇게 크게 성공했다는 의식의 표출인 것이다. 이를 리얼리즘적 측면에서 해석하면, "개인적 욕망에 대한 개인적 노력의 해결이라는 자본주의적 세계관"44)의 도입 때문이라고 볼 수도 있다. 즉 자신이 힘겨운 노력과 투쟁을 통해 성공에 이를 수 있었다는 사실을 강조하는 것이기도 하다.

가난에서 깨달은 경제자본의 중요성

장필영은 유학 생활을 통해 조금씩 경제자본의 절대적 필요성을 깨달아 간다. 예컨대 "어ᄃᆡ인들 돈 업시 술 슈 잇스릿가만은 동경이란 곳은 말고 말가셔 돈만 업스면 죽엇지 별슈가 업는 곳이올시다"(형월, 71) 하는 언급에는 돈의 절대성에 대한 확신이 잘 드러난다. 뿐만 아니라 그가 무슨 전공을 선택할지 고민하는 부분을 보면, 그가 어떻게 자본주의 세계관과 경제자본에 익숙해 가는지 짐작할 수 있다.

[13] 죠션 나가셔 긴요히 사용홀만흔 학문을 공부ㅎ여야 홀 터인듸 무엇이 긴요흔 공부가 될는지 알 슈 업셔 미우 근심이 됩듸다 그러나 죠션 형편으로 보면 농상공업을 힘쓰는 것이 제일인즉 불가불 (…중략…) 나는 남 아니ㅎ는 농상공학을 공부ㅎ고 죠션에 나갈 것 ㄳ흐면 물론 닉가 독보를 홀 터이오 죠션의 유익흔 사업을 만히 홀 터인고로 더욱 그 세가지 중 공부를 ㅎ고 십은 싱각이 더욱 간절흔듸 가만히 연구흔즉 농상공업을 통할흔 학문 즉 경제학을 공부ㅎ는 거이 제일일 듯 ㅎ야 즉시 「졔국듸학」 경졔과에 입학 청원셔를 졔출ㅎ얏지요 (형월, 73~74)

그는 고심 끝에 당시 유학생들이 주로 선택했던 정치학이나 법률학 대신 경제학을 택한다. 첫 번째 이유는 조선에 나가 자기가 독보적 위치에 오르기 쉽고, 두 번째 이유는 조선에 유익한 사업을 많이 할 수 있는 전공이기 때문이다. 남들과 다른 전공을 선택하는 과정에서 '자신의 성공'이 '조선에 유익한 사업'보다 먼저 언급되는 상황에 주목할 필요가 있다. 초기 신소설의 유학생들이 '조선에 유익한 사업'을 유일한 목표로 제시했던 것과 비교하면 큰 변화가 생긴 셈이다.

이런 변화가 생긴 이유는 무엇일까? 그것을 서사 내적인 필연성에서 찾는다면 인물들이 유학 중 경제적 어려움을 겪는지 겪지 않는지의 차이에서 비롯된 것이라고 봐야 할 것이다. <혈의 누>의 김관일, 구완서, 김옥련, <은세계>의 옥순 같은 인물들은 아무런 경제적 어려움 없이 근대 교육을 끝마쳤던 데 반해, <형월>의 장필영은 수많은 경제적 어려움을 직접 경험했다. 이를 통해 장필영은 경제자본의 중요성과 의미, 획득과 관리 방법에 대한 노하우를 축적할 수 있었다. 반면 김관일 등은 그럴 수 있는 경험을 하지 못했다. 그래서 그들에겐 경제자본에 대한 기본 관념 자체가 아예 형성되지 않았다고 보아야 할 것이다.

경제자본을 대하는 두 태도

이런 차이로 인해 발생하는, 양자의 다음과 같은 서사적 결말은 어쩌면 당연한 논리적 귀결인 셈이다.

> [14] 우리도 ᄒ로붓비 우리나라에 도라가셔 우리 빈혼듸로 나라에 유익ᄒᆫ 사업을 ᄒ야 봅시다 ᄒ더니 옥슌의 남미가 그 길로 (씨예기-아니쓰) 집에 가셔 그 ᄉ졍을 물ᄒᆫ다 그ᄶᅥᆨ (씨엑기-아니쓰)는 나히 만코 ᄯᅩ 병즁이라 그 지물을 다 흣터셔 고아원(孤兒院)과 자션병원(慈善病院)에 긔부ᄒ고 그 자숀은 각기 그 학력(學力)으로 버러먹으라 ᄒ고 옥남의 남미에게 미국 지화 오쳔류(五千留)를 쥬며 고국에 가라 ᄒ니 옥슌이와 옥남이가 그 돈을 고ᄉ하고 밧지 아니ᄒ고 다만 려비(旅費)로 오빅류만 달나 ᄒ야 가지고 미국을 써나ᄂᆫ듸 (은세계, 129~130)

> [15] 우리가 남의 돈을 까ᄃᆰ 업시 밧ᄂᆫ 것은 체면에 위반되깃지만은 야젼씨는 우리의 긔인을 위ᄒ야 다슈ᄒᆫ 금익을 긔증ᄒᄂᆫ 것이 안이오 곳 공익을 위ᄒ야 죠션에 도라가ᄂᆫ 늘 모범적 사업셔 쓰라ᄂᆫ 뜻으로 쥬ᄂᆫ 것인고로 우리ᄂᆫ 사양홀 필요도 업고 안이 밧을 리유도 업셔 감사흠을 치하ᄒ고 그 금젼을 바다가지고 도라와 (형월, 98)

인용문 [14]는 <은세계>에서 옥순 옥남 남매가 씨엑기 아니쓰의 거액의 기부금을 고사하는 부분이고, 인용문 [15]는 <형월>의 장필영과 이난영이 야전금랑의 기부금을 '모범적 사업'에 쓰겠다며 수용하는 장면이다. 나라에 유익한 사업을 하겠다고 급거 귀국하려는 옥순과 옥남에게 씨엑기 아니쓰가 주는 '미국 지화 오천류(五千留)'는 그들이 계몽 사업을 펼치는 중요한 경제적 기반이 될 수 있었다. 아마도 씨엑기 아니쓰는 그런 쓰임을 고려하여 거금을 아낌없이 기부하고자 하였을 것이다. 하지만 옥순과 옥남은 그것을 거부하고 만다. 문화자본의 획득만 중요하고 경제자본에 대한 고려가 없었던 그들로서는 당연한 결정으로 보인다. 경제자본에 대한 관념을 형성하지 못한 그들에게는 국가적 사업마저도 여전히 추상적인 관념적 과제에 지나지 않았다.

반면 필영과 난영은 공익의 목적을 위해 쓰게 된다면 재산가의 기부금을 거절할 이유가 없다고 함으로써 <은세계>의 옥순 옥남 남매와는 다른 결정을 하고 있다. 이를 두고 일본인의 기부라는 서사적 형식 때문에 자본의 일본 종속을 통한 식민지화의 심화라는 확장된 문제점을 제기할 수도 있다. 하지만 이는 장필영이 힘겨운 고학 과정을 통해 경제자본이 향후 자신들의 행보에서 어떤 중요성과 의미를 갖는지 충분히 체험했기 때문에 가능한 결정이기도 했다.

장필영의 가난한 유학생활은 그의 경제자본에 대한 기본적인 관념 형성에 이처럼 큰 영향을 미쳤지만, 그럼에도 불구하고 그의 가난 극복기는 신소설적 한계를 벗어나지 못한 측면이 있다. 장필영이 가난을 벗어나는 결정적 계기는 후원과 기부를 통해서였다. 서울 유학 중에는 이교장의 도움이, 동경 유학 중에는 야전금랑의 기부가 있었다. 이런 점에서 <형월>의 서사는 앞선 신소설들과 크게 다르지 않은 것이 사실이다. 하지만 후원과 지원이 주어지는 시기가 다르다는 점을 고려한다면 어떨까? 앞선 신소설에서는 유학을 결심하는 순간 다시 말해 아무런 자체적 노력이 발생하기 이전에 후원과 기부가 주어졌다면, 장필영에게 주어진 후원과 기부는 가난에 동반된 힘겨운 고학 체험 중간이나 이후에 주어졌다. 조력자의 역할이 크게 축소되고, 스스로의 노력을 통한 개인적 욕망의 달성이라는 근대적 세계관이 반영된 결과라고 볼 수 있다.

5. 개인적 가난의 소설적 발견 과정

일제 식민체제의 본격화는 1910년대 개인적 가난의 발견에 중요한 영향을 미쳤다. 1910년대는 부국강병의 계몽담론에서 자주 언급되었던 '국가'라는 용어 대신에 사회적 주체로 '개인'이 자주 강조되었을 뿐 아니라, 가난이 개인적 삶을 규제하고 제약한다는 현실 인식이 강화되었던 때였다. 이런 사회적 환경 변화는 당대 소설들이 점차 가난에 주목하는 계기로 작용했다.

가난을 문화자본의 결핍과 경제자본의 결핍으로 나누고, 1910년대 이전의 가난 문제를 탐색해 보면, 초기 신소설에서는 해외 유학에 나선 인물을 통해 확인했던 것처럼 문화자본의 결핍상태가 두드러지게 나타났다. 이들의 유학 목적은 서구적 지식과 학위를 획득함으로써 부국강병을 이끌 애국계몽 활동을 기약하는 것이었다.

반면, 1910년대에는 경제자본의 결핍 상태를 의미하는 개인적 가난이 발견되기 시작했다. 물론 여기에는 문화자본의 결핍이 동반되었다. 『매일신보』단편소설에서 가난한 개인의 경제적 궁핍 상태가 그려지기 시작했고, 1915년의 <형월>에서는 개인적 가난의 문제가 전면화되기에 이른다. 작품은 농촌 가난의 원인과 실상을 탐구하는 데서 시작하여 등장인물은 서사가 지속되는 내내 가난과 대결한다.

1910년대 소설의 가난은, 문화자본의 결핍상태를 의미했던 애국계몽기 신소설의 가난과도 다르지만, 그 이후에 출현하는 1920년대 소설의 가난과도 몇 가지 점에서 차이를 보였다. 우선 1920년대 소설에서는, 신경향파 작가인 최학송을 비롯하여 현진건의 <운수좋은 날>, 전영택의 <화수분> 등에서 확인할 수 있는 것처럼 가난한 삶이 다양한 형태의 죽음으로 연결되었다. 혹은 가난이 질병이나 성적 훼손으로 이어지는 경우도 있었다. 하지만 1910년대 전반기의 가난은 죽음, 질병, 성적 훼손을 동반하지 않는다. 단편소설 <황떠벌이>에서는 가난이 해학적으로 봉합되어 버리고, <고진감래>, <진남아> 그리고 <형월>에서는 가난이 극복되고 그와 함께 삶의 문제들이 해결된다.

또한, 1920년대 소설의 인물들은 가난의 근본적 해결을 지향하지 않는다. <감자>의 복녀처럼 성을 팔거나 <빈처>에서처럼 값나가는 세간을 하나씩 팔면서 가난한 일상을 하루하루 감당해 갈 뿐이다. 반면 1910년대 소설의 인물들은 가난의 근본적 해결을 통한 계층 상승을 도모한다. 단편소설 <고진감래>의 주인공 아이는 상업과 주경야독을 통해 대상업가로 변신하며, <황금탑>의 황문보는 부지런함과 횡재를 통해 부자가 되고, <형월>의 장필영은 신교육을 가난 극복의 기제로 활용한다.

전반적으로 1920년대의 가난은 개인적 삶이나 윤리를 파괴하고 위협하는, 삶의 끝없는 하강국면으로서의 가난인 반면, 1910년대의 가난은 삶의 상승국면을 위한 출발 상태를 의미하는 경우가 많다. 1910년대의 가난이 1920년대와 이렇게 큰 차이를 보이는 이유를 파악하기 위해서는 이에 대한 본격적인 연구가 필요하다. 또한 조선총독부가 전파하려 했던 개인적 입신출세 담론과 연계시킨 연구라든지, 1910년대『청춘』,『학지광』 등에 실렸던 신지식 유학생 텍스트의 가난 문제와 비교하는 연구도 필요하다.

미주

1) <철세계>의 번역대본과 원본에 대해서는, 이 책의 제6장에 삽입된 '국권상실 이전 중국 매개 번역서사 목록'인 [표 1]을 참고하기 바람.

2) 배정상, 「『제국신문』 소재 이해조 소설 연구」, 『동양학』 49, 단국대 동양학연구소, 2011.

3) 회동서관(대광교서포)의 이런 역할은 1906년 12월 29일자 『대한매일신보』 3면에 실린 특별 광고에서 분명하게 드러난다. 이 광고는 1907년 2월 1일까지 총24회나 게재되었다.

4) 이종국, 「개화기 출판 활동의 한 징험-회동서관의 출판문화사적 의의를 중심으로」, 『한국출판학연구』 49호, 한국출판학회, 2005, 232쪽.

5) 최원식, 『한국근대소설사론』, 창작과비평사, 1986, 38~46쪽; 김교봉, 「『철세계』의 과학소설적 성격」, 『과학소설이란 무엇인가』, 국학자료원, 2000; 이정옥, 「과학소설, 새로운 문학적 영토」, 『중국소설논총』 13, 한국중국소설학회, 2001; 송명진, 「1920년대 과학소설 수용 양상 연구」, 『대중서사연구』 10, 대중서사학회, 2003.

6) 제임스 브래들리 지음, 송정애 옮김, 『임페리얼 크루즈』, 도서출판프리뷰, 2010, 141쪽.

7) 홍작원주인 역술, <철세계>, 동경, 집성사, 1887, 서문 10쪽.

8) 독일의 인종위생은 다음 논문들을 참고함. 김호연, 「과학의 정치학-독일의 인종위생」, 『인문과학연구』 18, 강원대 인문과학연구소, 2007; 김춘식, 「제국주의 공간과 인종주의-독일제국의 인종위생과 식민지 교주만의 인종정책을 중심으로」, 『역사와 문화』 23, 문화사학회, 2012.

9) 구인모, 「『무정』과 우생학적 연애론」, 『비교문학』 28, 한국비교문학회, 2002.

10) 앵글로색슨족의 전설 관련 내용은 다음 책을 참조하여 정리하였음. 제임스 블래들리, 송정애 옮김, 『임페리얼 크루즈』, 도서출판프리뷰, 2010, 32~42쪽 참고.

11) 박지향, 「영국 제국주의와 일본 제국주의의 비교(1)-인종주의를 중심으로」, 『영국 연구』 2, 영국사학회, 1998, 172쪽.

12) 쥘 베른의 원작에서는 "일본 근해에 있는 섬을 한두 개 손에 넣으면 지구 전체를 정

복할 수 있어."(인도 왕비의 유산, 129) 라는 더욱 노골적인 표현이 나온다.

13) 정문상, 「19세기말~20세기초 '개화지식인'의 동아시아 지역 연대론」, 『아세아문화 연구』 8, 경원대 아시아문화연구소, 2004.

14) 강동국, 「근대 한국의 국민・인종・민족 개념」, 『동양정치사상사』 제5권1호, 한국 동양정치사상사학회, 2005. 인종 개념의 변천에 대해서는 주로 이 논문을 참고함.

15) 김주리, 「<과학소설 비행선>이 그리는 과학의 제국, 제국의 과학 – 실험실에 미친 과학자들」, 『개신어문연구』 34, 개신어문학회, 2011.

16) 고장원, 「우리나라 최초의 과학소설은 과연 무엇인가?」, 『The Science Times』, 2011 년 3월 21일자.

17) 송민호, 「열재 이해조의 생애와 사상적 배경」, 『국어국문학』 156, 국어국문학회, 2010.

18) 이종찬, 「위생의 근대-사회적 몸에 대한 통치의 술」, 『인문연구』 51, 영남대 인문과 학연구소, 2006, 66~75쪽.

19) 고미숙, 『나비와 전사』, 휴머니스트, 2006, 355~358쪽 참고함.

20) 이연경・김성우, 「1885~1910년 한성부 내 일본인 거류지의 근대적 위생사업의 시 행과 도시 변화」, 『대한건축학회논문집 : 계획계』 28호, 대한건축학회, 2012.

21) 이종찬, 「위생의 근대-사회적 몸에 대한 통치의 술」, 『인문연구』 51, 영남대 인문과 학연구소, 2006, 83쪽.

22) 고미숙, 『나비와 전사』, 휴머니스트, 2006, 349쪽.

23) 배정상, 「『제국신문』 소재 이해조 소설 연구」, 『동양학』 49, 단국대 동양학연구소, 2011, 13쪽.

24) 이재선, 「현대소설과 가난의 리얼리즘-1920년대 소설을 중심으로」, 『한국학보』 10, 42쪽. 이재선은 가난을 정의하기 위해 다음 논문을 참고하고 있음. Marshall B. Clinard, Daniel J. Abbott, Crime in Developing Countries, John Wiley & Sons, New York, 1973, p.173

25) 현영섭, 「성인의 경제자본, 문화자본, 평생학습 정보수준의 구조적 관계」, 『The Korean Journal of Human Resource Development Quarterly』 Vol.14, No.2, 2012, pp.107-137; 백병부・김경근, 「학업성취와 경제자본, 사회자본, 문화자본의 구조적 관 계」, 『교육사회학연구』 제17권 제3호, 2007, pp.101-129; 홍성민, 『취향의 정치학』, 현암사, 2012

26) 이재선, 「현대소설과 가난의 리얼리즘-1920년대 소설을 중심으로」, 『한국학보』 10, 41쪽.

27) 송하춘, 『1920년대 한국소설 연구』, 고려대 민족문화연구소, 1985, 44쪽.

28) 김현주, 「노동(자), 그 해석과 배치의 역사-1890년대에서 1920년대 초까지」, 『상허 학보』 22, 2008, 53쪽.

29) 이 글에서 '1910년대'라고 한 것은 대개 '1910년대 전반기'를 의미한다.

30) 이 글에서 분석에 활용한 각 작품의 판본은 다음과 같다. <혈의 누>, 광학서포, 1908; <은세계>, 동문사, 1908; <황금탑>, 보급서관, 1912; <형월>, 박문서관, 1915.

31) 김현주, 『이광수와 문화의 기획』, 태학사, 2005, 39~84쪽 참조.

32) 이송순, 「1910년대 식민지 조선의 농가경제 분석」, 『사학연구』 104, 한국사학회, 2011, 119쪽 참조.

33) 이런 개인의 개별성에 대한 자각은 "나는 남에게 디ᄒᆞ야 깁흔 사정 이야기홀 신둙도 업고 ᄯᅩ한 의뢰ᄒᆞᄂᆞᆫ 말도 할 필요도 업셔 문ᄂᆞᆫ 말이나 디강 디답ᄒᆞ고 나 홀 공부ᄂᆞ 열심히 할 ᄯᅡ름"(형월, 29)이라는 서술주체의 언급에서도 확인할 수 있다.

34) 김현주, 「노동(자), 그 해석과 배치의 역사-1890년대에서 1920년대 초까지」, 『상허학보』 22, 2008, 56~57쪽.

35) 이유미, 「근대계몽기 단편소설의 위상 연구-『대한민보』 소설란을 중심으로」, 『근대계몽기 단형 서사문학 연구』, 소명출판, 2005, 273쪽.

36) <借家難>(1), 『매일신보』, 1916.11.18, 3면 1단.

37) 김현실, 『한국근대단편소설론』, 공동체, 1991, 98~102쪽 참조.

38) 김성진, <잡기비의 량약>, 『매일신보』, 1912.5.3일자 3면 1단.

39) 김성진, <걸식녀의 ᄌᆞ탄>, 『매일신보』, 1912.6.23일자 3면 1단.

40) 장노현, 「1910년대 신소설에 나타난 반복서술의 양상과 기능」, 『현대문학의 연구』 44, 2011, 63~64쪽.

41) 김성진, <수전노>, 『매일신보』, 1912.4.14일자.

42) 이상기, <진남아>, 『매일신보』, 1912.7.18일자.

43) 김정진, <고진감래>, 『매일신보』, 1912.12.26~27일자.

44) 황정현, 「신소설의 분석적 연구-계몽의식과 근대의식의 형상화를 중심으로」, 연세대 박사논문, 1991, 126쪽.

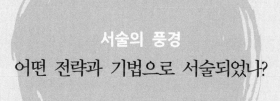

서술의 풍경
어떤 전략과 기법으로 서술되었나?

〈혈의 누〉, 서사전략의 실패와 텍스트의 균열

1. 이인직과 특수한 시대 조건

모순된 행적들

최근 들어 이인직에 관한 연구는 도일 이후의 행적과 논설류를 통해 그의 사상적 입지를 실증적으로 밝히고 이를 작품 해석에 적용하려는 경향1)이 부쩍 많아졌다. 그런데 이런 연구들에 따르면, 이인직의 행적은 여러 모로 모순되는 부분이 많았다. 예컨대, 그는 민족지로 분류되는 『만세보』의 주필을 맡는가 하면, 일진회 기관지인 『국민신보』의 주필과 이완용 친일 내각의 기관지인 『대한신문』의 사장을 맡기도 했다. 한일합병 공작에 앞장섰는가 하면 합병 직후에는 일본 당국으로부터 피소되기도 했다.2) 특히, 같이 '친일'의 범주에 묶이지만 현실 정치의 관점에서 볼 때 화해할 수 없는 상극의 정치 집단이었던 일진회와 이완용 내각이라는 두 정치 집단에서 주요한 역할을 담당한 거의 유일한 인물이었다. 뿐만 아니라 이인직은 사상적으로는 양반과 문벌을 타도의 대상으로 인식하면서도, 현실 정치에서는 양반과 문벌의 권익을 대변하는 모순된 태도를 취하기도 했다.3)

하지만 이인직은 자신의 이런 모순된 행적을 봉합하거나 그 불가피성을 주장하는 어떤 글도 남기지 않았다. 이인직 스스로는 그런 모순을 느끼지 못했던 것일까? 맞다. 이인직은 결과적으로는 친일에 앞장섰지만 스스로는 자신의 행위를 친일로 여기지 않았다고 보는 연구자들도 있다.4) 때문에 연구자들은 그런 모순보다는 이인직 소설의 근대 계몽적 면모를 찾는 데 주력하거나 아니면 친일의 논리를 드러내는 데에 주로 관심을 가졌다. 어느 한 관점에 대한 성급한 선호를 나타낼 뿐, 이인직 행적의 모순이 작품 창작에 어떤 영향을 미쳤을지 살피고 연구하는 데는 소홀하였다. 물론 근대적 면모와 친일의 논리를 함께 고려하려는 연구자5)도 있었지만, 이인직 소설이 지닌 모순(혹은 이중성)은 일반적으로 그의 계몽사상이 친일주의로 변해가는 선형적 노정으로 이해되었다. 하지만 사람의 생각이나 태도는 현실적 조건들 속에서 오랫동안 갈등하고 경쟁하며, 어떤 하나가 선택된 이후에도 이미 포기한 다른 것을 끊임없이 기웃거리게 된다. 이인직도 마찬가지였을 것이다. 10여 년의 짧은 기간에 개화에서 친일로의 완전한 전향이란 후대인들이 구축한 이론적 모델로서만 가능한 것이고, 실제로는 어느 쪽도 함부로 선택하기 힘들었던 것이 개화기 특히 1900년대의 특수한 시대적 조건이었다.

분열의 흔적 찾기

이인직의 모순적 행적이 이데올로기적 이중성 즉 '계몽의 논리'와 '식민화 논리' 사이에 존재하는 혼란스러움에서 연유한 것으로 보고, 이에 기초해서 <혈의 누>를 다시 읽어볼 필요가 있다. 이인직이 <혈의 누>를 창작한 때는 일본에서 돌아온 그에게 아직 계몽 의지가 남아있을 때였다. 그러면서 한편으로는 그의 계몽 의지가 현실적인 권력이나 자본의 벽에 자주 부딪혔고, 그런 상황을 돌파하기 위해서 현실 권력의 통제를 받아들여야 했던 시기이기도 했다. 이런 분열적 상태에서 창작된 것이 <혈의 누>라고 가정한다면, 작품 속에는 그런 분열의 흔적이 어떤 형태로든지 투영되어 있을 것이라는 생각이다.

분열의 흔적을 찾는 작업은 일종의 불일치와 균열을 찾는 일이다. 우선 확인해야 하는 것은 <혈의 누>의 창작 의도와 실제 텍스트의 불일치이다. 당시에 반복 게재되었던 <혈의 누> 광고에서 작품의 창작 의도를 읽어낸 후, 텍스트의 전체적인 서사 구성과 체계를 분석한 결과와 비교하는 방법을 썼다. 다음, 창작 의도로서의 텍스트와 실제 텍스트의 불일치가 생긴 원인을 재구해 보고, 나아가 같은 원인에서 비롯되었다고 생각되는 텍스트 상의 균열 양상을 짚어보았다. 이 과정에서 불일치와 균열을 '계몽의 논리'와 '식민화 논리' 사이의 혼란스러움에서 비롯된 것으로 이해하였다.

\<혈의 누\> 판본 이야기

　　\<혈의 누\>의 텍스트는 『만세보』 연재본(1906년 7월 22일~10월 10일 BGN-2019 : 889), 1907년(BGN-2019 : 890)과 1908년(BGN-2019 : 891)에 단행본으로 두 번 출간된 광학서포본, 그리고 1912년 작가에 의해 개작된 동양서원본(BGN-2019 : 253) 등 세 가지가 존재한다. 동양서원본은 제목이 \<목단봉牧丹峰\>으로 바뀌어 출판되었다. 이후 \<목단봉\>의 하편으로 매일신보에 \<모란봉牧丹峰\>(1913년 2월 5일~6월 3일, BGN-2019 : 254)이 연재되다가 미완으로 중단되었다.

　　『만세보』 연재분과 광학서포본에 대한 연구자들의 입장은 크게 두 가지인데, 표기 방식의 전환에 주목하여 양자의 차이점을 강조하는 관점과 일부 내용상의 변개에도 불구하고 서사의 층위에서는 거의 차이가 없다고 보는 관점이 그것이다.6) 김영민은 『만세보』 연재본이 광학서포 단행본으로 출간되는 과정에서 부속국문체가 한글체로 바뀌는 변화가 있지만 문체를 특별히 수정해서 다시 쓴 것은 아니라고 논증함으로써 후자의 관점에 섰다.7) 필자도 김영민의 논증의 타당성을 인정하며 후자의 관점을 지지한다.

　　세 종류의 판본 중 1908년(융희2년) 3월 27일에 나온 광학서포 재판본은 약간의 차이에도 불구하고 본질적으로는 최초의 『만세보』 연재본과 동일하며, 비록 영인본이긴 하지만 원전 텍스트를 쉽게 구할 수 있다. 반면 1912년의 동양서원본은 한일합병 이후의 개작본으로 이인직이 친일의 노선을 분명하게 드러낸 이후의 텍스트이다. 이런 이유에서 연구자들은 광학서포본을 \<혈의 누\> 정본 텍스트로 삼는 경우가 많다.

2. <혈의 누>, 의도와 실제의 불일치

광고 문안과 창작 의도

<혈의 누>(BGN-2019 : 891)는 청일전쟁에서 부모를 잃은 옥련이 근대교육을 받게 되는 과정을 그린 작품이다. 옥련은 정상소좌를 만나 일본으로 보내지고, 다시 구완서를 만나 함께 미국으로 건너가서 근대교육을 받는다. 이처럼 <혈의 누>를 옥련 중심의 이야기로, 문명개화라는 계몽 담론의 확산을 의도한 작품으로 이해하게 된 시초는 당대의 광고 문구였다.

> [1] 此 新小說은 純國文으로 昨年 秋에 萬歲報 上에 續載ᄒ얏던 거시온딩 事實은 日淸戰爭 時에 平壤 以北 人民이 오鬪에 鯨背가 坼흠과 如히 兵火를 經ᄒᄂ 中에 平壤城中에 玉蓮이라는 金氏女兒가 無限한 困難을 經ᄒ고 外國에 流離ᄒ며 留學흔 實事가 有ᄒ니 此小說을 讀ᄒ면 國民의 精神을 感發ᄒ야 無論男女ᄒ고 血淚를 可히 灑흘 新思想이 有흘지니 ……

인용문 [1]은 『만세보』 1907년 3월 30일과 6월 19일자, <귀의 성> 상권(BGN-2019 : 113)의 권두 광고란 등에 반복적으로 실렸던 광고 문안이다. <혈의 누> 단행본 초판이 발간되었던 1907년 3월 17일 직후부터 광고가 게재되었음을 알 수 있다. 그런데 이 광고 문안에서는 <혈의 누>를 옥련의 이야기로 단정짓고 있을 뿐만 아니라, 이 작품이 '국민의 정신을 감발'하여 그들을 울릴 '신사상'을 담고 있다고 했다. 이후 송민호, 전광용, 김윤식 등을 비롯한 대부분의 연구자들은 큰 틀에서 여기에 이의를 제기하지 않았다. 결국 <혈의 누>는 "여주인공 옥련의 기구한 운명의 전변에 얽힌 개화기의 시대상을 그린 것"8)이며, 그 주제는 자주 독립, 신교육, 신결혼관 등 문명개화의 계몽담론으로 파악되어 왔다고 볼 수 있다. 그런데 이것이 <혈의 누>의 실체일까? <혈의 누> 텍스트는 정말로 옥련의 이야기이기만 할까?

사실 <혈의 누> 광고가 『만세보』에 처음 게재된 것은 1907년 3월 29일이었고, 이것은 앞서 인용한 [1]과는 다른 광고였다. '소설광고'라는 제목이 붙은 29일자의 애초 광고에서는 <혈의 누>를 많은 사람들이 '옥련전'이라 칭하면서 분전수에게 단행본으로 출간할 것을 독촉하던 소설이라고 소개했다. 그런데 하루 뒤인 3월 30일에는 전혀 다른 문안의 광고가 『만세보』에 실렸던 것이다. 인용문 [1]에서 보는 것처럼, 새로 쓰여진 광고에서는 <혈의 누>를 '소설'이 아니라 '신소설'이라 칭했고, 평양 김씨 여아의 실사(實事)라는 점과 신사상을 담고 있다는 점을 강조하였다. 하루 만에 이루어진 전격적인 광고 문안의 교체는 누구의 의도였을까? 우리는 몇 가지 이유에서 그것이 이인직에 의한 것임을 추론하기 어렵지 않다.

첫째, 광고 문안 자체에서 그 단서를 찾을 수 있다. 즉 청일전쟁 중에 옥련이라는 김씨 여자 아이가 갖은 고난을 겪고 외국 유학을 떠난 실사가 있다고 밝힘으로써, <혈의 누>가 옥련의 실사를 모티브로 하여 지어진 작품임을 광고는 분명히 하고 있다. 작가 자신, 즉 이인직 본인이 아니라면 작품이 무엇을 모티브 삼아 구상되었는지 분명하게 언급하기는 어렵다.

둘째, 광고 문안이 하루 만에 전격적으로 교체되었다는 것은 애초의 광고에 뭔가 심각한 문제가 있음을 의미한다. 즉 29일자의 광고가 <혈의 누>의 가치와 의미를 심각하게 훼손하고 있다는 판단 때문에 광고 문안의 전격 교체가 이루어졌을 것인데, 작품의 가치와 의미에 대해 이처럼 고민하면서 <혈의 누>에 '신소설'이라는 표제까지 붙일 수 있는 사람이 과연 누구이겠는가? 작가 본인이 아니라면 어려운 일이다. 구장률9)도 이 두 번째 이유를 들어 이인직을 교체된 광고 문안의 작성자로 지목한 바 있다.

셋째, 교체된 광고 문안이 『만세보』뿐만 아니라 광학서포 단행본 서적에서도 동일하게 나타난다는 점이다. 저작자의 이름도 편의대로 바꿔 표기했던 당대의 출판 관행에 비추어 볼 때, 매체가 달라졌는데도 불구하고 광고 문안이 한 글자의 출입 없이 완전히 똑같다는 것은 무엇을 의미할까? 이는 광고가 지면 사정에 따라 임의로 수정되지 않았고, 그만큼 의도적이며 주도면밀하게 작성된 광고 문안이라는 뜻이고, 이는 작품에 대한 작가의식의 표명으로 이해될 수 있다.

넷째, 이인직이 당시 『만세보』 주필이었다는 사실이다. 소설의 광고 문안을 교체 편집하는 것이 당시 출판 여건에서는 생각만큼 쉽지 않았다. 즉 광고 문안의 교체 필요성을 인식하고, 교체를 결정하고, 작품의 내용을 감안하여 새로운 광고 문안을 작성하고, 이를 편집부로 보내 신문 편집에 반영하는 전 과정이 하루 만에 전격 처리되어야 했는데, 작가이면서 동시에 『만세보』 주필의 자리에 있던 이인직이 아니라면, 이 모든 과정을 이처럼 신속하게 처리하기 어려운 상황이었다.

이상의 몇 가지 이유로 볼 때, 30일자 이후의 교체된 광고 문안은 이인직이 직접 작성한 것이 분명해 보인다. 백보 양보하여 다른 편집자에 의한 작성 가능성을 인정하더라도 그 과정에서 이인직의 생각이 직접적으로 전달·반영되었을 수밖에 없다. 따라서 광고의 내용은 이인직의 생각 그 자체이거나 그것에 가장 근사한 것으로 볼 수 있다. 결국 이런 추론에 따르면, 옥련의 실사를 통해 '國民의 精神을 感發'할 '新思想'을 담았다는 광고 문구는 이인직이 <혈의 누> 창작 의도를 스스로 표명한 것으로 보아도 무리가 없다.

서사 구성과 서술의 속도

이인직의 이러한 창작 의도는 실제 <혈의 누> 텍스트에 온전히 구현되었을까? 일반적으로 창작 의도는 실제 텍스트로 실현되는 과정에서 어느 정도 변형되기 마련이다. 물론 작품마다 변형의 원인이나 정도의 차이는 있을 수 있다. 근대소설의 창작 경험이나 기술이 축적되지 않았던 근대전환기의 소설 텍스트에서는 그럴 가능성이 더욱 크다. <혈의 누>가 아무리 문명개화의 계몽담론을 의도했더라도 실제 텍스트가 원래 의도와 다른 상태로 완성되었을 수 있다는 말이다. <혈의 누>는 그렇게 볼 여지가 많은 작품이다. 다른 상태라는 것이 무엇인지, 그동안 우리가 파악하던 <혈의 누>와는 어떻게 다른지 알아보는 것이 우선 필요하다.

이를 위해, 작가의 사상이나 시대적 상황과 같은 텍스트 외적인 요소보다는 텍스트 자체에 집중하여 사건의 서술 비중이나 분량, 서술 속도 등을 살펴볼 생각이다. <혈의 누> 텍스트의 전체적인 서사 구성과 체계를 분석함으로써, 창작 의도로서의 작품이 아니라 텍스트의 실체적 모습을 파악하는 데 주력할 것이다. 이러한 접근법은, 김영민이 지적한 기존 연구의 폐단 즉 등장인물이나 서술자의 부분적인 대화나 진술 등에 지나치게 집착하여 작품의 전체적인 흐름을 놓치는 폐단[10]을 줄이는 방안일 수 있다. 아래 인용문을 보자.

[2] 부인의 싱각의는 인군의 고싱이 느 흐느뿐인 쥴로 알고 잇것마는 그보다 더 고싱흐는 사름이 쏘 잇스니 그것은 부인의 쏠 옥년이라. 당초에 옥년이가 피란 갈 쎄에 모란봉 아리셔 부모의 근 곳 모르고 어머니를 부르면셔 불을 동동 구르다가 (혈의 누, 34)

인용문 [2]는 옥련에 관한 이야기가 본격 시작되는 부분이다. 전체 작품의 길이가 총 94쪽 분량인데, 34쪽에 와서야 비로소 옥련이 등장한다. 즉 전체 서사의 1/3 이상이 지나도록 옥련에 대해서는 별다른 서사가 진행되지 않았다. 대신 이 부분은 옥련의 어머니인 최씨부인의 수난 이야기로 채워져 있다.

최씨부인은 청일전쟁에서 잃어버린 딸을 찾기 위해 산야를 헤매고 다닌다. 그러다가 어떤 농군에게 겁탈당할 위기를 맞는다. 다행히 일본군에게 구출되어 집으로 돌아왔지만 설상가상으로 남편마저 돌아올 기미가 없다. 희망이 없자 그녀는 대동강에 투신한다. 그런데 이번에는 한 뱃사공이 구해준다. 그 후 딸이 걱정돼 찾아온 친정아버지 최주사로부터 남편이 유학을 떠났다는 말을 전해 듣게 되고, 그때부터 집에 남아서 남편의 귀국을 기다리기로 한다.

이처럼, <혈의 누>의 처음 1/3은 옥련이 아닌 최씨부인의 이야기로 채워져 있으며, 그녀의 주변 이야기들이 삽입되면서 이 부분은 더욱 길어진다. 여기서 <혈의 누>의 전체적인 서사 구성을 다시 한 번 생각해 보자. <혈의 누>의 서사는 크게 네 부분으로 나누어진다.

(1) 최씨부인의 수난(1~32쪽) : 청일전쟁 중 딸과 남편을 잃고 방황함.
(2) 옥련의 일본생활(32~58쪽) : 일본으로 보내진 옥련은 정상 부인에게 버림받고 자결을 결심하지만 실행하지 못함.
(3) 옥련의 미국생활(59~87쪽) : 기차에서 구완서를 만난 옥련은 미국으로 건너가 학교를 졸업하고, 아버지 김관일을 만남.
(4) 최씨부인의 기다림(87~94쪽) : 최씨부인이 옥련의 귀국 편지를 받음.

이렇게 놓고 보면, <혈의 누>가 최씨부인을 초점화한 부분과 옥련을 초점화한 부분으로 나누어지는 것이 한 눈에 보인다. 그런데 각 부분은 서술 속도에서 큰 차이를 보인다. 서술 속도라는 것은 서술의 지속시간

(행이나 쪽의 분량으로 측정된 텍스트의 길이)과 스토리의 지속시간(초, 분, 시간, 며칠, 몇 달, 몇 년 등으로 측정된 스토리의 길이) 사이의 관계에 의해 규정[11])되는 개념이다. 먼저 서술의 지속 시간을 확인하기 위해 분량을 따져보면, 각 부분은 32쪽(16,456글자), 26쪽(12,897글자), 28쪽(13,916글자), 7쪽(3,073글자)으로, 대개 30쪽 내외의 페이지 분량을 보이고, 마지막 4번째 부분만 예외적임을 알 수 있다.

반면, 스토리의 지속 시간은 각 부분마다 차이가 심하다. 우선 (1)부분은 청일전쟁 평양 전투가 있던 1894년 9월 16일로부터 한 달여에 걸친 이야기이다. 옥련이 병원에서 3주일 정도 총상 치료를 하고 집에 들렀을 때쯤 최씨부인은 벽에 글을 써 붙이고 대동강으로 자결하러 갔다고 하였고(33쪽), 또 그 후 최주사가 올라왔다 내려가기까지 며칠이 더 지난 것을 고려하면, 스토리의 지속 시간은 대략 한 달여에 이를 것으로 계산된다. 이에 비해 (2)부분은 평양 전투 날로부터 4~5년에 걸친 이야기이다. 옥련이 평양에서 3주일 간 총상을 치료하고 얼마 후에 대판으로 가며, 그곳에서 심상소학교에 입학한 지 4년 만에 졸업하고 곧바로 며칠 만에 일본을 떠난다. 그렇기 때문에 이 부분의 스토리 지속시간은 5년 안쪽으로 볼 수 있다. 실제로 옥련은 구완서를 처음 만났을 때, 자신이 일본에 "일곱 살에 와서 지금 열흔살 되얏소"라고 말한다. 또 (3)부분은 그로부터 다시 5년이 경과하는 동안의 이야기이다. 옥련이 구완서를 처음 만났을 때가 11살이었고, 미국에서 학교를 졸업한 때가 16살(71쪽)이라고 했고, 또 옥련이 미국에서 어머니에게 편지를 쓴 것이 광무6년(1902)이라고 했다. 이런 사실로 미루어 옥련이 미국에서 보낸 시간은 대략 5년 정도로 보인다. 그리고 마지막 (4)부분은 최씨부인이 옥련의 편지를 받던 하루의 이야기이다.

서술의 지속시간과 스토리의 지속시간을 비교해 보면, 최씨부인의 이야기에 해당하는 (1)(4)는 옥련의 이야기인 (2)(3)에 비해 서술 속도가 훨씬 느리다. 서술이 그만큼 자세한 것이다. 특히 최씨부인이 옥련을 찾아 헤맬 때의 일이나 소설의 마지막 부분에서 옥련의 편지를 받던 날의 일들은 디테일까지 자세히 그려진다. 반면 옥련의 이야기는 성급하게 건너뛰고 요약된다. 기존 연구자들이 최씨부인의 서사 부분을 소홀히 다루었던 것과 달리, 정작 이인직은 최씨부인의 이야기에 여러 모로 공을 들였던 것이다. 이런 사실로 미루어 <혈의 누>에서 최씨부인의 서사적 역할이 결코 적지 않음을 알 수 있다.

최씨부인의 서사는 왜 길어졌나?

최씨부인의 수난 이야기에 해당하는 (1)부분은 옥련이 향후 겪게 될 시련의 조건을 제시하는 정도에서 서술이 짧게 마무되어도 좋았다. 이인직도 이 부분에서 옥련이 부모를 잃은 내력을 간단하게 서술하려고 했을 것이다. 그래야 자신의 창작 의도에 따라, 옥련의 이야기로 빠르게 넘어가서 '국민의 정신을 감발'할 '신사상'을 그려낼 수 있기 때문이다. 그런데도 불구하고, 이인직이 작품의 서두에서 옥련이 아닌 최씨부인의 이야기를 길게 늘린 이유는 왜일까? 작가의 창작심리를 헤아려 두 가지 이유를 추론해 볼 수 있다.

그것은 대개 이인직의 '신소설에 대한 욕망' 즉 이미 존재하던 기존 소설과 전혀 다른 '새로운 소설'에 대한 창작 욕망이 작동한 결과라 볼 수 있다. 앞서 인용한 광고 문안에서도 '신소설'이라는 표제를 의식적으로 내세운 데서 '신소설'에 대한 그의 욕망이 확인된다. 우선 기존 연구들이 <혈의 누> 서두에 청일전쟁이 등장한다는 점을 높이 평가해 왔던 것을 상기해 보자. 이인직이 신소설의 창작 원리로 당대적 현실을 중요시했던 것은 이미 잘 알려진 사실이다. 그런 만큼 그는 <혈의 누>가 신소설로서 의미를 갖는 데 있어서 청일전쟁이라는 당대적 사건을 서두에 내세우는 것이 얼마나 중요한지 잘 알고 있었다고 볼 수 있다. 그리고 그는 청일전쟁 관련 부분이 어린 옥련보다는 성인인 최씨부인의 입장에서 서술되는 것이 서술 상 유리하다고 판단했던 것으로 보인다. 아이보다는 성인의 입장일 때 청일전쟁을 구체적으로 서술하거나 논평할 수 있는 여지가 많아지기 때문이다. 특히 강간이나 가족 이산과 같은 전쟁의 참상을 확대 서술[12]하기 위해서는 성인 여성이 최적이 아닐 수 없었다. (1)의 서술이 길게 늘어지는 위험을 감수하고 최씨부인을 초점화 대상으로 택했던 한 이유가 여기 있다.

다른 이유는, 전대소설과 차별화되는 새로운 소설 형식을 마련하려는 욕망과 관련된다. 앞의 이유가 서사의 내용적 측면과 관련된다면, 이것은 서사의 형식적 측면과 관련된다. 이인직은 (1)의 부분에서 서술적 역전의 기법을 도입하여 연대기적 구성을 탈피하고 있다. 선행 연구자들은 이를 신소설의 중요한 형식적 특질로 보았다. 하지만 이보다 주목해 봐야 할 것이 가변 초점화의 활용이다. 즉 (1)에서 최씨부인 중심의 초점화가 이루어짐으로써 이후의 옥련 중심의 초점화와 함께 가변 초점화를 완성하게 된다. 이는 대개 고정 초점화를 택했던 전대소설과 다른 새로운 형식을 원했던 이인직의 신소설적 욕망이 개입된 결과로 볼 수 있다. 그는 이미 일본 유학 시절 동경정치학교의 근대문학 관련 강의를 통해 이런 소설 기법[13]을 알고 있었던 것으로 보인다.

계몽보다 가족의 이산과 재회

새로운 기법에 대한 욕망이 창작에 개입됨으로써 <혈의 누>의 초반부는 길어진다. 그리고 이 영향으로 옥련 중심의 계몽담론이라는 애초의 구상은 어그러지게 된다. 실제 텍스트에서 '최씨부인의 수난'에 해당하는 (1)부분이 이렇게 확대 서술되었다면, 최씨부인의 서사적 역할도 그에 맞게 해석될 필요가 있다. 더구나 최씨부인은 작품의 결말에 해당하는 (4)부분에서 다시 서술의 초점대상으로 복귀한다. <혈의 누>가 온전히 옥련의 이야기라면 군이 작품의 말미에 최씨부인을 다시 등장시킬 필연성은 없다. 그런데 그녀는 작품 말미에서 다시 등장한다. 9~10년의 긴 세월 동안 최씨부인은 미국의 남편 소식을 기다리는 동시에, 옥련에 대한 미련을 내려놓지 못하고 옥련의 가묘14)를 만들어 제를 지냈다. 이처럼 최씨부인의 삶은 가족 이산의 고통과 재회에 대한 기다림으로 일관되었다고 할 수 있다.

헤어진 부모를 못 잊기는 옥련도 마찬가지였다. 일본에 있을 때, 옥련은 최씨부인을 '평양 어머니', 정상소좌의 부인을 '대판 어머니'로 부르며 여전히 최씨부인을 잊지 못해 한다. 대판 항구에 빠져 죽으려 하던 날도 최씨부인의 꿈을 두 번이나 꾸게 되고, 그 때문에 죽기를 단념한다. 미국에서도 부모의 묘에 참배하는 꿈을 꾼다. 부모를 향한 옥련의 그리움은 이렇게 시시때때로 이산의 고통으로 힘들었을 옥련의 삶을 일으키고 추동하는 힘이 된다.

부모를 그리워하며 재회하고자 하는 옥련의 생각은 정상 군의가 일본 유학을 제안하던 그 순간부터 한결같았다. 정상 군의의 제안에, 옥련은 "우리 아버지 어머니가 살아 잇는 줄을 알고 날을 도로 우리집에 보내쥴 것 궂흐면 아무 데라도 가고 아무 것을 시키더릭도 하깃소"(34쪽)라고 대답했던 것이다. 한마디로 옥련의 일본행은 부모를 다시 만나고자 하는 간절함에서 비롯되었으며, 근대 교육에 대한 욕심 같은 것은 애초에 없었다. 옥련의 미국행 역시 마찬가지였다. "너의 부모 소식을 듯거든 네 먼져 고국으로 가게 하여 주마"(64쪽) 하는 구완서의 조건 제시가 먼저 있었다. 뿐만 아니라 옥련 스스로 자신의 미국행의 목적이 공부가 아니라고 밝히는 부분에서 이 점은 더욱 분명해진다.

[3] 닉가 죽기가 시려셔 죽지 아니한 것도 아니오 공부ㅎ고자 ㅎ야 이 곳에 온 것도 아니라 딕판항에서 죽기로 결심ㅎ고 물에 써러지려홀 째에 한 되는 마암으로 쑴이 되야 그럿튼지 우리 어머니가 날더러 죽지 말라 ㅎ시던 소릭가 아무리 쑴일쎠라도 녁녁ㅎ기가 싱시굿ㅎ고로 슬픈 마음을 진정ㅎ고 이 목슘이 다시 사라ㄴ셔 너른 천지에 붓칠 곳이 업ㄴ지라 지향업시 동경 가는 긔츠를 타고가다가 쳔우신죠ㅎ야 고국 사름을 만ㄴ셔 일동일정을 남의게 신세를 지고 오늘짜지 잇셧스니 (혈의 누, 74)

졸업식 날 저녁, 옥련은 천지에 의탁할 곳이 없던 자신이 우연히 구완서를 만나 엉겁결에 미국까지 따라왔다고 탄식하는 부분이다. 그러면서 아직까지 부모를 못 만나 "헐헐한 이 한 몸이 사라 잇슨들 무엇ㅎ리오"(74쪽) 탄식하면서 잠시 죽음을 생각하기도 한다. 하지만 구완서의 은혜를 갚아야 한다는 생각에 죽지 못한다. 그날 밤 옥련은 다시 악몽을 꾼다. 부모의 묘에 가서 능금 두 개를 드렸더니 뼈만 앙상한 송장이 그것을 먹는 악몽이다. 그만큼 옥련에게 있어서 부모는 간절함을 넘어 삶을 유지하게 만드는 존재였다. 이는 <은세계>에서 고향에 두고 온 어머니를 생각하며 눈물을 흘리는 옥순의 모습과 흡사하다. 얼마 후 옥련은 아버지 김관일과 재회하게 된다. 하지만 최씨부인과의 만남은 끝까지 지연되다가, 옥련의 편지를 통해 만남이 예정되면서, 작품 속의 갈등 상황은 해소되고 서사는 일단락된다.

옥련의 삶은, 일본과 미국 유학 이후에도 가족 중심적 사고에서 벗어나지 못한다. 물론 옥련이, 가족중심적 의존적 사고에 머물러 있는 최씨부인과 달리, 구완서를 만나 신식 공부를 하고 난 후 주체적인 여성으로 변모했다고 보는 연구[15]도 있다. 하지만 이는 옥련에게서 계몽적 지식인의 모습을 적극적으로 찾으려는 연구 의도가 영향을 미친 것이며 옥련의 실상은 여전히 가족중심적이며 구완서에게도 의존적이다.

가족서사로서 〈혈의 누〉

〈혈의 누〉의 서사 구성을 이렇게 파악할 경우, 이 작품은 옥련과 최씨부인의 가족 관계가 중심부를 이루는, 즉 "전쟁으로 인한 부·모·녀의 이별과 재상봉이 그 작품의 기본 골격"[16]을 이루는 소설이 된다. 가족의 이산과 재회의 바람이 담긴 가족서사라는 결론이다. 비평가 김현은 〈혈의 누〉의 대중적 인기에 대해서 "전쟁으로 생이별하는 가족의 삶을 통해서 우리 민족의 한을 리얼하게 묘사했기 때문"[17]이라고 평한 바 있는데, 이는 작품의 주제를 '생이별하는 가족의 삶'으로 봄으로써, 〈혈의 누〉가 가족서사임을 분명하게 지적한 것이다.

이러한 관점은 〈혈의 누〉를 옥련이라는 인물의 시련을 통한 성장, 그리고 그 과정에서 옥련이 접하는 근대교육 혹은 문명개화를 통한 사회개조[18] 같은 계몽 담론으로 이해하고자 했던 기존 논의들과는 상당한 거리가 있다. 가족주의 이데올로기는 신교육이나 문명개화를 통한 사회개조의 이념에 비해 훨씬 보수적 가치에 속하기 때문이다. 하지만 〈혈의 누〉 작중인물들의 인물별 가치지표들을 추출하여 가치유형을 비교분석해 본 연구에서도 계몽 담론으로서의 〈혈의 누〉보다는 가족서사로서의 〈혈의 누〉라는 관점에 근사한 결과가 도출되고 있음에 유의할 필요가 있다. 〈혈의 누〉에는 '변화에 대한 개방(Openness to Change)'의 가치보다 '보수적 성향 Conservation'의 가치가 훨씬 많이 나타났다. 구체적으로

<혈의 누>에는 '변화에 대한 개방'의 가치지표는 10개(26%)가 나타나는 반면 '보수적 성향'의 가치지표는 18개(46%)가 나타나고 있다.[19]

결국 이인직은 근대계몽에 대해 이야기하고 싶었지만, 신소설을 실험하는 과정에서 <혈의 누>가 가족주의 서사로 변질되는 것을 막지 못했다. 그런데 공교롭게도 가족주의 서사로서의 <혈의 누>는, 그가 한 논설에서 '보통교육'에 힘쓸 것을 주장한 사실과 일맥상통하는 면이 있어서 흥미롭다. 당시의 '보통교육'은 현실을 고민하지 않고 자신과 가계를 위해 노동하는 가족 지향의 인간형을 길러내는 교육이었다.

3. <혈의 누> 텍스트의 균열과 모순

<혈의 누>는 창작 의도와 실제 텍스트 사이에 불일치가 존재한다. 텍스트의 서사 구성 분석을 통해, <혈의 누>가 애초의 창작 의도였던 문명개화보다는 최씨부인과 옥련 모녀의 이산과 재회를 중심으로 하는 가족서사의 특징을 더욱 분명하게 보인다는 사실을 확인하였다. 결국 <혈의 누>는 이인직이 목표했던 옥련 중심의 근대계몽 서사에 도달하지 못하고, 오히려 텍스트 표면에 여러 균열을 드러낸 채 가족서사로 마감되었다고 할 수 있다. 그렇다면 <혈의 누>가 근대계몽 서사에 도달하지 못하고 가족서사로 마감될 수밖에 없었던 이유는 무엇일까? 나아가 그로인해 생길 수밖에 없었던 텍스트 상의 다른 균열의 양상은 어떤 것이 있을까?

이인직이 생각한 보통교육

이인직은 일본 유학 시절, 매일 아침 배달되는 "천하의 별별 소식을 가득 실은" 신문에 깊은 감명을 받았다. 신문을 "만기 활동의 원천"[20]이라고까지 말할 정도였다. 그리고 귀국하여 신문을 만들겠다는 생각을 품고, 「한국신문창설취지서」라는 논설을 발표하기에 이르렀다.

> [4] 초연(超然)하게 정치론(政治論) 외(外)에 나가 인류사회(人類社會)의 사이에 인도상애(人道相愛)의 적심(赤心)을 가지고 우리나라 <u>남녀교육(男女敎育) 및 실업(實業)의 기관(機關)인 신문(新聞)</u>을 설립하려고 하는 것이다. 그 교육에 있어서는 윤리(倫理), 수신(修身), 위생(衛生), 공덕(公德), 근업(近業), 식산(殖産), 문학(文學) 등 일반인생(一般人生)의 일용(日用)의 긴요(緊要)한 것을 가지고 신구(新舊) 간(間)에 있어서 서로 참조하여 <u>보통교육(普通敎育) 방침(方針)</u>을 베푸는 것에 노력하고, 그 실업(實業)에 있어서는 먼저 농업(農業) 중 종예(種藝), 식목(植木), 비료(肥料), 목축(牧畜), 치수(治水), 양잠(養蠶) 기타 <u>이용후생(利用厚生)</u>을 중심으로 모든 사람의 힘을 양육하는 것을 권하고자 한다.[21]

이 논설에서 이인직은 신문이 할 수 있는 일로 '남녀교육'과 '실업'에 힘쓰도록 사람들을 권면하는 것, 즉 계몽의 역할을 지적했다. 그리고 자신이 생각하는 '남녀교육'이 곧 '일용(日用)의 긴요'와 관련된 '보통교육'이라는 점을 분명히 했다. 그러면서 윤리(倫理), 수신(修身), 위생(衛生), 공덕(公德), 근업(近業), 식산(殖産), 문학(文學) 등을 가르칠 대상으로 제시하였다. 한마디로 이인직은 보통교육을 일상의 필요에 대응하여 개인적 자질을 기르는 것으로 개념화했다. 그런데 이는 당시의 애국계몽운동 단체들의 교육론과는 일정한 차이를 보인다. 예컨대, 대한자강회가 교육자강론을 통해 "문명교육 실업교육 애국교육을 통해 근대적 문명지식과 경제적 자립 능력, 그리고 애국심을 가진 패기 있는 국민을 육성해야 한다고 설파했던 것"22)과 비교해 보면, 그 차이가 무엇인지 쉽게 알 수 있다.

뒤엉킨 계몽 논리와 식민화 논리

'보통교육'에 대한 이인직의 이런 생각은, 1900년대 후반 일본 통감부의 식민화 교육담론과 상당 부분 흡사한 데가 있다. 이 시기 일본 통감부는 일본이 우등하고 대한제국이 열등하다는 식민화의 정책을 유포·확산시키려고 노력했다. 그 하나로 일제는 대한제국의 교육행정을 통제하면서 식민화 교육담론들을 개발하려 하는데, 그런 실상을 단적으로 보여주는 것이 『보통학교 학도용 수신서』(1907-1908)이다. 이것은 통감부의 제2대 학정참여관인 미츠치 츄조(三土忠造)가 실질적으로 주도하여 만든 수신 과목 교과서 중의 하나로서, 당대 4년제 보통학교에 다니던 8~16세 학생의 지적·도덕적인 수준에 맞춰져 있다. 이 수신서는 개인의 수양을 중심으로 가정 및 사회와 국가 생활에서 학생이 습득해야 할 덕성 함양에 초점이 맞춰진 윤리 교과서의 일종이다. 한 예로 이 교과서에 수록된 인물서사는 해당 인물이 처한 사회적·역사적 상황이 거세된 채 인물의 개인생활 덕목을 지나치게 강조한다. 이렇게 함으로써 현실 상황에 대해 고민하여 대안을 모색하는 치국평천하의 모색자가 아니라, 자신과 가계를 위해 노동하는 수신제가의 추구자 즉 식민지형 인간을 길러내는 데 집중했다.23)

이인직이 생각했던 남녀교육이 어떻게 해서 1900년대 후반 통감부가 추진하던 식민화 교육담론과 흡사해졌는지에 관해서는 더 연구가 필요하다. 하지만 여기서 확인할 수 있는 분명한 사실이 하나 있다. 이인직이 보통교육을 통해 주장했던 계몽의 논리는 일제가 식민지 교육을 통해 주입하려고 했던 식민화의 논리에 크게 위배되지 않는다는 사실이다. 즉 두 논리는 상호 반발하지 않으며 함께 동거할 수도 있는 것이다. 그리고 이는 1900년대 상황에서 이인직만의 특별한 경우가 아니었다. 19세기의 유럽 문명이 '문명화'라는 보편가치●를 내세워 세계 각지에서 식민지 개척에 나섰던 것처럼, 일제는 그것을 배워 한국의 식민지화에 그대로 적용●●했다. 일제는 문명개화의 레토릭을 유포함으로써 한국에 대한 개입의 권리를 확보하려 했다. 이때 식민화의 논리는 근대 계몽의 논리로 위장되며, 진짜 애국 계몽의 주장마저도 식민화의 논리와 한 몸처럼 뒤섞여 구분하기 힘들게 되기도 했다. 이런 시대 상황이었기 때문에, 이인직은 계몽의 논리와 식민화의 논리 중에서 굳이 어느 한쪽을 선택하지 않아도 좋았다.

● 유럽 문명이 내세웠던 보편가치는 16세기에는 자연법과 기독교의 확산, 19세기에는 문명화의 사명, 20세기 후반과 21세기에는 인권과 민주주의 확산이었다.24)

●● 후쿠자와 유키치가 청일전쟁을 세계 문명의 진보를 두고 벌이는 '문명과 야만의 전쟁'으로 규정하던 것은 문명화의 사명이라는 보편주의 레토릭을 적용한 전형적 사례에 해당한다.

이인직은 앞서 인용한 논설에서 '보통교육'을 강조하였다. 보통교육은 국민 모두에게 일반적이고 공통적으로 필요한 지식과 교양을 제공하는 교육이다. 하지만 <혈의 누>에서 옥련이 받은 교육은 이런 '보통교육'이 아니었다. 옥련은 비록 자신의 선택에 따른 것은 아니지만 해외유학의 기회를 갖게 되었기 때문에 귀국 후 나라의 풍속과 사회상을 바꾸는 일에 힘쓸 생각을 하게 된다. "옥년이는 공부를 심써 ᄒᆞ야 귀국한 뒤에 우리나라 부인의 지식을 널려셔 남자의게 압졔밧지 말고 ᄂᆞᆷᄌᆞ와 동등권리를 찻계 ᄒᆞ며 ᄯᅩ 부인도 나라에 유익한 빅셩이 되고 ᄉᆞ회상에 명예잇는 ᄉᆞ름이 되도록 교휵할 마음이라"(86쪽) 이런 부분은 옥련이 가지고 있는 국민 교육과 사회 개조 사상을 분명하게 보여준다. 이런 사상은 구완서에게서 더욱 분명하게 나타나는데, 그에게 있어서 자신과 가계를 위해 노동하는 수신제가의 인간형은 전혀 의미가 없다. 이처럼 <혈의 누>의 신교육 담론은 이인직 자신이 주장하던 보통교육의 범주를 벗어난 지점에서 형성된다. 즉 이인직은 평소 생각과 다른 것을 소설 텍스트에서 말하고 있으며, 이는 그를 둘러싸고 있던 이데올로기적 혼란스러움을 닮았다. <혈의 누> 텍스트에 이런저런 균열이 발생하는 것은 이런 이데올로기적 혼란스러움에서 기인한 바가 크다.

근대교육 수혜자의 낮은 계몽성

<혈의 누> 텍스트 안에 만들어진 균열을 좀 더 본격적으로 살펴보자. 옥련은 미국에서 고등소학교를 졸업하지만 여전히 근대계몽의 주체자로 당당히 홀로서기를 하지 못한다. 그녀는 앞서 지적했듯이, 졸업식 날에도 부모를 그리워하며 자살을 생각하고, 부모에 대한 악몽을 꾸기도 한다. 일본에서 심상소학교를 졸업할 무렵의 어린 옥련과 조금도 달라진 것이 없다. 한마디로 그녀는 국민 교육과 국가 경영에 필요한 큰 교육을 받았으면서도 생각이나 감정은 '보통교육'을 이수한 상태에 머물러, 자신과 가족을 중심으로 생각하고 행동하는 가족 이데올로기에 붙들려 있는 형국이다. 식민화 교육담론이 길러내고자 했던, 수신제가에 머무르는 인간형에서 멀지 않다.

물론 옥련은 귀국하게 되면 부인교육 같은 교육계몽 사업에 힘쓰겠다는 결심을 하기도 한다. 하지만 아래 인용문 [5]에서 확인할 수 있는 것처럼, 이는 구완서의 설득에 따른 것일 뿐이며 스스로의 자각에 의한 깨우침은 아니었다.

[5] 고국에 도라가셔 결혼ᄒ고 옥년이는 조선 부인 교육을 맛틋ᄒ기를

청호는 유지한 말이라. 옥년이가 구씨의 권호는 말을 듯고 한 죠션 부인
교육할 마음이 간절호야 구씨와 혼인 언약을 미지니 (혈의 누, 85)

그것은 약간의 상황 변화만으로도 언제든지 철회될 수 있는 일시적 결심에 지나지 않는다. 서술자가 이를 "제 느라 형편 모르고 외국에 유학한 소년 학성 의긔에셔 느오는 마음"(86쪽)이라고 평하는 부분에서 이는 더욱 분명해진다. 결국 <혈의 누>는 작중인물이 교육받은 정도에 어울리지 않게 미성숙 상태에서 성장이 멈춰 버리는, 균열을 드러내고 만다. 계몽을 지향했지만 불완전한 계몽의 상태에서 멈춰 버린 옥련은 여전히 미몽의 상태인 최씨부인에게서 그리 멀지 않은 지점에 위치한다. 하편에 해당하는 <목단봉>(1913, BGN-2019 : 254)이 귀국한 옥련의 통속 연애담으로 급격히 변질될 수밖에 없었던 것도 이런 균열로 설명이 가능해진다.

근대적 가치들 사이의 마찰

또 다른 균열도 관찰된다. <혈의 누>에는 과거 군담소설에서 반복적으로 활용되던 전쟁 모티브가 작품 서두에 등장한다. 여기서 주목할 것은 이전에는 결코 등장한 적이 없었던 적십자 간호수의 등장이다. 부모와 헤어진 후 총알을 맞아 관통상을 입게 된 옥련을 구조한 것이 적십자 간호수였다. 전쟁과 적십자는 근대문명이 자신의 우월성을 드러내기 위해 사용해 왔던 두 가지 상반된 방법이다. 전쟁은 근대적 무력을 사용하여 제국주의적 힘을 과시하는 방법이고, 적십자는 의술을 통해 인간존엄의 보편적 가치를 확장하는 방법이다. <혈의 누>에서는 양자가 함께 등장했다. 적십자 간호수가 등장하는 부분을 살펴보자.

[6] 모란봉 아리셔 부모의 근 곳 모르고 어머니를 부르면셔 불을 동동 구르다가 난듸업는 철환 흔기가 너머오더니 옥련의 왼편 다리에 빅혀 너머져셔 그날 밤을 그 손에셔 목슘이 붓터 잇셔써니 그 잇튼늘 일본 적십자 근호슈가 보고 야전병원으로 시러보닉니 군의가 본즉 중슝은 아니라"

(혈의 누, 32-33)

피아의 구별없이 부상자를 구조하는 적십자 활동은 인간의 복지와 관용에 대한 이해를 바탕으로 하는 보편적 인도주의의 실천이다. 한국에서는 1905년 10월 고종 황제의 칙령으로 '대한적십자사 규칙'을 제정 반포함으로써 대한적십자사가 탄생하였지만, 이미 러일전쟁 이전부터 여러 나라의 적십자 단체와 관련한 기사가 『황성신문』, 『독립신문』 등에 여러 차례 게재●된 것이 확인된다. 당시 적십자 조직과 활동이 국제적으로 확장일로에 있었던 사실을 신문기사를 통해 확인할 수 있다. 옥련이 적십자사 간호수에게 구조되어 정상 군의에게 총상 치료를 받는 사건이 <혈의 누>의 모티브로 활용된 것은 이런 분위기 속에서 가능했다.25) 이인직은 보편가치를 실천하는 적십자가 문명개화의 필요성을 주장하기 위한 보편주의 레토릭으로서 무엇보다 효과적일 것이라 생각했음에 틀림없다.

●한국언론재단의 고신문 검색서비스를 통해 확인해 본 결과, 1899년~1905년 기간 중 적십자 관련 기사는 『황성신문』에 64회, 『독립신문』에 2회, 『대한매일신보』에 4회 게재되었다.

하지만 정상 군의가 죽고 그의 부인이 개가를 결심하는 순간, 즉 여자의 '개가' 문제가 서사에 등장하는 순간, 문명개화의 필요성을 역설하기 위해 도입했던 보편주의 레토릭은 폐기될 상황을 맞이한다. 정상 부인이 개가를 결심하는 바람에 문명개화인이 되려던 옥련의 앞길은 막혀버리게 된다. 그녀는 자살을 결심하고 대판 항구를 헤매는 신세로 급전직하한다. 여자의 개가는 당대 담론이 즐겨 다루던 문명개화 코드의 하나였다. 그런데 그것 때문에 문명개화의 필요성을 역설하기 위해 동원했던 보편주의 레토릭이 더 이상 통하지 않는 아이러니한 상황이 발생한다. 정상 군의가 옥련을 통해 실천하려 했던 보편가치가 허망하게 증발해 버린 것이다. 이는 표면적으로는 개화와 개화가 맞부딪힌 것처럼 보이지만, 실상은 개화로 위장된 식민화 논리와 계몽의 논리가 맞부딪힌 것이다. 이로 인해 텍스트에는 균열이 발생한다. 그럼에도 불구하고, 두 논리는 상호 모순되지 않도록 조정되는 것이 가능했기 때문에 이인직은 그런 균열의 심각성을 스스로 알아채지 못했다.

사회진화론과 어설픈 국가주의 서사

보편주의 레토릭이 폐기되는 상황에서, 텍스트는 길을 잃고 서사적 동력은 소진된다. 그래서 작가는 옥련을 미국으로 보내게 되고, 당대 지식인 사이에 크게 유행하던 사회진화론을 끌어들여 서사를 이어가고자 한다. 이야기를 지속시킬 방법을 강구한 것이다. 구완서 같은 민족주의자와 함께 미국으로 건너간 옥련이 주로 만나게 되는 사람은, 미국인도 일본인도 아닌 청나라 사람들이다. 상항(샌프란시스코)에 도착한 그들은 '청국말을 하는 양인'을 만나는 것을 필두로, 청인 노동자 한패, 마차를 탄 청인, 청인 강유위, 화성돈(워싱턴)의 청인 학도 등을 목격하거나 만나게 된다. 그런데 바로 그들 중에 사회진화론과 관련이 있는 강유위가 포함되어 있다. 강유위는 중국 유신변법파의 선구자인 캉유웨이(姜有爲, 1858~1927)로, 양치차오(梁啓超, 1873~1929)가 그의 제자였다.

다지로 히로유키의 연구[26]에 따르면, 이인직은 캉유웨이와 양치차오로부터 국가주의적 사회진화론의 영향을 받는데, 이는 "제국주의적 상황에 대한 명확한 설명원리로서, 또한 치열한 경쟁사회 속에서 생존하기 위해 기존의 유교적 전통세계에서 근대사회로의 패러다임 변환을 촉진한 근본적인 세계관 역할"을 했다. 보편주의 레토릭이 안 통하고 서사가 길을 잃게 되자, 이인직은 사회진화론으로 관심을 돌렸다. 그러면서 사회진화론에서 중시하던 '국가주의'를 서사화하려 한다. 옥련이 기차에서 '조선사람' 구완서를 우연히 만난다든지(59쪽), 또 구완서가 청일전쟁은 옥련 혼자 당한 것이 아니라 나라의 백성 전체가 당한 일이라고 한다든지(65쪽), 조선사람인즉 조선풍속대로만 수작하자고 한다든지(71쪽), 조선 부인교육을 맡아야 한다고 청한다든지(85쪽) 하는 것들은 모두 국가주의 사상을 서사화하려는 시도들로 볼 수 있다. 이인직이 <혈의 누> 광고에서 '국민의 정신을 감발'한다고 했던 것은 바로 이런 시도를 염두에 둔 발언이었을 것이다.

하지만 이런 생각들은 구완서의 생경한 발언을 통해 전달될 뿐, 서사적 사건으로 형상화되지는 못한다. 예컨대 작가는 구완서의 말을 빌려 한국의 조혼 풍속을 반대(72-73쪽)하는 주장을 펼친다. 여기서 이인직은, 조혼 풍속 때문에 한국 사람들이 음양배합의 낙만 알고 학문에 힘쓰지 않으며 그 결과 나라를 위하는 마음이 없다는 등의 횡설수설을 늘어놓는다. 보편주의 레토릭을 구사하기 위해 청일전쟁을 배경으로 최씨부인과 옥련의 이산을 길게 서사화했던 것과는 달리, 사회진화론은 서사적 형상화 단계를 제대로 밟지 못한다. 서사적 형상화가 되지 않는다는 것은 사상이 체화되지 않았거나 시세를 쫓는데 마음이 급했다는 증거이다. 균질성의 측면에서 텍스트에 균열과 부조화가 발생한 셈이다.

이인직의 심리적 좌절

<혈의 누> 텍스트에 나타나는 균열들은 계몽의 논리와 식민화의 논리 사이에 가로놓인 혼란스러움의 흔적이다. 그러다가 결국 이인직은 일

종의 심리적 좌절 상태에 이르고 만다. 외국 유학에서 돌아온 한미한 지식인의 의기만으로 계몽 의지를 지탱해 가는 것이 힘에 부쳤던 것이다.

[7] 구완서와 옥년이가 ᄂᆞ이 어려셔 외국에 간 사름들이라. 죠션 사름이 이럿케 야만되고 이럿케 용녈한 쥬을 모로고 구씨던지 옥년이던지 죠션에 도라오ᄂᆞ는 날은 죠션도 유지한 사름이 만히 잇셔셔 학문 잇고 지식 잇ᄂᆞ는 사름의 말을 듯고 일를 찬셩ᄒᆞ야 구씨도 목젹ᄃᆡ로 되고 옥년이도 제 목젹ᄃᆡ로 죠션부인이 일졔히 ᄂᆡ 교휵을 바다셔 낫낫시 ᄂᆞ와 갓한 학문 잇ᄂᆞ는 사름들이 만히 싱기려니 싱각ᄒᆞ고 일변으로 깃분 마음을 이기지 못ᄒᆞ는 거슨 제 ᄂᆞ라 형편 모르고 외국에 유학한 소년 학싱 의긔에셔 나오ᄂᆞ는 마음이라. (혈의 누, 86)

인용문 [7]은 서술적 개입을 통해, 이인직이 자신의 생각을 직접적으로 드러낸 부분이다. 소설 속의 인물이 아니라 현실의 누군가에게 말을 거는 느낌마저 들게 하는 인용문이다. 어려서 외국 유학을 떠난 소년 학생들의 민족 계몽을 향한 의기라는 것이 귀국 이후 어떤 상황에 봉착할지, 그것이 현실적 지원을 받을 수 없을 때 얼마나 허망한 의기에 지나지 않게 될지, 이인직은 잘 알고 있었다. 마흔 전후의 늦은 나이에 일본 유학을 마치고 돌아와 신문 사업을 통해 근대 계몽의 정치가가 되고 싶었던 자신이 현실에서 직접 겪고 있는 상황이었기 때문이다. 이후 그는 계몽의 논리에서 완전히 멀어져 갔다. 김태준이 일찍이 『조선소설사』에서 그를 두고 "정치 생활에 득의치 못"하였다고 한 것[27]도 이와 관련이 있을 것이다.

4. 이인직의 사상적 남루함

　문학작품은 다양한 해석의 가능성을 갖는다. <혈의 누>를 기존처럼 문명개화의 주제로 이해하든, 아니면 다른 어떤 것으로 이해하든 문제될 것은 없다. 이 글에서는 <혈의 누>를 최씨부인과 옥련을 중심으로 하는 가족주의 서사로 이해했다. 이는 텍스트의 서사 구성과 체계 분석을 통해 도출한 결론이다. 하지만 이인직이 애초부터 이런 가족주의 서사를 겨냥했던 것은 아니다. 그는 <혈의 누>에서 청일전쟁 때 있었던 옥련이라는 김씨 여아의 실사를 통해 국민들의 정신을 감발할 계몽담론을 펼쳐 보이고 싶어 했다. 하지만 그의 창작 의도와 서사전략은 제대로 작품화되지 못하고 말았다.

　창작 의도와 실제 텍스트가 이런 차이를 보이는 일차적인 이유는, 이인직이 작품 서두에서 최씨부인의 서사를 확대했던 데 있다. 즉 내용적으로는 청일전쟁이라는 당대의 역사적 사건을 끌어들이고, 형식적으로는 서술적 역전과 가변 초점화를 도입함으로써, 전대소설과는 다른 새로운 신소설을 만들려 했던 과정에서 애초의 계몽담론에 대한 구상이 흐트러졌던 것이다. 하지만 이보다 좀 더 근본적인 원인은, 당대가 계몽의 논리와 식민화 논리가 분명하게 구분되지 않았던 시기였다는 데 있다. 이런 속에서 이인직은 계몽의 논리와 식민화의 논리 중 어느 한쪽에 대한 분명한 선택을 유보할 수 있었다.

　또한 이인직은 한 논설에서 보편적 교육기회를 부여하는 '보통교육'의 실현을 역설했던 것과 달리, <혈의 누> 텍스트에서는 극소수자의 외국 유학을 다룸으로써, 생각과 텍스트 사이에 균열을 드러내고 말았다. 이런 균열도 계몽의 논리와 식민화 논리가 서로 대립하는 가치이면서도 어떤 면에서는 서로 모순되지 않는 데서 비롯된다. 옥련의 높은 교육 수준과 불일치하는 낮은 계몽성, '인간 존중'과 '여자의 개가'라는 근대적 가치들 간에서 발생한 서사적 마찰과 균열, 국가주의적 사회진화론에 대한 어설픈 언급 등의 텍스트 내적 균열도 궁극적으로 같은 원인 때문에 발생한 것으로 파악된다.

이제까지의 이인직 연구와는 달리, 이 글에서는 이인직을 애국계몽이나 친일의 어느 한쪽 노선으로 단정 짓지 않았다. 종국적으로 그가 친일 정치가로 변해간 것은 분명한 역사적 사실이지만, 적어도 <혈의 누> 집필 때의 이인직은 계몽의 논리와 식민화의 논리 사이에 존재하는 혼란스러움에서 완전히 벗어나지 못했을 가능성에 무게를 둔 것이다. 그리고 그런 흔적들을 <혈의 누> 텍스트에서 찾아보려 하였다.

당시의 어느 누구라고 역사의 전개 방향을 미리 알았겠는가? 이인직은 자신에게 주어지는 사회적 역할이 무엇이든 기꺼이 그 역할 속으로 미끄러져 들어가 안착하기 위해 애썼고, 그러면서 정신적으로 남루하고 불쌍한 식민지인으로 전락했다. 명성도 지위도 갖지 못한 채 나이 먹고 늙어갈수록 이인직은 자신의 존재감을 과시하기 위해 더 과감하게 더 적극적으로 친일에 몰두하였을 것이다.

신소설에 나타나는 반복서술의 기법

1. 신소설 전성기의 인기 작품들

신소설 최전성기

신소설은 오랫동안 특정한 몇몇 텍스트를 대상으로 논의와 연구가 집중되어 왔다. 이인직과 이해조, 최찬식의 <혈의누>, <은세계>, <자유종>, <추월색> 등이 그 대표적인 작품에 해당한다. 연구 대상 텍스트의 폭이 제한될 수밖에 없었던 데는 신소설 연구자들 사이에서 1910년대를 '신소설의 타락기' 혹은 '고전소설로의 퇴행기'로 평가하는 암묵적인 전제가 받아들여지고 있었기 때문이다.[28] 즉 임화가 이해조의 작품을 '정론성의 상실'과 '통속성의 대두'로 요약한 이후, 대부분의 연구자들이 통속성이나 대중성보다는 정론성에 무게 중심을 두고 연구를 진행하게 되었고, 자연스럽게 통속성이 강화되었다고 평가된 1910년대의 신소설에 대한 연구는 미진할 수밖에 없는 상황이 되었다.

그런데 신소설은 간행시기만을 고려할 경우 1912년, 1913년에 최전성기를 맞이했다. 이는 오윤선[29)]이 작성한 '신소설 서지 데이터베이스'에서 쉽게 확인된다. 이에 따르면 간행시기를 알 수 있는 297개 판본의 신소설 중에서 1912년에 가장 많은 46편이, 이듬해인 1913년에 45편이 간행되었다. 그에 비해 1910년 이전의 신소설은 모두 합쳐도 15편 정도에 지나지 않는다. '신소설 어휘사전 편찬'[30)]을 위해 선정한 44편의 신소설 작품만을 대상으로 했을 때도 이와 비슷한 결과를 얻을 수 있었다. 즉 44편의 작품 중에서 1912년에 가장 많은 17편이, 1911년과 1913년에 각각 6편씩이 간행되었다. 또한 이 책 제1장에 수록한 BGN-2019 목록에서도 1912년과 1913년에 가장 많은 신소설 작품이 출간된 사실을 확인할 수 있다. 이런 양적 결과를 놓고 볼 때 1910년대의 신소설 작품에 대한 연구와 논의가 활성화될 필요성은 충분하다고 보인다. 그리고 최근 들어 신소설의 통속성 혹은 대중성에 주목하는 논문들이 여럿 발표되면서 신소설 논의의 대상이 확대되는 추세를 보이기 시작한 것은 다행한 일이다.

수차례 간행된 신소설들

신소설 중에서 <명월정>, <강상촌>, <연광정>은 신소설이 최다 간행되었던 1912~3년에 최초 간행된 후, 여러 차례 거듭 간행된 바 있음에도 불구하고 그동안 소홀히 다루어지거나 거의 주목받지 못한 작품들이다. 먼저 상하합편으로 된 <명월정>은 박이양의 작품으로 1912년 유일서관에서 초판되었다. 그 후 1918년 재판, 1922년 삼판이 나왔다. <강상촌>은 1912년 11월 박학서원에서 초판이 나온 후 출판사를 달리하며 10차례나 간행되어 22판까지 간행이 확인된 <추월색> 다음으로 많은 간행 횟수를 자랑한다. <연광정>은 1913년 9월 신구익지서관에서 초간되었고

1917년에 재간되었다. 이후 1922년 회동서관에서 판을 달리하여 새로 간행되었으며, 이 판본은 1929년에 삼간된 사실이 확인된다. 이로 봐서 <연광정>은 최소 5차례 이상 간행된 작품임을 알 수 있다.

신소설 작품들이 대부분 한두 차례 간행되고 말았던 것[31])에 비해, <명월정>이 3번, <강상촌>이 최소 10번, <연광정>이 5번 간행되었다는 사실은 이 작품들이 당대의 인기 작품들이었음을 방증한다. 이 작품들이 이처럼 대중성을 확보할 수 있었던 데는 다양한 요인이 있을 수 있다. 그중 하나가 반복서술의 문제와 관련된다. 이는 '무엇'을 서술하는가보다는 '어떻게' 서술하는가에 대한 검토이다. 그동안의 신소설 연구가 무엇, 즉 주제나 시대의식, 혹은 내용 등에 집중되어 왔기 때문에, '어떻게' 서술하는가에 대한 검토는 신소설 연구의 방법론적 확장이라 할 수 있다.

제라르 즈네뜨는 이미 서술 빈도에 대한 연구를 통해 반복서술의 문제를 다룬 바 있다. 그는 사건의 반복/비반복과 진술의 반복/비반복을 조합하여 서술 빈도 관계의 네 가지 유형을 간추려 냈다. 서술은 (1) 단 한 번 일어난 것을 단 한 번 말할 수 있고, (2) n번 일어난 것을 n번 말할 수도 있고, (3) 단 한 번 일어난 것을 n번 말할 수 있으며, (4) n번 일어난 것을 오직 한 번 말할 수도 있다.[32]) 이 중 (2)와 (3)이 반복서술에 해당한다. (2)는 반복적으로 발생하는 동일한(혹은 유사한) 사건을 그때마다 다시 진술하는 경우이며, (3)은 단 한 번 일어난 일을 n번에 걸쳐 재차 진술하는 경우이다. 반복서술의 문제를 해명하는 과정에서, 앞서 언급한 세 편의 신소설에 이외에 <마상루>, <황금탑>, <월하가인>, <쌍옥적>, <추월색>, <검중화> 등의 작품들[33])을 함께 논의에 포함하였다.

2. 동일(혹은 유사) 사건의 반복 구성

정신적 구조물로서 반복

반복은 동일성에 대한 인식이다. 즉 독립적이고 불연속적인 대상들이 동일하다고 판단되거나 느껴질 때 우리는 반복을 말하게 된다. 하지만 그 동일성이 완벽한 일치를 말하는 것은 아니다. 제라르 즈네프는 반복을 정신적 구조물이라고 정의하면서 이렇게 말했다. "이 정신적 구조물은 발생시마다 서로 공통되는 어떤 요소들만을 간직하기 위해 그 자체에 특수하게 딸리는 것들을 배제시켜 버린다."[34] 한마디로 반복이란 완벽한 일치를 의미하지 않는다. 그것은 어떤 특정한 일부 요소의 동일성에 근거하기 때문에 다른 요소들은 같지 않을 수도 있다. 그렇기 때문에 이 글에서 '동일한 사건' 혹은 '똑같은 사건의 반복'이라고 말하는 것은, 제라르 즈네프가 그랬던 것처럼 유사성과 공통점만을 고려한 여러 가지 비슷한 일련의 사건들의 연속을 가리킨다.

〈마상루〉의 반복서술

신소설의 서사는 주인공이 겪는 고난의 반복과 해결로 이루어진 경우가 많다. 특히 여성 인물이 주인공으로 등장하는 경우는 더욱 그러하다. 〈마상루〉(BGN-2019 : 217)는 임오군란을 피해 피난길에 오른 이씨부인이 중심인물로 등장한다. 신소설 속의 많은 여주인공들이 '집'(혹은 가정)이라는 공간을 벗어나게 되면 곧바로 고난과 위기 상황에 직면했던 것처럼, 이씨부인에게도 집 밖의 세계는 위험천만한 공간이며 그녀에게 닥치는 수난은 한 번으로 그치지 않고 여러 차례 거듭된다.

사건1 : 떠거머리 말꾼 총각에 의한 겁탈의 위기와 탈출
사건2 : 외딴집 아들에 의한 강제 혼인의 위기와 구출
사건3 : 홍평양의 남동생 홍진사에 의한 겁간의 위기와 모면
사건4 : 남편 권도사에 의한 겁탈의 위기와 남편이라는 사실의 인지

이씨부인에게 닥친 위기는, 위에 보인 것처럼 <마상루> 전체를 통해 4번이나 반복된다. 길에서 만난 사람들은 하나 같이 이씨부인을 겁탈하려 하거나 억지 혼인을 강요하는 사람들이고, 이씨부인은 그때마다 기지를 발휘해서 위기를 벗어나게 된다. 4번째의 위기는 남동생의 장난에 의한 것으로 독자가 느끼는 긴장감의 정도는 다른 위기 상황들과 다르지만, 그것 역시 남편과 이씨부인이 서로가 누구인지 모르는 상황에서 겁간의 위기가 조성된다는 점에서 인물들이 느끼는 긴장감은 같다고 할 수 있다.

<마상루>는 이처럼 독립적이고 개별적인 4개의 사건들이 앞뒤로 연결된 구조이다. 앞 사건이 뒤에 오는 사건을 일으키는 계기가 되기는 하지만, 실제로 사건들은 밀접한 관련성이 없는 개별적인 이야기로 읽힌다. 이씨부인을 위기에 빠뜨리는 마부총각, 외딴집 아들, 홍진사, 남편 권도사 등은 각 사건의 고유한 인물들이다. 그들은 각자가 맡은 사건이 해결되고 나면 서사 현장에서 완전히 사라져 버린다. 그리고 각 사건은 다음 사건의 전개에 어떤 영향도 미치지 않게 된다. 작품은 계속되고 있지만 사건은 하나씩 완전한 종결을 맞는다. 네 사건은 그만큼 독립적이고 불연속적이다.

그런데 이런 독립적이고 불연속적인 사건들은 한 여성 인물이 겪는 겁간의 위기와 그것의 해소라는 주제적 · 구조적 동일성을 가지고 있다. 이런 동일성 때문에 독자는 그것들이 '반복되는 사건'이라고 느낀다. 서술

기법의 측면에서 보면, 이는 동일한(혹은 유사한) 사건이 반복됨에 따라 그 횟수만큼 진술도 반복되는 유형으로 분류할 수 있다. 이런 유형의 반복 서술은 일종의 '사건의 반복 구성'에 해당한다.

사건의 반복 구성은 즈네뜨가 사건의 반복/비반복과 진술의 반복/비반복을 조합하여 제시했던 서술 빈도의 4가지 유형 중에서, n번 일어난 사건을 n번 말하는 경우에 해당한다. 이는 사건이 일어난 만큼 진술을 반복하는 경우(nN/nS)인데, 즈네뜨는 이런 경우를 한 번 일어난 것을 한 번 서술하는 '일회적 서술'(1N/1S)과 같이 보면서 중요하게 다루지 않았다. 그러나 우리나라의 구전설화 중에는 <쥐들의 도강>처럼 '끝나지 않는 이야기'를 표방하면서 사건의 반복 구성을 중요한 서술기법으로 활용하는 형식담들이 존재하며, 신소설 중에도 <마상루>의 경우처럼 '사건의 반복 구성'이 서사 구성의 중요한 부분을 차지하는 경우가 좀 더 확인된다.

〈명월정〉의 반복서술

<명월정>(BGN-2019 : 243)은 기혼자인 허원이 기구한 사연의 채홍을 만나 그녀가 원수를 갚도록 도와주고서 그녀에게서 자식을 얻게 된다는 이야기이다. 하지만 허원이 채홍을 만나는 과정이나 원수를 갚도록 그녀를 돕는 과정은 소설의 핵심 이야기가 아니다. 이 부분은 서술적 장식 효과를 노린 부수적 첨가적 이야기처럼 읽혀진다. 작가는 근대 문명의 아이콘이던 기차, 신문, 혹은 근대적 사법제도 등을 이 부분의 서술에 끌어들임으로써 신소설로서의 장식적 효과를 극대화하는 데 주력한다. 예컨대 허원이 경의선 기차를 타고 개성을 오가는 장면을 필요 이상으로 자세히 서술한다거나, 채홍의 원수인 진치보 일당이 근대적 사법제도를 통해 처

벌받는 과정을 과도하게 설명하거나 심지어는 채홍의 고소장을 전문 그대로 장황하게 인용하는 것에서 그런 의도를 확인할 수 있다.

그렇기 때문에 <명월정>의 핵심 서사는 허원의 이야기가 아니라 채홍의 이야기 쪽으로 기운다.[35] 실제로 작품의 후반부는 거의 채홍을 중심으로 전개된다. 허원의 역할은 재판소에서 진치보 일당이 어떻게 처결되는지 확인하는 부분에서 끝나고, 이후부터는 채홍을 중심으로 작품이 마무리된다. 채홍이 고소장을 접수하고, 남동생 상순을 다시 만나고, 송이를 낳고, 그리고 자결하는 사건들이 모두 채홍에 관한 것들이다. 결국 <명월정>은 허원의 이야기에서 시작해서 채홍의 이야기로 끝나며, 전체적으로 볼 때도 허원보다는 채홍에 초점이 맞춰져 있는 것이다. 채홍의 이야기를 들어주는 수동적인 역할에 머무는 허원은 그녀의 이야기를 끌어내기 위한 서사적 장치이다.

그런데 <명월정>의 핵심 서사인 채홍에 관한 이야기 부분에서도 '동일(유사) 사건의 반복 구성'이 확인된다. 기생조합소의 문제점을 지적한 신문기사를 읽으면서 크게 탄식하는 허원의 모습을 보면서, 채홍은 허원이 자신의 원통한 사연을 설원해 줄 수 있을 것이라고 여긴다. 그래서 그에게 자신의 기구한 사연을 털어놓기 시작한다. 이야기는 플래시백 기법을 통해 삽입된다. 그 이야기에 따르면, 채홍은 정덕여학교를 다니는 신여성이지만 아버지는 빚쟁이에 술주정뱅이다. 결국 아버지 때문에 파산하게 된 채홍의 가족은 연안으로 이사를 가게 된다. 다른 신소설의 여성 주인공들과 마찬가지로, 채홍 역시 길로 나서는 순간 죽음과 정절을 빼앗길 수난 상황에 반복적으로 노출된다.

채홍의 첫 번째 수난 사건은 연안으로 이사 가는 배 안에서 발생한다. 뱃사공들은 수적으로 돌변하여 부모와 오라비를 강물에 던져 죽이고 재물을 취하며, 김치보라는 자는 채홍의 미색을 탐하여 겁탈하려 든다. 채홍은 김치보를 달래서 겁탈의 위기를 지연시키지만 끝내 김치보는 채홍을 목 졸라 죽인 후 도망쳐 버린다. 하지만 채홍은 운좋게 죽지 않고 살아남아 변시복 일행에게 구출된다. 그리고 두 번째 수난 사건이 이어진다. 채홍은 자신을 구원해 준 변시복에게 자신의 원수를 갚아줄 것을 청원하지만, 변시복은 원수갚음을 빌미로 채홍에게 내외가 되어 살자고 한다. 이에 채홍은 부모의 원수를 갚겠다는 일념으로 변시복의 제안을 받아들인다. <마상루>의 이씨부인이 외딴집 아들로부터 강제 혼인의 위기를 맞았던 것처럼, 채홍도 마음에 없는 억지 혼인의 위기에 처하게 된 것이다. 변시복은 채홍을 모처에 숨겨두고 성례를 서두르는데 시복의 처가 이를 눈치 채고 채홍을 송도 기생조합소에 팔아먹어 버린다.

채홍의 세 번째 수난 사건은 송도 기생조합소로 팔려온 이후에 발생한다. 이 사건은 서사적 현재로 제시되며, 플래시백 기법으로 제시된 앞의 두 사건보다 앞서 서술되어 있다. 채홍은 기생조합소로 팔려가 기생되기를 종용받으며 힘들게 지내는데, 이런 와중에 늙은 중매쟁이 김덕의 속임에 빠져 허원을 만나게 된다. 그들은 서로를 홀아비와 과부라고 소개받는다. 채홍이 중매쟁이의 위계에 휘말려 허원의 첩이 될 뻔한, 잘못된 혼인의 위기에 빠지는 것이다. 물론 독자의 입장에서는 그 위기가 심각한 것이 아님을 어느 정도 눈치 챌 수 있지만 채홍의 입장에서는 심각한 위기상황이 아닐 수 없다. 허원이 신문기사를 보고 탄식하는 모습을 보고 나서야, 채홍은 허원을 믿게 되고 자신의 억울한 사연을 털어놓게 된다. <마상루>의 네 번째 사건에서 이씨부인이 자기를 겁탈하려고 하는 사람이 남편 권도사임을 인지하게 되면서 위기가 해소되는 것처럼, 채홍의 위기도 허원을 믿게 되면서 자연스럽게 해소되는 것이다. 이상을 간단히 정리해 보면 아래와 같다.

사건1 : 김치보에 의한 겁탈과 죽음의 위기, 그리고 구출
사건2 : 변시복에 의한 억지 혼인의 위기와 해소
사건3 : 기생 혹은 허원의 첩이 될 위기와 해소

이처럼 <명월정>의 핵심서사는 3번에 걸친 채홍의 수난 사건들로 구성되어 있다. 이 사건들은 모두 정절의 훼손 혹은 억지 혼인이라는 내용의 동일성에 기반한다. 이런 내용 상의 동일성으로 인해 독자들은 이 사건들이 반복된다는 느낌을 받는다. 특히 채홍은 "부모의 강제로 무식한 야만과 혼인시키거나 또 남의 첩으로 팔아먹으려면 죽어도 거절"해야 한다는 여학생 때의 배움을 마음 속 깊이 새기고 있는 인물이다. 그렇기 때문에 그녀가 겪는 수난의 성격은 정절의 훼손이나 억지 혼인의 위기상황을 중심으로 파악될 수밖에 없다. 그리고 이에 따라 반복 구성의 느낌 역시 더욱 강화될 수밖에 없다. 이처럼 반복되는 사건과 반복되는 진술은 최근의 컴퓨터게임의 서사나 혹은 '데이터베이스 서사'의 무한 루프(infinitive loop) 형식을 떠올리게 만든다. 결국 <명월정>은 채홍이 겪는 수난 사건의 반복적 구성이 작품의 중심을 이루는 여성 수난 소설에 해당한다. 그리고 일정한 조건이 충족되어야 무한 루프의 반복에서 벗어날 수 있듯이, 채홍은 허원이라는 구원자를 만나게 되면서 수난 사건의 반복으로부터 탈출하게 된다.

〈황금탑〉과 〈검중화〉의 반복서술

<황금탑>이라는 작품에서도 '사건의 반복 구성'을 확인할 수 있다. <황금탑>(BGN-2019 : 950)은 배오개장터의 황문보에 관한 이야기이다. 황문보는 흉년이 들었던 어느 해 화전민 생활을 청산하고 서울로 올라온,

돈을 쫓아 동분서주하는 막벌이꾼이다. 개미가 금탑을 모으듯 열심히 일하지만 그는 거듭 파산지경에 이르게 되는데, 작품의 전반부는 3번에 걸친 황문보의 파산 이야기로 채워져 있다.

생일날인데도 돈벌이를 위해 다른 사람의 돈심부름을 하던 황문보는 막걸리 한 잔 하러 색주가에 들렀다가 가진 돈을 몽땅 털리게 된다. 색주가의 계집이 어수룩한 황문보를 만취케 하여 돈을 빼돌린 것이다. 이 일로 그는 어렵사리 장만한 집문서를 날리고, 잘 다니던 짐방에서도 쫓겨나 결국 첫 번째 파산을 경험하게 된다. 그 후 황문보는 일숫돈을 내서 인력거를 사가지고 다시 막벌이를 시작하며, 그의 처도 빨래며 침선 등으로 살림을 보탠다. 그렇게 일 년이 지나 돈이 좀 모였을 때쯤 문보는 외국인 위조지폐 사기사건에 걸려들어 빚을 지고 다시 파산에 이른다. 그렇지만 황문보는 또다시 약방 주인 변주부 집에서 드난살이를 하며 재기를 노린다. 그러다 운 좋게 변주부 집 아궁이에서 돈 가방을 주워 횡재하게 된다. 횡재 후 고향으로 돌아온 황문보는 변주부의 계책에 빠져 횡재한 돈을 전부 그에게 내주고 세 번째 파산에 이른다. 이 일로 황문보의 처는 화병이 들고 문보는 녹용 심부름꾼으로 전락한다.

> 사건1 : 짐방꾼 문보가 색주가에서 술에 취해 돈을 전부 털린 후 파산
> 사건2 : 인력거꾼 문보가 외국인 위조지폐 사기에 휘말려 파산
> 사건3 : 드난꾼 문보가 변주부의 계략으로 횡재한 돈을 내주고 파산

이 사건들은 모두 성실하게 돈벌이를 하던 황문보가 술수, 사기, 계략에 걸려 돈을 잃고 파산하는 과정을 다룬다. 즉 성실하게 돈벌이를 하는 주인공이 비슷한 위계에 걸려들어 파산한다는 사건 내용의 동일성에 기초하고 있는 것이다. 그렇기 때문에 황문보의 파산은 반복된다는 느낌을

강하게 준다. 유사(동일) 사건들을 연속 배치하는 '사건의 반복 구성' 방식을 통해 <황금탑>은 황금만능주의 세태와 돈에 대한 인간의 욕망을 적절히 드러내 보여줄 수 있게 된다.

이밖에 '사건의 반복 구성'은 <검중화>(BGN-2019 : 058)●에서도 활용된다. 주인공 리담용의 영웅담은 작품 속에서 3차례 반복되는데, 이는 모두 리담용이 도적을 굴복시키고 선량한 사람들을 구한다는 유사한 내용들이다. 즉 리담용이 송파강에서 관악산 도적을 굴복시키고 봉희의 원수를 갚아준 후, 지리산 청학동으로 이동하여 그곳의 도적을 감화시키고 섬옥을 구출하며, 또 인제군 한계산에서 두 대적(큰 도적)을 굴복시키고 한계촌 사람들을 구원한다는 이야기가 반복 구성을 통해 서술된다. <검중화>에서 '사건의 반복 구성'은 이담용의 영웅적 자질을 드러내 보여주는 역할을 한다. 하지만 그것으로 끝이다. 이담용은 그 이상의 영웅적 행동에 나서지 않으며, 본부인 윤씨를 설득하여 봉희와 섬옥을 집안으로 맞아들이면서 작품은 끝난다. 한마디로 주인공의 영웅적 자질을 드러내는 일화들이 <검중화>의 핵심적 서사가 되어 버린 것이다.

신소설에 나타나는 '사건의 반복 구성', 즉 유사(동일)한 사건의 반복과 그것에 대한 서술의 반복 문제를 사례 중심으로 살펴보았다. 이는 180종에 이르는 신소설 전체 작품 중에서 10여 작품을 검토하여 찾은 사례들로, 사건의 반복 구성은 더 많은 작품에서 유사하게 활용되었을 가능성이 높아 보인다.

●<검중화>는 내용과 문체 면에서는 다분히 고소설적이다. 하지만 플래시백 기법을 적극 활용하는 등 서술기법 면에서는 신소설에 가깝다. 따라서 신소설과 구소설을 가르는 작업은 무엇을 강조하느냐에 따라 결과가 달라질 수 있다. 뿐만 아니라 천정환의 연구가 보여주듯이, 구활자본으로 출간된 신소설과 고전소설은 그것을 소비하는 대중의 인식에서는 구별되지 않았을 가능성이 많으며, 특히 1920년대의 '신문학'에 대비해서 양자는 동일한 범주의 소설로 인식되기도 했다.

3. 축약적 반복서술

1회 발생 사건의 n번 서술하기(nN/1S)

단 한 번 일어난 일을 여러 차례 반복적으로 진술하는 것은 앞장에서 다룬 '사건의 반복 구성'과는 다른 형태의 반복서술이다. 이는 "전통소설에서는 드물지만 모던 소설에서는 흔히 쓰인다. 『질투』에서는 지네의 죽음이 스타일의 변화와 함께 몇 번씩 서술되고 포크너의 『음향과 분노』에서는 여러 서술자에 의해 같은 사건이 여러 번 서술된다. 또한 한 인물의 회상과 예상 속에서도 한 번 일어난 일이 반복서술될 수 있다."36) 그런데 이런 반복서술은 신소설에서도 자주 등장한다. 우선 신소설 <명월정>에 나오는 반복서술의 한 사례를 살펴보기로 하자.

기차는 남대문역을 몇 번 떠났나?

<명월정>은 주인공 허원이 탄 기차가 개성을 향해 남대문역을 출발하는 데서 작품이 시작된다. 그런데 이상한 점은 이러한 시작이 작품 내에서 2번에 걸쳐 반복된다는 점이다. 즉 기차가 남대문역을 출발하여 개성역에 도착하는 장면과 인력거를 탄 채 슬픔에 잠겨 있는 채홍의 모습이 두 번에 거쳐 서술되고 있다.

[8] 경의철로 남디문역에서 긔적 일셩에 북힝차 승긱들이 션로 좌우로 산쳔경긔와 도회 촌락을 구경ᄒᆞᄂᆞᆫ듸 그 감응되ᄂᆞᆫ 것이 쳔틱만상이라 룡산 수식 일산 문산 장단 지나셔셔 긔셩역에서 차에 나려 고도 산쳔 바라보니 고젹이 분명ᄒᆞ다 (명월정, 1)

[9] 골목에 울긋불긋 긔를 들고 난우난 난우난 덩덕쑹 덩덕쑹 호각 소
리 쎅르락 ㅎ더니 인력거 우혜 웃둑 셔셔 머이라 머이라 ㅎ는 것은 이쎡
기싱연주회에서 광고ㅎ는 판이라 민뒤 인력거에 흔 기싱이 쳘련흔 한을
씌여 슬푼 눈물을 머금고 짜만 굽어보며 쯰을녀 가는 것을 엇진 곡졀을
알고져 ㅎ더라 (명월졍, 2)

[10] 힝장을 수습ㅎ여 가지고 남듸문역에 나아가 북힝 렬차를 탑승ㅎ
고 기셩 졍거장에셔 차를 나려 인력군을 부른다 (명월졍, 15)

[11] 호젹 소리 난우나 난우나 장고 소리 덩덕궁 덩덕궁 기싱연주회라
쓴 긔 뒤에 인력거 탄 기싱이 눈물 흔젹이 잇는 얼골을 들지 아니ㅎ고
쯰을녀 가는 것을 보고 즁심에 ㅎ오되 뎌 계집은 아마 슉부기인가 보다
(명월졍, 19)

인용문 [8]은 작품의 시작 부분으로, 남대문역을 출발한 경의선 열차
가 개성에 도착하여 승객들을 내려놓는 장면이다. 이 기차 편으로 개성
에 도착한 허원은 기생연주회 광고 행렬에서 슬픔에 잠긴 한 기생을 목
격하게 된다. 그것은 인용문 [9]에 서술되어 있다. 그런데 인용문 [10]에
서 허원은 다시 남대문역을 떠나는 기차를 타서 개성역에서 내린다. 그
리고 인용문 [11]에서는 기생연주회 광고 행렬과 슬픔에 잠긴 기생을
다시 목격한다. 즉 [8][9]의 서술이 [10][11]에서 반복서술되고 있는 것
이다.

<명월졍>의 시작 부분에 나오는 이 반복서술은, 사건의 반복에 따른
진술의 반복(nN/nS)으로 읽혀질 여지가 전혀 없는 것은 아니다. 즉 두 번
에 걸친 허원의 개성행을 각각 따로 서술한 것으로 볼 수도 있다. 하지만
작품 속에서는 그런 정황이 잘 파악되지 않는다. 따라서 이것은 즈네뜨
가 '반복적(repeating) 서술'이라 불렀던 경우에 해당한다고 보는 것이 타당

하다. 즉 한 번 일어난 사건이 어떤 서술적 목적을 위해 2회 반복서술되는 경우(2N/1S)에 속한다.

<명월정>의 작가는 서술의 초점을 달리하는 형식으로 동일한 사건을 두 번에 걸쳐 서술했다. 그리고 여기에는 작가의 서술전략이 개입되어 있다. 인용문 [8][9]는 허원이라는 인물이 아직 소개되지 않은 상태에서 전지적 서술자에 의한 서술이 이루어진다. 이때의 서술은 경의선 열차와 승객 일반에게 초점이 맞추어진다. 초점화 대상이 경의선 열차와 주변 풍경에 넋을 뺏긴 탑승객들인 셈이다. 하지만 [10][11]에 와서는 주인공 허원에게 서술의 초점이 맞춰진다. 이는 허원에 대한 소개, 즉 허원이 경성학당을 졸업한 후 일본어 통역으로 돈을 벌었고 또 일본군 토벌대에 자원하여 군주사로 종군하다가 집으로 돌아온 후에 자손을 낳아 줄 후실을 구하려 한다는 10여 쪽에 걸친 긴 인물 소개를 하고 난 이후에 서술된다.

인용문 [8][9]와는 달리, [10]에서는 허원이 초점화 대상으로 부각되며, [11]에 이르러서는 허원이 초점화자가 되어 그의 눈에 비친 기생연주회 광고 행렬이 서술된다. 실제로 [8][9]와 관련된 부분에서는 허원을 '일위 소년'이나 '객' 등으로 표현하였지만, 서술의 초점주체가 달라진 [10][11]의 2번째 서술에서는 '객'이라는 표현이 '허원'으로 분명하게 명시된다. 결국 인용문 [10][11]은 사건의 반복에 따른 진술의 반복, 즉 '사건의 반복 구성'이라고 보기보다는 인용문 [8][9]를 서술 초점을 달리하면서 비슷한 길이로 재진술한 반복서술이라 보는 것이 타당하다.

그런데 작가가 서사 흐름 상의 약간의 애매모호함을 무릅쓰고 이런 반복서술을 통해 작품을 두 번 시작하는 이유는 무엇일까? 그것은, 앞서도 잠깐 언급했던 것처럼, 당시 신문물의 총화로 떠오른 경의선 열차와 열차 여행의 감흥을 강조하기 위한 서술 전략으로 이해될 수 있다. 열차와 탑승객들을 조망하는 멀고 높은 곳의 시선을 통해 근대적 신문명의 이기를 소개하면서 작품의 참신성과 새로움을 보장받으려 했을 것이다. 인용문 [8][9]에 이어지는 개성의 산천과 고적을 서술하는 부분에서도 서술자는 여전히 멀고 높은 곳의 시점을 유지하는데, 이는 근대적 신문명의 수혜를 받은 자의 은근한 자신감의 표현으로 해석된다. 작가가 인용문 [10][11]에서 작품을 곧바로 시작하지 않고 인용문 [8][9]를 앞쪽에 덧붙인 이유가 어느 정도 드러난다.● 결국 열차라는 신문명을 끌어들여 신소설의 소재적 새로움을 강조하고자 하는데 반복서술의 의도가 숨어있는 것이다.

●열차라는 신문물을 작품의 서두에 내세워 신소설로서의 새로움을 강조하고자 한 것은 <화중화>도 마찬가지이다. 창낭자라는 주인공은 어느날 십삼도 여행을 결심한 후 용산역에서 경부선 열차를 타고 대전, 대구, 부산을 거쳐 서울로 돌아왔다가 다시 북쪽으로 도보여행을 떠났다. 그런데 실상 부산으로 향하는 기차여행 부분은 작품에서 별다른 서사적 기능을 담당하지 않는다. 오히려 이야기의 본격적인 시작은 주인공이 기차여행을 마친 후에 다시 도보로 평양행 여행을 떠나면서부터라고 볼 수 있다.

봉희는 두 번 죽으려 했는가?

<검중화>에도 이와 유사한 패턴의 반복서술 사례가 보인다. <검중화>의 봉희는 남편의 원수를 갚기로 맹세한 기한을 3일 남겨두고 문득 칼을 들어 자살하려 한다. 그러다가 비록 3일이 남았지만 그 사이에 원수를 갚아줄 영웅이 나타날지도 모른다는 생각을 하면서 마음을 돌려먹는다. 그런데 봉희가 자살을 하려다 마음을 고쳐먹는 이런 장면은 30여 페이지 뒤에서 그대로 반복서술된다.

[12] 칼을 드러 주문코자 ᄒ더니 쿨을 멈추고 다시 속으로 싱각ᄒ야 (…중략…) 숨일리 남엇스니 혹 숨일 동안에나 하늘니 불상이 역기샤 영

웅을 지시 호실는지 웃지 알 수 잇스리요 슘일만 더 기다려 보왓다가 죽
으미 늣지안타 하고 하늘을 우러러 암츅호다 (검중화, 3)

　　[13] 칼를 드러 자문코자 호다가 다시 칼을 멈추고 (…중략…) 쏘는 슘
일이 남아쓰니 슘일 안에 의기잇는 영슈를 만나 원슈를 갑풀지 웃지 알
수 잇스리요 호고 하늘게 암츅호더니 (검중화, 31~32)

　인용문 [13]은 봉희에 대한 인물 소개, 즉 혼례식 날 갑자기 난입한 불
한당들이 신랑을 죽이자 그 원수 갚음을 맹세하는 봉희의 사연이 플래시
백을 통해 제시되고 난 후의 반복이다. 이는 <명월정> 서두의 반복서술
이 허원에 대한 인물 소개를 가운데 두고 반복되는 것과 같은 패턴이다.
하지만 <검중화>의 반복서술은, 초점대상과 주체가 달라졌던 <명월정>
의 경우와는 달리, 서술기법의 변화가 수반되지 않는다. 그것은 봉희에
대한 긴 인물 서술이 끝난 뒤, 독자를 다시 원래 이야기 지점으로 돌아가
게 하는 기능을 할 뿐이다.

축약의 방식

　1910년대 신소설은 '반복적(repeating) 서술'을 많이 활용한다. <명월정>
에는 앞서 논의한 경우를 제외하고도 12곳에서 반복서술이 나타난다.
<명월정>뿐만이 아니다. <강상촌> 10군데, <황금탑> 8곳, <월하가인>
7곳, <쌍옥적> 6곳, <연광정> 7곳, <추월색> 4곳, <마상루> 2곳 등에
서도 반복서술[37])의 기법이 쓰였다. 이들 대부분은 <검중화>의 경우처
럼, 서술적 기법에 대한 고려 없이 앞선 사건을 간략히 축약하여 단순 언
급 수준에서 재진술한다. 그렇기 때문에 <명월정> 서두의 반복서술은
특별한 경우로 볼 수 있다. 이 글에서는 신소설에서 한 번 일어난 일을

여러 차례 반복 진술(nN/1S)하는 것을 '축약적 반복서술'이라고 부르겠다.

신소설에서 확인되는 두 번째 유형의 반복서술이 축약(Contraction)적 형식으로 이루어진다고 할 때, '축약'이란 이미 서술된 사건 혹은 에피소드에 대한 축약을 말한다. 축약은 즈네뜨가 서술의 길이를 논하기 위해서 사용했던 '요약(Summary)'이라는 용어와 구별할 필요가 있다. 즈네뜨의 요약은 스토리의 지속시간과 서술의 지속시간을 비교해서 후자가 전자보다 짧은 경우를 지칭하며, 이는 극적 생략(Ellipsis), 묘사적 멈춤(Pause), 장면(Scene) 등의 개념과 함께 논의된다. 하지만 여기서 말하는 '축약'이란 스토리의 지속시간에 대한 고려 없이 앞서 서술된 것들을 뒤쪽에서 짧게 정리해 다시 서술하는 것을 말한다. 그렇기 때문에 축약된 서사적 사건들은 앞에서 이미 자세하게 서술된 것들이다. 그렇다면 어떤 방식으로 축약되는가? 다음 인용문은 축약의 한 사례를 보여준다.

> [14] 군심이가 문보와 갓치 록용 삭짐을 지고 셔울을 가던 말로 삼산평에셔 문보 잠자던 말로 졔가 먼저 갓다 친구 맛나 용 팔너 가던 말로 문보를 츳다가 못 맛난 말이며 용갑을 츠지러 직동대관의 집으로 가니 지시ᄒ던 친구놈이 먼져 밧아 가지고 도망흔 일이며 즈긔가 그 디경을 당ᄒ고 고향에를 못 드러가고 써돌던 일쟝을 말흔 후 (황금탑, 86)

위의 인용문은 신소설 <황금탑>에서 변주부와 최군심 사이의 대화를 서술자가 축약 서술하는 대목이다. 최군심이 황문보와 함께 녹용 삿짐을 지고 나섰다가 겪게 되는 일련의 사건들이, "~하던 말로, ~하던 말로, ~한 일이며"의 형식으로 축약되어 재언급되고 있다. 물론 여기 언급된 사건들은 이미 작품 앞쪽에서 자세하게 서술되었던 사건들이다. 최군심이 겪었던 일련의 사건을 일일이 다시 나열하는 대신, 그냥 "최군심이는 그간 겪은 황당한 일들을 무용담을 이야기하듯이 변주부에게 털어놓은 후"라

● 실제로 신소설에서도 사건의 축약을 통한 반
복서술 기법을 사용하지 않는 예도 나온다.
다음 예문에서는 사건을 축약적으로 반복 서
술하지 않는 대신, '그날 일', '그날 쇼경력'
등의 지시적 언급을 활용한다. "리협판이 비
로소 의졉이 풀녀서 그날 일을 말ᄒ니"(현미
경, 157), "지금 너를 딕면ᄒ닛가 쭉 죽엇든
것을 다시 맛는 것 갓구나 ᄒ고 그날 쇼경력
을 말ᄒ니"(현미경, 162).

고만 해도 충분하게 의미파악이 가능한 대목이다.● 그럼에도 불구하고 서술자는 이것들을 하나하나 다시 짚어간다. 즉 전술된 사건들을 의도적으로 재진술하고 있는 것이다. 서술자에 의한, 이런 축약적 반복서술의 유형은 <명월정>, <연광정>, <마상루>, <월하가인>, <강상촌> 등에서 두루 나타난다.

인물의 발화를 통한 축약적 반복서술

신소설에서는 인물의 발화를 통해 제시되는 반복서술도 자주 보인다. 아래 인용문 [15][16]이 그런 예이다.

[15] 졔가 살기는 회양 속싀올이라 ᄒ는 곳에 사옵는듸 록용 삭짐을 지고 셔울로 올나오다가 동소문 밧 삼산평에셔 줌시 쉬는듸 졸음이 폭폭 오기에 ᄀᆞᆺ치 오던 사름다려 록용에 붓쳐질을 ᄒ라 ᄒ고 잠을 자다가 ᄭᅢ여 보니 록용도 업고 그 사름도 부지거쳐기에 보는 사름마다 물어 보ᄉᆞᆸ 지지신지 가셔는 종적을 차질 슈 업셔 사면 약국마다 무러보고 근쳐 집마다 탐지ᄒ야 보아도 인히 알 슈가 업셔 밤을 엇겨녁에 뵈옵던 그 담 밋헤셔 식오고 다시 나셔 차즈 보즈는 작졍인듸 로즈ᄭᅡ지 그쟈가 가지고 간 ᄭᅡ닭에 빅가 곱하셔도 밥도 못 사 먹고 죽을 곤경으로 잇습더니 (황금탑, 59)

[16] 뎌는 만쥬장사ᄒ는 김틱쥰이온듸 만쥬를 팔나 다니다가 이곳에 와 본즉 왼놈이 뎌 녀즈를 이곳에셔 겁박코져 ᄒ는 것을 보고 구원치 아니홀 슈 업셔 급흔 마암으로 뎌곳에셔 슌슛씌셔 노름군을 포박ᄒ야 가지고 이곳으로 오신다고 그놈을 속겻더니 도적이 졔 발이 졀이다고 그놈이 고만 단도와 뎌 녀자 퇴엿든 인력거까지 ᄂᆞ버리고 다라는 고로 뎌 녀자

를 그 집에까지 다려다 쥬고져 ㅎ야 이약이ㅎㄴ 즁이을시다 (연광정, 14)

인용문 [15]는 <황금탑>의 주인공 황문보가 녹용 삿짐을 지고 서울로 가다가 녹용을 잃어버리고 그것을 찾아 헤매는 과정에서 우연히 만난 여인에게 자신을 소개하는 말이다. 그리고 인용문 [16]은 <연광정>의 주인공 김태준이 인력거꾼에게 겁탈당할 위기에 처한 이금자를 구해준 후 순사에게 사건 경위를 설명하는 말이다. 인용문 [15][16]은 모두 앞쪽에서 자세하게 서술된 서사적 사건을 주인공의 입을 통해 다시 한 번 축약적으로 진술하게 하는 반복서술의 한 양상을 보여준다.

신소설에서는 핵심 인물이 새로운 인물을 만나거나 혹은 헤어졌던 사람을 오랜만에 재회하게 되면, 그동안 자신에게 일어났던 일들을 축약적으로 진술하는 장면이 많이 나온다. 물론 이때 진술하는 내용은 작품의 앞쪽에서 이미 자세하게 서술되었던 사건이나 에피소드인 경우가 대부분이다. 앞에서 서술되지 않은 사건이나 새로운 서사적 정보가 언급되는 경우는 거의 없다고 판단해도 된다. 따라서 인물의 발화를 통한 반복서술은 굳이 시시콜콜 재언급하지 않아도 서사 전개에 큰 지장을 초래하지 않는 내용들이다. 그럼에도 불구하고 작가는 인물의 발화를 통해 전술한 사건들을 축약 정리해 준다.

편지나 유서를 통한 축약적 반복서술

신소설에서는 편지나 유서 등도 전술한 사건들을 축약해 재진술하는 서사적 장치로 자주 활용된다. <마상루>에서 이씨부인이 홍평양에게 보내는 구원요청 편지나 <명월정>의 채홍이 남긴 유서 등이 축약적 반복서술의 전형적 사례에 속한다. 그밖에 신소설에서는 신문기사의 형식이나, 고발장 혹은 판결문 형식을 빌린 반복서술도 많이 나타난다.

전체축약 반복서술

반복서술과 관련하여 좀 더 흥미로운 것은, 전술된 서사 내용 전체가 재진술되는 전체축약 반복서술이다. 전체축약 반복서술은 앞서 논의했던 반복서술의 유형들이 일부 서사적 사건에 대한 선택적 반복이었던 점과 다르다. <강상촌>에는 전체축약 반복서술이 두 차례나 나온다. 첫 번째는 김씨부인이 김춘보를 살인자로 경찰에 고발하는 장면으로 세 페이지에 걸쳐 계속된다.(강상촌, 28~30) 여기서 김씨부인은 전술된 사건 전체를 축약하여 경찰에 진술한다. 두 번째는 역시 김씨부인이 재판소 사령에게 김춘보의 저간의 행적을 진술하는 장면이다.(강상촌, 120~122) 이 장면은 우여곡절 끝에 남편을 만나게 된 김씨부인이 자신의 고발로 살인 혐의를 쓰고 재판을 받게 된 김춘보가 사실은 남편을 죽이지 않았음을 고쳐 증언하는 부분이다. 이 부분에서 김씨부인은 김춘보를 살인혐의로 경찰에 고발하던 사건을 포함해서 전술된 서사 전체를 축약된 형태로 다시 되풀이한다. <황금탑>에도 전체축약 반복서술이 보인다. 큰 부자로 귀향한 주인공 황문보를 시기하는 난봉꾼들의 대화를 통해 황문보에게 일어났던 모든 사건들이 두 페이지에 걸쳐 반복 서술된다.(황금탑, 74~75)

이번 장에서는 신소설에 나타나는 축약적 반복서술의 양상을 사례 중심으로 검토하였다. 신소설에서는 서술자나 서술초점을 달리하는 다중서술형 반복서술의 사례를 찾기는 힘들다. <명월정>의 시작 부분과 같은 특별한 경우도 있지만, 대개는 전술한 사건을 축약적으로 재차 언급하는 단순한 형식을 띤다. 이런 유형의 반복은 서술자의 직접 진술과 인물의 발화를 통한 간접 진술, 그리고 신문기사나 고발장, 혹은 판결문 형식을 빌린 반복서술 등이 있다. 그밖에 전술된 서사 전체가 축약되어 반복되는 전체축약 반복서술의 형태도 간혹 보인다.

4. 신소설에서 반복서술의 기능

플롯 구조와 반복 구성

일반적으로 반복의 형식은 대중서사의 기본적 형식에 속한다고 할 수 있다. 문학 작품에서뿐만 아니라 영화나 드라마에서도 반복서술은 자주 활용되며, 반복되는 요소도 다양하다. 예컨대 서사적 시간과 공간적 배경이 반복되기도 있고, 모티프가 반복되기도 하며, 인물의 행동이나 대사가 반복●되기도 한다. 또 유사한 사건이나 에피소드가 반복될 수도 있다. 신소설의 반복은 주로 사건의 반복과 관련되어 있다. 즉 신소설에서는 유사한 사건이 반복적으로 발생하거나, 한 번 발생한

● <레트로액티브>(1997)와 <롤라 런>(1998) 같은 영화에서는 같은 시간, 같은 공간이 반복적으로 되풀이되고, 최인훈 소설이나 로브그리예의 소설에서는 거의 똑같은 모티프가 반복해서 나타나는 경우가 많다. 또한 구비전승물인 가면극의 대사는 단어, 구절과 문장, 공식적 표현의 반복이 주요한 특징을 이룬다.

사건이 반복적으로 언급된다. 이는 일단 신소설이 사건이나 행동 중심의 서사라는 사실과 관련이 있을 것이다.

1910년대 신소설의 주인공들은, <명월정>의 채홍이나 <마상루>의 이씨부인처럼, 겁간이나 억지 혼인 심지어는 죽음 같은 위기 상황의 반복 속에 놓여 있는 경우가 많다. 혹은 <황금탑>의 황문보처럼, 주변 인물들의 사기나 흉계 앞에 반복적으로 노출된다. 신소설의 서사적 갈등은 많은 경우 중심인물이 처하는 이런 류의 직접적인 위험과 위기로부터 발

생한다. 이런 갈등은 위기 상황의 반복을 통해 지속되고 강화되는데, 이는 디지털 미디어의 'if/then', 'repeat/while'과 같은 제어 구조로 이루어지는 무한 루프와 개념적·형식적으로 닮은 구조를 갖고 있다. 이는 근대소설의 서사적 갈등이 대개 플롯 구조 속에서 발생하고 플롯 구조에 의해 지속되는 것과 비교될 수 있다.

신소설 작가들이 플롯 구조보다는 반복 구성에 많은 관심을 보였던 이유가 어디에 있었는지 단언하기는 힘들다. 전통적인 셀 애니메이션을 만들던 애니메이터들이 노동량을 줄이기 위해 캐릭터의 다리, 눈, 팔의 움직임 같은 것을 짧은 루프로 만들어 계속 반복38)시켰던 것처럼, 신소설 작가들은 작품 창작의 시간과 어려움을 줄이기 위해 유사한 사건을 반복적으로 재구성했을 수도 있다. 뿐만 아니라 그들은 전반적으로 플롯 구조를 활용하는 데 익숙하지 않았을 수도 있다. 1910년대 신소설에 드러나는 갈등이 대개 하나가 마무리된 다음에 다른 하나가 시작되는 양상을 보이는 것으로 봐서 신소설 작가들은 분명 근대소설의 작가들만큼 복잡한 플롯구조에 친숙하지는 않았던 것은 확실해 보인다. 하지만 그렇게 단언할 명확한 근거를 찾기란 실상은 쉽지가 않다. 뿐만 아니라 그것은 플롯 구조를 중시하는 근대문학적 입장에 서서 전대의 신소설을 폄훼하는 결과를 낳을 수도 있다. 그렇기 때문에 이 문제는 다른 관점에서 해석하는 것이 타당할 수도 있다.

공동체적 음독의 필요

이 문제와 관련해서는, 신소설 작가들의 서사 창작 활동이 어떠한 수사적 의도 속에서 어떤 독자를 대상으로 이루어졌는가 하는 점을 고려할 필요가 있다. 1910년대의 구활자본 신소설은 대부분 상업적 이윤을 목적으로 간행되었다. 그런데 그것을 사 보아야 할 1910년대 독자[39]들은 책 읽기 훈련이 제대로 되어 있지 않았다. 그들은 새롭게 형성되어 '신문학' 작품을 향유하던 '엘리트적 독자층'과는 여러 가지 면에서 크게 달랐다. 특히 1910년대는 묵독을 위주로 하는 근대적 독자층이 아직 제대로 형성되지 않은 때였다. 그래서 사색적이고 분석적 독서는 전체적으로 불가능했다. 대신 독서 대중들은 길거리나 사랑방 같은 열린 공간에서 소리내어 읽는 '공동체적 음독'에 주로 의존하는 경우가 적지 않았다. 이런 독서 시장의 문화적 문맥과 여건을 속에서, 신소설 작가들은 훈련되지 않은 독서 대중이 수용 가능한 쉬운 텍스트 형식을 선택할 수밖에 없었을 것이고, 그것이 '사건의 반복 구성' 기법으로 나타났을 것이다.

앞서 살펴보았던 신소설들은 '사건의 반복 구성'을 부분적 서사 요소로 채택하기보다는 전체 서사의 골격으로 사용하였다. 이것은 다시 말하면, '사건의 반복 구성'이 인물의 정체성을 구성한다거나 특정한 주제나 테마를 강화하기 위해 부분적으로 사용된 것이 아니라는 말이다. 또 어떤 미학적 의도를 실현하기 위한 특별한 서술기법으로 채택된 것도 아님을 의미한다. 서사를 개별적인 사건이나 에피소드 단위로 일단 마무리한 후, 어떤 요소의 동일성을 바탕으로 하여 그것을 다시 반복(혹은 중첩)하는 방식으로 짜인 신소설은 굳이 작품 전체를 읽지(혹은 듣지) 않아도 된다. 독자들은 무한 루프처럼 반복되는 사건들 중에서 원하는 하나를 끌어내 읽을 수 있었다. 길거리를 지나다 혹은 사랑방 같은 데서 우연히 하나의 사건만을 듣고 나서 가던 길을 재촉하거나 하던 일을 서둘러도 무방했을 것이다. 실상 그렇게 해도 이야기가 주는 흥미와 재미의 손실은 크지 않다. '사건의 반복 구성'은 이처럼, 서사 창작의 수사적 상황과 문화적 문맥 하에서 선택된 텍스트 형식[40]으로 이해된다.

한편 신소설에서 '사건의 반복 구성'보다도 훨씬 광범위하게 활용되었던 '축약적 반복서술'도 기본적으로는 독서 대중을 배려하는 신소설적 서술기법의 하나로 이해된다. 사실 서사 전개에 아무런 영향을 미치지 않는 데도 굳이 시시콜콜하게 축약적 재언급을 하는 것은 독자에 대한 배려 이외에 다른 서술적 의도를 생각하기 힘들다. 즉 신소설의 반복서술은 다중서술의 경우처럼 진실을 보여주거나 진실에 접근해 가기 위한 목적으로 활용되었다고 보기도 힘들며, 인물의 지향성을 분명히 하거나 서사적 긴장감을 높이기 위한 서술적 의도를 갖고 있는 것으로 보이지도 않는다.

결국 그것은 사적 공간에서 묵독을 하는 독자들과는 달리 개방된 공간에서 '공동체적 음독'에 의존하던 당대의 독자들에 대한 창작적 배려였다. 독자들은 지나간 사건에 대한 반복적 언급을 통해 이야기를 보다 잘 이해했을 것이다. 특히 낭송이나 구연 현장에 새로 끼어든 독자에게 '축약적 반복서술'은 이미 지나간 이야기를 파악하는 데 긴요했을 것이다. <명월정>, <강상촌>, <연광정>처럼 간행 횟수가 비교적 많았던 당대의 인기작품에서 그런 반복서술이 자주 나타난다는 사실도 이를 방증해 준다고 볼 수 있다. 반복서술을 잘 활용한 작품은 독자에게 잘 받아들여졌을 것이고, 독자에게 잘 받아들여진 작품은 인기를 얻어 여러 차례 간행되는 과정을 거듭했을 것이다.

작품의 내적 필요

그러나 신소설에 나오는 모든 '축약적 반복서술'을 독자에 대한 배려로 이해할 수는 없다. 분명 어떤 경우에는 작가의 창작 의식이나 작품의 내적 고려가 작용하기도 했다. 우선 앞서 살펴보았던 것처럼, 열차라는 신문명 체험을 소설 속으로 끌어들여 신소설의 새로움을 강조하고자 했던 <명월정> 서두의 반복서술41)처럼 작가의 창작적 의식이 고려된 경우가 있을 뿐 아니라, 편지나 유서, 혹은 신문기사나 고발장, 법원 판결문 형식처럼 서사 진행의 내적 고려에 따른 '축약적 반복서술'의 경우도 확인해 볼 수 있다. 아래 인용문은 <강상촌>에 나오는, 신문기사문 형식의 반복서술이다.

[17] 츙쥬군 목계 사ᄂᆞᆫ 김츈보(43)ᄂᆞᆫ 그 동니 사ᄂᆞᆫ 송슈창(17)를 고살ᄒ
얏ᄂᆞᆫᄃᆡ 그 리유ᄂᆞᆫ 피히흔 슈창의 계모가 그 젼실 아들 슈창이과 무슨 불협흔 일이 잇던지 김츈보를 부동ᄒᆞ야 슈창이를 죽이고 물에 싸져 ᄌᆞ결흔 모양으로 유셔를 발표ᄒᆞ얏ᄂᆞᆫᄃᆡ 죽은 슈창의 부인 김씨(16)가 그 남편의 시신을 찻고ᄌᆞ ᄒᆞ야 김츈보를 다리고 강으로 나려오다가 두미강에셔 김츈보의 이상흔 잠소ᄃᆡ를 듯고 희범인을 잡아셔 작일 하오 일시 경에 룡산경찰셔에 고발흔 고로 히 경찰셔에셔 엄밀히 조ᄉᆞ흔즉 살인흔 증거가 분명흠으로 곳 경무쳥으로 압상ᄒᆞ얏다더라 (강상촌, 65)

괄호 속에 해당인물의 나이를 병기함으로써 신문기사 형식을 충실히 따른 이 인용문은 전술된 사건들을 축약적으로 재언급하는 전형적인 반복서술에 속한다. 여기에는 다른 유형의 축약적 반복서술이 그렇듯이, 어떤 새로운 서사적 정보도 추가되지 않았다. 그러면서도 이 인용문은 전체 서사의 흐름에 일정 부분 영향을 미친다. 즉 <강상촌>의 주인공 송수창은 『제국신문』에 난 이 기사를 보고, 자신을 둘러싼 주변인물의 갈등 관계를 한 눈에 파악하게 된다. 그리고 이로써 갈등 해결의 실마리를 쥐게 된다. 이때 신문기사는 갈등을 해결의 국면으로 전환시키는 서사적 장치가 된다. 신문기사, 고발장, 판결문 형식으로 된 '축약적 반복서술'은 이 경우에서와 마찬가지로 갈등을 해결 국면으로 이끄는 경우가 많은데, 이렇게 함으로써 당대인들에게 신문과 재판 등의 근대적 문물 제도에 대한 긍정적 인식을 유포시키는 기제가 되었을 것이다.

반복서술 연구의 필요

반복서술은 시대와 매체에 상관없이 다양한 서사물에서 활용되어 왔다. 반복서술을 활용하는 서술적 의도나 효과도 다양하게 파악된다. 특히 최근 새롭게 등장한 디지털 서사, 그중에서도 하이퍼서사의 반복서술은 그 활용 양상이 대단히 복잡하고 다양해질 가능성을 가지고 있다.[42] 이는 디지털 매체의 특성과 깊은 관련이 있다. 반복서술은 세계에 대한 완벽한 인식과 재현이 불가능하다는 포스트모더니즘적 관점을 구현하는 서술 전략의 하나로서 받아들여지기도 한다.

이번 연구는 매체나 장르 혹은 이와 관련된 문화적 문맥의 변화가 서사 형식이나 서술 기법에 어떤 변화를 가져왔는지를 거시적으로 살피는 일련의 연구 기획 중 하나에 속한다. 이런 연구의 연장선상에서 필자는 향후 신소설의 서술기법에 대한 연구를 좀 더 다양하게 진행할 예정이다. 특히 신소설에 구술서사적 기법이나 특성이 어떻게 나타나고 있으며, 그것이 당대의 다른 장르나 매체들과 어떤 영향 관계를 주고받는지 주목해서 살피려 한다. 신소설에 나타나는 다양한 형태의 반복서술을 서사의 낡은 잉여물이나 서사의 진화 과정에서 발생한 불합격품으로 볼 것이 아니라, 문화사적 맥락에서 보다 적극적으로 해석할 필요가 있는 것이다. 당연히 이 글에서 다룬 '사건의 반복 구성'과 '축약적 반복서술'에 대한 연구도 더 많은 작품을 대상으로 확대될 필요가 있다. 그래야 반복서술이 신소설의 전반적인 서술기법적 특성인지, 아니면 일부 작품에 한정되는 것인지, 아니면 일부 작가의 문체적 지문으로 보아야 하는 것인지 판단할 수 있게 된다. 또 1910년대에 나온 이광수의 <무정> 등에서는 반복서술의 양상이 어떻게 나타나는지 함께 살피면 좀 더 의미 있는 결론을 도출하는 데 도움이 될 것이다.

CHAPTER 4
미주

1) 다지리 히로유끼를 비롯하여 함태영, 박선영, 전봉관, 구장률 등의 연구가 여기에 속한다. 대표적인 연구성과로는, 다지리 히로유끼, 『이인직 연구』, 국학자료원, 2006; 함태영, 「이인직의 현실 인식과 그 모순-관비유학 이전 행적과 『도신문(都新聞)』 소재 글들을 중심으로」, 『현대소설연구』 30호, 현대소설학회, 2006. 등이 있다.

2) 박선영, 「이인직의 사회철학과 '친일'의 함의」, 『사회와 역사』 89, 2011, 194쪽.

3) 전봉관, 「친일 정치가로서 이인직의 위치와 합방 정국에서 그의 역할」, 『한국현대문학연구』 31, 2010, 8~9쪽 참조.

4) 박선영, 「이인직의 사회철학과 '친일'의 함의」, 『사회와 역사』 89, 2011; 전봉관, 「친일 정치가로서 이인직의 위치와 합방 정국에서 그의 역할」, 『한국현대문학연구』 31, 2010.

5) 윤명구, 김윤식, 이상경, 권영민 등의 연구가 여기에 속한다. 대표적인 연구성과로는, 김윤식, 「'정치소설'의 결여 형태로서의 신소설」, 『한국학보』 9권2호, 1983; 권영민, 「새롭게 검토해야 할 이인직과 신소설의 의미」, 『문학사상』 7, 1999. 등이 있다.

6) 강현조, 「<혈의누>의 원전 비평적 연구」, 『우리말글』 41, 2007. 참조.

7) 김영민, 「근대계몽기 신문의 문체와 한글 소설의 정착 과정」, 『한국 근대소설의 형성 과정』, 소명, 2005, 96~104쪽 참조.

8) 전광용, 『신문학과 시대의식』, 새문사, 1981. 이밖에 송민호는 <혈의 누>의 주제를 근대적 국가관에 입각한 자주 독립 의식의 각성, 정치·사회 제도 개혁을 목적으로 한 신학문의 섭취, 그리고 남녀평등사상 고취 등으로 정리했고(송민호, 『한국개화기소설의 사적연구』, 일지사, 1975), 김윤식은 문명 개화, 근대 교육, 연방제공화국 및 남녀 평등이라는 정치적 사회개혁의 이념으로 정리했다.(김윤식 외, 『한국소설사』, 문학동네, 2000, 51)

9) 구장률, 「신소설 출현의 역사적 배경-이인직과 「혈의 누」를 중심으로」, 『동방학지』 135호, 2006, 290~291쪽 참조.

10) 김영민은 여러 연구자들이 "등장인물의 부분적인 대화 등에 지나치게 집착"한 결과 신소설의 주제를 제대로 파악하지 못하는 결과를 낳았다고 지적하였다.(김영민, 『한

국근대소설사』, 솔, 1997, 208쪽)

11) 제라르 즈네뜨, 권택영 옮김, 『서사담론』, 교보문고, 1992, 76쪽 참고.

12) <혈의 누>의 서사 구성 상의 특성으로 백성의 수난사를 확대되었고 전쟁 상황의 기록이나 기타 정치적 현실 상황 부문은 축소되었다고 분석한 논문으로 다음을 참고할 수 있음. (서은선·윤일, 「이인직 신소설 혈의누 연구 : 서사 구성의 특성과 서사적 거리」, 『동북아문화연구』 16집, 2008)

13) 이인직이 다녔던 동경정치학교의 교과목 중에는 근세문학이나 소설작법을 가르치는 교과가 포함되어 있었다. 다지리 히로유끼, 『이인직 연구』, 국학자료원, 2006, 51~57쪽 참고.

14) "즁문깐에로 쒸여ᄂᆞ쌰셔 로파를 꾸짓고 우체사령을 달니고 옥연의 뫼에 가지고 가려 하던 술과 실과를 너여다 먹인다"(혈의 누, 91쪽)

15) 이상우, 「혈의 누 연구」, 『한국문예비평연구』 9호, 2001, 214쪽.

16) 김윤식·김현, 『한국문학사』, 민음사, 1996, 166쪽.

17) 김현, 『현대소설의 담화론적 연구』, 계명문화사, 1995, 168~171쪽.

18) 김윤식은 <혈의 누>의 성격을 청국에의 증오와 일본에의 편향성, 구정치인에 대한 태도, 문명개화를 통한 사회 개조 등으로 요약하였다. (김윤식, 「<정치소설>의 결여 형태로서의 신소설」, 『한국학보』 9권2호, 1983, 71쪽)

19) <혈의 누>를 비롯한 이인직 신소설에 등장하는 작중인물의 가치유형에 대한 분석은 독립된 글에서 자세하게 다루어야 할 주제이다. 작중인물의 가치유형 분석 방법론에 대해서는 이 책의 5장을 참고할 수 있다.

20) 이인직, 「입사설」, 미야꼬신문(都新聞), 1901.11.29. 다지리 히로유끼, 『이인직 연구』, 국학자료원, 2006, 279쪽을 참고함.

21) 이인직, 「한국신문창설취지서」, 미야꼬신문(都新聞), 1903.5.5. 다지리 히로유끼, 『이인직 연구』, 국학자료원, 2006, 306쪽을 참고함.

22) 정고운, 「애국계몽운동과 근대적 교육열의 형성」, 『한국사회학회 사회학대회 논문집』, 2009, 1196쪽.

23) 『보통학교 학도용 수신서』 관련 논의는 다음 논문을 참고하였음. 강정구·김종회, 「식민화 교육 담론의 자체 모순과 혼란」, 『현대문학의 연구』 45호, 한국문학연구학회, 2011.

24) 이매뉴얼 월러스틴, 김재오 옮김, 『유럽적 보편주의 : 권력의 레토릭』, 창비, 2008.

25) 인용문 [4]에는 "인류사회(人類社會)의 사이에 인도상애(人道相愛)의 적심(赤心)을 가지고"라는 언급이 보이는데, 이는 어쩌면 이인직이 적십자 단체에 평소 어떤 형태로든 관심을 가지고 있었던 흔적일 수 있다는 생각이 든다.

26) 다지리 히로유키, 『이인직 연구』, 국학자료원, 2006, 187~196쪽.

27) 김태준, 『조선소설사』, 청진서관, 1933; 예문, 1989[복간본], 191쪽.

28) 김석봉, 「개화기 서사문학 연구의 경향과 전망」, 『한국현대문학연구』 26호, 한국현

대문학회, 2008, 23쪽.

29) 오윤선, 「신소설 서지 데이터베이스의 분석과 그 의미」, 『우리어문연구』 25호, 우리어문학회, 2005. 참조.

30) 장노현, 「신소설 어휘사전 편찬」Ⅱ, 『2010 한국학중앙연구원 어문생활사연구소 학술회의 자료집』, 2010.11, 45쪽. 참고로, "신소설 어휘사전 편찬 연구"는 한국학중앙연구원에서 2009년부터 3년 과제로 진행되는 연구과제로, 신소설 작품 50여 편의 코퍼스를 구축하고 여기에 사용된 모든 어휘를 대상으로 하여 어휘사전을 편찬하게 된다. 2년차 과제가 끝난 현재 총 44편의 신소설 코퍼스가 구축되었다.

31) 오윤선의 '신소설 서지 데이터베이스'에 등록된 신소설 180종 중에서 간행횟수가 1회인 작품은 131편으로 전체의 72%에 달한다. 이에 비해 3번 이상 간행된 작품은 20편으로 11% 정도에 그친다.

32) 제라르 즈네뜨, 권택영 역, 『서사담론』, 교보문고, 1992, 104쪽.

33) 이 글에서 활용한 각 작품의 간행서지는 다음과 같다. <명월정>(유일서관, 1912), <강상촌>(박학서원, 1912), <연광정>(신구익지서관, 1913), <마상루>(동양서원, 1912), <황금탑>(보급서관, 1912), <월하가인>(보급서관, 1911), <쌍옥적>(보급서관, 1911), <추월색>(회동서관, 1912), <검중화>(신구서림, 1912).

34) 제라르 즈네뜨, 권택영 역, 『서사담론』, 교보문고, 1992, 103쪽.

35) 서대석은 <명월정>을 『古今奇觀』 제26권의 〈蔡小姐忍辱報仇〉를 원작으로 하는 번안 작품으로 보았다. 다음 논문을 참조하기 바람. 서대석, 「신소설 '명월정'의 번안양상」, 『국어국문학』 72·73합권, 1976.

36) 권택영, 『소설을 어떻게 볼 것인가』, 문예출판사, 1995, 231쪽.

37) 작품별로 반복서술이 나오는 페이지를 밝히면 다음과 같다. <명월정>은 59~60쪽, 70쪽, 76쪽, 77~78쪽, 79쪽, 97~98쪽, 100~101쪽, 110~111쪽, 116쪽, 119쪽, 120쪽, 123쪽, <강상촌>은 28쪽, 36쪽, 60쪽, 65쪽, 114쪽, 120쪽, 122쪽, 126쪽, 129쪽, 132쪽, <황금탑>은 15쪽, 33쪽, 52쪽, 59쪽, 69쪽, 74~75쪽, 85쪽, 86쪽, <월하가인>은 8~9쪽, 49쪽, 50쪽, 100쪽, 116~117쪽, 121쪽, 122쪽, <쌍옥적>은 24~27쪽, 86쪽, 88쪽, 92쪽, 93쪽, 118쪽, <연광정>은 14쪽, 15쪽, 74쪽, 83쪽, 85쪽, 96쪽, 114쪽, <추월색>은 49쪽, 64쪽, 68쪽, 80쪽, <마상루>는 50~51쪽, 85쪽 등이다.

38) 레프 마노비치, 서정신 옮김, 『뉴미디어의 언어』, 생각의나무, 2004, 393~401쪽.

39) 당대의 독자에 대한 설명은 천정환의 『근대의 책 읽기』를 참고하였음.

40) 어떤 내용을 어떻게 표현할 것인가 하는 서술의 문제는 수사적(혹은 서술적) 상황과 문화적 문맥에 대한 고려 속에서 해결된다. 수사적 상황이란 어떠한 수사적 의도 속에서 어떤 독자를 대상으로 하는가에 대한 문제를 말하며, 문화적 문맥이란 사회적 문화적 상황으로서 특정 공동체의 이념과 가치, 혹은 관습 등을 말하게 된다. 자세한 것은 다음 책을 참조할 수 있다. J.R. Martin, "A Contextual Theory of Language",

Bill Cope & Mary Kalantzis, The Powers of Literary, The Falmer Press, 1993.

41) 서술 초점을 달리하는 이런 유형의 반복서술을 다중형 반복서술(혹은 다중서술)이라고 할 수 있다. 구로자와 아키라 감독의 <라쇼몽>이 대표적인 경우이다.

42) 장노현, 「영화 서사와 하이퍼텍스트적 형식」, 『내러티브』 5호, 한국서사학회, 2002. 참고 바람.

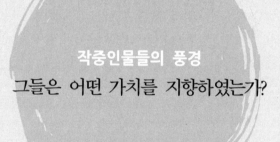

CHAPTER 5

작중인물들의 풍경
그들은 어떤 가치를 지향하였는가?

1. 신소설에서 무엇을 볼 것인가?

신소설의 당대성

1900년대에 처음 출현했던 신소설은 어떤 면에서는 철저하게 자기 시대에 몰두하였다. 최초의 신소설 작가로 평가되는 이인직의 경우만 해도 '사실에 기반한 현실적인 이야기'를 중요하게 생각했으며, 그가 쓴 <혈의 누>, <귀의 성>, <은세계> 등이 모두 현실에서 취재한 실제 이야기를 바탕으로 하였다. 신소설이 추구한 당대성의 의미는 대단히 엄격하여, '소설을 쓰고 있는 바로 지금'과 서사 종결의 시점이 완전히 일치할 것을 요청하는 경우가 많았을 정도였다.[1] 신소설의 이러한 당대성은 1910년대 이후에도 중요한 특징으로 계속 유지되었다. 이렇게 당대의 시대상을 비교적 사실적으로 반영한 신소설[2]은 당시 사회와 문화를 재구하는 의미 있는 자료로서 새롭게 읽을 필요가 있다.

모든 소설 텍스트는 소설이 만들어진 시대, 혹은 소설의 배경이 되는 시대를 말해준다. 그렇기 때문에 연구자들은 소설로부터 시대와 사회를 설명하고 재구성하는 단서를 끌어내기도 하고, 역으로 객관적 현실과 사회적 담론에 대한 이해를 바탕으로 소설의 텍스트적 현상을 설명하기도 한다. 신소설도 여기서 예외가 될 수는 없다. 그런데 신소설 연구 상황을 들여다보면, 많은 연구들이 개화기 당대의 정치사회적 현실이나 담론에 대한 이해를 바탕으로 신소설의 텍스트적 현상을 설명하는 데 집중해 왔다. 계몽성/통속성의 축으로 이루어졌던 신소설 연구들은 대개 이런 관점을 바탕에 깔고 있다. 이는 1910년 한국이 일본에 강제 병합한 이후 정치사회적 상황 변화와 함께 신소설의 통속화가 심화되어 갔다는 논리로 연결된다.

그런 반면, 신소설 텍스트가 갖는 당대적 특성에도 불구하고 이를 활용하여 당대의 사회문화적 지형이나, 당대인의 의식구조 등을 설명하고 재구성하려는 연구는 별로 시도된 바 없었다. 신소설에 대한 연구가 개화기 서사문학 연구의 중심축을 형성해 왔음에도 불구하고 기존의 연구 태도가 과연 개화기 당대의 문화적·문학적 지형을 재구성하는가 라는 질문에 답하기 위해서는 다른 차원의 논의가 필요하다는 김석봉의 지적[3]은 같은 맥락의 문제제기로 볼 수 있다. 그렇다면 이제는 당대의 정치사회적 현실과 담론을 논의의 기준으로 삼고 신소설 텍스트를 검토하던 방식으로부터 신소설 텍스트를 기준으로 당대의 사회문화적 현실과 담론을 검토하는 방식으로 연구의 태도를 전환 혹은 확장하는 것을 고려해 볼 필요가 생긴다.

새로운 분석 방법론

문학이 문학 자체의 논리에 갇힐 필요는 없다. 더구나 학문 세계를 비롯한 모든 분야에서 통섭이 요구되는 최근의 상황에서는 더욱 그렇다. 문학 자체의 논리만으로 설명되지 않았던 부분이나, 문학 외적인 분석틀로 좀 더 의미 있게 설명해 낼 수 있는 부분이 있다면 기존의 문학 분석틀이나 방법론을 벗어나 보는 것도 좋을 것이다.

신소설 텍스트 분석을 통해 개화기 때에 추구되었던 '보편적 가치'의 문제를 탐색해 보고자 하는 이 글은 바로 이런 문제의식에서 출발하게 된다. 가치란 일종의 기준이다. 사람들은 행동, 사람, 사건을 평가하는 데 이 기준을 활용한다. '가치'의 문제를 다루기 위해 슈와츠(Schwartz)의 '보편적 가치이론'(Universal Value Theory)에 주목하였고, 그것에 근거하여 작중인물 가치유형 분석 방법을 제안하고자 한다. 신소설은 물론이고 문학작품의 작중인물 분석에 보편적 가치이론을 적용한 사례는 아직 없다. 신소설 작중인물 연구는 몇 명의 중심인물에 대한 유형별 검토 방식이 주로 활용되었다. 수난을 당하는 여주인공에 대해서는 집중적인 논의가 이루어졌지만, 다른 인물들은 검토가 제대로 이루어지지 않았다. 신소설의 인물들은 구체적이고 경험적인 현실 조건에 놓여진 인물들4)이다. 따라서 그들은 각자 추구하는 가치가 다를 수밖에 없다. 계층적 가치를 대변하던 고대소설의 전형적 인물이 아닌 것이다. 따라서 신소설 속의 개별 인물들이 지향하는 가치를 그들의 구체적인 행위 속에서 확인해 보는 것이 필요하다.

슈와츠(Schwartz)의 '보편적 가치이론'은 이를 위한 기본 틀을 제공해 줄 수 있다. 따라서 우선은 보편적 가치이론이 무엇인지, 그리고 이것을 신소설에 등장하는 작중인물 가치유형의 분석에 어떻게 적용할 것인지,

적용 과정에서 주의할 점은 무엇인지 등을 확인해야 한다. 이를 통해 우선 작중인물의 가치유형 조사와 분석에 필요한 기본적인 방법론을 마련하고자 한다. 이 방법론은 "문학작품이 지닌 가치의 탐색"이 아니라 "작중인물이 추구하는 가치유형의 탐색"을 위한 것이다. 그 밖의 다른 문제들, 예컨대 새로운 방법론의 필요성이나 타당성, 서사인물론과 작중인물 가치유형 분석방법론의 관련성, 신소설 이외의 다른 작품에 확장 적용하는 문제 등에 대한 확장된 이론체계는 추후 논의가 필요한 부분일 것이다.

이 글에서는 가치유형 조사와 분석의 결과를 활용하는 문제도 일부 다루었다. 활용이란 데이터의 해석의 문제, 즉 조사된 결과의 해석과 관련된다. 해석에는 해석적 안목과 관점이 중요하다. 우선 신소설 출판이 가장 활발하던 1910년대 초반에 김교제(1883~1955)●가 썼던 세 편의 신소설 <목단화>, <치악산>(하), <현미경>에 등장하는 작중인물의 가치유형 분석표를 만들고, 몇 가지 방식으로 김교제 작중인물의 가치 지향성을 설명하였다. 이런 후반 설명 작업은 다양한 해석적 안목과 관점이 필요하며, 가치유형 연구의 질적 수준을 좌우할 수도 있다.

● 김교제는 본관이 경주이고 생년은 1883년 11월 3일이다. 이러한 전기적 사실은 최원식에 의해 이미 밝혀졌던 사항이다. 하지만 그의 몰년이 1955년 11월 5일이라는 사실은 그동안 전혀 알려진 바가 없었는데, 필자가 경주김씨 중앙종친회에 질의하여 확인하였다. 또한 그가 지은 3편의 가사가 『대한매일신보』에 실린 바 있는데, 그중 <打租歌>는 1984년 한철수가 편찬한 『독립군 시가집』에도 수록되었다.

분명하게 짚어둘 사항은, 이 연구의 목적이 김교제 신소설 두어 편을 분석하는 데 있지 않다는 점이다. 향후 더 많은 신소설 작품을 대상으로 하여 동일한 방법론을 적용한 분석 결과가 지속적으로 축적되면, 신소설의 가치 지향을 작가별, 시기별, 출판사별, 출간횟수별 등의 다양한 카테고리에 따라 비교 연구할 수 있게 될 것이다. 개화기의 다른 서사양식과 비교하는 연구도 가능해질 것이다. 뿐만 아니라 그것을 당대의 사회

문화적 현실이나 담론과 연계하면, 당대인들의 의식구조나 당대의 문화코드● 등 개화기의 문화적 지형을 재구성하는 연구주제로 확장할 수도 있게 된다. 신소설 등장인물이 지향하는 가치유형에 대한 분석적이고 계량적인 연구로부터 신소설 시대의 전반적인 가치지형을 밝히는 연구로 확대 가능한 것이다. 이 글은 그런 목표를 향한 작은 시작이다.

● 클로테르 라파이유(Clotaire Rapaille)는 문화코드를 우리가 속한 문화를 통해 일정한 대상에 부여하는 무의식적인 의미라고 정의했다.

이 글에서 분석에 활용한 각 작품별 판본은 다음과 같다. <목단화>(광학서포, 1911), <치악산>하(동양서원, 1912), <현미경>(동양서원, 1912). 각 작품은 BGN-2019 목록 번호로 각각 255, 829, 876번에 해당한다. 이 중 <치악산>(하)의 판본 문제와 관련하여 한마디 덧붙이자면, 이 작품은 원래 1911년 12월 30일에 초판이 발행되었다. 그런데 국립중앙도서관 소장본은 조판 상태가 같은 초판인데도 불구하고 무슨 이유에서인지 발행일 표기 부분에 수정지를 덧붙여 발행일을 이듬해인 1912년 1월 27일로 수정해 놓았다. 총독부 납본 과정에서 어떤 문제가 생기지 않았을까 추측해 보지만 현재로서 알 수 없다. 어찌되었든 이 작품의 초판은 1911년에 발행된 것으로 봐야 한다.

2. 보편적 가치이론과 신소설에의 적용

행동과 가치의 상관성

개인이 추구하는 가치에 대한 연구는 개인의 태도와 행동을 이해하는 데 있어서 아주 중요하다. 그것은 개인의 다양한 행동을 이해하고 설명하고 예측할 수 있게 하며, 그 개인이 속한 집단이나 사회의 문화를 이해하는 데도 유용하다. 보편적 가치이론은 대개 이런 목적을 위하여 개인적 가치를 측정하고 그것의 유형과 구조를 밝히고자 한다. 최근 들어서는 소비자행동이나 마케팅 분야에서도 매우 높은 관심을 보이고 있다. 이처럼 보편적 가치이론은 개인의 가치와 개인의 행동 사이에 있을 수 있는 상관성, 그리고 그가 속한 집단의 문화와의 사이에 있을 수 있는 관련성을 상정한다. 그리고 전자를 통해 후자들을 이해하고 설명하려 한다.

그렇다면 그 반대 방향은 어떤가? 후자를 통해 전자를, 즉 개인의 행동을 통해 개인의 가치를 추론하고, 다시 그렇게 추론해낸 개인의 가치를 통해 그 개인이 속한 집단과 사회의 문화적 취향을 이해하는 것. 이 글은 그것이 얼마든지 가능하다는 가정을 가지고, 신소설 속 작중인물의 행동이나 발화를 통해 그들이 지향하는 핵심적 가치가 어떻게 구성되어 있는지 확인해 보고자 한다. 이런 작업의 결과물이 어느 정도 축적된다면, 신소설의 내용이 개화와 보수, 계몽과 통속, 민족과 친일, 근대와 봉건 같은 이념적 대립쌍 중에서 어느 쪽에 경도되어 있는지 재점검할 수 있을 것이다. 또한 당시 사람들이 선호하던 문화코드가 무엇이었는지에 일정 부분 대답할 수 있는 가능성도 생길 것이다.

슈와츠의 보편적 가치유형

가치이론은 인간 가치의 실제 내용과 영역을 설정하고 분류하기 위해서, 또 객관적인 가치 측정도구를 개발하기 위해 애써 왔다. 하지만 쉽지 않은 과정이었다. 로키치(M. Rokeach)는 1973년 가치개념을 궁극적 가치와 도구적 가치로 구분하여 각각 18개씩 총 36문항으로 이루어진 측정도구를 개발하였다. 그의 측정도구는 가치관 연구에 상당한 영향을 끼쳤지만,

얼마 지나지 않아 도구적 가치와 궁극적 가치 사이의 이론적 구분에 대한 의문이 제기되었을 뿐만 아니라 36개의 가치 목록들에 대한 포괄성과 대표성의 문제가 지적되었다.5)

그 후 개인들의 보편적 가치내용과 구조에 관한 체계적 이론을 확립함으로써 가치이론에 커다란 기여를 한 사람은 슈와츠(Shalom H. Schwartz)였다. 그의 이론은 기존의 가치 연구들의 가치 측정 및 분석 수준을 문화적 차원에서 개인적 차원으로 바꾸었다. 슈와츠는 인간 가치를 내재적 동기에 따라 10개 유형으로 분류하였다. 이는 다양한 문화권에 고루 적용 가능한 보편적 가치유형이라는 평가를 받고 있다. 그가 제안한 10개의 보편적 가치유형과 각각의 핵심적인 동기 목표는 아래와 같다.6)

1. 자율(Self-Direction) : 선택하고, 창조하고, 탐구하는 것과 관련된 독자적인 생각과 행동
2. 자극(Stimulation) : 삶에서의 흥분, 진기함, 그리고 도전
3. 쾌락주의(Hedonism) : 본인을 위한 즐거움과 감각적 만족
4. 성취(Achievement) : 사회적 표준 안에서 능력을 발휘해 달성한 개인적 성공
5. 권력(Power) : 사회적 지위와 위신, 사람과 자원에 대한 통제나 지배력
6. 안전(Security) : 사회, 관계 및 본인과 관련된 것들의 안전, 조화, 그리고 안정
7. 준수(Conformity) : 타인에게 해를 끼치거나 사회적 기대나 규범을 위반할 수 있는 행동, 성향, 그리고 충동의 자제
8. 전통(Tradition) : 전통문화나 종교에 따른 관습과 사상에 대한 존중, 헌신, 수락
9. 존중(Benevolence) : 주변 사람들의 복지 보존과 강화
10. 보편주의(Universalism) : 인류의 복지와 자연에 대한 이해, 인식, 관용, 그리고 보호

슈와츠의 가치이론은 10개의 핵심가치가 상호 역동적인 구조적 관계

망 속에 배치되어 있음을 분명히 보여준다. 즉 어떤 가치에 대한 추구는 다른 가치들에 대한 추구와 갈등할 수도 있고 합치될 수도 있다. 예컨대 성취 가치의 추구에만 매몰되다 보면 도움을 필요로 하는 다른 사람들의 복지에 무관심해지거나 오히려 그것을 방해할 수 있다. 반면에 개인적 성공을 위한 성취 가치의 추구는 개인의 사회적 지위나 권위를 확대할 목적으로 행하는 행동을 강화시키거나 그것에 의해 강화될 가능성도 가진다. 이러한 관련성을 슈와츠는 아래의 원형 구조로 표현했다.7)

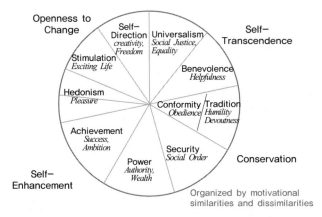

[그림 1] 가치유형 사이의 관계성 모델

이 그림에서 어떤 두 가치는 가까울수록 비슷한 동기를 가지며, 멀수록 더 대립적인 동기를 가진다. 따라서 '변화에의 개방'(Openness to Change)과 '보수적 성향'(Conservation)에 속하는 가치유형은 대립적 가치이며, 마찬가지로 '자기초월'(Self-Trnascendence)과 '자아증진'(Self-Enhancement)에 속하는 것들도 상호 대립적이다. 다만 쾌락주의(Hedonism)만은 '변화에의 개방'과 '자아증진' 양쪽의 특성을 공유한다.

보편적 가치이론과 신소설

신소설 작중인물 분석에 보편적 가치이론을 어떻게 적용할 수 있을까? 슈와츠는 현실의 개인들을 대상으로 가치설문지인 SVS(Schwartz Value Survey)를 사용하여 개인의 가치를 측정하는 방법을 개발했다. 이 방법은 우선, (1) 10개의 가치유형을 더욱 세분화하여 총 57개의 가치항목들을 만들고, (2) 각각을 -1에서 7까지 9점 척도를 사용하여 자신의 삶을 이끄는 원칙으로서 각 항목의 중요성을 평가하는 방식이다. 총 57개의 가치항목은 [표 1]과 같다.[8]

[표 1] Schwartz의 가치 질문지에 포함된 가치항목과 가치유형

번호	가치항목	가치유형	번호	가치항목	가치유형
1	평등	보편주의	30	사회 정의	보편주의
2	내적 조화	보편주의	31	독립적인	자율
3	사회적 힘	권력	32	중용의	전통
4	즐거움	쾌락주의	33	충성스러운	존중
5	자유	자율	34	야심적인	성취
6	영적인 삶	존중	35	관대한	보편주의
7	소속감	안전	36	겸손한	전통
8	사회적 질서	안전	37	대범한	자극
9	재미있는 삶	자극	38	환경을 보호하는	보편주의
10	의미있는 삶	존중	39	영향력 있는	성취
11	공손	준수	40	부모와 어른을 공경하는	준수
12	부유함	권력	41	목표를 스스로 선택하는	자율
13	국가의 안전	안전	42	건강한	안전
14	자존감	자율	43	유능한	성취
15	호의에 보답	안전	44	나의 몫을 받아들이는	전통
16	창의성	자율	45	정직한	존중
17	세계평화	보편주의	46	체면을 유지하는	권력

번호	가치항목	가치유형	번호	가치항목	가치유형
18	전통에 대한 공경	준수	47	순종하는	준수
19	성숙한 사랑	존중	48	지적인	성취
20	자기 수양	준수	49	도움을 주는	존중
21	프라이버시	자율	50	인생을 즐기는	쾌락주의
22	가족의 안전	안전	51	헌신적인	전통
23	사회적 인정	권력	52	책임감 있는	존중
24	자연과의 조화	보편주의	53	호기심 있는	자율
25	다채로운 삶	자극	54	용서하는	존중
26	지혜	보편주의	55	성공적인	성취
27	권위	권력	56	청결한	안전
28	진실한 우정	존중	57	방종한	쾌락주의
29	아름다운 세계	보편주의			

하지만 신소설에 이를 그대로 적용할 수는 없다. 작중인물에게 가치항목별 9점 척도를 스스로 체크하게 할 수는 없는 일이다. 그렇기 때문에, 앞에서도 잠깐 언급했듯이, 가치 측정을 통해 행동을 설명하고 예측하는 대신에 작중인물의 행동으로부터 그 행동의 내적 동기를 추적하는 역방향 작업이 필요하다.

작업 과정은 이렇다. 우선 (1) 작품 속에 산포되어 있는 여러 가치지표(value indicator)를 찾아 모은다. 가치지표를 모으는 작업은 작중인물의 행동이나 발화를 검토해서 각 인물의 가치지표로 사용할 만한 것들의 목록을 만드는 작업이다. 여기서 한 가지 분명히 해 둘 것은, 가치지표가 단지 뭔가 의미 있고 값지고 긍정적인 행동이나 발화에 관련된 것만을 의미하지는 않는다는 사실이다. 극단적인 예로, 어떤 작중인물이 살인을 했다고 가정해 보자. 살인 자체는 분명 값지고 긍정적인 행동은 아니다. 하지만 그가 자신의 어떤 신념이나 믿음에 따라 사람을 죽여야 했다면, 살인 행위 속에는 그 인물이 추구하는 가치가 내재되어 있는 것이다.

가치지표 작성이 완료되면, (2) 소설의 서사적 맥락을 고려하면서 각 가치지표 별로 해당 인물이 추구하는 가치항목과 가치유형을 판정한다. 이는 결국 행동이나 발화에 감추어져 있는, 또는 그것이 종국적으로 지향하는 신념, 믿음, 혹은 의지의 상태를 추론하는 작업이다. 그리고 다시 9점 척도를 단순화시켜 (3) 작중인물이 해당 가치에 대해 취하는 태도의 적극성을 3점 척도로 평가한다.

[표 2]는 가치유형 분석표의 한 사례이다. [표 2]의 가치지표 란은 인물의 '발화'에서 추출한 가치지표를 따옴표로 묶어 '행동'에서 추출한 가치지표와 구분하였다. 또 각각의 가치지표를 해당 작품에서 손쉽게 찾아볼 수 있도록 괄호 속에 작품의 해당 쪽수를 밝혀놓았다.

[표 2] 작중인물 가치유형 분석표 예시 (〈목단화〉의 첫부분)

번호	작중인물명	가치지표 (해당 쪽수)	가치항목	가치유형	가치적극성
1	정숙	여학생인 정숙이 밤늦도록 시험공부를 함(1)	목표를 스스로 선택하는	자율	적극
2	리참판	무남독녀 정숙이 시집에서 쫓겨온 것에 분해 함.(3)	가족의 안전	안전	소극
3	금년	"붓쳐님 갓고 착하신 즈근 아씨"(7)	충성스러운	존중	보통
4	리참판	"남즈는 츙군이국홀 스샹과 효친경당홀 힝실이 뎨일이요 녀즈도 이런 스샹과 힝실이 업스면 인류된 본령이 아니나 뎨일 졍뎡한 지조와 온슌한 례졀이 앞셔느니라"(8)	전통에 대한 공경	준수	보통
5	정숙	"청상과부가 안인 바에 기가란 말슴이 엇진 일이예요 녀즈의 례졀은 고스하고 금슈의 힝실을 흐라고 흐십닛가"(10)	전통에 대한 공경	준수	적극
6	서씨부인	"제 아비 후취로 왓스니까 죠년이 앙큼흐게 일샹 나를 낫비 보앗던 게지"(11)	체면을 유지하는	권력	소극

번호	작중 인물명	가치지표 (해당 쪽수)	가치 항목	가치 유형	가치 적극성
7	섬월	서씨부인이 자신을 부르는 소리를 듣고 무슨 영광이나 난 듯이 그 일에 참예를 함(12)	호기심 있는	자율	적극
8	섬월	전서방 니학순을 떼어버리고 작은돌이를 얻어 개가함(13)	다채로운 삶	자극	적극
9	박승지	"최샹 압에 가 잔쑥 쓸어안져서 밤낮 공즈 왈 밍즈 왈 로론 소론 ᄒ며"(14)	전통에 대한 공경	준수	보통
10	서참서	누의의 경상을 불쌍히 여겨 리참판 후취로 보내(15)	도움을 주는	존중	적극
11	정숙	여자는 되었을지라도 을지문덕, 합소문의 사업하기를 자부함.(17)	야심적인	성취	보통
12	정숙	신랑 하나만 보고 박승지의 아들과 성례함(17)	독립적인	자율	적극
13	박승지	공자 화상을 만들어 팔아먹거나 학교다니는 며느리를 집안 망할 징조라고 내쫓음(18)	부, 권위	권력	적극

이 표는 김교제의 <목단화> 처음 부분을 대상으로 작중인물의 가치지표를 추출하고 이를 분석한 결과를 보여준다. 일련번호 1~5는 시집에서 쫓겨 온 정숙이 부친인 리참판과 개가 문제를 다투는 부분(1~10쪽)이고, 6~9는 후취로 개가한 서씨부인이 개가 불가를 주장하는 정숙에게 분개하고 섬월이가 이에 적극적으로 동조하는 대목(10~15쪽)이다. 그리고 나머지 10~13은 인물들의 내력이나 성품을 소개하는 대목(15~19쪽)이다.

우선 가치지표 란을 보자. 가치지표란 텍스트에서 뽑은 인물의 구체적인 행동이나 발화(표에서 발화는 따옴표로 구분했음)의 내용들이다. 이런 행동과 발화는 10개의 가치유형과 57개의 가치항목을 판정하는 근거가 된다. 가치유형이 판정되면, 그 가치에 대해서 해당 인물이 얼마나 적극적인지를 가치 적극성 요소로 평가하여 적극/보통/소극의 3단계로 구분하였다. 가치 적극성의 평가는 가치지표가 어떤 내용인지를 보고 판단하게 된다.

'적극'은 인물의 구체적이고 적극적인 행동이 가치지표로 나타난 경우이고, '보통'은 제시된 가치지표가 인물의 평소 생각이나 의식과 관련된 것일 때, '소극'은 추출된 가치지표가 다른 인물의 행동이나 사건에 대한 논평이나 반응을 나타낼 때에 해당한다.

직접 한정과 간접 제시의 불일치

[표 2]에서 주목할 사항 중 하나는, 신소설 등장인물의 가치유형을 주로 작중인물의 행동과 발화를 근거로 판정하였다는 사실이다. 이는 서술자에 의해 이루어지는 인물에 대한 직접 한정(direct definition)9)을 가치유형 판정의 판단 근거로 삼지 않았다는 의미이다. 신소설에서 직접 한정은 작중인물의 실제 모습이나 성격과 잘 합치되지 않는 경우가 많다. 예컨대, 서술자가 인물을 직접 한정할 때는 인물의 지향점이 자주독립, 계급타파, 자유연애와 결혼 등의 근대적 가치추구에 있는 것처럼 서술되다가도, 인물의 행동이나 발화를 통해 그려지는 모습은 그렇지 않은 경우가 있다.

[1] 셔츔셔가 그 누의의 경상을 불샹히 녁여 리츔판의 후취로 보닉니 그 누의를 기가식여 보닉는 것도 구일 습관을 통혁ᄒᆞ는 셔참셔가 안이면 어렵고 과부를 후취로 성혼ᄒᆞᄂᆞᆫ 것도 <u>사상이 기명흔 리츔판</u>이 안이면 못흘 일이라 (《목단화》, 15~16)

[2] 남ᄌᆞ는 츙군익국홀 ᄉᆞ샹과 효친경댱홀 힝실이 뎨일이요 녀ᄌᆞ도 이런 ᄉᆞ샹과 힝실이 업스면 인류(人類)된 본령(本領)이 아니나 뎨일 <u>졍뎡(貞靜)흔 지조(志操)와 온슌(溫順)흔 례졀(禮節)</u>이 압셔느니라 (《목단화》, 8)

인용문 [1]에서 서술자는 리참판을 '개명한 사상'을 가진 인물로 직접 한정하였다. 그가 근대적 가치를 지향하는 인물이라는 의미이다. 하지만 인용문 [2]는 그렇지 않다. 리참판이 딸 정숙의 물음에 대답하면서, 남자의 제일 가치를 충군애국과 효친경장이라고 하고 여자의 최고 덕목을 '정뎡(貞靜)흔 지조(志操)와 온슌(溫順)흔 례졀(禮節)'이라고 말한다. 그는 과연 근대적 가치의 보유자인가? 아니면 유교적 이념과 전통에 충실한 인물인가? 리참판은 인용문 [1][2]에서 이처럼 극단적으로 다른 인물이 되었다. 이런 현상을 인물이 지향하려는 이념과 그 인물 형상이 따로인 '파탄의 구조'[10]로 이해한 연구자도 있다.

신소설에서는 이처럼 직접 한정에 의한 인물 서술이 작중인물의 행동이나 발화 같은 간접 제시(indirect presentation)를 통한 서술과 일정한 거리를 보이는 경우가 심심치 않게 발견된다. 이런 현상은 서술자(작가)의 의식이 작품 현실보다 한발 앞서 나가기 때문에 발생한다. 일종의 근대의식의 과잉 상태를 보여준다고 하겠다. 따라서 작가의 과잉된 의식은 버리고, 작품 현실을 보다 직접적으로 보여주는 인물의 행동과 발화를 통해 인물의 가치를 추출하였다.

한편 근대의식의 과잉과는 반대로, 잉여적인 전근대적 관념성을 보이는 직접 한정도 흔하게 목격된다. 아래의 인용문 [3]이 그런 사례이다. 인물의 외모와 덕성을 과장적인 고소설 투로 직접 한정하였는데, 작품에서 이런 인물 서술은 별 의미를 갖지 못한다. 즉 정숙의 미모와 덕행이 세상에서 최고라는 사실 자체는 실제 서사의 전개에 어떤 영향도 미치지 못하는 군더더기에 지나지 않는다. 서술자는 고소설의 전근대적 인물서술 방식을 별다른 의미나 의도 없이 습관적으로 차용하고 있을 뿐이다.[11] 상업적 출판의 한 형태였던 방각본 소설에서도 이러한 관습적 인물 형상화 방식[12]은 자주 애용된 바 있었다.

[3] 졍슉이는 리츔판의 젼실 부인 김씨의 소싱이라 인물로 말ᄒ면 (쟝강) (셔시)의 ᄉᆡᆨ틱를 겸ᄒ고 부덕으로 말ᄒ면 (틱임) (틱ᄉ)의 슉덕을 효측ᄒ는 녀ᄌ인듸 (〈목단화〉, 16)

[4] "녀학ᄉᆞᆼ ᄒᄂᆞ이 칙보를 ᄭᅵ고 지나가ᄂᆞᆫ듸 그 어엽분 외화와 아리짜온 ᄌᆞ틱가 실로 희귀ᄒᆞᆫ 인물일 ᄲᅮᆫ아니오 그 졍슉ᄒᆞᆫ ᄒᆡᆼ검이 외모에 낫ᄒᆞᄂᆞᆫ지라" (〈안의성〉, 3)

그런데 인물에 대한 직접 한정은 인용문 [4]처럼 작중인물의 발화 안에서도 등장한다. 서술자가 아닌 작중인물이 다른 작중인물을 한정 서술하는 경우이다. 여기서도 인물의 외모와 행실을 지나치게 상투적, 과장적으로 표현하는 경우가 종종 있다. 이런 경우도 인물은 작품 현실에서 멀어져 관념적인 존재로 변해 버리기 일쑤이다. 인물이 지고지순한 선인형 캐릭터나 아니면 돌이킬 수 없는 악인형 캐릭터로 인식되기 십상인 이유는 이런 전근대적 관념성에서 비롯된다.

이처럼 근대의식의 과잉이든 전근대적 관념성이든, 인물에 대한 한정 서술은 작품 현실 속의 인물을 제대로 설명해 주지 못하는 경우가 많다. 그렇기 때문에 서술자나 인물에 의한 상투적인 직접 한정 서술은 작중인물의 보편적 가치유형을 판단하는 자료에서 가능한 한 배제하려고 한다. 대신 인물들이 자신의 행동이나 발화를 통해 분명하게 보여주는 가치지표를 집중 추출하였다.

서사적 문맥과 가치유형 판별

신소설 작중인물의 가치유형 결정 시에 주의해야 할 또 다른 사항은, 특정한 가치지표를 특정한 가치유형에 기계적으로 대응시키지 말고 서사의 앞뒤 내용을 충분히 고려해서 판정해야 한다는 것이다. 예컨대, <목단화>의 서병신이 정숙을 없애려는 계획을 세우는 것과 <현미경>의 옥희가 빙주를 없애려고 계교를 짜는 것은 누군가를 제거해 버리겠다는 측면에서는 동일한 가치지표에 해당한다고 볼 수 있지만, 서사의 앞뒤 문맥을 고려해 보면 그렇지 않다. 전자는 쾌락주의(인생을 즐기는)의 가치유형으로 판정되지만, 후자는 권력(사회적 인정)으로 판정되었다. 전자는 서병신이 정숙을 제거하는 것을 도와주고 서씨부인에게 돈푼이나 얻어서 삶을 즐기고자 한다. 하지만 옥희가 빙주를 없애려고 하는 것은 빙주 때문에 자신이 숙부를 비롯한 주변 사람들에게서 인정을 받지 못한다는 생각 때문이다. 즉 서병신은 삶을 즐기고자 하며, 옥희는 인정을 받고자 하기 때문에, 그들이 추구하는 가치유형도 달라질 수밖에 없다.

다른 사례를 하나 더 들어 보자. <현미경>의 여주인공 빙주가 정승지를 죽이는 것과 <치악산>(하)에서 검홍이가 옥단을 죽이는 것은 둘 다 사람을 죽이는 동일한 행위이지만, 빙주의 경우는 자율의 가치유형으로, 검홍이는 존중의 가치유형으로 판정된다. 즉 빙주는 아버지의 원수를 갚겠다는 스스로의 목표가 앞뒤의 서사에서 강하게 표현되어 있다. 그렇기 때문에 빙주의 살인은 자율(목표를 스스로 선택하는)의 가치유형으로 분류할 수 있다. 반면 검홍이의 살인에서는 아씨의 원수를 갚아야 한다는 내면화된 동기부여를 강하게 느낄 수 있기 때문에 존중(충성스러운)의 가치유형으로 분류할 수 있다.

뿐만 아니라, 가치적극성 요소를 판단할 때에도 서사적 문맥을 신중하게 고려하는 것이 필수적이다. 앞의 표에서 일련번호 4와 5는 각각 리참판과 정숙의 평소 생각이나 사상을 보여주는 가치지표로서, 적극성 단계를 판정하는 원칙에 따라 기계적으로 판정하면 양자 모두 '보통' 단계에 속한다. 하지만 정숙의 발화에 해당하는 5번 지표는 그녀가 부친의 생각에 이의를 제기할 목적으로 특별히 자리를 마련한 후에 따지듯이 자신의 소신을 발화하는 부분이다. 이런 서사적 상황을 고려한다면 5번 가치지표는 발화적극성 요소가 '적극' 단계로 판정될 수 있다. 반면 리참판의 발화는 정숙의 질문에 대해 자신의 평소 소신을 답변하는 형식이기 때문에 '보통' 단계로 판정할 수 있다.

3. 신소설 작중인물의 가치유형 분석 실제

가치유형·가치항목·가치적극성의 분석

김교제의 저작으로 알려진 신소설은 모두 11편●이다. 그중에서 세 편의 신소설에 등장하는 모든 작중인물의 가치지표를 추출하여, 가치유형과 가치항목, 가치적극성 요소를 분석하였다. 아래 [표 3]은 <목단화>, [표 4]는 <치악산>(하), [표 5]는 <현미경>에 대한 분석 결과를 정리한 표이다.

●김교제의 신소설 목록은 다음과 같다. <목단화>(1911), <치악산>하(1911), <비행선>(1912), <현미경>(1912), <지장보살>(1912), <일만구천방>(1913), <난봉기합>(1913), <쌍봉쟁화>(1919), <애지화>(1920), <경중화>(1923), <화중왕>(1934). 13)

[표 3] 〈목단화〉 작중인물 가치유형 분석표

번호	인물	가치유형	가치항목	가치적극성	가치지표(해당 쪽)
1	정숙	자율	목표를 스스로 선택하는	적극	여학생인 정숙이 밤늦도록 시험 공부를 함(1)
2	리참판	안전	가족의 안전	소극	무남독녀 정숙이 시집에서 쫓겨온 것을 분해함(3)

번호	인물	가치유형	가치항목	가치 적극성	가치지표(해당 쪽)
3	금년	존중	충성스러운, 책임감 있는	보통	"부처님 같고 착하신 작은아씨"(7)
4	리참판	준수	전통에 대한 공경	보통	"남자는 충군애국할 사상과 효친경장…. 여자는제일 정정한 지조와 온순한 예절이 제일"(8)
5	정숙	준수	전통에 대한 공경	적극	"개가란 말삼은 엇진 일이예요 녀자의 예절은 고사하고 금수의 행실을 하라고 하십닛가"(10)
6	서씨부인	권력	체면을 유지하는	소극	"제 아비 후취로 왔으니까 조년이 앙큼하게 일상 나를 낫비 보았던 게지"(11)
7	섬월	자율	호기심 있는	적극	자기를 부르는 소리를 듯더니 무슨 영광이나 난 듯하여 그 일에 참예를 함(12)
8	섬월	자극	다채로운 삶	적극	전서방 니학순을 떼어버리고 작은돌이를 얻어 개가함.(13)
9	박승지	준수	전통에 대한 공경	보통	"책상 압에 가 잔뜩 꿇어앉아서 밤낮 공자 왈 맹자 왈, 노론 소론 하며"(14)
10	서참서	존중	도움을 주는	적극	누의의 경상을 불상히 넉여 리참판 후취로 보내(15)
11	정숙	성취	야심적인	보통	여자라도 을지문덕, 합소문의 사업하기를 자부(17)
12	정숙	자율	독립적인	적극	신랑 하나만 보고 박승지 아들과 성례(17)
13	박승지	권력	부, 권위	적극	공자 화상 팔아먹기, 향민에 대한 압제 및 협잡(18)
14	서병신	쾌락주의	방종한	보통	인사 체면을 볼 새 없이 겁간을 하려하더니(24)
15	금년	자율	자존감, 독립적인	적극	서병신의 겁간을 꾀를 써서 피하고 서병신에게 모욕을 줌

번호	인물	가치유형	가치항목	가치 적극성	가치지표(해당 쪽)
16	금녀	안전	건강한	소극	칭칭 묶여 강물에 버려지는 꿈을 꿈 (29)
17	늙은놈 (장선달)	쾌락주의	인생을 즐기는	적극	박쉴리산에 팔려서 금녀을 납치 살해하는 계획에 가담(36)
18	팽서방 (작은돌이)	성취	야심적인	적극	금녀을 납치, 살해하는 계략을 적극적으로 도움
19	서병신	권력	권위, 체면을 유지하는	적극	금녀에게 농락당하고 잃어버린 위신을 되찾기 위해 금녀을 납치 살해할 계략을 준비(36)
20	방순보	안전	가족의 안전	보통	금녀이 죽은 꿈을 꿀 정도로 언제나 딸을 걱정하는 아버지(39)
21	방순보	보편주의	관대한	보통	강에서 건진 신체를 잘 묻어주라고 당부하는 모습(41)
22	섬월	자극	대범한	소극	딸이 걱정되 찾아온 방순보와 정숙에게 천연덕스럽게 거짓말을 함 (45,48)
23	서씨부인	권력	권위, 체면을 유지하는	적극	금녀이 납치당한 후 딸을 찾아온 방순보를 엄하게 대하는 태도
24	정숙	존중	성숙한 사랑	소극	방순보를 위로함(50)
25	서병신	쾌락주의	인생을 즐기는	적극	정숙을 납치하여 다른 사람에게 개가시킬 계략을 몰래 짬(53)
26	팽서방 (작은돌이)	성취	야심적인	적극	정숙의 납치 계획을 적극 도움
27	섬월	존중	충성스러운	적극	정숙의 납치 계획을 적극 도움
28	리치수	쾌락주의	인생을 즐기는	적극	정숙을 겁간하려고 함(65)
29	의주집	쾌락주의	인생을 즐기는	적극	상급을 많이 주셔야 합니다(67)
30	정숙	자율	자유,자존감, 독립적인	적극	겁간의 위기 상황에서 모면할 계략을 생각
31	정숙	안전	건강한	적극	천동화로를 이용하여 겁간의 상황에 저항함(70)

번호	인물	가치유형	가치항목	가치적극성	가치지표(해당 쪽)
32	섬월	자극	대범한	적극	정숙이 도망치다 넘어지자 달려들어 포박함(71)
33	금순 부모	안전	가족의 안전	적극	잃어버린 딸을 찾아 나섬
34	금순 부모	보편주의	사회정의, 관대한	적극	몰래 집어온 짐 속에서 시체가 나오자 분개하고 간호함(80)
35	정숙	권력	사회적 인정	보통	황동지 집에서 머무를 때 인근 사람들에게 좋은 소문이 남(86)
36	의주집	쾌락주의	방종한	보통	소시적에 근처 불알 달린 놈은 깡그리 주워먹고 서울로 서방질하러 감(89)
37	최과부	존중	도움을 주는	적극	도망치는 정숙을 잠깐 숨겨줌.
38	최중락	성취	영향력 있는	적극	서흥학교 운영
39	정숙	성취	영향력 있는	적극	서흥학교 교사가 됨(102)
40	정숙	성취	유능한, 지적인	적극	여자교육에 대한 연설
41	리첨지	보편주의	사회정의	적극	고기밥이 될 뻔한 금년이를 돈푼을 주어가며 데리고 와 살려냄(118)
42	섬월	권력	부	적극	여간 재산을 긔탄업시 홀터내니(121)
43	금순	준수	전통에 대한 공경	보통	절개야 귀천이 있을까(130)
44	리참판	보편주의	평등, 관대한	적극	금순을 전주집에 구해냄(131)
45	전주집 주인	권력	부	보통	금순을 사다가 장사에 이용해 먹으려고 하다가 여의치 않자 리참판에게 팔아버림(131)
46	무당	권력	부	보통	무당은 돈을 보고 눈이 번하야(141)
47	서씨부인	권력	부	소극	돈이 만흐면 귀신도 사귄다는 말이 참 올치 안으냐(145)
48	방순보	안전	가족의 안전	적극	금년의 죽음에 대한 복수를 위해 장돌놈을 유인하여 자백을 받아냄(151)
49	방순보	준수	순종하는	적극	금년의 살해범을 직접 벌주지 않고 경찰서로 넘김

번호	인물	가치유형	가치항목	가치 적극성	가치지표(해당 쪽)
50	장돌놈	쾌락주의	방종한	보통	돈 몇 푼에 팔리어 금년을 죽이고 술에 빠져 삶.
51	서병신	쾌락주의	인생을 즐기는	보통	못된 잡류들을 모하 노코 사기취재 할 궁리와 부녀 겁탈한 모계를 꾸밈(154)
52	황동지 내외	존중	충성스러운	적극	정숙을 돕다가 서울 거지 신세로 전락했지만 정숙을 원망하지 않고 오히려 걱정함(162)
53	정숙	존중	성숙한 사랑	적극	황동지 내외와 리첨지 내외를 극진히 모심(167)
54	정숙	존중	용서하는	적극	서씨부인을 용서함(167)

[표 4] 〈치악산〉(하)의 작중인물 가치유형 분석표

번호	인물	가치유형	가치항목	가치 적극성	가치지표(해당 쪽)
1	홍참의	전통	헌신적인	보통	홍참의가 반대는 고사하고 무당 판수라 하면 사족을 못 쓴다 하여도 과한 말이 아니라(4)
2	홍참의	자율	자유	적극	화김에 서방질하기로 여간 남었든 세간을 마저 팔아 가지고 죽장망혜 단포자로 송도 등지로 떠나가니(4)
3	김씨부인	안전	가족의 안전	적극	무당 판수를 불러 매일 굿을 함.
4	남순	준수	순종하는	보통	김씨부인과 같은 생각.
5	옥단	성취	야심적인	적극	제 공로를 나타내려고 양양자득함(8) 순종적인 가치유형에서 야심적인 가치유형으로 변함
6	김씨부인	안전	가족의 안전	적극	탑골보살을 불러다 안전을 기원하고자 함(10)
7	보살	존중	충성스러운	적극	김씨부인이 보살의 입만 치어다보고(13)

번호	인물	가치유형	가치항목	가치 적극성	가치지표(해당 쪽)
8	검홍	존중	충성스러운	적극	상전의 원수갚음을 위해 도깨비 장난으로 김씨부인을 괴롭힘
9	옥단	자극	대범한	적극	변장한 검홍이와 보살 앞에서 여전히 이씨부인과 검홍이를 모함함(21)
10	보살	존중	충성스러운	적극	이씨부인의 복수를 위해 옥단을 유인해 죽임.
11	배선달	존중	충성스러운	적극	이씨부인의 복수를 위해 옥단을 유인해 죽임.
12	홍참의	보편주의	관대한	적극	우물에 거꾸로 박힌 여승을 끄집어내서 힘들게 인근 민가로 옮기(27)
13	배선달	자율	목표를 스스로 선택하는	적극	홍참의의 거동을 살펴가며 그를 격동시켜 김씨부인의 죄상을 알게 함 (34)
14	이씨부인	준수	공손	소극	아무리 친정인들 이 모양으로 무슨 낯을 들고 가잔 말이냐(36)
15	추월	성취	야심적인	적극	상전 턱밑에 앉아서 갖은 아양을 부리며 숙덕공론(39)
16	길동	쾌락주의	인생을 즐기는	보통	"술잔거리와 투전 밑천할 돈량이야 못 얻어 쓰겠느냐"(41)
17	김씨부인	자극	대범한	보통	송도집에게 못된 계획을 쓰려고 함
18	금돌	존중	충성스러운	보통	위인이 진실하야 상전의 일이라면 물에도 뛰어들고 불에도 뛰어드는 터(41)
19	홍참의	안전	가족의 안전	적극	김씨부인의 계략을 전해듣고 기지를 발휘해 송도집을 빼돌림(49)
20	홍생원	안전	사회질서	적극	김씨부인의 계략에 가담한 놈들을 잡아들임(50)
21	홍참의	권력	사회적 힘	적극	사랑 앞 층계 아래에 형구를 벌여놓고 죄인을 치죄 선고까지 함.(51)
22	김씨부인	자율	독립적인	적극	자신의 못된 짓을 인정하지 않고 악을 써댐

번호	인물	가치유형	가치항목	가치적극성	가치지표(해당 쪽)
23	남순	자극	대범한	적극	남순은 어머니 원수를 갚는다고 송도집을 구박
24	송도집	준수	자기수양	보통	송도집은 남순이 아직 어려 지각이 없다고 생각하고 참을인자를 생각하고 지냄(58)
25	남순	준수	전통에 대한 공경	보통	몸이나 더럽히지 말고 죽을 생각, 에 그 그놈에게 욕보고 살면 무엇하게 (73)
26	만득	쾌락주의	방종한	적극	남순이 홍참의의 여식임을 알고도 대범하게 그녀를 겁간하려고 애씀
27	노파 (치악산 만신)	준수	순종하는	적극	앞뒤 이해는 분명히 아는 터 남순을 만득에게서 탈출시킴.
28	남순	보편주의	사회정의	보통	"죽어 저승에 간들 건은방 언니를 무슨 렴치로 보겠소"(76)
29	이판서	자극	다채로운 삶	적극	강원도로 녹용 사냥을 감(77)
30	이판서	보편주의	관대한	적극	사냥 중에 쓰러져 있는 남순을 구함.
31	이씨부인	존중	용서하는	보통	나이 어리고 지각없는 작은 아씨가 그리하기 예사이지(82)
32	리판서 부인	존중	성숙한 사랑	보통	남순을 용서하고 얼마간 데리고 있음
33	이판서	존중	성숙한 사랑	보통	남순이 집으로 돌아가면 완고한 홍판서가 가만히 두지 않을 것을 염려하여 몇달간 데리고 있음
34	홍참의	준수	전통에 대한 공경	보통	선왕의 법복이 아니면 입지를 아니하고……(92)
35	홍정식	자율	목표를 스스로 선택하는	보통	제가 무엇이라 부패한 구습을 지키겠습니까(93)
36	이판서	자율	자유	보통	후취 삼취라도 신랑만 합의하면 문제될 것 없음(98)
37	이판서	자극	재미있는 삶	적극	사위 홍정식을 실없는 장난으로 속여 다시 혼례식을 치르게 함

번호	인물	가치유형	가치항목	가치적극성	가치지표(해당 쪽)
38	김생원	안전	가족의 안전	보통	누이 딸인 남순의 생사를 걱정함
39	김씨부인	안전	호의에 보답	적극	자신의 허물을 깨달음

[표 5] 〈현미경〉의 작중인물 가치유형 분석표

번호	인물	가치유형	가치항목	가치적극성	가치지표(해당 쪽)
1	정승지	권력	사회적 힘, 부	보통	양반 좋고 권리 많고 술 잘 먹고 노름 잘 하고 그 고을에서 털끝도 못 건드리며 인호랑이 인호랑이 유명.(4)
2	빙주	자율	목표를 스스로 선택하는	적극	"너 하나 붙잡자고 무슨 궁리를 안 하였겠니"(9)
3	김감역	성취	유능한	적극	움막살이에서 왕초가집으로 그리고 기와집(13)
4	김감역	존중	도움을 주는	적극	자선사업은 자기 힘 자라는 대로 지극히 구제를 함(13)
5	빙주	존중	책임감 있는	보통	아버지의 원수를 갚기 위해 절치부심.
6	정승지	권력	권위	적극	조금이라도 거역을 하면 동학당으로 몰아 죽임(14)
7	빙주	자극	대범한	적극	정승지의 머리를 도려내 가지고 아버지 영연 앞에 두고 통곡(20)
8	박참위	존중	의미있는 삶	적극	잘 알지도 못하는 빙주에게 보은읍내 관찰부에서 빙주를 잡으로 올 거라는 사실을 편지로 알려줌(25)
9	빙주	자율	목표를 스스로 선택하는, 독립적인	적극	변장을 하고 아버지의 신체를 찾아 서울로 길을 떠남(26)
10	빙주	자율	목표를 스스로 선택하는	적극	부친의 신체를 찾기 위해 관속의 추적을 피해 서울행

번호	인물	가치유형	가치항목	가치적극성	가치지표(해당 쪽)
11	옥희	쾌락주의	인생을 즐기는	보통	"내가 올라가면 조리 쌓인 철량이 모두 내 것이지"(39)
12	빙주	자극	대범한	적극	옥희로 행세하면서 토벌대를 속임.
13	박참위	존중	의미있는 삶	적극	온몸을 바쳐 남을 위해 희생, 정승지의 행위를 통분히 여기고 빙주를 도망치게 함.
14	박참위	보편주의	관대한	적극	다 죽어가는 옥희를 의사에게 치료하게 하며, 교군삯 치료비까지 부담.
15	권봉규	안전	가족의 안전	적극	옥희를 살려 며느리로 삼고자 함.
16	정대신	권력	권위	보통	김감역을 두둔하는 리협판에게 분함 마음이 충천함.
17	리협판	보편주의	사회정의	보통	김감역을 동학으로 몰아 처죽이고 재산을 차지한 정승지를 잘못이라고 함.
18	리협판	안전	소속감	보통	형이 죽었다는 편지를 받고 옆 사람이 놀라자빠지게 비명을 지름(82)
19	김씨부인	안전	소속감	보통	옥희(빙주)를 친딸로 여김
20	빙주	보편주의	내적조화	보통	옥희 대신 리협판의 질녀로 호의호식하는 것이 내내 마음에 부담(87)
21	빙주	자율	목표를 스스로 선택하는	보통	아버지의 신체를 찾겠다는 자신의 목표를 잊지 않고 리협판에게 은근히 김감역의 억울한 일을 꺼냄(90)
22	리협판	보편주의	사회정의	보통	정대신의 참혹한 전횡 이야기를 듣고 분개함(94)
23	박총순	보편주의	사회정의	적극	"죄인을 소홀히 다루는 것은 형법 위반"이라는 말을 하고 정대신에게 중견책을 당함(94)
24	김씨부인	전통	겸손한	보통	집에 찾아온 사람이면 무당 판수라도 함부로 내쫓지 못함(97)

번호	인물	가치유형	가치항목	가치적극성	가치지표(해당 쪽)
25	리협판	안전	가족의 안전	보통	빙주가 신분이 탄로나 붙잡힐 것을 걱정하여 얼굴이 점차 상해가자 걱정이 많아지고, 빙주의 혼례에 대해서도 걱정(100)
26	박참위	자율	목표를 스스로 선택하는	적극	리협판이 옥희(빙주)와 혼사를 제안하지만 마음에 둔 김씨규수(빙주)가 있다고 거절
27	권중심	준수	순종하는	보통	옥희의 남편이 되어 리협판 집으로 일종의 처가살이를 들어옴.
28	리협판	존중	용서하는	적극	신분을 속인 빙주를 용서하고 딸로 삼음
29	리협판	보편주의	내적조화	보통	"질녀라고 사랑할 뿐 아니라 실상은 네 작인을 사랑한 것"(114)
30	빙주	존중	정직한	보통	정체를 숨긴 사실에 가책을 느끼고 사실을 털어놓을 결심을 함.
31	김씨부인	존중	용서하는	보통	빙주의 난처하게 된 처지를 걱정함.
32	옥희	자극	대범한	적극	"내 등을 버럭버럭 밀어 가라고 쫓더니만"(119) 빙주를 모함함.
33	리협판	안전	가족의 안전	적극	빙주를 잡으러 별순검이 들이닥치자 빙주를 빼돌리고 거짓말을 함.
34	김씨부인	안전	가족의 안전	적극	빙주를 농 속에 숨기고 조마조마. 자신의 유모집으로 빙주를 피신시킴.
35	옥희	자극	대범한	적극	삼할멈을 시켜 빙주의 소재를 정대신에 알려줌.
36	삼할멈	준수	순종하는	적극	옥희의 편지를 정대신에 전달함.
37	정대신	권력	권위	적극	삼할멈이 가지고 온 편지를 보고 별순검을 동원하여 빙주를 잡아들이게 함.
38	리협판	안전	가족의 안전	적극	빙주가 잡혀 죽었다는 잘못된 소식을 듣고 경무청으로 달려와 따지고, 결국 정대신의 죄목을 적어 상소함.

번호	인물	가치유형	가치항목	가치적극성	가치지표(해당 쪽)
39	삼살방마마	안전	가족의 안전	적극	딸 빙심이가 잘못 잡혀가 죽자 원통해 하고 야요를 부려 복수함.
40	빙주	자율	목표를 스스로 선택하는	적극	이협판이 박참위와의 혼례를 서두르려 하자 부친의 신체를 찾기 전에는 불가하다고 함.
41	옥희	권력	권위	적극	이협판 내외가 장모의 초상 때문에 집을 비우자 집안 살림을 전횡함.
42	또쇠어미	자극	대범한	적극	옥희와 작당하여 리협판 집의 살림을 도적질해 냄.
43	빙주	준수	순종하는	소극	옥희가 주관하는 살림에 간섭하지 않고 뒤로 물러나 조용히 있음.
44	빙주	준수	전통에 대한 공경	보통	부친의 가짜 신체를 붙들고 통곡함.
45	또쇠어미	자극	대범한	보통	옥희와 작당하여 빙주를 없앨 계획을 세움.
46	정팔룡	준수	순종하는	적극	빙주를 없애고자 하는 또쇠어미의 계획에 순순히 동참함.
47	옥희	권력	사회적 인정	보통	마음에 들지 않는 빙주를 없애버리려는 계교를 짬.
48	최생원	안전	호의에 보답	적극	김감역에 은혜를 입고 그것을 갚기 위해 김감역과 빙주를 구원함.
49	최생원	성취	유능한	보통	나무장사로 부자가 됨
50	김감역	안전	가족의 안전	보통	최생원이 혹시나 빙주를 찾아오지 않을까 언제나 노심초사 기다림.
51	빙심	안전	가족의 안전	보통	어머니 삼살방마마를 그리워함.
52	김감역	안전	가족의 안전	보통	빙주가 무사히 돌아오자 다시는 독한 마음을 필요로 하는 위험한 일을 하지 말라고 당부.
53	최생원	보편주의	사회정의	보통	"정대신 그놈이 필경 무사할 리가 잇나"(225), "천리가 잇으면 그년이 무사할 리 없지"(227)

번호	인물	가치유형	가치항목	가치적극성	가치지표(해당 쪽)
54	리협판	권력	권위	보통	자신이 없을 때 일어난 일을 옥희와 하인들에게 캐어 물어 알게 됨.
55	옥희	자극	대범한	적극	자신의 죄상을 감추기 위해 이협판에게 스스럼 없이 거짓말을 꾸며 댐.
56	갑돌이	존중	충성스러운	소극	이협판이 묻는대로 사실을 고함.
57	삼할멈	자율	호기심 있는	보통	누구의 눈치도 보지 않고 알고 있는 사실을 모두 말해 버림.
58	김씨부인	존중	용서하는	적극	옥희를 당장에 죽이려하는 이협판을 설득하여 죽이지 못하게 함.
59	리협판	준수	전통에 대한 공경	보통	빙주를 혼례시키고, 아들를 낳아 대를 잇게 함.
60	빙주	전통	나의 몫을 받아들이는	적극	리협판의 주선에 따라 박참위와 혼례를 올리고 삼살방마마를 어머니로 대우함.
61	김감역	쾌락주의	인생을 즐기는	적극	어려서 삼살방마마와 하루밤을 잠
62	김감역	전통	나의 몫을 받아들이는	적극	오랜만에 만나 삼살방마마와 빙주를 받아들임.
63	삼살방마마	성취	유능한	보통	김감역에게 버림받고 자신의 삶을 꿋꿋하게 성공적으로 살아옴.
64	삼살방마마	안전	가족의 안전	보통	빙심이를 키우기 위해 스스로도 아니라고 생각하는 무당질까지 함.

이상의 가치유형 분석에서 작품별로 <목단화> 54개, <치악산>(하) 39개, <현미경> 64개의 가치지표가 추출되고 분석되었다. 이렇게 만들어진 가치유형 분석표는 일종의 데이터이다. 그렇다면 이 데이터를 어떤 방식으로 해석하고 또 활용할 것인가? 가치유형 분석표의 활용은 크게 '가치유형 중심의 활용'과 '인물 중심의 활용'으로 나누어 볼 수 있다.

분석 데이터의 활용

'가치유형 중심의 활용'은 추출된 가치지표를, 인물과 상관없이, 그것 자체로서 다룬다. 이는 가치분석표가 인물 자체가 아니라 인물의 구체적인 행동과 발화를 각각의 기본단위로 설정하고 있기 때문에 가능해진다. 따라서 행위를 수행하는 인간이 중요한 것이 아니라 행위 자체가 중요한 요소가 된다. 온전한 인간으로서 인물이 아니라, 각 인물에 배당되어 있는 각각의 행동과 발화에 주목하는 방식은 작중인물을 행동에 종속된 행위자로 간주하는 태도이다. 이는 인물보다는 그 인물이 무엇을 하는가 하는 기능과 행위에 초점을 맞추게 된다. 아리스토텔레스로부터 시작된 이런 연구 태도는 20세기 들어 형식주의자와 구조주의자에 의해 주로 활용되었다.

아래 [표 6]은 김교제 작중인물의 가치유형별 가치지표 통계이다. 이 표에서 어떤 가치유형이 많이 나타난다는 것은 작가가 그런 가치유형에 관심이 많았거나, 혹은 해당 가치유형에 대한 당대인들의 욕구가 높았다는 의미로 이해할 수 있다. 아래 표에 따르면, 김교제는 존중과 안전의 가치유형에 관심이 높았는데, 이는 각각 '자기초월'과 '보수적 성향'의 범주에 속한다. 하지만 이런 범박한 해석이 곧바로 해석적 결론이라는 이름으로 언급되어서는 안 되며, 가치적극성 요소를 고려한다거나 서사 내에서 인물의 역할과 중요도를 해석에 반영하는 등 정밀한 해석 방법의 개발이 필요하다. 이에 대해서는 추후 논의가 필요하다.

[표 6] 가치유형별 가치지표 통계

작품 \ 가치유형	자율	보편주의	존중	준수	전통	안전	권력	성취	쾌락주의	자극	합계
목단화	5	4	8	5	0	6	9	6	8	3	54
치악산(하)	5	3	8	6	1	6	1	2	2	5	39
현미경	7	7	9	6	3	13	7	3	2	7	64
계	17	14	25	17	4	25	17	11	12	15	157

작중인물 가치유형 분석 데이터의 다른 활용 방식은 '인물 중심의 활용'이다. 이는 가치지표들을 인물 단위로 묶어 파악하는 방식이다. 김교제 작중인물의 가치분석표를 인물을 중심으로 다시 살펴보면, <목단화> 21명, <치악산>(하) 19명, <현미경> 17명, 도합 57명의 작중인물에 대한 가치지표가 추출되어 분석된 것을 확인할 수 있다. 이중에서 <현미경>에 나오는 '빙주'는 가장 많은 13개의 가치지표를 가진 인물로 조사되었고, 반대로 단 1개의 가치지표를 가진 인물도 다수 나타났다. 1개의 가치지표를 가진 인물로는, <목단화>의 장선달, 리치수, 무당, 서참서, 장돌놈, 전주집 주인, <치악산>(하)의 검홍, 금돌, 길동, 김생원, 치악산 만신, 리판서 부인, 만득, 송도집, 추월, 홍생원, 홍정식, <현미경>의 갑돌이, 권봉규, 권중심, 박총순, 빙심, 정팔룡 등이 조사되었다.

인물 중심의 활용에서는 각 개별 인물의 가치 지향에 대한 분석도 의미 있는 작업이지만, 특정한 범주에 속하는 인물들을 한 데 묶어 가치 지향을 조사할 수도 있다. 이 경우 프로타고니스트와 안타고니스트, 여성인물과 남성인물, 지배계층과 피지배계층, 혹은 연령대별 범주 등 연구자에 따라 다양한 범주 설정이 얼마든지 가능할 것이다. 앞의 표들에서는 제외되었지만 엑셀로 작성된 실제 분석자료에는 각 인물의 성별, 나이대,

계층 정보는 물론 해당인물이 프로타고니스트인지 안타고니스트인지에 관한 정보도 들어있다. 이런 정보를 이용하면 각 인물들을 다양한 방식으로 분류 분석할 수 있게 된다.

우선 가치분석표를 개별 인물 중심으로 살펴보자. 이런 방식은 주로 여러 개의 가치지표를 가진 핵심인물에 적용하기 좋다. 이 작업을 통해 우리는 개개의 인물이 추구하는 가치 지향이나 인물의 서사적 중요도 등을 파악할 수 있으며, 더 나가서는 작품의 의미 파악이나 해석을 위한 열쇠를 찾을 수도 있다. 예컨대, <치악산>(하)에서 가장 많은 가치지표를 가진 인물은 홍참의이다. 그의 가치지표는 6개로, 자율(1-적극)●, 권력(1-적극, 안전(1-적극)), 준수(1-보통), 전통(1-보통), 보편주의(1-적극) 등의 유형에 두루 분포하고 있다. 이

● 자율(1-적극)은 자율의 가치유형에 속하는 가치지표 1개가 '적극' 단계의 가치 적극성을 가진다는 의미이다. 존중(2-적극, 1-소극)은 존중의 가치유형에 속하는 가치지표가 3개인데 그중 둘은 '적극' 단계 나머지 하나는 '소극' 단계의 가치 적극성을 띤다는 의미이다.

는 <목단화>의 핵심인물인 정숙의 가치지표가 12개로, 자율(3-적극), 성취(3-적극), 권력(1-보통), 안전(1-보통), 준수(1-적극), 존중(2-적극, 1-소극) 등의 가치유형에 고루 분포하는 것과 같은 양상이다. 이런 결과는 홍참의를 <치악산>(하)의 중심인물로 볼 수 있는 근거가 된다. 과연 그럴까? 상편에서 주변인물에 지나지 않던 그가 과연 하편에서는 중심인물이 되었을까?

<치악산> 하편은 복수담

<치악산>(하)에 대한 기존 연구는 대개 이 작품을 상편에 이은 여성 수난 이야기로 정리한다. "하편은 고전소설의 여인수난구조 가운데 하나인 우연적인 조력자와의 만남, 주인공의 고난을 해결해 줄 수 있는 정혼자와의 만남과 해원을 전형적으로 보여주고 있는 것"[14]이라는 언급이 그런 예에 속한다. 하지만 상편의 중심인물이던 이씨부인의 가치지표는

하편에서 겨우 2개가 추출되었다. 이는 준수(1-소극), 존중(1-보통)의 가치유형에 속하며, 가치적극성 요소는 '소극'과 '보통'으로 판정되었다. 이로 볼 때 이씨부인은 하편에서 '괄호 속 인물'이 되어 작품에서 거의 사라져 버린 인물로 평가 가능하다. 따라서 <치악산>(하)를 이씨부인 중심의 여성 수난 이야기로 보는 것은 작품의 실상을 제대로 보지 못한 것에 가깝다.

실제로, <치악산>(하)는 홍참의의 후취인 김씨부인이 며느리 이씨부인을 모함하여 내쫓은 뒤, 이씨부인의 주변인물들이 김씨부인을 상대로 복수와 징치에 나서는 이야기이다. 일종의 복수담이며, 이때 홍참의는 악한 인물들을 징치하는 중심인물로 등장한다. 그런데 재미있는 사실은 작품 초반부에서는 다른 복수의 주체가 등장하고 있다는 점이다. 그들은 다름 아닌 배선달, 검홍, 그리고 유모였던 화개동마마(보살)이다. 그들은 이씨부인의 원수를 갚기 위해 작품 도입부에서 엄청난 규모의 귀신 소동을 벌이고, 이를 이용해 옥단을 유인하여 제거한다. 이들 세 사람은 작품 속에서 같은 목표를 위해 일체로 행동하는 인물들이다. 세 사람이지만 서사적 가치체계로 보면 한 인물이나 진배없다. 이들의 가치지표는 총 5개가 추출되었는데, 존중(4-적극)과 자율(1-적극)의 가치유형을 추구하는 것으로 나타났다. 결국 <치악산>(하)의 프로타고니스트는, 이씨부인이 아니라, 배선달과 검홍과 화개동마마이며, 작품의 중후반으로 넘어가면 홍참의가 그 역할을 이어받는 구조임을 알 수 있다. 이들에게 속하는 가치지표는 모두 11개로, 다른 인물에 비해 상대적으로 많은 편에 속한다.

〈현미경〉도 복수 이야기

<현미경>의 주인공인 빙주의 가치지표는 13개가 추출되었다. 역시 다

른 인물에 비해 상대적으로 많은 가치지표이다. 가치유형의 분포를 보면, 자율(4-적극, 1-보통), 자극(2-적극), 준수(1-보통, 1-소극), 전통(1-적극), 존중(2-보통), 보편주의(1-보통) 등으로 나타난다. 빙주에게서는 존중과 보편주의 같은 '자기초월'의 가치유형이 일부 나타나지만, 그 반대편에 위치하는 쾌락주의, 성취, 권력 등 '자아증진'과 관련되는 가치유형이 전혀 나타나지 않는다. 이는 <목단화>의 정숙이 '자기초월', '자아증진', '변화에의 개방', '보수적 성향' 등 모든 방면의 가치를 추구했던 것과 비교된다.

뿐만 아니라 빙주의 경우는 가치적극성 요소에서도 절반에 가까운 6개의 가치지표가 보통이나 소극으로 평가되었다. 적극으로 평가된 7개 중 6개도 대개 원수를 갚기 위해 정승지를 죽이고 부친의 신체를 찾기 위해 서울로 길을 떠나는 이야기가 전개되는, 작품 앞쪽에 몰려 있다. 자율과 자극 등 '변화에의 개방'에 속하는 가치유형이 대개 여기에 속한다 그리고 빙주는 텍스트 후반부로 갈수록 가치적극성을 보여주지 않는다. 예컨대, 리협판 내외가 집을 비웠을 때 옥희가 또쇠어미와 작당하여 집안 살림을 전횡하는 동안 빙주는 아무런 역할을 못하고 뒤로 물러나 있기만 한다. 빙주의 자율적이고 적극적인 행동은 유교적 의리에 따라 아버지의 원수를 갚고 시신을 찾는 일에만 국한되고 마는 것이다.

따라서 빙주에게서 보이는 '변화에의 개방'과 관련되는 자율과 자극의 가치유형은 <목단화>의 정숙이 보여주는 자율의 가치유형과 완전히 다른 성격임을 알 수 있다. 결국 프로타고니스트인 빙주의 가치지표들에 대한 분석은 <현미경>이 복수담 중심의 서사임을 말해준다. <현미경>은 <치악산>(하)의 복수담을 변형시킨 또 다른 복수 이야기라는 평가가 가능하다. 한마디로 빙주는 부친의 원수를 갚고 해체된 가정의 복원을 꿈꾸며, 실제로 작품도 가정의 복원으로 끝을 맺는다.

남성과 다른 여성인물들의 가치 지향

가치분석표에 나타나는 인물들을 특정 범주로 묶은 후, 범주별 인물군의 가치 지향을 살펴볼 수도 있다. 이는 소설 속 작중인물을 '남성/여성', '양반/하인', '프로타고니스트/안타고니스트', '자식세대/부모세대' 등의 다양한 범주로 묶은 후 각 범주에 속하는 인물들의 가치 지향이 어떻게 다른지 살펴보는 방식이다. 특히 '남성/여성'의 범주는 여성들의 서사적 역할이 중요시되는 신소설을 분석할 때 가장 우선적으로 살펴볼 필요가 있다.

김교제의 작중인물들은 남녀의 범주에 따라 '변화'에 대한 인식이 다르게 나타났다. 슈와츠의 보편적 가치이론이 제공하는 10개의 가치유형들 중에서 자극과 자율은 '변화에의 개방' 차원을 나타내는 가치유형들이다. 그런데 김교제의 작품에서 자극과 자율의 가치유형으로 분류된 대부분의 가치지표들은 여성인물들의 것이었다. 세 작품을 통틀어 총 157개의 가치지표 중에서 32개가 자극과 자율의 가치유형에 속하며, 이중 25개가 여성인물에 속했다. 남성인물에게 속하는 것은 나머지 7개이다. 반면, '보수적 성향'을 나타내는 안전, 전통, 준수 등의 가치유형은 남성인물에게 24개, 여성인물에게 22개가 속하는 것으로 나타났다.

[표 7] 여성/남성의 가치지표 통계

	변화에의 개방 (자극, 자율)	보수적 성향 (안전, 전통, 준수)	자아증진 (성취, 권력, 쾌락주의)	자기초월 (보편주의, 존중)
여성	25	22	18	17
남성	7	24	22	22
합	32	46	40	39

[표 7]에서 '변화에의 개방'과 '보수적 성향'은 대립적 차원의 가치에 속하며, '자아증진'과 '자기초월' 또한 대립관계에 있다. 그런데 이 표에서 알 수 있는 것처럼, 김교제의 작중인물들은, 여성인물이 남성인물에 비해 변화에 더 개방적이다. 거꾸로 말하면 남성인물은 여성인물에 비해 기존의 것을 보존하고 유지하려는 성향이 강하다. 그런데 이런 변화의 욕구는 대부분의 여성인물에게서 고루 나타난다. 즉 신분의 높낮이나 서사적 역할에 상관없이 여성인물들은 변화에 개방적인 태도를 자주 드러낸다. <목단화>의 정숙이나 <현미경>의 빙주와 옥희, <치악산>(하)의 김씨부인과 남순 같이 지배계층에 속하는 인물뿐만 아니라, 금년과 섬월, 또쇠어미와 삼할멈, 그리고 옥단 등의 하층민에게까지 두루 그런 경향이 나타나고 있다는 점은 주목해 볼만하다. 이는 남성인물의 경우, '변화에 의 개방' 가치가 <치악산>(하)의 이판서나 홍참의, <현미경>의 박참위 등과 같은 지배계층의 인물에게서 주로 나타나는 것과 크게 대조를 이룬다.

김교제 신소설에 등장하는, 변화에 개방적인 여성인물들이 당대 여성들의 실제 현실을 얼마만큼 반영한 것인지 단정하기는 힘들다. 하지만 적어도 개화기 여성들이 아무 생각 없이 낡은 것에 안주하지 않았다는 것은 『황성신문』에 실린 '여학교 설시 통문'●을 통해 짐작할 수 있다. '여학교 설시 통문'은 1898년 9월 1일에 서울 북촌의 양반 부인 300여 명이 주도해 작성한, 근대적 여성 권리에 대한 선언문적 성격

●이 통문은 『황성신문』(1898.9.8일자)과 『독립신문』(1998.9.9일자)에 전문이 게재되었으며, 실제로 이에 따라 1899년 2월 순성여학교가 설립된다. 한국여성사학회에서는 '여학교 설시 통문'을 여권통문(女權通文)으로 이름하고 이를 재조명하는 학술회의를 개최한 바 있다.

을 갖는다. 일부 서민층 부녀와 기생, 지방 부인들까지 동조자는 500여 명에 가까웠다. 당시 신문에서는 이 선언을 충격으로 받아들이며 여성교육에 정부 자금을 투입해야 한다고 주장하기도 했다. 이처럼 개화기 여

성들의 변화에 대한 추구는 우리의 통념보다 훨씬 강력했음을 알 수 있는데, 김교제 신소설의 여성인물들은 바로 이런 당대적 현실을 반영하는 것으로 볼 수 있다.

그렇다면 여성들이 생각했던 변화는 어떤 것이었을까? 무엇을 바꾸고 싶었고 어떻게 바꾸기를 원했을까? 김교제의 신소설은 여성들이 남성보다 변화에 개방적임을 알려주었다. 그렇다면 그들이 원하는 변화가 무엇인지에 대해서도 정확히 알려주고 있을까? 기존의 연구들은 신소설 여성인물의 지향점을 대개 신교육, 자유결혼 등에서 찾았다. 신교육과 자유결혼은 근대를 표상하는 제도들이다. 하지만 그것은 이념의 형태에 가까웠다. 현실적 삶과는 아직 거리가 멀었다. 현실과 거리가 멀다는 것은 그것이 현실 속에서 구체적인 모습을 갖추지 못했다는 의미이다. 따라서 신교육이나 자유결혼을 통해 성취하고자 했던 종국적 이상이 무엇이었는지, 즉 여성들이 그런 제도를 통해 성취하고자 했던 것이 민족자강 혹은 계몽의 실현인지, 아니면 서구화 혹은 개성의 실현인지, 그것도 아니면 다른 무엇인지, 정확히 알기 어렵다. 기존 연구들은 이를 두루뭉술하게 문명개화라는 이름으로 정리해 버렸다.

그렇다면 작중인물의 보편적 가치 분석을 이용하면 개화기 여성들이 추구했던 종국적 이상이 무엇이었는지 밝혀낼 수 있을까? 앞의 [표 7]에서, 권력과 성취 그리고 쾌락주의 등의 가치유형이 속하는 '자아증진' 차원을 살펴보자. 모두 40개의 가치지표 중에서 여성인물에 속하는 것이 18개이다. 나머지 22개는 남성인물에게 속한다. 그런데 슈와츠는 쾌락주의 가치유형이 '변화에의 개방'과 '자아증진' 양쪽의 특징을 함께 가진다고 구분했다. 앞서 제시했던 가치유형 사이의 관계성 모델(그림 1)에서 쾌락주의 유형의 가운데에 점선이 표시된 것은 이 때문이다. 즉 쾌락주의는 '자아증진'에만 배타적으로 속하는 가치가 아닌 것이다. 이에 따라

'자아증진' 차원에서 쾌락주의 가치유형을 제외해 보자. 그러면 권력과 성취의 가치유형으로 28개의 가치지표가 남는다. 이중에서 여성인물의 가치지표는 15개로, 남성의 13개보다 많다. 즉 적어도 김교제의 신소설 속에서는 여성이 남성보다 권력과 성취의 가치유형을 더 중요시하며, 따라서 이를 지향하는 '자아증진' 욕구가 강하다고 볼 수 있다.

더구나 구체적인 가치항목을 살펴보면 여성의 '자아증진' 욕구가 남성인물의 그것과 질적으로 다르다는 것을 알 수 있다. 남성인물의 13개 가치지표는 이미 획득된 권력을 통해 지배와 통제의 강화를 노리는 경우가 대부분이다. 즉 <목단화>의 박승지처럼 권력을 동원하여 공자의 화상을 팔아 돈을 챙기거나 향민을 압제한다든지, <치악산>(하)의 홍참의처럼 사사로이 죄인을 치죄하고 벌을 준다든지, <현미경>의 정대신처럼 자신의 목적을 위해 사사로이 별순검을 동원하여 빙주를 잡아들이게 하는 것과 같은 경우이다. 반면 여성인물의 가치지표는 개인적으로 사회적 인정이나 부와 같은 가치항목을 손에 넣음으로써 권력을 새롭게 획득하려는 경우에 속한다. 예컨대 <현미경>의 옥희가 이협판 내외의 인정을 받기 위해 적극적으로 여러 수단(그것이 비록 나쁜 방법이긴 하지만)을 강구한다든가, <목단화>의 정숙이 홍동지 집에 머무를 때 인근 주민들로부터 좋은 평판을 획득하는 경우 등 여러 곳에서 그런 사례를 확인할 수 있다. 이와 같이 권력과 성취의 가치유형에 대한 여성들의 도전은, 이미 획득한 권력을 행사하는 남성들의 경우와는 달리, 권력이 없는 상태에서 이를 획득하려는 노력이라는 점에서 훨씬 역동적이다. 뿐만 아니라 '자아증진'이라는 면에서도 욕구의 정도가 훨씬 강해 보인다.

이러한 해석의 결과는 여성인물이 남성인물보다 변화에 더 개방적이라는 앞의 분석 결과와 연결될 수 있다. 즉 김교제 신소설의 여성인물들은 남성인물보다 변화에 더 개방적인데, 이들이 원하는 변화라는 것은 개인적 성공이나 사회적 인정을 통한 지배적 위치의 확립에 초점이 맞추어졌다. 이는, 다시 앞의 [표 7]에서, '자기초월'의 차원을 확인해 보면 분명해진다. 자신보다는 인류의 복지와 행복을 중요하게 여기는 '자기초월'의 차원에서 남성인물은 여성인물보다 더 많은 가치지표를 가진다. 이는 남성인물들이 원만한 집단의식이나 사회와 세계에 관심이 더 크다는 의미로 읽힌다. 결국 남성들이 여성들에 비해 더 집단주의적 특성을 보이고 있는 것이다. 반면 여성인물들은 집단이나 사회보다는 개인 능력 강화에 초점을 맞추는 개인주의적 특성을 보여준다.

더 많은 분석 데이터와 해석학

김교제 신소설에 등장하는 작중인물의 보편적 가치 분석을 통해 얻은 이런 결과는, 남성과 여성에 대한 일반적인 기대가치와는 배치되는 측면이 있다. 예컨대 슈와츠는 "남성들은 여성들보다 권력, 성취, 쾌락주의, 자극 그리고 자율 가치에 더 많은 중요성을 부여하고, 여성들은 남성보다 존중, 보편주의, 준수, 안전 가치 등에 더 많은 중요성을 부여한다."[15)]는 가설을 제시한 바 있다. 이는 남성들이 여성보다 자아증진에 더 관심이 많고 변화에 더 개방적이며, 반면 여성들은 자아초월이나 보수적 성향이 강하다는 말과 같다. 또한 개화기에 대한 기존 연구들은 대개 신소설의 여성인물을 신교육이나 자유결혼 같은 사회계몽적 차원의 문제와 직접 연결시킴으로써 그들의 추구 가치가 사회적, 민족적, 집단적 성격을 띤다고 예단하도록 만들었는데, 여기서도 여성들은 자기 자신보다는 사회나 민족과 같은 자기초월적 가치에 가까운 것으로 정리되어 왔다.

남성과 여성에 대한 일반적인 기대가치와 여기서 행한 김교제 작중인물들의 가치유형 분석 결과 사이에 이런 비틀림이 생긴 것을 어떻게 이해해야 할까? 또, 신소설 전반으로 논의를 확장했을 때, 이 글의 가치유형 분석 결과처럼 다른 신소설 작품의 여성인물들에게서도 개인 능력 강화에 초점을 맞추는 개인주의적 특성이 그대로 유지될 수 있을까? 향후 이인직, 이해조, 최찬식의 작품을 비롯한 신소설 전반으로 작중인물의 가치유형 분석을 확대해 가면서 정밀하게 검증해 볼 필요가 있는 것으로 보인다. 그리고 도출된 분석 결과를 사회문화적으로 어떻게 설명하고 의미 부여할 수 있을지 앞으로의 지속적인 연구가 필요하다고 판단된다.

또한 가치유형 분석방법론의 정밀화와 함께, 작중인물의 가치유형에 대한 실제 분석 데이터를 축적하는 일도 필요하다. 이에 대한 지속적인 작업이 이루어진다면, 신소설에 대한 새로운 해석적 가능성이 열릴 수 있다. 이인직, 이해조, 최찬식 등 작가별 작중인물의 가치유형 비교, 1910년 이전과 이후 작품의 작중인물 가치 지향성 비교, 소위 인기작품과 그렇지 못한 작품에 등장하는 작중인물 가치 범주 비교, 나아가 신소설과 애국계몽소설의 작중인물 가치 비교 등 다양한 군집별 비교가 가능해질 것이다. 그리고 종국적으로는, 민족의 자주독립이라는 역사적 과제에 직면해 있던 1910년을 전후한 시기에, 과연 각각의 개인들은 무슨 생각 속에서 무슨 가치를 추구하며 살아갔을까? 그리고 그들의 가치 지향은 그 이후의 사람들과 어떻게 달랐을까? 하는 질문에 답하는 것도 가능해질 것이다.

여성인물의 탈주 양상과 가치유형

1. 신소설 속의 여성인물들

〈삼각산〉과 〈옥련당〉

신소설 중에는 여성인물의 탈주가 중심 서사를 이루는 작품이 아주 많다. 지금까지 연구가 거의 이루어지지 않은[16] 〈삼각산〉과 〈옥련당〉도 그런 신소설 작품이다. 〈삼각산〉은 1912년 9월 광동서국에서 간행된 저자 미상의 신소설로, 연극장 구경에 나섰던 심씨가 시댁으로 귀가하는 것을 포기하고 탈주를 이어가는 내용이다. 특히 이 작품은 탈주 이후 원래의 자리로 복귀했던 심씨가 재탈주함으로써 당시 신소설 여성인물들이 탈주복귀의 구도로 그려졌던 것과 비교할 때 흥미롭다. 한편 〈옥련당〉은 1912년 2월~11월까지 『경남일보』

● 〈옥련당〉 상권은 1913년 7월 이전에 '동양서원 소설총서' 제3집 제3편으로 출간된 바 있고, 〈옥련당〉 하권은 1913년 10월 20일 동양서원에서 출간된 바 있다. 그 후 1923년 1월 박문서관에서 상하합본으로 다시 출간되었다. 1923년 박문서관 판본은 신문 연재본과 어휘와 어구 수준에서 약간의 차이가 발견되지만 서사적으로 의미 차이를 발생시킬 정도는 아니다.

에 연재된 박영운 저작의 신소설로, 이후 한두 차례의 단행본 출간◉ 사실이 확인되는 작품이다. 계모의 살해 음모를 피해 집으로부터 탈주한 옥형이 시비 홍련과 함께 부친의 임지를 향해 길을 떠나 한반도 전역을 떠돌게 되는 내용이다. 이 글에서 <옥련당>에 주목하는 것은 작가 때문이기도 하다. 저작자 박영운은 그동안 친일적 성향의 작가로 잘못 알려져 왔다. 하지만 이 책의 제2장에서 다루었던 것처럼 그는 철저하게 민족주의적 삶을 살았던 인물이다. 그의 작품에 대한 새로운 연구가 필요해진 상황이다.

두 신소설은 작품 내의 스토리 시간이 거의 일치한다. 그러면서도 여성인물의 가치 지향은 크게 다르기 때문에 비교 분석에 대한 흥미를 더한다. <삼각산> 심씨의 첫 번째 탈주는 1900~1901년 사이에 발생하며, 복귀 후 두 번째 탈주 시기는 러일전쟁이 끝난 1905년 이후이다. <옥련당>의 옥형의 탈주는 1900년 전후로 시작되며 1905년 러일전쟁이 끝날 때까지 계속된다. 두 작품의 스토리 시간은 1900년부터 1905년까지로 정확하게 일치한다. 또한 두 작품 모두 여성인물을 뒤쫓는 추적자가 등장한다는 점에서도 공통점을 지닌다. <삼각산>에서는 초현이 심씨를 추적하며, <옥련당>에서는 윤병호와 여상준이 옥형과 홍련을 추적한다. 하지만 이런 공통점에도 불구하고 두 작품의 여성인물이 탈주 과정에서 보여주는 가치 지향은 크게 다르다. 연구에 활용한 판본은 <삼각산>은 BGN-2019 : 400, <옥련당>은 BGN-2019 : 558이다.

집 밖으로 나서는 여성들

일반적으로 신소설은 남성인물보다 여성인물이 서사의 중심을 차지하는 경우가 압도적으로 많다. 그래서 신소설은 여성 중심적인 장르라는 특질을 가진다. 이렇다 보니 심진사라는 남성인물을 중심으로 멕시코 노동이민의 문제를 작품화했던 이해조의 <월하가인>은 예외적인 경우로 보일 정도이다. 그런데 이보다 더 흥미로운 특질은 신소설 속 여성인물들이 집 안의 세계보다는 집 밖의 세계에 주로 위치한다는 점이다. 비슷한 시기의 일본과 중국 소설들과 비교해 보더라도 한국 신소설의 여성인물이 갖는 가정적 존재로서의 특질은 현저하게 약하다. 1890년대에 발전한 일본 가정소설의 여성 주인공은 모험이나 기적의 세계와 어떤 연관도 없으며 남성이 집 밖에서 모험을 감행하는 동안 가정에서 음해당하고 수난에 처한 채 기다려야 하는 인물이다. 또한 1910년대 이후 성행한 중국 원앙호접파의 여성 주인공들은 남성 주인공을 매개로 정치 사회와의 접점을 확보함에도 불구하고 그들의 존재는 가정에서 비롯되어 가정에서 끝난다.17) 반면 한국 신소설의 여성인물들은 이들과 달리 집에서 탈주하여 밖으로 나서는 경우가 많다.

그래서 이 글에서는 신소설 여성인물들의 '탈주'에 주목하였다. '탈주'는 탈신도주(脫身逃走), 즉 몸을 빼내 도망한다는 뜻이다. 탈주는 탈주 이후를 대비하는 어떤 비전의 유무를 떠나서 그 자체만으로도 적극성을 띤 행위이다. 기존 연구에서는 이와 관련된 행위를 대개 '가출'이라는 용어로 정리해 왔다. 하지만 이것이 여성 수난과 연결되면서 너무 부정적 의미망 속에 갇히게 되었다. 신소설 여성인물들은 자신의 신념이나 뜻에 반하는 상황에서 벗어나기 위하여 집을 떠나거나 자살을 택한다. 우리는 이런 행위를 적극적 의미로서, 혹은 시대적 코드로서 다시 읽어야 할 필요가 있다.

실제로 신소설에서는 성별, 나이, 계급에 상관없이 많은 등장인물들이 여러 가지 이유 때문에 익숙한 세계에서 탈주하여 낯선 세계로 향하고 있다. 그들은 <혈의 누>의 옥련과 구완서, <치악산>의 백돌, <추월색>

의 영창, <광악산>의 강을형이 그랬던 것처럼 유학생이 되기도 하고, 혹은 <소학령>의 강한영의 가족들, <송뢰금>의 계옥의 가족들, <월하가인>의 심진사처럼 이주민이 되기도 한다. 유학생이든 이주민이든 그들의 공통점은 그들이 국가라는 경계를 넘어가는 인물들이라는 점이다. 근대적 국민국가 건설이 요청되었던 당대적 상황을 고려할 때 이들의 국경을 넘는 탈주 행위는 중요한 의미를 띨 수밖에 없다. 신소설의 근대성과 계몽성을 강조하는 연구에서는 대개 이런 국외로의 탈주 문제를 다루었다.

그런데 이와는 다른 탈주 양상을 보여주는 신소설 인물도 많다. 그들은 집이라는 익숙한 세계에서 탈주하지만 국경을 넘어가지 않고 국내에서 탈주를 이어간다. <치악산>의 이씨부인, <홍도화>의 태희, <화세계>의 수정, <광악산>의 태희를 비롯하여 국내 탈주 양상을 보이는 인물은 대부분 여성들이다. 그리고 신소설 서사는 이들 탈주 여성들에게 닥치는 겁탈의 위기와 모면을 반복서술 하는 경우가 허다하며, 이와 관련해서는 이 책의 4장에서 이미 다룬 바 있다. 그런데 이런 국내 탈주는 그동안 여성 수난이나 남녀 이합이라는 고소설적 주제와 연결된 퇴행적 통속성의 측면에서 주로 이해되어 왔다. 물론 그런 측면을 완전히 부정하기는 힘들다.

그럼에도 불구하고 신소설에서 여성인물들이 계속 집 밖으로 탈주하고 있다는 사실은 보다 중요하게 다루어져야 할 듯하다. 이는 앞서 이야기했듯이 비슷한 시기 일본이나 중국의 소설과는 다른 한국 신소설 서사의 중요한 특질일 뿐만 아니라, 또한 이는 당대인들이 당대적 시각에서 바라본 여성성의 어떤 문제를 포착하게 하는 실마리가 될 수도 있기 때문이다. 따라서 이 글에서는 당대 여성성의 본질이 무엇인지 그 실마리를 찾아보기 위해 신소설이 그려낸 여성인물의 탈주 양상을 정리하고, 그들이 탈주의 과정에서 어떤 가치유형을 추구하는지 살펴볼 것이다.

우선, 여성인물들이 왜 어떤 계기로 탈주를 시작하는지, 탈주 여정을 어떻게 보내는지, 그리고 탈주는 어떻게 마무리되는지 3단계로 나누어 탈주의 양상을 정리할 것이다. 이를 통해 <옥련당>과 <삼각산>은 여러 측면에서 비교되는 작품이라는 사실이 자연스럽게 드러날 것이다. 특히 탈주 여성의 행위를 통해 추출하게 될 그들의 가치유형과 가치 지향이 극명하게 대비됨으로 해서 신소설 서사의 다양성을 확인하는 한 계기가 될 것이다.

참고로, 탈주 여성의 가치유형과 가치 지향의 분석에는 슈와츠(Shalom H. Schwartz)의 '보편적 가치이론(Universal Value Theory)'을 적용하였다. 슈와츠의 '보편적 가치이론'은 이 책의 5장 「작중인물의 가치유형 분석 방법」에서 이미 새로운 신소설 분석 방법론으로 소개한 바 있기 때문에 여기서는 따로 설명하지 않겠다.

2. 탈주의 시작 : 클리나멘의 작동

타율적 상황에서의 탈주

신소설 <옥련당>은 옥형과 그의 시비 홍련이 살해 위협을 피해 탈주하는 이야기이다. 송씨부인은 전실 자식인 옥형이 훗날 집안 재산을 모두 물려받을 것을 못마땅하게 여겨 옥형과 그의 시비 홍련을 송악산 산중으로 데려가 죽이려 한다. 죽음 직전에 그들은 여상준에게 구출되지만 이후로도 송운세에게 쫓기는 상황은 여전히 계속된다. 옥형과 홍련은 '옥련당'에서의 안온한 삶을 더 이상 지속할 수 없게 됐다는 것을 알게 되면서 탈주를 결심한다. 계모의 위계와 살해 위협이라는 타율적 강제가 작동하는 상황에서 탈주 결심이 이루어진 것이다. 이후 그들은 탈주의 종착지를 옥형의 부친이 벼슬살이를 하고 있는 함경도 장진으로 정하고 길을 떠난다.

옥형과 홍련의 경우처럼 타율적 상황과 조건에서 여성인물이 탈주하게 되는 경우는 비단 <옥련당>에 국한되지 않는다. 일반적으로 신소설에서 계모나 시어머니를 비롯한 주변인물의 박해와 음모, 혹은 부모의 혼인 강제 등의 상황에 몰린 여성들은 집으로부터 탈주를 시도한다.● 예컨대 당대 최고 인기 신소설로 22판까지 출판되었던 <추월색>●●의 여주인공 이정임, <소양정>의 정채란, <금강문>의 경원 등이 대표적이다. 이밖에 <금옥연>의 옥녀, <화세계>의 수정도 부모가 자신의 신념에 반하는 혼인을 강제하자 탈주를 감행하는 여성인물이다. 이처럼 여성인물의 탈주가 타율적인 상황과 조건에서 시작되는 것은 신소설의 서사문법이라 할 만큼 일반적이다.

● 이런 상황에서 탈주하지 않는 여성들은 대부분 자살을 선택한다. 그런데 그들은 반드시 누군가에게 구출되며 결국은 탈주 여성들이 겪게 되는 것과 동일한 위험에 노출된다. 따라서 자살의 경우도 여성 탈주의 변형태라고 볼 수 있다.

●● <추월색>의 판본수는 연구자마다 다소 다르게 언급하는데, 필자가 조사한 바에 따르면, 1935년 10월 30일, 박문서관에서 80쪽 분량으로 발행한 22판(BGN-2019 : 798)이 마지막 판본으로 확인되었다. 이 판본은 한국학중앙연구원, 아단문고, 영남대학교, 일본 토야마대학 등에 소장되어 있다.

이처럼 타율적인 상황과 조건에서 시작된 신소설 여성인물의 탈주 행위를 슈와츠의 '보편적 가치이론'의 가치유형과 관련시켜 보면, 그 행위 자체는 자율(Self-Direction)이나 성취(Achievement)의 가치에서 먼 거리를 위치한다. 이로 본다면 신소설 여성인물들은 대체로 '변화에 개방'(Openness to Change)적이거나 '자아 증진'(Self-Enhancement)의 가치 지향을 보이지 않는 인물들로 판단할 수 있다. 가치 지향의 측면에서 본 이러한 특성은 신소설 남성인물들과 비교된다. 비록 남성인물 모두가 그런 것은 아니지만,

남성인물 중에는 스스로의 선택에 의한 자율과 성취 지향적 탈주를 보여주는 사례가 확인되기 때문이다. 예컨대 스스로의 선택으로 해외 유학을 떠난 <혈의 누>의 구완서와 옥련의 아버지, <치악산>의 이철식 등이 여기에 해당한다. 이들의 선택과 행동은 분명 자율과 성취 지향적인 측면이 강하고, 따라서 '변화에 개방'적이며 '자아 증진'의 가치 지향을 보인다고 할 수 있다.

'연극장'이라는 근대적 형식

<삼각산>의 여주인공 심씨의 탈주에서는 다른 신소설 여성인물에게서 찾아보기 힘든 가치 지향을 확인할 수 있어 흥미롭다. 시댁 안에서 유폐된 듯이 살아가던 심씨는 어느 날 우연히 '연극장'에 대한 소문을 듣게 된다. 연극장은 당연히 심씨가 한 번도 경험한 적 없는 최신의 문화상품으로, 당시 신문, 철도, 학교 등과 함께 근대 문명의 상징 같은 공간이었다. 연극장에 관한 <삼각산>의 서술에 따르면, 연극장은 국가의 대신들로부터 '압집 홍남의 모'나 '뒤집 금단의 올케'(3쪽) 같은 일반 백성에 이르기까지 많은 이들이 즐기는 것으로 소개되고 있다. "아희로 노릭도 불니고 기싱으로 춤도 츄이난 것"(3쪽)을 연극이라 한다고 하는 것을 보면, 당시의 '연극'은 오늘날의 연극과는 많이 다르며 일종의 '연희'에 가까웠던 것을 알 수 있다.

그런데 당대의 사람들에게는 '연극'이라는 내용물보다 오히려 연극장이라는 제도(형식)가 문제가 되었다. 연극장은 한마디로 입장료를 내면 누구나 입장할 수 있는 공공의 장소였고, 이 안에서는 남녀나 계급보다는 입장료의 다소에 따라 상등, 중등, 하등의 자리가 주어졌다. <삼각산>에서는 연극장의 상등, 중등, 하등의 자릿값이 각각 20전, 15전, 10전이라는

서술이 나온다. 이런 의미에서 연극장은 신분이 가장 중요했던 봉건적 질서와 아주 다른 근대적 삶의 형식이자 근대적 풍속이었다. 연극장은 당대 사람들에게 사회의 전통적인 지배질서를 교란하는 헤테로토피아(heterotopia)로서 남녀노소가 뒤섞이는 상풍패속(傷風敗俗)의 공간으로 지목될 만큼 커다란 사회 문제로 인식되었다. 당시 신문들은 끊임없이 연극개량론 혹은 연극장 풍속개량론을 제기하는 논설들을 실었다.[18] 신소설에서도 연극장을 젊은 남녀가 어울리며 풍속을 저해하는 공간으로 서술한 경우가 여럿 발견된다. <산천초목>, <안의성> 등에 나오는 아래 인용문을 보면 연극장에 대한 당대 평가의 한 측면을 쉽게 짐작할 수 있다.

[5] 긔왕 연극을 흐랴거던 력사뎍(歷史的) 학문뎍(學問的)으로 아모조록 풍속을 개량흐거나 지식을 발달홀 만흔 것을 흐지 안이흐고 맛치 음담픽셜로 남의 집 부녀와 졀믄 자식들을 모다 바리게 흐는 와굴을 만드니 경무청에셔는 웨 뎌런 것을 엄금흐지 안이흐누 (산천초목, 1~2)

[6] 근일에 소위 녀학싱이란 것들은 졍작 학문은 아모 것도 업고 지례 시여셔 남녀동등이니 텬부인권이니 흐는 말을 주장흐야 말괄양이가 되지 아니흐면 무뢰 소년과 연극장 츌입이나 흐는 것을 능스로 아는 것들 쑨인즉 그런 것은 아모쌱에 쓸 곳이 업는 고로 혼쳐를 구흐기가 극난이오 (안의성, 13)

하지만 당대 지식인들의 이런 부정적 평가와는 무관하게, <삼각산> 여주인공 심씨는 연극장 구경에 대한 욕망을 제어하지 못한다. 연극장에 대한 소문들 들었던 그날 밤, 심씨는 그 강렬한 유혹에 끌려 장롱 깊숙이 간직해 두었던 돈을 꺼낸다. 아이를 낳게 되면 색실을 사서 옷을 지어 입히라고 시집올 때 친정에서 마련해 준 돈이었다. 아이 옷과 연극장 구경을 맞바꾼 선택에서 심씨의 욕망이 얼마나 크게 폭발하고 있는지 가늠할 수 있다. 심지어 그녀는 시어머니를 속이기까지 한다. 시어머니에게는 이모님 댁에 다녀오겠다는 거짓말을 둘러대고 홀연히 집을 나섰던 것이다.

강렬한 욕망에 이끌린 탈주

연극장 구경에 나선 심씨의 이런 행동은 스스로의 욕망과 판단에 따라 이루어진다. 이는 자율(Self-Direction)의 가치유형에 속한다. 뿐만 아니라 아이를 위해 준비해 둔 돈을 쓴다든지, 시어머니에게 거짓말을 하는 등 충동을 자제하지 못하고 사회적 규범과 기대를 위반한다. 이런 거침없는 행동을 볼 때, 심씨는 슈와츠의 보편적 가치유형 중에서 준수(Conformity)의 가치유형보다는 삶에서의 흥분과 진기함을 추구하는 자극(Stimulation)의 가치유형을 더 중요시하는 인물로 해석될 수 있다. 아니 당대의 최신 문화상품인 연극장을 간다는 자체가 자극의 가치를 선호하는 인물임을 증거한다. 자율과 자극은 '변화에 개방'(Openness to Change)적인 가치 성향을 가리키며, 이는 전통이나 준수의 가치유형이 속하는 '보수'(Conversation) 성향과는 대척점에 위치하는 가치이다. 결국 심씨는 <옥련당>의 옥형이나 그 밖의 다른 신소설에 등장하는 여러 여성인물들과는 가치 지향이 다른 인물로 해석될 수 있다.

그런데 연극장으로 향하는 심씨의 욕망과 행동이 이렇게 강렬하고 적극적이라는 사실에도 불구하고, 그것에는 시대적 한계가 있을 수밖에 없다. 실제로 그녀의 이런 행동도 사실은 남편의 무관심과 시부모의 완고함에서 비롯되고 있다는 사실이다. 특히 집안은 돌보지 않고 갈보집을 전전하면서 세월을 보내는 연하의 남편 때문에 심씨는 삼사년 동안이나 울울한 시집살이를 해 왔다. 가부장제적 구습이 엄존하는 시집에서 심씨는 며느리이자 한 남자의 부인으로 철저하게 계열화된 삶을 살아왔고,

그것은 철저하게 유폐된 삶과 다름없었다. '변화에 개방'적인 성향을 지닌 심씨에게 있어서 유폐된 생활은 심각한 자아 정체성 갈등을 초래하지 않을 수 없다. 답답한 기존 체계를 거부하고 벗어나려는 심리가 여기서 발동하는 것이다. 결국 연극장이라는 새로운 공간에 대한 심씨의 관심은 한마디로 가부장적 질서로부터 벗어나려는 탈주 심리에서 기원한다고 볼 수 있다.

연극 공연이 끝나고 연극장 상층에서 층계를 내려오던 심씨는 발목을 삐는 사고를 당한다. 이때 한 노파가 도와주려고 어디 사는 누군지를 묻는다. 이 질문을 받고 심씨는 이런 생각을 한다.

[7] 남편이나 금스리 됴으면 이 허물 져 허물 더퍼나 줄연만 오날밤도 어늬 갈보집 구석에서 무삼 쑴이나 쑤난지 알 수 업고 완고 셩어리가 가득한 시부모한테 이런 통긔를 ᄒ면 하인도 안이 보늬 줄 쑨더러 도로혀 죽일 년 살일 년 하난 말만 드를쎨 시집에는 긔별ᄒ여도 소영업고 친뎡 집은 삼십리 뱃 촌가이니 이 일을 엇지하리 (14)

결국 심씨는 시집과 친정이 모두 시골 먼 곳이라고 대답하고, 집으로 돌아가는 것을 포기한다. 일종의 클리나멘(clinamen) 즉 관성, 타성, 중력에서 벗어나는 적극적이고 능동적인 힘이 작동하기 시작한 것이다. 클리나멘은 기존의 지배적 질서에서 벗어나려는 모든 것에 작동한다.[19] 클리나멘이 심씨에게서 아주 사소한 계기에도 불구하고 작동하게 되는 것은 그녀가 기본적으로 자율과 자극이라는 가치유형을 중시하면서 '변화에 개방'적인 성향을 지닌 인물이었기 때문이다. 클리나멘이 작동하는 바로 이 순간, 심씨의 탈주는 본격적으로 시작된다. 사회적 규범이나 관습, 통념, 상식의 형태로 습득된, 누구에게나 동일하게 반복되는 경직된 삶의 체계에서 벗어나고 있는 것이다.

3. 탈주의 여정 : 정체성 지키기와 바꾸기

반복되는 겁간의 위기

기존의 익숙하고 안전한 것과 작별하고 낯설고 이질적인 것들과 접속하는 과정을 탈주의 여정이라 할 때, 일반적으로 대부분의 역사적 국면에서 나타나는 탈주의 여정은 새로운 세계를 꿈꾸게 하고 새로운 질서를 생성하는 데 동참하는 경우가 많다. 이런 변혁의 가능성 때문에 길 위의 탈주자들은 관료제의 최대 적으로 간주되기 쉽다. 그런데 신소설 작가들은 이러한 탈주의 변혁적 가능성에 별로 주목하지 않는다. 다시 말해서 신소설의 탈주 여성들은 탈주를 시작했으되 새로운 세계 혹은 새로운 질서의 추구와 생성으로 나아가지 못하는 한계가 있다. 구질서에 대한 거부가 곧바로 새로운 질서에 대한 전망으로 연결되기 어렵다는 것을 신소설 서사는 분명하게 보여준다.

그렇다면 신소설 속 여성들의 탈주 여정은 어떻게 구성되는가? 신소설 여성인물의 탈주에서 변혁적 가능성이 포착되지 않는다는 것은, 그들이 탈주 여정에서 어떤 능동적 행위도 하지 못하고 있다는 의미이다. 그들은 단지 수동적인 입장에서 우연한 상황과 조우할 뿐이다. 즉 그들은 길 위에서 자주 여성성의 훼손 즉 겁간의 위험과 맞닥뜨리게 되며, 그 위험으로부터 한 번 더 탈주해야 하는 상황에 처한다. <옥련당>의 옥형은 신소설의 여성인물이 처하게 되는 이런 위험의 극단적인 사례를 보여준다.

[표 8] 〈옥련당〉의 여성인물 옥형에게 닥친 위기

장소	위기의 내용	위기 해소	비고
옥형의 처소인 옥련당	송운세가 옥형을 강포하게 욕보이려 함.	홍련이 나타나 송운세를 저지함.	5쪽
송악산 외딴집	방가와 리가가 옥형과 홍련을 죽이는 대신 겁간하여 자기 여자로 만들려 함.	여상준이 벙어리로 가장하여 옥형과 홍련을 구함.	25쪽
장진군 운동 주막	장진 읍내 사내들이 옥형과 홍련이 사내가 아님을 알고 겁간하여 함.	주막 주인이 다른 사람들을 불러 구해줌	51쪽
장진군 운동 주막	옥형과 홍련을 구해 준 동네 사내들이 다시 그녀들을 겁간하고 취하려 함.	옥형의 부친에게 은혜를 입었던 동네 존위 영감 덕분에 위기를 모면함.	52~56쪽
영진포에 정박한 남포행 배안	대동강 강변에서부터 쫓아온 양춘식이 잠든 옥형을 욕보이려 함.	옥형과 홍련이 깨어 소리를 지르자 양춘식이 도망함.	105~108쪽
목포행 화륜선 안	양춘식이 풍랑에 배멀미가 심한 옥형을 겁탈하려 함.	깨어난 홍련이 저항하여 위기를 모면함.	113~114쪽
무안 가는 길목에 있는 양춘식의 동네 외딴집	양춘식의 계략으로 옥형과 홍련이 마취약을 마시고 겁욕의 직전까지 감.	옥형의 격렬한 저항 후 뒤쫓아온 윤병호와 여상준에게 두 사람 모두 구조됨.	120~124쪽

[표 8]에서 확인할 수 있는 것처럼, 옥형은 서사의 초반부에 계모의 조카인 송운세에게 봉욕의 위기를 겪은 것을 시작으로 모두 7번에 걸친 겁간의 위기를 겪는다. 당대의 풍속은 탈주하는 여성들에게 극단적으로 적대적이었다. 〈옥련당〉에 서술된 내용에 따르면, 탈주하는 여성들은 자기 서방을 버리고 다른 놈을 찾아 도망가는 것으로 오해를 받거나 매도당하기 일쑤였고, 이렇게 도망하는 계집은 아무나 잡아 매질하고 악형을 가하며 마음대로 자기 계집을 만드는 것[20]마저 허용되고 있었다.

그래서 탈주 여성들은 자신의 탈주 사실을 철저히 감춰야 했고, 이를 위해 동원되는 방법은 '정체성 숨기기'였다. 여기서 숨겨야 하는 '정체성'이란 유교적 가부장제가 부과하는, '규중의 여자' 혹은 '누구의 며느리나 부인'이라는 여성성과 관련된다. 탈주 여성들은 여성적 정체성을 생명과 동일시했다. 여성적 정체성의 충만(혹은 과잉)이라 하지 않을 수 없다. 따라서 그들의 탈주 여정은 충만한 정체성을 지키고 보존하려는 성격을 띠게 된다.●

●20세기 초의 신소설 속 여성인물들에게서 보이는 여성적 정체성의 충만이나 과잉은, 20세기 끝 무렵 1990년대 여행 서사에 등장하는 주인공들이 자기 정체성의 결핍에 시달리는 것과 대조된다. 이들은 여행에 나섬으로써 잃어버린 자아에 대한 집요한 추적에 나선다.

남성성의 기호로 위장하기

신소설의 여성인물들은 여성적 정체성을 지키는 방법으로 남장을 자주 활용했다. 남장은 '남성성'의 기호로 위장하는 것이며, <목단화>의 정숙, <금옥연>의 옥녀를 비롯하여 수많은 탈주 여성들이 이 방법을 썼다. <옥련당>의 옥형도 본격적인 탈주 여정을 시작한 이후 곧바로 참빗장수 총각으로 남장을 한다.

> [8] 얼골은 불어 세슈를 아니ᄒᆞ고 말소리도 남자의 음성으로 변ᄒᆞ고 긴 머리치는 두루머리로 둘너언고 몃산자 모양으로 봇짐을 ᄒᆞ여지고 봇짐 속에는 참빗 몃십 기를 사셔 넛코 강원도 젼폭을 지ᄂᆞ여 함경도 싸를 드러셔는 평강 츄가령을 넘어가는 큼직한 총각 두 기가 잇스니…
> (옥련당, 38)

인용문은 옥형과 홍련의 남장한 모습을 서술하고 있는 대목이다. 옥형은 이에서 그치지 않고, 남장의 효과를 높이기 위해 상투를 틀고 총각에서 새서방으로 남장을 바꾸는 용의주도함을 발휘하기도 한다. 이런 남장이 제대로 효과를 발휘하면서, 장진읍의 한 젊은 유부녀가 홍련의 남장한 모습에 반하여 남편을 버리고 홍련을 따라나서는 일까지 발생한다. 그런데 이런 용의주도한 남장과 연관된 사건들은 옥형과 홍련이 남성 중심의 가부장제 아래에서 철저하게 훈련되고 남성적 질서에 깊이 감화된 여성이라는 사실을 더욱 부각시킨다. 남성 중심적 가치를 지키기 위해 그들은 하시라도 죽을 결심이 되어 있다. 이런 의미에서 그들은 남성보다 더 남성적일 수 있다. 유교적 가부장제를 수락하고 그 관습과 사상을 존중한다는 의미에서, 그들은 슈와츠가 분류한 가치유형 중 준수와 전통의 가치유형을 가진 것으로 분류된다. 이는 '보수' 지향성을 띠며, '변화에 개방'적인 것과는 아주 멀다. 따라서 그들이 남성 중심의 기존 체제를 전면적으로 거부·이탈하거나 완전한 체제 변혁을 꿈꾼다는 것은 불가능에 가깝다. 이는 옥형의 세계 여행에 대한 다음과 같은 생각을 통해서도 분명하게 드러난다.

일본 상선을 타고 무안으로 향할 때 옥형은 이런 말을 한다. "이 셰상에 죠고만흔 죠선 천지는 이만ᄒ엿시면 거의 다 도라본 모양인데 한번 몸을 ᄲᅦ여 천하 각국으로 도라다니며 실컷 구경이나 하고 죽어시면 됴켓다마는 녀ᄌ의 몸이 그럿치도 못하고 가셕흔 일이 안이냐"(110~111쪽). 작은 조선을 벗어나 천하 각국을 두루 돌아다니고 싶다는 해외 탈주의 꿈은 분명 국내 탈주의 여정을 통해 생겨난 것이다. 해외 탈주의 욕망, 그것만으로도 옥형은 처음 탈주 이후 많은 변화를 겪고 있음을 알 수 있다. 하지만 옥형의 한계는 여기까지였다. 해외 탈주는 남자에게나 가능하고 여자에게는 불가능한 것이라고 미리 단정해 버리고 만다. 익숙하고 통념적인 유교적 가부장제 질서에 아무런 근본적인 의문도 제기하지 못하는 것이다.

정체성 전환의 욕망

그런데 <삼각산>에 등장하는 '심씨'는 이와 다른 성향을 보인다. 심씨는 유교적 가부장제 하의 정체성을 보존하고 지켜야 하는 무슨 특별한 것으로 생각하지 않는다. 시집간 여성들을 예외 없이 '서씨 부인' '백씨 부인' 등으로 지칭했던 신소설적 관례와는 달리, <삼각산>에서는 그녀를 그냥 '심씨'라고만 일관되게 지칭한다. 결혼한 여자임을 강조하는 '부인'이라는 꼬리표를 떼어버린 것이다. 이런 서술 태도는 <삼각산>의 심씨를 체제 귀속적 인물이 아닌 탈주를 욕망하는 개별적 인물로 이해하게 만드는 단서로 작동한다. 이 단서에 주목하면서 심씨의 탈주 여정을 다시 읽다 보면, 심씨가 유교적 가부장제의 정체성에 미련이 없으며 심지어는 그것을 거부하는 인물로 그려진다는 것을 알 수 있다. 기존 정체성의 거부는 결국 정체성 전환으로 귀결될 수 있다.● 이는 <옥련당>의 옥형과 홍련이 변장을 통해 정체성을 애써 감추지만 결코 그것을 거부하거나 포기하지 않는 것과 극명하게 대비된다.

● 정체성 전환이란 일종의 다른 것 '-되기'이다. 들뢰즈와 가타리가 <천의 고원>에서 말했던 '-되기'는, "자기-동일적인 어떤 상태에서 벗어나 다른 것이 되는 것이고, 어떤 확고한 것에 뿌리박거나 확실한 뿌리를 찾는 것이 아니라 거기서 벗어나는 것"이다. 21)

연극장 사고로 본격적인 탈주를 시작한 이후, 심씨는 자신의 삶과는 전혀 이질적인 새로운 대상과 연결되고 접속한다. 그 첫 번째 대상은 남편에게 소박을 맞고 혼자 사는 노파였다. 피마동 사는 이 노파는 연극장에서 발을 다친 심씨를 데려다 침을 맞히고 간호를 해 주던 인물이다. 그런데 이 노파의 집에서 하룻밤을 지내게 된 심씨는 집 걱정을 전혀 하지 않는다. 당장 자신의 발목 아픈 것이 거슬릴 뿐, 집으로 돌아갈 생각조차 아예 없는 것이다. 심지어는 노파가 십여 일 조리하여 발이 나으면 시댁으로 돌아가라 조언하지만, 심씨는 이에 아랑곳하지 않고 밥만 먹여주면 노파의 집에서 평생이라도 살 궁리를 한다. 시집살이 삼년을 속아 지낸 세월이라고 생각하면서(18쪽), 시댁에 대한 완강한 거부를 보인다. 이를 통해 심씨가 남의 며느리와 남의 부인으로 계열화된 삶을 강력하게 거부하고 있음을 알 수 있다. 남의 며느리, 남의 부인이 아닌 새로운 무엇이 되고 싶어 하는 정체성 전환의 욕망을 읽어낼 수 있다. 하지만 안타깝게도 심씨의 이런 욕망은 쉽게 현실화되지 않는다. 그녀에게 잠시 도움을 주던 노파가 남편의 빚 때문에 온다간다 소리도 없이 사라져 버리기 때문이다.

이렇게 되자 심씨는 다시 여승을 따라 길을 나서기로 결심한다. 불화를 팔기 위해 상경하여 노파의 집에서 며칠째 함께 묵었던 여승이다. 여승도 처음에는 그녀를 만류한다. 여승은 "천인이 불가라 ᄒᆞ고 만인이 또 불가라 할지라도 법으로 지은 시집이 됴흔 거시니 구박을 밧드릭도 시집으로"(24쪽) 들어가는 것이 도리에 온당한 일이라고 충고한다. 기존 체제를 준수(Conformity)하며 정해진 틀에 맞춰 사는 것이 좋다는 충고이다. 하지만 이번에도 심씨는 자신이 "만일 집에 드러가 몹슬 구박을 밧는 날이면 프측한 성정에 수화라도 쩌리지 안코 죽소 말"(24쪽) 것이라고 하면서 귀가를 완강히 거부한다. 심씨의 결심이 굳어진 것을 확인하고 여승은 심씨에게 '의본(衣鉢)을 전수'(25쪽)하여 후계자로 받아들이기로 결심하고 동행을 허락한다. 심씨가 남의 며느리나 부인으로서의 정체성을 벗어나 여승이라는 새로운 정체성을 암묵적으로 승인받은 순간이다. 심씨는 이처럼 과거의 정체성을 버리고 새로운 정체성을 선택하는데 주저함이 없다. 애초부터 '변화에 개방'적인 성향을 보여주었던 심씨였기에 이런 정체성 전환의 시도가 전혀 어색하지 않다.

<옥련당>의 옥형과 홍련이 탈주 이후에도 여전히 유교적 가부장제가 부과하는 여성적 정체성을 유지하려고 온갖 방법을 동원했던 것과 달리,

<삼각산>의 심씨는 새로운 연결과 접속을 통해 며느리, 부인, 딸 혹은 손녀라는 기존의 자기 동일성으로부터 벗어나 다른 정체성 갖기를 꾸준히 시도한다. 더욱이 심씨가 되고자 하는 여승은 당시 유교적 가부장제의 주변부에 위치하는 소수파이다. 주변적이고 소수자적인 삶의 형식을 모방하는 것은 익숙하고 중심적인 것들에 저항하는 효과를 발산하며, 그래서 기존 체제에 미세한 균열을 가져올 수 있다. 심씨의 탈주 이후 그녀의 시집은 차츰 몰락해가고, 이러한 몰락은 가부장 체제의 균열의 징후처럼 읽히기도 한다.

4. 탈주의 끝 : 잠행과 추적자, 그리고 복귀

잠행자의 가짜 스토리

모든 체제에서 길 위의 탈주자는 잠재적 위험 요소로 간주되어 감시당하고, 추적당하고, 감금당하고, 추방당했다.[22] 그런 만큼 탈주자에게 감시자가 따라붙는 것은 어쩌면 자연스러운 상황이다. 감시자들은 드러나지 않은 모습으로 곳곳에 위치하며, 조용히 심연 안에서 생산되는 운동, 돌출, 범법 행위, 소요, 반란 등을 감시한다. 즉 누군가가 체제를 흔들고 교란시키고 환란에 빠뜨리고 전복하려 하지 않는지 감시한다.[23]

<삼각산>의 심씨는 삼방령 주막거리를 지나다 적당패를 만난다. 이곳에서 동행하던 여승은 적당패에게 죽임을 당한다. 여승으로의 정체성 전환을 본격 시도해 보기도 전에 다시 이런 일이 일어나자 아무리 변화에 개방적인 심씨라도 위축되지 않을 수 없다. 심씨는 이후 자신의 탈주 여

정을 최대한 숨기고 잠행자가 된다. 잠행자의 모습이 처음 나타난 것은 심씨가 전진사 집에 찾아들었을 때이다. 전진사는 허리가 활처럼 굽었지만 머리에 관을 쓰고 손에는 책을 든(43쪽) 모습으로 등장한다. 비록 산골에 은거하고 있지만 풍모를 통해 그가 전형적인 유학자임을 알 수 있다. 이런 전진사에게 탈주 여성은 유교적 가부장 질서를 흔들고 교란하는 위험요소일 수밖에 없다. 만약 전진사가 심씨의 탈주 사실을 눈치채게 되면 그는 가부장 체제를 지탱하는 감시자로서의 본모습을 드러낼 것이다. 심씨는 전진사가 자신의 탈주를 위협하게 될 숨은 감시자임을 한 눈에 간파한다. 그래서 그를 속이기 위해 자신에 대한 가짜 스토리를 만들어 낸다. 심씨가 전진사 내외에게 들려준 자신의 가짜 스토리는 이랬다.

무남독녀인 자신은 부모가 걱정되어 시집가는 것을 미루다가 봇짐장수 도령을 데릴사위로 맞았다. 삼년을 의좋게 살았는데 한 번은 데릴사위 남편이 장사를 떠나 삼년이 넘도록 돌아오지 않았다. 그래서 자신이 찾아 나서게 되었다. 다행히 한 여승을 따라 돌아다니며 남편을 수소문했는데, 어느 날 중을 혐오하는 적당패를 만나 여승은 봉욕을 당하여 죽고 자신은 요행 놓여나 도망쳐 왔다는 것이다. 이 스토리에서 심씨는 부모를 섬기고 남편을 받드는, 유교 윤리에 충실한 여성으로 자신을 포장한다. 유교적 가부장제가 요구하는 기대와 규범을 위반한 탈주자라는 사실을 완벽하게 감춘다. 이로써 그녀는 전진사 내외의 호감을 사고 감시의 눈길을 피하는 안전한 은신처까지 제공받는다. 심씨는 감시자들 곁(안)에 숨어 잠행하면서 휴식을 취하고 다음 여정에 대비할 수 있게 된 것이다.

추적자의 정체

그런데 정작 감시자의 곁(안)에서의 잠행이 길어질수록 심씨의 탈주 의

지는 약화된다. 이미 탈주 여정에 지쳐 있었기 때문에 은신처에 안주하려는 심리 변화가 생겨나는 것이다. 전진사 부인이 병이 나자 병수발을 핑계로 전진사 집에서 몇 달을 유하는 것도 이 때문이다. 그러면서 심씨는 차츰 전진사 내외에게 동화되어 간다. 폭력세력 안으로 위장 잠입하였다가 폭력세력에 동화되어 정체성의 혼란을 겪게 되는 흔하디흔한 경찰 스토리를 생각나게 하는 부분이다. 탈주 의지가 약화된다는 것은 심씨가 더 이상 변화에 개방적이지 않고 오히려 보수적인 성향의 인물로 변해간다는 것을 의미한다. 이처럼 탈주의 의지가 가장 약화되었을 때 심씨 앞에 추적자가 나타난다. 추적자는 감시자의 한층 강화된 형태이다.

추적자는 탈주자의 뒤를 밟고 쫓아가서 끝내 탈주를 멈추게 만든다. 그들의 추적 목적은 탈주 여성을 원래의 자리로 복귀시키는 것이다.●

● 추적자를 적대적 추적자로 오해하면 안 된다. 예컨대 <옥련당>에서 옥형을 겁탈할 마음으로 평양에서부터 무안까지 그녀를 지속적으로 뒤쫓는 안춘식 같은 인물은 이 글에서 논하는 추적자의 개념에 속하지 않는다.

<옥련당>의 윤병호와 여상준을 통해 추적자의 모습을 구체적으로 살펴보자. <옥련당>의 윤병호는 옥형의 정혼자이다. 그는 일본 망명객의 신분인데, 어느 날 몰래 귀국하였다가 옥형의 계모인 송씨부인의 밀고로 청풍읍 순교에게 붙잡히게 된다. 이때 옥형과 의남매를 맺은 여상준이 나타나 그를 구해낸다. 이후 윤병호와 여상준은 강원도, 함경도 땅으로 동행하면서 탈주 중인 옥형과 홍련의 종적을 추적하기 시작한다. 그리고 오랜 추적 끝에 두 사람은 무안에 이르러 양춘식 일당에게 겁욕당할 위기에 처한 옥형과 홍련을 극적으로 구해낸다. 이런 스토리 요약으로만 보면 그들은 탈주 여성을 돕고 보호하는 역할을 한다. 기존 연구에서는 이 때문에 이런 인물들을 대개 구원자 겸 보호자로만 이해했다.

하지만 이들을 구원자 혹은 보호자로 간주하기는 어렵다. 윤병호와 여상준이 옥형과 홍련을 추적하는 종국적 목적이 무엇인지 생각해 볼 필요

가 있다. 이들은 옥형과 홍련의 탈주 여정을 따라잡아 그들을 기존의 유교적 가부장 체제로 복귀시키고 예전의 질서를 회복시키려 한다. 실제로 그들 네 사람은 결말에 이르러 옥련당으로 복귀하고, 정혼한 사이였던 옥형과 윤병호는 물론이고 홍련과 여상준까지 혼례를 치른다. 두 쌍의 혼례를 통해 기존 체제로의 복귀는 완료되고, 옥련당은 유교적 질서와 체제를 상징하는 공간으로 재건된다. 이처럼 추적자가 자신의 역할을 충실히 해냈을 때 서사는 종료된다.

이런 추적자의 모습은 <삼각산>에서도 동일하게 확인된다. 추적자 초현은 탈주자 심씨의 남편이다. <옥련당>의 추적자 윤병호가 옥형의 정혼자였던 것과 유사하다. 초현은 아버지인 김부장이 일군 재산으로 난봉꾼 생활을 즐기던 위인이었는데, 아내 심씨의 탈주와 아버지 김부장의 죽음으로 집안이 일락만장하면서 그의 처지도 급변한다. 그는 이를 원래대로 되돌려놓기 위해 가장 시급한 일이 탈주한 심씨를 제자리로 복귀시키는 것이라고 생각한다. 결국 초현은 행방조차 알 수 없는 심씨의 추적에 나서고 강원도와 경기도를 종횡하던 중 우연히 심씨를 만나 그녀의 탈주를 끝내게 만든다. 그리고 아버지 김부장의 사업을 복구해가면서 가부장으로서의 권위를 조금씩 회복한다.

이처럼 추적자는 탈주 여성의 노정을 추적하여 그들을 원래의 자리로 돌려놓은 역할을 담당한다. 그들은 탈주를 멈추게 하고 탈주 여성을 제자리로 되돌려 놓는다. 이런 의미에서 추적자들은 반탈주적 성향의 인물이다. 그들은 기존 체제의 균열을 봉합하는 데만 관심을 갖는다. 균열이 품고 있을 수도 있는 새로운 체제의 가능성에 대한 고려는 전혀 없다. 전통이라는 가치유형을 신봉하며, '보수' 지향성을 보인다. 그렇기 때문에 추적자의 추적이 완료되면서 서사가 종결되는, <옥련당> 같은 신소설은 근대성과 계몽성에 취약할 수밖에 없고, 퇴행적 서사 양식으로 이해되기 쉽다.

재탈주와 전망의 부재

그런데 <삼각산>은 추적자 초현이 추적을 완료하는 곳에서 서사가 종결되지 않는다. 여느 신소설과는 달리 변화에 개방적인 여성인물을 등장시킨 <삼각산>인만큼 서사의 종결 부분에서도 다른 선택을 보여준다. 제자리로 복귀했던 심씨가 러일전쟁을 계기로 재탈주하게 되는 것이다. 심씨는 러일전쟁이 일어나자 아들 노득과 함께 피난길에 올랐다가 배에서 수적을 만나 아들을 빼앗기고 만다. 혼자가 된 심씨는 전쟁이 끝나기를 기다렸다가 노득을 찾아 나선다. 러일전쟁으로 인한 아들과의 이산이 재탈주의 표면적 이유이다. 그런데 그 이면에는 일찍이 미곡창고 화재로 화병에 죽은 시아버지를 비롯하여, 남편 초현과 시어머니의 갑작스런 병사, 친정 식구와의 연락 두절 등, 가부장 체제의 와해 상황이 잠재적 요인으로 함께 작동하고 있었다. 심씨의 재탈주가 어쩔 수 없는 자연스런 선택으로 받아들여지는 이유가 여기에 있다. '변화에 개방'적인 심씨의 가치 지향이 새로운 탈주를 통해 어떻게 그려질지 기대를 갖게 하는 것이다.

하지만 심씨의 재탈주가 구체적으로 어떠했는지 알 수는 없다. <삼각산>은 심씨가 방물장수가 되어 주로 해변읍 마을로만 지향 없이 돌아다닌다는 해설과 함께 갑자기 끝나버리기 때문이다. 다른 신소설에서 간혹 보이는 하편에 대한 예고도 없다. 이런 돌연한 서사의 중단은 심씨의 탈주가 지니는 한계를 그대로 노출한다. 심씨의 탈주는 유교적 가부장 체제로부터 벗어나는 것일 뿐이며, 탈주의 지향점과 전망이 부재하였다. <삼각산>의 저자가 심씨의 탈주를 연극장 구경이라는 근대적 풍속과 관런시키면서 탈주 행위에 근대적 의미를 부여하려 했던 점은 긍정적으로 평가할 수 있지만, <삼각산>이 간행된 1912년 당시는 봉건적 가부장제를 벗어나 근대로 탈주하는 본격적인 근대적 주체가 작품화되기에 조금 이른 시기라는 한계가 엄존하였다고 볼 수 있다. 심씨의 재탈주를 다루어야 하는 <삼각산> 하편의 창작이 이루어지지 않은 것은 바로 이런 한계 때문이라고 판단된다.

5. 탈주 서사와 이주·이산의 역사

두 편의 신소설 작품을 통해 여성인물의 탈주 서사를 탈주의 시작, 탈주의 여정, 탈주의 끝으로 나누어 분석해 보았다. 그리고 그 과정에서 드러나는 여성인물의 가치유형과 가치 지향을 살폈다.

우선 '탈주의 시작'에서는 신소설 여성 인물이 탈주를 시작하는 계기, 즉 클리나멘이 작동하는 순간을 살폈다. 타율적 상황과 조건 때문에 탈주를 시작하는 <옥련당>의 옥형과는 달리, <삼각산>의 심씨는 스스로의 욕망과 판단에 따라 탈주를 시작한다. 그녀는 연극장이라는 최신의 문화상품을 구경하고 싶은 생각에 시어머니를 속이고 집을 나서며, 그후 집으로 돌아가지 않고 본격적인 탈주를 시도한다. 이런 측면에서 심씨는 자율과 자극의 가치유형을 따르면서 '변화에 개방'적인 가치 지향을 갖고 있는 인물로 이해되었다.

둘째, '탈주의 여정'에서는 여성인물이 탈주를 이어가기 위해 어떤 식으로 행동하는가를 살핌으로써 그들의 가치 지향을 파악하려 했다. <옥련당>의 옥형은 지속적으로 부딪혀 오는 외부의 위험 상황에 대비하여 남장을 선택함으로써 유교적 가부장제가 부과하는 자신의 여성적 정체성을 지켜내려 한다. 결국 옥형은 준수와 전통의 가치유형을 따름으로써 '보수'의 가치 지향을 보여준다. 반면 <삼각산>의 심씨는 유교적 가부장제 하의 여성적 정체성을 보존하고 지켜야 하는 특별한 것으로 생각하지 않으며, '변화에 개방'적인 가치 지향을 유지한다.

셋째, '탈주의 끝'에서는 여성인물이 탈주를 끝내게 되는 계기로서 추적자의 문제를 살폈다. <옥련당>의 옥형은 추적자 윤병호와 만나게 되면서 탈주를 끝내고 기존 체제로 복귀한다. 이에 반해 <삼각산>의 심씨는 추적자 초현을 만나 일단 원래의 자리로 복귀하지만 이후 재탈주를 시도한다. '변화에 개방'적인 가치 지향이 좀 더 구체적으로 그려질 수 있는 재탈주의 상황이 시작되었지만 서사는 이내 종결되고 만다. 봉건적 가부장제를 벗어나 근대로 탈주하는 진정한 의미의 근대적 주체를 그려내기에 <삼각산>은 아직 시기상조였던 것이다.

신소설 여성인물들이 보여주는 탈주는 이주와 이산으로 점철된 20세기 한국인의 지난한 삶이 시작되는 지점을 보여준다. 한국인은 식민의 시대를 거쳐 분단과 전쟁, 산업화, 그리고 가장 최근의 세계화에 이르기까지 20세기가 지속되는 내내 이주와 이산의 다양한 국면과 마주했다. 20세기 동안 한국인 5명 중 1명이 국외로 이주하였고, 3명 중 1명은 국내에서 이주 또는 이산을 경험했다.[24] 그렇기 때문에 이주와 이산을 주제로 하는 문학작품을 통시적으로 분석하면 20세기 한국인의 삶의 본질을 확인할 수 있는 다양한 문화코드를 발견해 낼 수 있을 것이다. 그리고 신소설이 그려놓은 탈주 서사들은 이런 통시적 분석의 한 고리에 해당한다. 개화기 사람들의 의식구조나 그 시대의 문화코드 등 개화기의 문화적 지형을 재구성하는 연구들이 본격적으로 시작되기를 기대한다.

1) 권보드레, 「신소설의 근대와 전근대」, 『한국문화』 28호, 서울대 한국문화연구소, 2001, 87쪽.

2) 한기형, 「불행한 출발, 그 역경의 시작」, 『신소설』, 동아출판사, 1995, 539쪽. 물론 여기서 말하는 '사실적 반영'이라는 말은, 당대 현실에 대한 신소설 작가들의 인식과 전망이 얼마만큼 역사적 유효성을 갖는가 하는 문제와는 다른 의미이다.

3) 김석봉, 「개화기 서사 문학 연구의 경향과 전망」, 『한국현대문학연구』 26, 한국현대문학회, 2008, 16쪽.

4) 권영민, 「신소설의 문학사적 성격 재론」, 『인문학연구』 17호, 경희대인문학연구소, 2010, 15쪽 참고.

5) 김연신·최한나, 「Schwartz의 보편적 가치이론의 적용 타당성 연구」, 『한국심리학회지 사회 및 성격』 23권1호, 2009, 1~2쪽 참조. 이 글에서 소개하는 가치이론에 대한 일반적인 내용은 이 논문을 주로 참고하였음을 밝혀둔다.

6) Shalom H. Schwartz, 'Basic Human Values : An Overview'. PDFcast.org. p.1.

7) Shalom H. Schwartz, 'Basic Human Values : An Overview'. PDFcast.org. p.2. 10개 가치유형들 간의 역동적 관련성에 대한 슈와츠의 다양하고 흥미로운 예시를 참고하기 바람.

8) 김연신·최한나, 「Schwartz의 보편적 가치이론의 적용 타당성 연구」, 『한국심리학회지 사회 및 성격』 23권1호, 2009, 7쪽.

9) 인물에 대한 서술은 직접 한정(direct definition) 방식과 간접 제시(indirect presentation) 방식이 있다. 간접 제시는 행동과 발화를 비롯하여 외양, 환경, 유비 등의 방식을 사용할 수 있다. 이에 대해서는 리몬 케넌, 최상규 옮김, 『소설의 현대 시학』, 예림기획, 1999, 109~126쪽 참조.

10) 김찬기, 「근대계몽기 세 서사의 영웅과 그 인물 형상」, 『고전과해석』 창간호, 2006, 52쪽.

11) 김석봉은 작가에 의해 제시된 인물의 성격과 실제 서사 진행 과정에서 드러나고 있는 인물의 양상이 서로 미묘한 차이를 보이고 있다는 사실을 지적하면서 이를 신소

설이 지닌 멜로드라마적인 특성으로 이해했다.(김석봉, 『신소설의 대중성 연구』, 역락, 2005, 121쪽)

12) 임성래는 19세기말 20세기 초에 출판된 완판 방각본 영웅소설들의 주인공들이 작품에 관계없이 전형적 인물로 형상화되어 있는 것을 밝히고, 이는 방각본 업자들의 기계적이고 관습적인 작품의 제작 태도가 한 요인일 수 있다고 지적했다.(임성래, 『완판 영웅소설의 대중성』, 소명출판, 2007, 198~205쪽 참조)

13) 김교제 신소설 목록 11편 중에서 10편은 최원식의 <이해조의 계승자, 김교제>에서 밝혀진 것이고, <화중왕> 1편은 강현조가 <목단화 개작 양상 연구>에서 새로 발굴 소개한 작품이다.

14) 권영민, 『한국신소설선집』 3, 서울대출판부, 2003, 368쪽.

15) Shalom H. Schwartz, 'Basic Human Values : An Overview'. PDFcast.org. p.9.

16) 신소설 연구는 대부분 주요 작가의 잘 알려진 작품을 중심으로 이루어졌던 문제를 안고 있다. 이 글이 <삼각산>과 <옥련당>을 대상 텍스트로 분석하는 이유는 신소설 연구 대상이 확장될 필요가 있다는 판단 때문이다. 필자가 신소설 작품 서지를 전수 조사한 바에 따르면 신소설 작가는 70여 명에 이른다. 그런데 이 중에서 연구가 한 번이라도 이루어진 작가는 몇 명에 지나지 않다. 결국 대부분의 신소설 작가에 대해 우리는 알지 못한다. 그들이 어떤 목적에서 어떤 내용의 신소설을 썼는지 충분히 알지 못하는 것이다. 한마디로 신소설에 관해서는 작품과 작가 두 측면 모두에서 좀 더 광폭으로, 그리고 좀 더 깊이 있는 연구가 추가적으로 진행되어야 할 필요가 있다.

17) 권보드래, 「신소설의 성·계급·국가─여성 주인공에 있어 젠더와 정치성의 문제」, 『여성문학연구』 20, 한국여성문학학회, 2008, 12~13쪽.

18) 러일전쟁 직후의 협률사 혁파론을 시작으로 연극개량론이나 연극장 풍속개량론 등이 끊임없이 제기되었다. 우수진, 「연극장 풍속 개량론과 경찰 통제의 극장화」, 『한국극예술연구』 32집, 2010, 참고.

19) 이진경, 『노마디즘』 1, 휴머니스트, 2002, 600~601쪽.

20) 이런 풍속과 관련된 서술은 <옥련당> 49~51쪽에 등장한다.

21) 이진경, 『노마디즘』 2, 휴머니스트, 2002, 33쪽.

22) 자크 아탈리 지음, 이효숙 옮김, 『호모 노마드, 유목하는 인간』, 웅진지식하우스, 2005, 249~272쪽 참조.

23) 질 들뢰즈·펠릭스 가타리, 김재인 옮김, 『천 개의 고원』, 새물결, 2001, 382쪽; 이진경, 『노마디즘』 1, 휴머니스트, 2002, 630쪽.

24) 정재정, 「근대 동북아시아에서의 이주와 이산」, 『역사학보』 212호, 2011.

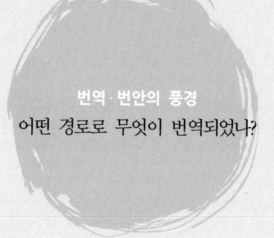

번역·번안의 풍경
어떤 경로로 무엇이 번역되었나?

1910년 전후의 중국 매개 번역서사

1. 근대전환기는 번역·번안의 시대

다양한 번역의 풍경

19세기말부터 1910년대까지의 시기는 보통 근대전환기 혹은 근대계몽기라고 불린다. 이 시기 동아시아에서는 한문이라는 공통어가 근대민족어로 대체되었고, 서양의 지식과 문명을 각국의 민족어로 옮겨내는 번역·번안 작업이 광범위하게 이루어졌다. 한국에서도 번역과 번안의 다양한 풍경이 펼쳐졌다.

외국 서적이 국한문혼용과 순국문으로 각각 번역되는 다중번역 현상이 나타났을 뿐 아니라, 심지어는 텍스트의 '언어 내 번역'이라는 특이한 상황도 연출되었다. 근대전환기의 '언어 내 번역'은 국문체로 된 글이 국한문체로 번역된다거나 국한문체가 국문체로 번역되는 현상을 말한다. 예컨대 『대한매일신보』에서는 순국문으로 씌어진 『경향신문』의 논설을

'역등(譯謄)'이라는 이름으로 번역해 실었다. 번역의 방법도 간단치 않았다. 대상 텍스트를 요약 번역하는 축역(abridged translation)이나, 특정한 부분만을 번역하는 초역(selective translation), 심지어는 번역자가 임의대로 내용을 첨삭하는 역술의 형태도 나타났다. 한마디로 근대계몽기의 번역은 오늘날처럼 원문을 존중하는 완역을 지향하지 않았다.

다양한 번역 경로

번역의 경로는 일본을 매개로 하는 경우가 가장 많았다. 청일전쟁과 러일전쟁에서 승리한 일본이 문명개화와 부국강병의 모델로 떠오르면서 일본을 매개로 하는 서양 서적의 번역이 급증했고, 정치소설 등의 문학작품 번역도 크게 늘었다. 이렇게 되자 문명을 수입하는 창구가 일본으로 일원화되는 현실에 문제를 제기하는 논설이 『대한매일신보』에 실릴 정도였다.

많지는 않았지만 서양 서적의 직접 번역도 나타났다. 대표적인 예가 서양 선교사들의 주도로 이루어진 『천로역정』과 『성서』의 번역이다. 허구적 소설 작품을 매개 없이 직접 번역한 사례도 아주 드물게 확인된다. 천주교에서 발행했던 주간 『경향신문』에 1908년 7월 3일부터 27회에 걸쳐 연재된 <파선밀사>가 그런 경우이다. <파선밀사>는 로버트 루이스 스티븐슨(R.L. Stevenson, 1850~1894)의 『The Wrecker』(뉴욕, CHATLES SCRINER'S SONS, 1892)를 번역대본으로 했으며, 중국이나 일본에서 먼저 번역된 어떤 흔적도 보이지 않는다.[1]

중국을 매개로 하는 번역 사례도 적지 않게 나타났다. 1910년 이전에는 중국을 매개로 한 역사전기류 번역이 국내 지식인들 사이에서 적잖은 반향을 불러일으켰던 것으로 보이며, 한일합병 이후에도 중국 문학의 번역 출판은 지속되는 상황이었다. 하지만 아직 이에 대한 종합적인 연구는 이루어지지 않았다. 다만 번역·번안 작품을 대상으로 원본이나 번역 대본을 찾아 번역 양상을 분석하는 연구가 개별적이고 산발적으로 이루어져 오고 있을 뿐이다. 따라서 근대전환기 '중국 매개' 번역·번안● 서사의 전체적인 목록 작성이 시급한 상황이다. 여기서 말하는 '중국 매개' 번역이란 서양이나 일본 작품에 대한 중국어 번역본을 저본으로 삼아 국내에서 우리말로 번역하는, 이중 혹은 삼중의 번역 상황을 표현하기 위해 사용하지만, 중국 원작의 직접 번역도 포괄하여 사용하기로 한다.

● '번역'과 '번안'은 엄밀한 의미에서 개념 차이가 존재하지만, 이 글에서는 그 차이를 인정하지 않고 대부분 번역이라는 말로 통일하였다. 하지만 어떤 경우에는 '번역·번안', 혹은 '번안'이라는 표현을 사용하기도 하였다.

번역 목록의 작성은 '무엇을 번역했는가'의 문제를 탐구하는 작업이다. 정확한 번역 목록이 확보되고 나면, 누가 번역했는가, 왜 번역했는가, 어떻게 번역했는가의 문제를 보다 체계적으로 다룰 수 있게 된다. 번역 작품의 목록을 확정하는 것은 그만큼 중요한 일이다. 그런데 이 일이 생각만큼 쉽지 않다. 문학이나 소설이라는 개념이 확고하지 않던 시대라 무엇을 포함하고 무엇을 배제할 것인지부터 애매한 경우가 발생한다. 또 학회지나 신문매체 등에 실린 번역 작품에 대해서는 아직 참고할 연구 성과가 많지 않다. 이 글에서는 이런 연구 상황을 고려하여, 근대전환기의 중국 매개 번역·번안 작품 중에서 단행본만을 대상으로 하여 작품 목록을 만들었다.

2. 한일합병 이전의 중국 매개 번역서사

근대전환기 중국이라는 나라

중국은 오랫동안 문명의 발신자였다. 하지만 19세기 후반으로 접어들면서 중국은 몰락한 제국이 되었고, 경계와 조롱의 대상으로 전락했다. 어떤 논자는 19세기 말의 청나라를 "야만적인 구습에서 벗어나지 못하는 동양의 한 부분"[2])에 지나지 않는다고 거론할 정도였다. 이처럼 중국에 대한 시선은 호의적이지 않았다. 뿐만 아니라 한국은 자주독립의 국민국가를 건설하기 위해서 중국과의 오랜 종속관계를 청산해야 하는 과제를 안고 있었다. 이 과제에 비추어 볼 때 중국은 "조선의 문명개화에 장애가 되는 전통의 상징"[3])으로 여겨졌다. 한마디로 우리에게 중국은 '근대적 지'의 소통을 위해 필요한 연대의 대상이 아니었다.

그러다가 1890년대 말로 접어들면서 무술변법을 비롯한, 중국 지식인들이 보여준 문명개화를 향한 변혁 노력으로 말미암아 한국 언론과 지식인들은 중국에 대한 호의적 시각을 조금씩 내보이기 시작했다. 중국은 제국주의 침탈의 피해국으로 여겨질 뿐만 아니라, 19세기 중반 이후의 자강운동을 통해 근대문명과 서양에 대한 지식이 우리보다 한발 앞선 나라로 인식되어 갔다. "청국을 본받아 번역을 관장하는 관청을 만들고 문명 제국의 책들을 번역 간행"해야 한다는 『황성신문』의 논설[4])은 이런 인식을 대변한다고 볼 수 있다.

이런 분위기 속에서 한어 역관 출신으로 학부편집국에 근무했던 현채는 중국본 서적을 번역하여 <아국약사>, <중동전기>, <청국무술정변기>, <법국혁신전사> 등을 간행하였다. 한·중 양국 간에 근대적 지식 소통의 문이 서서히 열리기 시작하면서 언론 매체에는 중국 지식인들의 논설이 축역 혹은 초역(부분 번역)의 형태로 자주 실렸다. 뿐만 아니라 단행본 번역도 활기를 띠었다.

중국 매개 번역서사 목록

'무엇을 번역했는가'를 중심으로 살펴볼 때 1910년 이전 시기는 다시 두 부분으로 나누어진다. 1908년을 전후로 번역 대상이 크게 달랐던 것이다. 즉 1907년까지는 역사전기류 소설 혹은 정치소설로 분류되는 작품이 대부분을 차지했다면, 1908년 이후로는 허구적 서사작품이 번역되기 시작했다. 아래의 [표 1]은 그런 정황을 분명하게 보여준다. [표 1]은 1910년까지의 중국 매개 번역서사 목록을 조사한 것으로, 여러 연구자들이 축적해 왔던 개별 작품들에 대한 최근까지의 연구결과를 종합하고 교감하였다. 이 목록은 단행본 출판을 기준으로 했기 때문에 『대한매일신보』에 연재되었던 <국치전>●, <매국노>●● 같은 신문 연재물을 추가하게 되면 목록은 조금 더 길어질 수 있다.

● <국치전>(『대한매일신보』, 1907년 7월 9일~1908년 6월 9일)의 번역대본은 중국에서 간행된 <정해파란>(1903)이며, 이것은 일본의 <日本政海新波瀾>(1889)을 번역한 것이다.5)

●● <매국노(나라 푸는 놈)>(『대한매일신보』, 1908년 10월 25일~1909년 7월 14일)의 번역대본은 중역본 <매국노>(1905)이다. 원작은 독일의 헤르만 주더만의 <인도교>(1889)이며 일본의 토바리 치쿠후(登張竹風)가 <매국노>(1904)로 번역한 바 있다.

[표 1] 국권상실 이전 중국 매개 번역서사 목록

번호	작품명	번역자	번역대본	원작 혹은 일역본
1	태서신사 (학부편집국, 1897)	학부	티모시 리처드·蔡爾康 공역, <泰西近百年來大事記>(1894) 6)	원작은 로버트 맥켄지의 <Nineteenth Century : A History>(1880)
2	아국약사 (학부편집국, 1898.4)	현채	프레드릭 갤핀의 중역본7)	
3	중동전기 (황성신문사, 1899.3)	현채	존 앨런·蔡爾康 공역, <中東戰紀本末>(1896)	
4	청국무술정변기 (학부편집국, 1900)	현채	梁啓超 찬	
5	법국혁신전사 (황성신문사, 1900)	현채	梁啓超 찬	
6	애급근세사 (황성신문사, 1905.9)	장지연	麥鼎華의 <애급근대사>(廣智書局, 1902)8)	시바시로(柴四郞)의 <애급근세사>(1889.11)
7	월남망국사 (보성관, 1906.11)	현채	梁啓超 편저, <월남망국사>(상해, 廣智書局, 1905.9)9)	
8	서사건국지 (대한매일신보사, 1907.8)	박은식	鄭貫公의 <서사건국지>(홍콩, 中國華洋書局, 1902)10)	원작은, 쉴러(Friedrich von Schiller)의 희곡 <Wilhelm Tell>
9	이태리건국삼걸전 (광학서포, 1907.10)	신채호	梁啓超가 1902년 『신민총보』에 연재, 『飮氷室文集』에도 수록.11)	원역은 1892년 히라타 히사시(平田久) 등에 의해 이루어짐.
10	근세제일여중영웅 라란부인전 (박문서관, 1907.10)	역자 미상	梁啓超의 <近世第一女傑羅蘭夫人傳>(『신민총보』, 1902)12)	도쿠도미로 로카(德富蘆花)의 <佛國革命의 花>(민우사, 1893)
11	애국부인전 (광학서포, 1907.10)	장지연	馮自由의 <女子救國美談>(상해, 신민사, 1902)13)	
12	보법전기 (탑인사, 1908)	현채	王韜의 <普法戰紀>(1872)	

번호	작품명	번역자	번역대본	원작 혹은 일역본
13	화성돈전 (회동서관, 1908)	이해조	丁錦의 <華盛頓>(上海, 文明書局, 1903)[14]	후쿠야마 요시하루(福山義春)의 <華聖頓>(博文館, 1900)
14	흉아리 애국자 갈소 사전 (중앙서관, 1908)[15]	이보상	梁啓超의 <匈加利愛國者噶蘇士傳>(1902)	
15	나파륜사 (박문서관, 1908)	박문서관 편집부	중국어 번역문을 저본으로 중역함.[16]	
16	회천기담 (탑인사, 1908.6)	현공렴	玉瑟齋主人의 <回天綺談>(廣智書局, 1905)[17]	加藤政之助의 <英國名士 回天綺談>(岡島支店, 1885)
17	경국미담 (현공렴가, 1908.9)	현공렴	<경국미담>(상무인서관, 1902)[18]	야노 류케이(矢野龍溪)의 <齊武名士 經國美談>
18	라빈손 표류기 (의진사, 1908.9)	김찬	林紓・曾宗鞏 공역, <魯濱遜漂流記>(상무인서관, 1905)[19]	원작은 다니엘 디포우의 <Robinson Crusoe>(1719) 일역본, 이노우에 쓰토무(井上勤)의 <魯敏孫漂流記>(1883)
19	이태리 소년 (중앙서관, 1908.10)	이보상	포천소 번역, <兒童修身之感情>(상해 문명서국, 1905)[20]	원작은 이탈리아 에드먼드 데 아마치스(Edmondo De Amicis)의 <쿠오레(Cuore)>(1884)[21]
20	철세계 (회동서관, 1908.11)	이해조	包天笑의 <과학소설 철세계>(상해, 문명서국, 1903)[22]	원작은 쥘 베른의 <인도 왕비의 유산>(1879). 일역본, 紅芍園主人 譯述, <철세계>(집성사, 1887)

[표 1]에서는 따로 언급하지 않았지만, 국내 번역본이 두세 종류인 경우도 생겼다. <월남망국사>는 세 종류의 번역본이 나왔는데, 한문현토체로 된 현채 번역본(BGN-2019 : 614)은 양계초를 번역대본을 삼았으며, 주시경 번역본(BGN-2019 : 615)은 현채 번역본을 대본으로 삼아 순국문으로 번역했다. 그리고 이상익 번역본(BGN-2019 : 616)은 주시경본을 축약 번역

했다. <서사건국지>도 두 번역본이 존재하는데, 하나는 한문현토 방식의 박은식 번역본(BGN-2019 : 408)이고 다른 하나는 순국문으로 된 김병현 번역본(BGN-2019 : 409)이다. <이태리건국삼걸전>도 표에서 제시한 국한문 혼용의 신채호 번역본(BGN-2019 : 649) 이외에 순국문인 주시경 번역본(BGN-2019 : 650)도 출간되었다. 이것들은 다중 번역이나 '언어 내 번역' 같은 근대전환기의 복잡한 번역·번안의 풍경을 보여준다.

근대문명 수입의 주요 통로

[표 1]에서 확인해 보면, 1~17까지가 모두 역사전기류 소설에 속한다. 망국의 위기 앞에서 다른 나라의 쇠망사나 독립사, 혹은 영웅서사를 참고하여 기울어가는 나라를 보존할 방책을 모색하려는 지식인들의 노력들이 이어지고 있었음을 알 수 있다.

중국을 매개로 번역 혹은 번안된 역사전기류 단행본이 17편에 이른다는 사실에 주목해 보자. 최근의 한 연구에 따르면, 국권상실 이전에 발행된 신문과 단행본 및 학회지를 통틀어서 타국의 쇠망사나 독립사 혹은 독립과 자유를 위해 헌신한 영웅적 인물들을 대상으로 한 번역·번안 서사는 대략 37편[23] 정도가 전부인 것으로 확인되었다. 그런데 신문매체와 학회지 등에 수록된 것을 빼고도 17편이 단행본으로 간행된 중국 매개 번역·번안 서사라면, 당시 중국을 매개로 번역·번안된 역사전기류가 전체 출판시장에서 차지하는 비중과 역할이 결코 적지 않았다는 결론에 이르게 된다. 더구나 문학사에서 중요하게 다루어지는 <월남망국사>, <이태리건국삼걸전>, <애국부인전> 등이 모두 중국 매개 번역물이라는 점까지 고려한다면, 한일합병 이전 시기의 번역문학사에서 중국의 역할은 더욱 큰 의미로 다가올 수 있다.

당시 국내 지식인들은 근대문명과 지식의 수입을 위해서 서양과 일본 뿐만 아니라 중국에도 깊은 관심을 갖고 있었다. 특히 양계초(1873~1929)의 저작은 국내 지식인들 사이에서 크게 유행했다. 1898년 강유위와 함께 무술변법을 주도했던 유신파의 대표적 지식인이었던 양계초는 국내의 지식사회에서 전통시대의 주자(朱子)와 비견될 정도였다. [표 1]에 양계초의 저작이 6편이나 포함된 것은 결코 우연이 아니었다. 양계초와 함께 또 다른 유신파 지식인 맥정화와 정관공(1880~1906) 등의 저작도 번역되었다. 그들은 무술변법운동을 추진했던 강유위의 제자들로 양계초와도 긴밀한 관계 속에서 활동했다. 그리고 초기 혁명파의 핵심 구성원이었던 풍자유(1882~1958)의 <여자구국미담>도 <애국부인전>으로 번역되어 널리 읽혔다. 풍자유는 유신파가 『청의보』와 『신민총보』 등의 언론매체를 창설하고 운영할 때 많은 도움을 주었던 인물이었다. 결국 당시 국내에서 번역된 중국 저작들은 유신파와 혁명파에 속하는 중국 근대지식인들의 저작이 주류를 이루었다는 판단이 가능하다. 그리고 이 책들은 광지서국, 신민사, 문명서국 등 대개 중국 상하이에서 출판된 것들이었다.

그런데 애국계몽기가 후반으로 접어드는 1908년에 중국 매개 번역·번안 서사의 양상이 조금씩 바뀌는 것이 포착된다. 김찬의 <라빈손 표류기>, 이보상의 <이태리 소년>, 이해조의 <철세계> 같은 서양 원작의 허구적 서사가 번역되기 시작했다. 한일합병 이후의 중국 매개 번역소설 목록에서 나오게 될 <원앙도>도 『제국신문』 연재를 기준으로 한다면 1908년에 발표된 허구적 서사에 해당한다. 이처럼 허구적 번역·번안 서사가 등장하는 것과 때를 같이 하여, 중국을 매개로 한 역사전기류의 번역은 더 이상 이루어지지 않는다. <이태리건국삼걸전>의 서문에서 "왜 삼걸전을 번역하는가? 삼걸은 애국자이기 때문이다"라고 잘라 말했던 번역의 목적, 즉 번역의 대상을 선정하는 데에 작용했던 공리적이고 효용적인 목적은 1908년 이후 완전히 퇴색되고 말았다. 1907년 신문지법, 1908년 저작권법, 1909년 출판법으로 이어지는 일련의 조치들이 어떤 형태로든지 애국계몽기 중국 매개의 번역·번안 서사의 흐름에도 영향을 미쳤을 것으로 보이지만, 이에 대해서는 좀 더 세밀한 논의가 필요하다고 보인다.

3. 1910년대 중국 매개 번역·번안 소설

허구적 서사로 방향 전환

국권상실기로 접어들면서 역사전기류 서사는 식민권력의 강력한 감시와 견제 하에 놓였다. 직접적인 사례로 장지연의 <애급근세사>, 신채호의 <이태리건국삼걸전>, 이보상의 <흉아리 애국자 갈소사전>, 이해조의 <화성돈전> 등은 안녕질서를 방해한다는 이유로 1910년 11월 19일에 발매 및 배포가 금지되고 인쇄본과 각판까지 압수당하는 일이 발생했다.24) 이런 상황에서 중국을 매개로 하는 역사전기류의 번역 출판이 지속되기는 어려웠다. 그렇다고 중국문학의 번역·번안이 완전히 사라진 것은 아니다. 합병 후의 중국 매개 번역·번안은 허구적 서사 쪽으로 방향을 바꾸게 되는데, 이는 1908년 이후 이미 예고된 방향 전환이었다. 애국계몽의 역사전기류가 완전히 자취를 감추고 신소설류의 허구적 서사물이 그를 대체했던 상황은 [표 2]에서 확연히 드러난다. [표 2]는 지금까지의 연구 성과를 종합하고 교감하여 작성한, 1910년대 중국 매개의 번역·번안 소설 목록이다.

[표 2] 국권상실 이후 중국 매개 번역소설 목록

번호	작품명	번역자	번역대본	원작 혹은 원역본
1	원앙도(보급서관·동양서원, 1911.12)	이해조	『今古奇觀』 2 「兩縣令競義婚孤女」25)	
2	지환당 (동양서원, 1912.1)	-	<指環黨>(상무인서관, 1905)26)	원작은 보아고베의 <묘안석반지>(1888). 일역본, 구로이와 루이코의 <지환당>(1889)
3	십오소호걸 (동양서원, 1912.2)	-	梁啓超·披髮生의 <十五少年豪傑>(『신민총보』, 1902.2~1903.1)27)	원작은 쥘 베른의 <이년간의 휴가(Deux Ans de vacances)>(1888). 일역본, 모리타시겐(森田思軒)의 <十五少年>(1896).
4	행락도 (동양서원, 1912.4)	-	『今古奇觀』 3 「藤大尹鬼斷家私」28)	
5	비행선 (동양서원, 1912.5)	김교제	<新飛艇>(상무인서관, 1908)	미국 『New Nick Carter Weekly』에 실린 닉 카터(Nick Carter)의 연재물 (1907)29)
6	현미경 (동양서원, 1912.6)	김교제	<血蓑衣>(상무인서관, 1906)30)	무라이 겐사이(村井弦齊)의 <兩美人>
7	소양정 (신구서림, 1912.7)	이해조	『今古奇觀』 24 「陳御史巧勘金釵鈿」	
8	명월정 (유일서관, 1912.7)	박이양	『今古奇觀』 26 「蔡小姐忍辱報仇」31)	
9	지장보살 (동양서원, 1912.12)	김교제	린쑤(林紓)의 <空谷佳人>(상무인서관, 1907)32)	프랭크배럿(Frank Barrett)의 <a smuggler's secret>(1890)
10	벽부용 (회동서관, 1912.12)	이규용	『警世通言』 권24 「玉堂春落難逢夫」33)	
11	도리원 (박문서관, 1913.1)	-	중역본 <寒桃記>(상무인서관, 1906)와 일역본 구로이와 루이코(黑岩淚香)의 <유죄무죄>(1889)를 동시 참조함.34)	에밀 가보리오(Emile Gaboriau)의 <목에 걸린 줄>(1873)

번호	작품명	번역자	번역대본	원작 혹은 원역본
12	홍보석 (보급서관, 1913.2)	보급서관 편역	吳趼人의 ＜電術奇談＞ (광지서국, 1905)[35]	원작은 영국의 한 소설잡 지사의 현상공모작. 일역본, 기쿠치유호(菊池 幽芳)의 ＜新聞賣子＞(大阪, 駸駸堂, 1900)
13	일만구천방 (동양서원, 1913.4)	김교제	＜一萬九千磅＞(상무인서 관, 1907)[36]	버포드 들라누아(Burford Delannoy)의 ＜19,000 파 운드＞
14	누구의 죄 (보급서관, 1913.6)	은국산인	중역본 ＜奪嫡奇冤＞(상 무인서관, 1906)과 일역 본 구로이와 루이코(黑 岩淚香)의 ＜人耶鬼 耶＞(1888)을 동시 참조 함.[37]	원작은 에밀 가보리오 (Emile Gaboriau)의 ＜르루 즈 사건＞(1866). 영역본은 ＜The Widow Lerouge/The Lerouge Affair＞(1873).
15	추풍감별곡 (신구서림, 1913.10)	－	『今古奇觀』 35 ＜王嬌鸞 百年長恨＞	
16	백년한 (회동서관, 1913.11)	이규용	『今古奇觀』 35 ＜王嬌鸞 百年長恨＞[38]	
17	청천백일 (박문서관, 1913.12)	박이양	『今古奇觀』 13 「沈小霞 相會出師表」[39]	
18	金玉緣 (동미서시, 1914.9)	이광하	『今古奇觀』 24 ＜陳御史 巧勘金釵鈿＞	
19	쌍미기봉 (회동서관, 1916.1)	이규용	명청대 소설 吳航野客의 ＜駐春園小史＞[40]	
20	홍루지 (회동서관, 1917)	이종린	＜懺情記＞(상무인서관, 1905)	구로이와 루이코(黑巖淚 香)의 ＜와라와노츠미 妾 の罪＞[41]
21	쌍봉쟁화 (보문관, 1919)	김교제	＜眞偶然＞(상무인서관, 1907)[42]	영국 작가 백이(伯爾) 작 품

[표 2]에 따르면, 1910년대 중국 매개 번역소설은 총 21편이 확인된다. 1913년 이전에 17작품이 간행된 이후 중국 매개 번역소설의 출판은 크게 줄어들었다. 이는 1912~13년에 정점을 찍은 이후로 신소설 간행이 크게 줄어드는 전체적인 경향과 맥을 같이 한다. 박진영은 신소설이 1912~13년 쯤에 짧은 생명을 마감했던 것은 새로운 시대정신과 상상력으로 무장한 일본 번안소설의 등장 때문이라고 말한다.[43)]

동양서원의 소설총서

1910년대 중국 매개 번역소설 21편을 출판사별로 분류해 보면, 민준호가 설립한 동양서원에서 가장 많은 8작품이 간행된 것을 알 수 있다. 동양서원의 활발한 출판활동은 이 시기에 출판된 개화기 소설의 판본 수로도 확인된다. BGN-2019 서지 목록에 따르면, 동양서원은 1911년부터 13년까지 3년 동안 총 33개 판본의 개화기 소설을 출판하였다. 이처럼 동양서원은 1910년대를 대표했던 신문관에 필적할 만큼 활발하게 출판활동을 펼친 출판사였다. 1908년 최남선이 설립한 신문관이 출판을 통한 대중적인 애국계몽운동을 지향했다면, 동양서원은 신소설 출판을 통해 대중성과 상업성을 지향했다.

동양서원은 이 시기에 주로 기독교 서적과 문학 서적을 활발하게 출판했는데, 특히 '동양서원 발행 소설총서'는 당시로서는 획기적인 기획 상품이었다. 동양서원에서는 1912년 기존의 신문 연재소설이나 다른 출판사의 소설 판권을 사들여 재출판하는 작업을 시작하면서 이를 '동양서원 소설구락부'로 명명했다. 그리고 이듬해인 1913년에는 이를 보다 체계화하여 '동양서원 발행 소설총서'로 확대하였다. 그 결과 전체 4집, 각 집당 10편씩의 총서가 편성되었다.

제1집 : 만월대, 홍도화 상하, 빈상설, 고목화, 십오소호걸, 화세계, 지
　　　환당, 강상기우, 치악산 상하, 원앙도
제2집 : 귀의성 상하, 목단화, 구마검, 추풍감수록, 옥호기연, 만인산,
　　　행락도, 현미경, 비행선, 금지환
제3집 : 동정추월, 재봉춘, 옥련당 상, 마상루, 류화우, 화상설, 지장보
　　　살, 목단봉, 광한루, 난봉기합
제4집 : 방화수류정, 삼촌설 상, 일만구천방, 매화루, 석중옥, 옥연기사,
　　　몽금조, 용문추금, 경포대, 녹림월

위의 목록은 1913년 7월 5일에 발간된 소설총서 제1집 제9편 〈치악
산〉의 권말에 실린 것이다. 이 목록에서 제4집의 7편에 대해서는 근간
혹은 인쇄 중으로 표시되어 있다. 1913년 7월 현재 총서가 완간되지 않
았음을 보여준다. 참고로, 4개월 전인 3월 5일에 작성된 총서 목록에는 3
집에 〈난봉기합〉 대신 〈완고의 영〉이 들어가 있기도 하다. 또 3집의
〈목단봉(牧丹峰)〉은 이인직이 직접 〈혈의 누〉의 제목을 고쳐 1912년에
동양서원에서 간행한 작품이다. 한편 동양서원 소설총서 40편 중에서 중
국 매개 번역소설은 〈십오소호걸〉, 〈지환당〉, 〈행락도〉, 〈현미경〉,
〈비행선〉, 〈지장보살〉, 〈일만구천방〉 등 7편으로 확인되고 있다.

중국 매개 번역소설의 번역자

1910년대 중국 매개 번역소설의 번안자로 가장 눈에 띄는 인물은 김교
제와 이해조이다. 김교제는 가장 많은 5작품을 번안했는데, 이것들은 모
두 1907~8년 사이에 중국 상하이 상무인서관(商務印書館)에서 중역한 서양
소설이라는 공통점을 갖고 있다. 이해조는 한일합병 전에 상하이 문명서
국에서 간행한 〈철세계〉를 번안하여 출판한 전력이 있으며, 합병 후에

는 중국의 화본소설을 번안한 <원앙도>와 <소양정>을 단행본으로 출간했다. 그리고 박이양(朴頤陽), 이규용(李奎瑢) 등도 주목해 볼 필요가 있다. 박이양●이 2편, 이규용이 3편을 번안했는데, 이 번안작들은 명청대의 화본소설을 원본으로 했다는 점에서 공통적이다. 이 점에서 그들은 서양 작품을 번안했던

● 박이양은 1858년 무오년에 태어났으며, 호는 東溪이다. 당시 최영년, 김만수, 정만조 등과 같은 정도로 세간에 잘 알려진 문사였을 것으로 추정된다.(「우生 되는 名士들」, 『매일신보』(1918.1.1.) 3면 3단 참조.)

김교제와는 아주 다른 노선을 취하고 있음을 알 수 있다. 이밖에 이광하(李匡夏)와 이종린(李鍾麟)이 각 한 편씩을 번안했다.

번안자와 관련해서 한 가지 의문스러운 사실은, [표 2]의 14번 작품 <누구의 죄>를 번안한 은국산인(隱菊散人)이 누구냐 하는 점이다. 일부에서는 은국산인을 이해조로 보며 이에 따라 <누구의 죄>를 이해조의 번안작으로 보기도 한다. 하지만 이해조가 은국산인이라는 필명을 사용했다는 어떤 기록도 확인되지 않기 때문에 <누구의 죄>를 이해조의 번안으로 단정짓기는 어렵다. 더구나 [표 2]의 목록을 통해 확인할 수 있는 다음과 같은 흥미로운 사실을 근거로 추론해 보면, <누구의 죄>의 번안자가 이해조가 아니라 김교제일 수도 있다는 생각에 이르게 된다.

[표 2]에서 확인하게 되는 흥미로운 사실이란 다름이 아니라, <누구의 죄>의 번안 경로와 <도리원>의 번안 경로가 정확하게 일치한다는 점이다. 원작자가 프랑스의 에밀 가보리오라는 사실, 일본의 구로이와 루이코(黑岩淚香)가 먼저 일역했다는 사실, 그리고 이를 다시 중국 상하이의 상무인서관에서 중역했다는 사실, 한국에서 일역본과 중역본을 동시 참조해서 번안했다는 사실, 마지막으로 이들이 당시 정탐소설로 분류되었다는 사실 등 여러 점에서 일치한다. 이런 점으로 볼 때 <도리원>의 번안자와 <누구의 죄>의 번안자는 동일인일 가능성이 매우 높다. 더불어 <지환당>도 일본의 구로이와 루이코와 중국 상무인서관을 거치는 동일 경로

를 따라 번안되었으며 정탐소설로 분류된다는 점에서 앞의 두 작품과 동일 번안자일 가능성을 열어둘 필요가 있다.

이런 공통점에 근거해서 판단해 볼 때, 이 작품들의 번안자는 김교제일 가능성이 가장 높다. 번역대본이 모두 상무인서관에서 출판된 책이라는 점에서 그렇다. 김교제는 <비행선>, <행락도> 등 이미 5편의 상무인서관 소설을 번안한 사실이 확인되었다. 물론 이해조의 번안작일 가능성이나 각 작품이 제삼의 번안자에 의해 번안되었을 가능성도 여전히 배제할 수는 없다.

중국 화본소설의 번안

[표 2]의 목록을 통해 확인할 수 있는 무엇보다 중요한 사실은, 1910년대 중국 매개 번안소설은 '무엇을 번역했는가'에 따라 명청대의 화본소설을 번안한 10편과 서양소설을 중역한 11편으로 나누어진다는 점이다. 우선, 중국 화본소설의 번안에는 『금고기관』이 주로 활용되었는데, 10편 중 8편이 『금고기관』 소재 이야기를 원작으로 하여 번안한 작품이다. 또한 이해조, 박이양, 이규용, 이광하 등 여러 번안자들이 모두 『금고기관』 소재 작품을 번안했다는 점도 주목된다.

『금고기관』은 대략 1639~1644년 사이에 출간되었을 것으로 추정되는 화본소설집으로, 앞서 편찬된 '삼언(三言)'과 '양박(兩拍)'에서 각각 29편과 11편을 뽑아 엮었다. 화본소설(話本小說)이란 백화 단편소설을 말하며 대략 1620년부터 1660년 사이에 중국에서 크게 성행했다. 일본에서는 화본소설이 18세기 중후반에 집중적으로 번역·번안되었는데, 『금고기관』 소재 작품은 새로운 소설 장르를 탄생시켰을 만큼 일본소설사에 지대한 영향을 미쳤다.44) 화본소설의 대표적인 작가로는 '삼언'을 편찬한 풍몽룡

(馮夢龍, 1574~1646)과, '양박'을 편찬한 능몽초(凌蒙初, 1580~1680)를 들 수 있다. 이들은 상업적인 이윤 추구를 중시하던 서방 주인 즉 출판업자들과 긴밀한 관계 속에서 작품 활동을 했다. 그러면서도 '삼언' 즉 <喩世明言>, <警世通言>, <醒世恒言>의 서명에서 드러나듯이 소설을 통해 세상을 깨우치고, 경계하고, 각성시킴으로써 교화시킨다는 생각을 갖고 있었다.45) 한마디로 이윤과 교화의 두 마리 토끼를 함께 쫓았다고 볼 수 있다.

이런 양상은 근대전환기 국내 상황에서도 마찬가지였다. 동양서원이 소설총서를 기획한 것에서 볼 수 있는 것처럼, 1910년대는 근대적 출판업자가 본격적으로 이윤을 추구하며 성장해 가는 시기였다. 그리고 신소설은 이윤 창출이 가능하면서도 일제의 간섭이 비교적 적었던 출판분야였다. 그래서 신소설 출판 요구가 크게 늘게 되지만, 창작 신소설만으로는 이런 수요를 감당하기 힘들었다. 이때 번역·번안이 좀 더 손쉽게 신소설 원고를 확보할 수 있는 방법으로 등장했다. 특히 화본소설의 번안은 한문적 소양을 쌓은 나이 많은 전통적 지식인의 참여가 가능하다는 장점도 있었다. 이런 사실은, 박이양이 자신의 나이 54~55세 되던 1912~1913년에 <명월정>과 <청천백일>을 번안 출판하는 데서 확인된다.

상업적 이윤과 결합하는 상황에서도 신소설은 합병 전의 역사전기류 소설이 추구했던 애국적 계몽성을 외면하기 쉽지 않았다. 어떤 형태로든 계몽성을 유지해야 한다고 생각하는 이들도 있었다. 이 책의 제2장에서 다루었듯이, 1912년에 나왔던 박건병의 <광악산>과 김용제의 <옥호기연>은 식민권력의 시선 속에서도 나름대로 계몽성을 유지하려 애썼던 구체적인 사례에 해당한다. 특히 박건병의 경우는 검열당국의 시선을 회피하기 위해 계몽의 내용적 층위를 풍속개량에 맞추었다. 그런데 내용이

풍속의 문제에 맞추어진 것은 화본소설을 번안한 <행락도>, <소양정>, <금옥연> 등도 마찬가지였다. 상업적 이윤 추구와 함께 계몽성의 흔적도 남겨놓기에 화본소설의 번안처럼 좋은 대안이 많지 않았을 것이다.

1910년대 전반기에 중국 화본소설을 원작으로 하는 번안 신소설이 다수 생겨날 수 있었던 이유는, 전통적 지식인도 번안자가 될 수 있을 뿐 아니라 계몽의 수준을 풍속의 문제에 맞춤으로서 검열의 시선을 쉽게 피해갈 수 있다는 장점 때문이었다. 화본소설의 이야기는 번안의 과정을 통해 이야기의 확대가 이루어지고 근대성의 코드가 심어졌다. 이는 <행락도>, <명월정> 등에서 확연하게 드러나는 번안의 방식이다. 이러한 확대 번안의 방식은 <철세계>, <설중매> 등의 서양이나 일본 원작의 신소설에서 과감한 압축과 플롯의 단순화가 이루어졌던 것과는 다른 방식이다. 짧은 이야기는 확대하고 긴 이야기는 압축하는 두 가지 번안 방식이 나타난다는 것은, 신소설이 1910년대 초반에 이미 분량이나 체제 면에서 양식화가 일단락되었음을 알려준다.

중국 상무인서관의 설부총서

서양소설을 중역(重譯)한 11편은, <십오소호걸>과 <홍보석>을 빼고 9편이 상하이의 상무인서관에서 펴낸 소설을 번역대본으로 삼았다는 공통점이 있다. 뿐만 아니라 이 작품들은 모두 상무인서관이 기획·출판한 『說部叢書』에 포함된 작품들로 확인된다. 『설부총서』는 신소설 작가 최찬식의 행적 설명에서 우선 눈에 띈다. 최찬식이 "중국 상해에서 발행한 소설전집 『설부총서』를 번역한 뒤 우리나라 현대소설의 토대가 된 신소설 창작에 착수"46)했다는 내용이다. 하지만 그가 『설부총서』의 어떤 작품을 번역했는지 확인하기는 힘들었다. 어쨌든 이를 통해 추측할 수 있는 사실은 1903~1905년경부터 기획 출판되기 시작한 『설부총서』가 국내 지식인들 사이에서도 거의 동시적으로 유통되고 있었다는 사실이다.

중국 상하이의 상무인서관이 펴낸 『설부총서』는 10집 계열과 4집 계열, 두 계열이 존재하는 것으로 파악되고 있다. 10집 계열은 1집에 10편씩, 총 10집 100편으로 이루어졌다. 4집 계열은 초집, 2집, 3집은 각각 100편씩, 마지막 4집은 22편, 전체 322편으로 이루어졌다.47) 필자가 4집 계열 총 322편의 목록을 입수48)하여 확인해 본 결과, 4집 계열의 초집은 1914년 4월에 일괄적으로 재판(再版)되었음을 확인할 수 있었다. 즉 1903년 무렵부터 10집 계열의 발행체제에 따라 작품 발간이 이루어져 오다가 10집 계열이 완성되었을 때, 상무인서관에서는 이를 확장한 4집 계열 체계를 새롭게 구상하였던 것으로 보인다. 10집 계열 100작품은 4집 계열의 초집 100권으로 흡수되어 1914년 4월 일괄 재판되게 되었던 것이다. 이후 4집 계열 『설부총서』는 1924년까지 지속적으로 출간이 이루어진 것으로 확인된다. 국내에서는 두 계열 중에서 주로 10집 계열의 『설부총서』가 유입·유통된 것으로 보이는데, 동양서원의 '소설총서'가 바로 『설부총서』 10집 계열과 동일한 체계로 발간되었다는 사실에서 이를 확인할 수 있다. 더구나 4집 계열의 초집 100권의 발행 시기는 1914년 4월로, 동양서원의 『설부총서』 번안작들이 주로 발행되었던 1912년~1913년 보다 늦다. 결국 당시 국내에 유입되어 번안대본으로 활용된 것은 4집 계열이 아닌 10집 계열이었음이 더욱 분명해진다.49)

1910년대 국내에서 『설부총서』 작품을 번안했던 번안작가는 김교제, 이종린, 그리고 은국산인 등이 있는 것으로 파악되며, 이 중에서 김교제는 작품 번안뿐 아니라, 설부총서를 모방한 '동양서원 발행 소설총서'를 기획했던 장본인으로 지목되기도 한다. 이들이 번안한 작품을 『설부총서』의 표제에 따라 분류해 보면 [표 3]과 같다.

[표 3] 1910년대『설부총서』소재 번안작 목록

언정소설	홍루지(懺情記), 쌍봉쟁화(眞偶然)
애정소설	지장보살(空谷佳人)
정탐소설	누구의 죄(奪嫡奇寃), 지환당(指環黨), 도리원(寒桃記), 일만구천방(一萬九千磅)
의협소설	현미경(血蓑衣)
과학소설	비행선(新飛艇)

*괄호 속 한자는『설부총서』에서 사용한 원래 제목, 김교제 번안작은 밑줄로 구분함.

이 분류에 따르면 정탐소설류가 번안에서 가장 선호되었음을 알 수 있다. 특히『설부총서』최다 번역 작가였던 김교제는 한 분야에 치중하지 않고, 이번엔 언정소설 이번엔 정탐소설 하는 식으로, 분야를 달리하면서 번역할 작품을 골랐던 것 같다. 김교제가 의도적으로 다양한 분야의 소설을 국내에 소개하고자 했던 것이 아닐까 하는 추론이 가능한 대목이다.

한중간 문학 교류 채널의 위축

안확은『조선문학사』에서 근대전환기의 "小說도 亦漢譯과 日本文學의 擬作의 二方面으로 出하다"[50]고 하였다. 이는 근대전환기의 소설이 일본소설뿐만 아니라 중국소설의 번역·번안의 영향도 함께 받았음을 지적하는 발언이다. 그런데 안확의 이런 지적은 오랫동안 간과되어 왔다. 대신 근대전환기의 번역·번안 작품들은 대부분 일본소설 혹은 서양소설의 일역본(日譯本)을 번역대본으로 했을 것이라는 생각이 지배적이었다. 전광용이「백년래 한중문학 교류고」[51)에서 한일합병 이후 한·중간의 문학 교류는 거의 없었다고 했던 발언은 이런 생각과 궤를 같이한다. 하지만 이는 잘못된 판단이다.

　근대전환기를 합병 전후로 나누어 볼 때 중국 매개 번역 작품 수는 합병 전후에 크게 변동이 없었다. 그럼에도 불구하고 전체적인 측면에서 본다면 1910년대 중국 매개 번역소설은 합병 전과 비교해 위축 국면으로 전환되었다는 평가가 가능하다. 왜냐하면 문학 교류의 채널이나 네트워크가 크게 위축되고 폐쇄적으로 변한 것이 확인되기 때문이다. 1910년대 중국 매개 번역문학의 한쪽 축을 형성하는 『금고기관』은 국내에 유입된 지 이미 오래된 독서물이었기 때문에, 그것의 번안을 문학 교류를 위한 당시대의 채널이 작동한 결과라고 보기는 어렵다. 또한 다른 축을 형성했던 서양소설의 중역도 번역대본이 상무인서관 출판본에 쏠려 있다는 점에서 합병 전 문명서국, 광지서국, 신민사 등 좀 더 다양한 채널을 통해 번역대본이 공급되었던 상황과 비교된다.

〈엄마 찾아 삼만리〉의 번역과 수용

1. 오래 읽혀 온 계몽서사물

근대계몽기의 계몽서사 텍스트가 오랜 세월을 견디고 살아남아 아직도 출판되고 읽히는 경우는 많지 않다. 특히 1910년 이전에 처음 국내에 들어온 이후로 아직까지도 널리 읽히는 작품은 〈천로역정〉, 〈천일야화〉, 〈이솝 우화〉, 〈로빈슨 크루소〉, 〈걸리버 여행기〉, 〈엄마 찾아 삼만리〉 정도이다. 이 글은 이 중에서 〈엄마 찾아 삼만리〉의 국내 수용사를 다루고자 한다. 〈엄마 찾아 삼만리〉는 이탈리아의 작가 에드몬도 데 아미치스(Edmondo De Amicis, 1846~1908)가 1884년에 발표한 〈쿠오레(Cuore)〉를 부분 번역한 것이다. 〈쿠오레〉는 엔리꼬라는 어린 학생이 일 년 동안의 학교 생활과 친구들의 이야기를 기록한 일기 형식의 소설이다. 여기에는 '이달의 이야기'라는 독립된 작은 이야기들이 여러 편 포함되어 있다. 〈엄마 찾아 삼만리〉는 그중 5월의 이야기로, 원제목은 〈아펜니노 산맥에서 안데스 산맥까지〉이다. 따라서 〈엄마 찾아 삼만리〉의 수용사를 밝히는 작업은 <쿠오레>의 국내 수용사에 대한 연구로 확대될 수밖에 없다.

<아펜니노 산맥에서 안데스 산맥까지>는 이보상(李輔相)이 <이태리 소년>이라는 제목으로 국내에 처음 소개했다. 이후 일제강점기와 해방 이후를 거치면서 <엄마 찾아 삼만리>로 제목이 바뀌어 여러 출판사를 통해 수없이 간행되면서 아동 독서물의 중요한 부분을 차지해 왔다. 그리고 <쿠오레> 전체 작품도 <사랑의 학교>라는 제목으로 국내에서 100여 차례 출판되었다. 한마디로 <쿠오레> 번역은 시대와 세대를 넘어 놀랄 만한 생명력을 유지해 오고 있는 것이다. 그럼에도 불구하고 이 작품의 국내 수용 과정은 잘 알려져 있지 않다. 100년 이상이나 된 수용의 역사를 제대로 돌아본 적이 한 번도 없는 것이다. 그래서 필자는 <쿠오레>의 국내 수용의 역사를 통시적으로 살펴보기로 하였다.

이를 위해 필요한 첫 번째 작업은 <쿠오레>의 국내 최초 번역본인 <이태리 소년>의 번역 경로, 배경, 목적 등을 밝히는 일이다. 지금까지 이 작품은 구체적인 번역대본이 알려지지 않은 상태였는데, 이 글에서 그것이 중국 포천소(包天笑, 1876-1973)의 중역본임을 새롭게 밝혀냈다. 그리고 <이태리 소년>의 번역 출간 배경을 당대의 '청년' 혹은 '소년' 담론과 관련지어 살펴볼 것이다.

두 번째 작업은 일제강점기와 해방 이후로 나누어 <쿠오레> 수용사를 정리하는 일이다. 일제강점기 때 <쿠오레>는 『동아일보』에 두 차례나 번역 연재되다가 중단되었지만 이에 대한 연구는 전혀 없었다. 또한 연재본과 관련이 있는 <사랑의 학교>라는 완역 단행본에 대한 연구도 찾기 힘들다. 이 글에서는 이 연재본과 단행본에 대해 실증적으로 조사하는 한편, 이 시기의 <쿠오레> 번역이 1920년대의 소년 운동과 관련되어 있음을 주목하고자 한다. 한편, 해방 이후에 대해서는 시기별로 <쿠오레>와 <엄마 찾아 삼만리>의 번역 현황 통계를 작성하고, 특히 1970

년대 전집류에 편입되면서 아동문학의 정전으로 확립되는 과정을 집중적으로 다룰 생각이다.

이런 작업을 통해 <쿠오레>와 <엄마 찾아 삼만리>의 번역 간행의 의도가 시대별로 어떻게 달라졌는지, 그리고 이 작품이 어떤 과정을 통해 국내 아동 독서계에서 확고한 정전의 자리를 굳혔는지 확인할 수 있을 것으로 기대한다.

2. <이태리 소년>의 번역 경로

〈이태리 소년〉의 번역대본

<이태리 소년>(BGN-2019 : 652)은 1908년 10월 중앙서관에서 64쪽 분량으로 출간된 번역 소설이다. 당시 많이 출간되었던 역사전기류 애국계몽 서사들이 주로 그렇듯이 국한혼용의 문체를 사용하였다. 석판 인쇄된 표지에는 어머니와 아들이 서로를 애틋하게 바라보는 삽화가 그려져 있는데, 당시 제목과 발행사 정도만 큰 글씨로 표기하던 다른 출판물의 표지와는 사뭇 다른 분위기를 풍긴다. 1908년 11월에 번역 출간된 이해조의 <철세계> 표지도 석판 인쇄된 화려한 그림으로 장식되었다. 이처럼 화려한 표지 그림의 등장은 당시 번역류 출판물이 역사전기류에서 순수 문학작품으로 번역 대상을 전환하는 시그널과 같은 의미를 띤다고도 볼 수 있다.

이 작품의 원작이 이탈리아의 에드몬도 데 아미치스의 <아펜니노 산맥에서 안데스 산맥까지>라는 사실을 처음 밝힌 것은 한기형[52]이다. 그

[그림 1] 〈이태리소년〉의 표지
(국립중앙도서관 소장)

러나 직접적인 번역대본은 지금껏 밝혀지지 않았다. 이보상이 이탈리아 원작을 직접 번역하지 않았을 것이라는 점은 쉽게 짐작할 수 있다. 당대의 서양 작품 번역이 대부분 일역본이나 중역본을 번역대본 삼아 이중 삼중의 번역 과정을 거쳤던 정황은 익히 알려진 사실이기 때문이다. 이런 가운데 혹자는 이 작품이 양계초의 저작을 번역한 것이라고 지적53)하기도 했다. 하지만 이는 사실이 아니다.

필자가 확인한 바에 따르면, 〈이태리 소년〉의 번역대본은 중국의 번역 작가 포천소의 〈아동수신지감정(兒童修身之感情)〉(이하 '아동수신')이다. 〈아동수신〉은 1905년 상해 문명서국에서 초판이 간행되었고 1917년 같은 출판사에서 재판이 나왔다.54) 목차와 본문 첫 페이지에 '교육소설'이라는 표제가 등장하고, 제목 자체에서도 '아동수신'이라는 표현을 사용한 것으로 보아서, 포천소는 계몽교육의 목적으로 이 작품을 번역했음을 알 수 있다. 책을 발행한 문명서국이 1902년 설립 후 근대적 학교 교육에 필요한 교과서를 주로 발행하던 출판사였다는 사실도 이 작품의 간행이 계몽교육의 목적과 연결되어 있음을 짐작하게 한다. 뿐만 아니라 〈아동수신〉의 앞표지에는 '敎育部 通俗敎育會 褒獎'이라는 문구가 표기되어 있는데, 이 또한 이 책이 당시 중국의 근대적 교육을 위한 교재로 사용되었을 가능성을 시사해 준다.

〈아동수신지감정〉과의 비교

<이태리 소년>은 제1장 渡海, 제2장 河船, 제3장 汽車, 제4장 沙漠, 제5 장 深林 등 전체 5장으로 구성되어 있다. 이런 목차 구성은 <아동수신> 과 완벽하게 일치한다. 나아가 문장의 서술 측면에서도 <이태리 소년> 은 <아동수신>을 거의 완전하게 축자 번역하였다. 1장과 5장에서 뽑은 아래 인용문을 통해 비교해 보자. 인용문의 띄어쓰기는 필자가 현대맞춤 법에 맞춰 재조정하였다.

[1] 由此 而過直布羅陀之海峽 大西洋之水天一色 搖蕩於心胸頭目 馬克之精 神 爲之一爽 馬克之希望 爲之一鬆 然未及數十分鐘 意氣又復鬱結旣 而茫茫之 大海 如顯播於篩中 炎炎之酷熱 如悶鬱於蒸籠 (아동수신, 4)

[1-1] 此를 由ᄒ야 直布羅陀의 海峽을 過ᄒ니 大西洋의 水와 天이 一色으 로 心腦에 搖蕩ᄒ미 馬克의 精神이 爲ᄒ야 一爽ᄒ고 馬克의 希望이 爲ᄒ야 一鬆ᄒ더니 數十分鍾이 未及ᄒ야 意氣가, 또, 다시 鬱結ᄒ고 茫茫ᄒ 大海ᄂ 篩中에 顯播ᄒᄂ 듯 尖尖한 酷熱은 蒸籠에 悶鬱ᄒᄂ 듯ᄒ데 (이태리 소년, 8)

[2] 明日晨光熹微 意大利之少器馬克 背負旅囊 體傴僂倭而足跋踦 以至亞爾 然丁共和國之最繁華最發達市之他苦孟之都 渠心中驚躍 默禱再勿如哥而特字 落色利亞 不諾塞立斯之市之重蹈此覆轍矣 (아동수신, 22)

[2-1] 明日에 晨光이 意微ᄒ니 意大利의 少年 馬克이 背에 旅囊을 負ᄒ고 體가 傴倭ᄒ며 足이 跋踦ᄒ야, 뼈亞爾然丁, 共和國의 가쟝 繁華ᄒ고 가쟝 發達ᄒ 市 他告孟으로 至ᄒ니 心中이 驚躍ᄒ야 默禱ᄒ디, 다시 哥而特字라 落色利亞와 不諾塞立斯市의 前轍을 重蹈치 마옵소서 ᄒ고 前途를 向ᄒ니 (이태리 소년, 48~49)

인용문 [1]은 주인공 마극(원작에서는 마르코)이 아르헨티나로 간 엄마를 찾아 대서양을 횡단하는 중에 배 안에서 겪는 심신의 동요와 고통을 그린 부분이며, 인용문 [2]는 아르헨티나에 내린 마극이 엄마를 찾아 여러 도시를 헤맨 끝에 마지막으로 他告孟(투쿠만)에 도착하여 흥분된 마음으로 더 이상 허탕 치지 않고 엄마를 만날 수 있기를 기도하는 장면이다. 두 인용문을 살펴보면 이보상이 포천소의 중역본을 얼마나 충실하게 축자 번역했는지 쉽게 확인할 수 있다. 작품 전체를 일일이 대조해 본 결과, 이러한 축자 번역은 작품 전체에 거쳐 이루어진다. 특정 부분이 생략되거나

● 중역본에서 直布羅陀(지브롤터)와 他告孟으로 표기된 지명은 국역본에서 直布羅陀와 他告孟으로 표기가 다른데 이는 편집상의 간단한 차이로 보인다. 실제로 짧은 인용문 중에서도 편집상의 간단한 실수가 몇 군데 더 확인된다. 이글이글 타는 듯 덥다는 의미의 '炎炎'은 국역본에서 '尖尖'으로, 새벽빛이 희미하다는 의미의 '熹微'는 국역본에서 '意微'로 잘못 표기되었고, 또 국역본의 '哥而特孛라'은 의미상 '哥而特孛와'의 잘못이 분명하다. 고유명사와 관련하여 한 가지 재미있는 것은, 주인공 '마극(馬克)'이라는 이름이 포천소의 <철세계>에서도 사용되고 있다는 사실이다.

첨입된 경우도 거의 발견되지 않는다. 또한 意大利(이탈리아), 亞爾然丁(아르헨티나), 哥而特孛(코르도바), 落色利亞(로자리오), 不諾塞立斯(부에노스 아이레스) 등의 지명과 馬克이라는 인명 등 고유명사 표기에서도 이보상은 포천소를 그대로 따랐다.● 이런 사실을 종합해 볼 때, 이보상이 포천소의 <아동수신>을 대본으로 하여 <이태리 소년>을 번역한 것은 확실해 보인다.

포천소의 번역활동

중역본 <아동수신>의 역술자인 포천소라는 인물은 국내에도 어느 정도 알려진 번역 작가였다. 그는 홍작원주인이 역술한 일역본 <철세계>(동경, 집성사, 1887)[55]를 중국어로 옮겼던 인물이며, 국내에서는 이해조가 그의 중역본 <철세계>를 우리말로 옮긴 바 있다. 포천소는 자신의 <철세계> 서문 '역여췌언'에서 귀국하는 일본 유학생 친구로부터 일역본 <철세계>를 건네받았다고 밝혔다. 그리고 자서전[56]에서는, 유학생 친구가

가져다주어 번역하게 된 책이 <철세계> 하나가 아니라 <三千里尋親記>까지 두 권이라고 언급했다. 이 말을 곧이곧대로 받아들이면, 후에 <엄마 찾아 삼만리>로 널리 알려진 작품을 포천소가 1903~1905년 사이에 <三千里尋親記>와 <아동수신>으로 각각 간행했다는 말이 된다.

이에 대해 대만학자 첸홍수(陳宏淑)는 당시 여러 정황들을 종합하여, 포천소가 자서전에서 <三千里尋親記>를 번역했다고 언급한 것은 <아동수신>을 잘못 회고한 것이라고 추론했다. 첸홍수에 따르면, 포천소가 귀국하는 친구로부터 건네받은 또 하나의 책은 스기타니 다이스이(杉谷代水, 1874~1915)의 <學童日誌>였다. 다이스이는 일본 근대문학 초창기에 시 창작과 『국어독본』의 편집 등 다방면에서 재능을 발휘했으며 외국 문학의 소개에도 큰 역할을 했고, 특히 <쿠오레>를 <學童日誌>라는 제목으로 일본에 최초로 소개했던 인물이다. 그의 <學童日誌>는 이탈리아 원작이 아니라 영역본 Isabel Florence Hapgood의 <Cuore : An Italian Schoolboy' Journal>(1887)를 대본으로 번역한 것이었다.[57] <쿠오레>에서 가장 긴 이달의 이야기 <아펜니노 산맥에서 안데스 산맥까지>를 <엄마 찾아 삼천리>라는 제목으로 처음 옮긴 것도 다이스이였다. 이후 한국과 중국에서 널리 알려진 <엄마 찾아 삼만리>, <尋母三千里>, <万里尋母記> 등의 제목은 모두 여기에서 유래한 것으로 볼 수 있다. 포천소는 다이스이의 <學童日誌>[58]에서 우선 <엄마 찾아 삼천리> 부분을 번역하여 <아동수신>으로 출간했고, 이후 1910년에는 <쿠오레> 전편을 <형아취학기(馨兒就學記)>라는 단행본으로 옮겨 상해 상무인서관에서 출판했다.

결국, 이보상의 <이태리 소년>의 번역 경로를 요약하면 다음과 같다. 이탈리아 아미치스의 <쿠오레> 원작에서 Hapgood의 <Cuore : An Italian Schoolboy' Journal>(1887)이 번역된 후, 일본 다이스이가 이 영역본을 대본으로 <學童日誌>를 번역했다. 그후 중국 포천소가 다이스이의 일역본을 <아동수신>으로 번역했고, 이보상은 이를 대본으로 <이태리 소년>을 번역했다. 이것이 국내에서 간행된 최초의 <쿠오레> 번역본이다.

3. <이태리 소년>의 번역 배경과 목적

이보상과 『장학보』
....

이보상이 <이태리 소년>을 번역 출간한 것이 계몽적 목적과 관련되었을 것이라는 사실은 쉽게 추론할 수 있다. 이보상은 한일합병 이후 일제의 식민체제에 부역한 친일행위자[●]가 되었지만, 합병 전까지만 해도 계몽 활동에 적극 참여했던 계몽지식인이었다. 그

● 진암 이보상(1882~1948)은 1910년 울산군 서기를 시작으로 의령군과 함양군의 서기를 거쳐 1921년에는 남해군수까지 역임했던 친일행위자로 분류된다.59)

의 애국계몽 활동은 1908년에 집중되어 나타난다. 그는 이때 역사전기류 애국계몽서사의 하나로 알려진 <흉아리 애국자 갈소사전>(1908)을 번역 출판했고, 교육계몽 잡지인 『장학보』의 편집 겸 발행인으로 활동하였다. 『장학보』는 1908년 1월 20일 『장학월보』라는 제호로 창간되었다가, 제2호부터 제호를 『장학보』로 고치고 편집 겸 발행인도 박태서에서 이보상으로 바꾸었다. 발간취지서를 통해 밝히고 있듯이, 『장학보』는 국력이 학력에서 비롯된다는 생각을 가지고 학문을 권장하고 일반 학원(학생)을 장려하려는 계몽적 목적을 지닌 잡지였다. 『장학보』이외에도, 이보상이 가졌던 "계몽지식인으로서 조선에 대한 걱정과 미래에 대한 우려는 『大韓自彊會月報』, 『畿湖興學會月報』, 『大韓協會會報』, 『大同報社月報』 등의 계몽운동 잡지를 통해서 확인할 수 있다. 이보상은 이 잡지들에 활발하게 투

고하면서 조선에 대한 자신의 의견을 피력하고 있다."[60]

순문학 작품의 번역

이처럼 계몽지식인으로서 활발히 활동하던 이보상이 '교육소설'이라는 표제가 붙은 <이태리 소년>을 계몽교육의 목적으로 번역 출간한 것은 어찌 보면 당연한 수순처럼 보인다. 그런데 왜 하필 <이태리 소년>이란 말인가? 1908년 전반까지만 해도 애국계몽 서사는 대부분 역사전기류였다. 하지만 <이태리 소년>은 <애급근세사>나 <월남망국사> 같은 역사물도 아니었고, <이태리건국삼걸전>, <애국부인전>, 혹은 <흉아리애국자 갈소사전> 같은 전쟁이나 건국에 관련된 외국의 영웅서사도 아니었다. 내용상에 민족주의적 색채가 없는 것은 아니지만 기본적으로는 수만리 타국으로 엄마를 찾아가는 열세 살의 어린 소년에 관한 이야기일 뿐이었다. 그런데 이 작품을 번역하게 된 계기는 무엇이었을까?

이보상이 역사전기물이 아닌 순문학 작품을 선택한 것은 1908년 중반이 지나면서 국내의 문학 번역(안)상에 나타난 일정한 변화와 무관하다고 할 수 없다.[61] 즉 이 시기는 역사전기류의 번역 출간이 중단되고, 대신 다니엘 디포우 원작의 <로빈슨 크루소>●나 쥘 베른의 <인도 왕녀의 유산>[62] 같은 서양 원작의 허구적 서사가 번역되기 시작한 때였다. 1909년 이후가

● 대니얼 디포(Daniel Defoe) 원작의 <로빈슨 크루소>(1719)는 이 무렵 국내에서 두 차례 번역되었다. 김찬, <라빈손 표류기>, 의진사, 1908; 최남선, <로빈슨 무인절도표류기>, 『소년』 1년 2호(1909.2.1)~2년 8호(1909.9.1) 7회 연재.

되면 이런 추세는 더욱 확대되는데, 최남선이 『소년』지에 번역(안)했던 작품들이 그런 경향을 주도했다. 이러한 추세 전환의 원인은 일차적으로는 1907년 신문지법, 1908년의 저작권법으로 이어지는 일제에 의한 일련의 출판 통제와 관련된다. 하지만 이런 진단은 왜 이보상이 특별히 포천

소의 <아동수신>을 번역대본으로 선택했는지 구체적인 설명을 해주지는 못 한다. 그래서 필자는 이를 '청년' 혹은 '소년' 담론과 관련지어 설명해 보려 한다.

'청년' 혹은 '소년' 담론

1900년대는 '청년' 혹은 '소년' 담론이 부상했던 시기였다. 젊은이를 의미하는 근대적 의미의 '청년'은 1897년 기독교계에서 청년회를 도입하는 과정에서 처음 등장하였고, 1904년 이래 개신유학자들이 주도한 국내의 '청년' 담론은 '靑年子弟'라는 합성어를 통해 청년을 애국계몽 교육의 대상으로 설정하고 있었다. 그후 일본 유학생 집단에 의해 '청년'은 교육의 대상이 아닌 실천의 '주체'로 부각되는데, 예컨대 1906년 8월 『태극학보』 창간호에서 최남선은 유학 중인 '吾輩靑年'을 나라를 위기에서 구할 '실천적 주체'로 호명하였다.[63]

한편, 이 무렵 양계초의 「소년중국설」의 영향을 받아 '소년' 담론도 유행하였는데, 소년은 처음에 특정 연령 집단이 아닌 국가 자체의 표상적 이미지로 받아들여졌다. 1906년 11월 창간된 잡지 『소년한반도』는 '소년'을 그런 의미로 사용한 대표적 사례이다. 『소년한반도』라는 명칭은 구사회 혁명을 통한 국가혁신을 표상하기 위해 의식적으로 선택된 명칭이었다. 이렇게 '소년'을 국가의 표상으로 쓰게 되면서 당연히 국가를 이끌어갈 주체로서 '소년' 집단에 대한 관심도 높아졌다. 소년에 관한 논설이 다수 게재되고 '소년동지회' 등의 소년 조직이 결성되기도 했다.[64]

이런 상황에서 '청년'과 '소년'은 1910년까지도 비슷한 연령대의 연소자 집단을 지칭하는 용어로서, 명확히 의미가 구별되지 않은 상태로서 경쟁 관계에 놓여 있었다.[65] 즉 10대 초반보다는 신체적 발육이 충분히 이뤄진 연령대인 10대 후반이나 20대 전후를 지칭하였다. <이태리 소년>이 출간된 1908년 이후에는 '청년'이 '소년'보다 급속히 확산되었지만 '소년'을 언급하는 기사도 무시할 수 없는 추세로 늘어났다.

당시 『장학보』의 편집 겸 발행인으로 활동하고 있던 이보상으로서는 청년과 소년 담론에 민감했을 수밖에 없다. 『장학보』의 주요 독자층이 이른바 '학원(學員)'이라 불린 10대 중반에서 20대 전후의 일반 학생들이 었기 때문이다. 특히 『장학보』는 독자 공모제●라는 획기적인 기획을 도입하여 지면의 대부분을 투고 원고로 채웠는데, 이때 당선된 이들은 청년 혹은 소년 담론의

● 『장학보』는 창간호부터 독자 원고를 현상 모집했다고 하며, 실제로 제2호에는 논설 2등에 변영태, 소설 2등에 육정수 등을 비롯하여 7부문에 81명의 독자투고 당선자가 실려있는 것을 확인할 수 있다.66)

대상이 되었던 10대 후반으로부터 20대 전후가 대부분이다. 실제로 『장학보』 1권 2호67)에 실린 당선자의 나이는 서너 명을 제외하고 15살부터 20살 전후로 고르게 분포하는 것을 확인할 수 있다. 뿐만 아니라 장학월보사에서는 '학생연합친목회'68)를 별도로 조직하여 대상독자인 일반 학생의 조직과 관리에 적극 나섰다. 이런 사실들로 볼 때, 이보상은 '청년'과 '소년' 담론에 깊은 관심을 가지고 있었을 것이 틀림없다.

이보상이 <아동수신>의 번역본 제목을 <이태리 소년>이라 하여 '소년'이라는 말을 버젓이 노출한 것은 이런 저간의 사정과 관련이 있을 것이다. 앞서 살펴보았듯이, 번역경로 상의 일역본이나 중역본의 제목에는 '소년'이라는 말이 쓰이지 않았다. 일역본의 제목은 '엄마 찾아 삼천리'이며 중역본은 '아동수신지감정'이었다. 작품 내용에서도 '소년'이라는 말은 거의 쓰이지 않았다. 주인공 마극(마르코)은 그냥 이름으로 불리거나 3인칭 대명사 '거(渠)'69)로 지칭되었다. 그럼에도 불구하고 이보상이 제목에 '소년'이라는 단어를 넣은 데는 자기만의 의도가 있었다고 볼 수밖에 없다. 더구나 포천소의 중역본에 쓰인 '아동'이라는 표현도 포기하고 이

보상은 '소년'이라는 말을 선택하였다.●
이처럼 애써 제목을 통해 '소년'을 노출하려 한 것은 역시 당시의 소년 담론의 영향으로 볼 수밖에 없다.

진취적 기상보다 효제의 강조

이보상이 작품의 번역을 통해 보여주고자 했던 청년 혹은 소년의 상은 어떤 것인가? 그것은 최남선이 잡지 『소년』을 창간하면서 고려했던 '활동적, 진취적, 발명적 대국민이 될 소년'의 상과는 사뭇 다른 것으로 보인다. 최남선이 '소년'에게 민족과 국가의 미래를 걸고 문명조선의 미래를 준비하려 했다면,70) 이보상은 청년(소년)을 애국계몽 교육의 대상으로 설정했던 개신유학자들의 담론 수준에 머물러 있는 것으로 보인다. 그는 여전히 헌신, 희생, 타애 같은 윤리적 덕목으로 청년들을 계몽하고자 하였다. 이보상이 <이태리 소년>의 번역을 통해 서로를 위해 헌신하고 희생하는 가족애, '효제(孝悌)'를 특별히 강조한 것은 이런 이유에서였다.

[3] 距今 數年 前에 意大利 瑞那地方에 一工人의 子가 有ᄒ니 年이, 게우 十三歲의 小兒로, 써 單身隻影으로 其父母를 北亞米利加洲에 尋ᄒ 事가 有ᄒ니 嗚呼 美哉라 此少年의 勇ᄒ이여, 我가 譯ᄒ야 我國의 少年의게 紹介코저 ᄒ노라 (이태리 소년, 1)

인용문 [3]은 <이태리 소년>이 시작되는 첫 부분이다. 13살의 이태리 소아가 단신으로 엄마를 찾아 북아메리카로 간 일이 있다고 하면서, 소년의 '용기'를 아름답다고 칭찬하며 그것을 아국의 소년에게 소개하고자 한다는 내용이다. 여기서 언급된 대로 '용기'에 초점을 맞춘다면 최남선이 『소년』에서 강조하려 했던 활동적이고 진취적인 소년의 상에 가깝다고 할 수 있다. 하지만 이 부분은 포천소의 <아동수신>의 일자일구를 있는 그대로 번역한 것일 따름이다. 심지어는 소년이 엄마를 찾아 헤매던 곳이 남아메리카의 아르헨티나인데 그곳을 '북아메리카주(北亞米利加洲)'라고 잘못 서술한 것까지 그대로이다. 따라서 '용기'에 대한 강조는 이보상의 번역 의도와 관련된다기보다 포천소의 번역 의도라고 해야 할 것이다.

이보상이 소년의 '용기'보다는 '효제'를 강조하고자 했다는 사실은 <이태리 소년>의 서문에서 보다 분명하게 드러난다. 그는 서문에서, 우리나라에 효제가 사라져 버려 풍속이 타락하고 국체가 침체하게 되었다고 진단하면서 마극이 어버이를 찾는 이야기를 통해 효제를 진작시키고자 한다는 생각을 분명하게 밝혀 놓았다. 『황성신문』에 실린 책 광고에서 이는 더욱 분명해진다.

[4] 本 小說은 (…중략…) 壯哉라 馬克이 十三歲 小兒의 單身隻影으로 風箱의 艱難과 猛獸의 危險을 冒하고 沙漠의 野와 深林의 間에 奔馳하야 亞美利加 大陸을 遍踏하다가 竟乃 他苦孟의 寄跡한 病母를 尋하야 母子가 團樂을 得하얏스니 嗚呼 美哉라 馬克 母子의 慈孝홈이여 今에 此를 述하야 我少年 諸君에게 紹介코자 하노라 71)

인용문 [3]의 소설 첫 부분에서 '此少年의 勇홈'을 아름답다고 한 것과 달리, 이 광고에서는 '馬克 母子의 慈孝홈'을 아름답다고 하고 있어 극명한 대조를 보여준다. 한마디로 소년의 진취적 활동적 기상보다는 '효제'라는 유교적 윤리의 강화에 초점을 맞추고자 했던 이보상의 번역의도를 확인할 수 있다. 이러한 유교 윤리에 대한 강조는 <흉아리 애국자 갈소

사전>이나 『대동풍아』의 서문에서도 그가 일관되게 강조[72]했던 것이다. 결국 이보상의 번역의도에 따라 원작의 고유한 주제나 포천소의 번역의 도는 새롭게 재규정되었다.

이보상이 '我國의 少年', '我少年 諸君' 등으로 표현하고 있듯이, 이 작품은 우리나라의 '소년'을 상대로 번역되었다. 앞서 살펴보았던 대로 당시 '소년'은 '청년'과 분화되지 않은 개념이며, 신체적 발육이 충분히 이루어진 10대 후반이나 20대 전후를 지칭했다. 실제로 당대의 한 신문기사는 이런 추론을 뒷받침해 준다. 1910년 5월 18일자의 『황성신문』에는 사립 고등학교 연합운동회에 기부된 물품 목록을 열거한 기사가 실려 있는데, 이 속에 중앙서관에서 기부한 <갈소사전> 50부와 <이태리 소년> 50부가 포함되어 있다. 기부물품은 주로 공책·연필을 비롯하여 각종 서적이 대부분이며, 책 중에는 <厚禮斗益大王戰史>, <五偉人歷史>, <拿破崙戰史>, <意太利三傑傳> 등 애국계몽기의 역사전기류가 다수 포함되어 있다. 이 기부물품은 운동회가 끝나면 학생들에게 상급으로 지급되었다. 이 기사는 <이태리 소년>이 다른 역사전기류 서사 작품과 함께 10대 후반이나 20대 전후의 고등학생들●에게 주로 읽혔음을 보여준다.

● 1906년부터 시행된 '고등학교령'에서는 보통학교 졸업 및 이와 동등한 학력을 가진 12세 이상이 고등학교에 입학할 수 있는 것으로 되어 있지만, 실제로 관립, 공립, 사립을 막론하고 고등학교 재학생은 대개 20세 전후가 많았다.

따라서 <이태리 소년>은 당시의 청년 및 소년 담론의 유행 속에서 이보상이 15세 이상 20세 전후의 청년(소년)들에게 효제라는 유교적 윤리를 강조하려고 번역 출판했던 것으로 결론지을 수 있다.

4. <쿠오레>의 국내 수용사

『동아일보』의 〈학교 일긔〉 연재

소설가 이효석은 1922~3년의 경성고보 시절을 회고하면서, "학교 기숙사 안에도 전반적으로 문학의 기풍이 넘쳐서 (…중략…) 누구나 수삼권의 문학서를 지니지 않은 사람이 없을" 정도로 당시의 문학열이 높았다고 했다. 그러면서 자신도 이런 분위기에 휩쓸려 문학적으로 조숙한 감이 없지 않았고, "처음으로 알뜰히 독파한 소설이 소년소설 <쿠오레>"였다고 언급했다.73) 이런 회고를 참고할 때, <쿠오레>는 이 무렵 이효석과 같은 15~6살의 학생들 사이에서 일역본으로 꾸준히 읽혔던 것으로 파악된다. 일제강점기 들어 이때까지도 <쿠오레>의 다른 국역본은 찾기 어렵다.

국내에서 <쿠오레>가 다시 번역된 것은 1920년대 중반이었다. 한글학자 신명균이 1924년에 <어머니를 차저 삼만리에>라는 제목의 글을 『신소년』 제2권 1호와 5호에 실었다.74) 이 글에는 '모험소설'이라는 표제가 붙어있다. 이듬해인 1925년에는 『동아일보』가 8월 24일부터 <학교 일긔>를 연재하기 시작한다. 원작 <쿠오레>는 10월 17일의 '개학날'부터 시작되는 엔리코의 일기 형식으로 되어 있는데, <학교 일긔>의 첫 회도 '개학날'에서 시작했다. 연재에 관한 편집자의 주 같은 것이 없어 번역자가 누군지 알 수는 없다. 번역대본에 대해서도 밝혀진 것이 없다. 1925년까지 일본에서 간행된 <쿠오레>의 번역본은 이미 14종●에 이르는 것으

●1930년까지 일본에서 간행된 <쿠오레> 번역본은 아래와 같으며, 14번까지가 1925년 이전에 번역되었다. 이 중에서 2번의 쿠스야마 마사오(楠山正雄)의 번역본은 영일대역 발췌본인데, 제목에 '이태리 소년'이라는 말이 들어있어 흥미롭다.

1. 杉谷代水 역, <教育小説 學童日誌>상하권, 東京, 春陽堂, 1902.12.
2. 楠山正雄 역, <伊太利少年 學校日記 なさけ>, 東京, 朝野書店, 1910.
3. 三浦修吾 저, <愛の學校>, 동경, 春秋社, 1912.

로 확인된다. 당시
일역본의 제목은 <學
童 日記>(학동 일지, 혹
은 학교 일기)와 <愛の
學校>로 대별되는
데, <학교 일기>와
유사한 <學童 日記>
류의 제목이 6종이
다. <학교 일기>의
번역대본을 확인하
려면 이들에 대한
검토가 필요한 형편이다.

4. 三浦修吾 역, <愛の學校>, 동경, 誠文堂書店, 1912.
5. 三浦修吾 역, <愛の學校：精育小說>, 동경, 文榮閣書店, 1912
6. 宇野浩治 역, <クオレ物語>, 동경, 蜻蛉館書店, 1917.
7. 三浦修吾 저, <愛の學校：教育小說>, 동경, 文榮閣書店, 1919.
8. 前田晃 역, <クオレ：一名、愛の學校>, 동경, 家庭讀物刊行會, 1920.
9. 三浦修吾 역저, <愛の學校：情育小說>, 동경, 誠文堂書店, 1922.
10. 三浦修吾 역, <教育小說 愛の學校>, 동경, 誠文堂書店, 1923.
11. 石井眞峰 역, <クオレ：學童日記>, 동경, 春秋社, 1924.
12. 新譯世界教育名著叢書刊行會 저, <クオレ：愛の學童日記>, 동경, 文教書院, 192
13. 小川實也 역, <クオレ：愛の學童日記>, 동경, 文教書院, 1925.
14. 石井眞峰 역, <クオレ：學童日記>, 동경, 春秋社, 1925.
15. 菊地寬 역, <クオレ>, 동경, 文芸春秋社, 1927.
16. 前田晃 역, <クオレ：一名、愛の學校>, 동경, 平凡社, 1927.
17. 齋田喬 편, <クオレ物語：愛の學校>, 동경, イデア書院, 1927
18. 前田晃 역, <クオレ：愛の學校>상하권, 동경, 岩波書店, 1929.
19. 大木篤夫 역, <愛の學校物語>, 동경, アルス, 1930.
20. 三浦修吾 역저, <愛の學校：情育小說>(改版), 동경, 誠文堂書店, 1930.

<학교 일긔>는 연재 초기에 원작의 주인공 '엔리코'를 '영호'라는 한국명으로 고쳐 부르다가, 10회 이후에 원작의 이름으로 되돌아간 것이 확인된다. 이로 봐서 원고는 미리 한꺼번에 번역된 것이 아니라 연재 진행에 맞춰 번역되었을 것으로 추정할 수 있다. 이런 이유 때문인지 연재는 매우 불규칙적으로 이루어졌다. 연재가 시작된 1925년 8월에는 5회, 9월에 단 1회, 10월에 18회, 11월에 12회, 12월에 12회, 그리고 다음해 1월에 1회가 연재되었다. 1925년 8월~11월의 『동아일보』 3면을 조사해 본 결과, <학교 일긔>는 <안데르센 동화>, <로빈슨 크루소 이야기>와 지면 경쟁을 했던 것으로 보인다. 이는 연재가 불규칙했던 다른 이유일 수도 있다. 연재는 비록 불규칙적이었으나 개학날 일기부터 시작된 연재는 원작에서 거의 빠진 부분 없이, 즉 초역(selective translation)이 아닌 축역(abridged translation)의 방식으로 이어졌다. 10월 17일의 '개학날' 일기로부터 다음해 1월 12일의 '동무 대접'까지 총 49회로 나누어 연재되었는데,

이 과정에서 연재 누락은 10월 22일, 23일과 1월의 하루까지 3번의 일기 뿐이다. 그러다가 1926년 1월 6일 49회째 연재를 마지막으로 특별한 설명 없이 연재가 돌연 중단된다.

이정호의 〈사랑의 학교〉 연재

『동아일보』가 다시 〈쿠오레〉 연재를 재개한 것은 그로부터 3년 뒤인 1929년이었다. 2차 연재에서는 번역자가 아동문화 운동가 이정호(李定鎬, 1906~1938)로 명시되었고, 제목도 〈사랑의 학교〉로 바뀌었다. 이정호는 연재 재개를 알리는 기사[75]에서 일본의 번역을 중역한다고 밝혀 놓았다. 당시 일본에서 〈愛の學校〉로 제목이 붙은 〈쿠오레〉 번역본 중에서는 미우라 슈고(三浦修吾)의 번역본이 가장 유명했다. 1912년에 처음 나온 슈고의 번역은 이후 출판사를 달리하면서 여러 종류가 출판되었다. 이정호는 이들 중 하나를 번역대본으로 하였을 것이다.

2차 연재는 1925년의 1차 연재를 재개하는 형식을 취했다. 즉 연재 재개 기사에서, "본지 삼면 아동란에 〈학교 일기〉라는 제목으로 삼십오 회까지 번역한 것"을 다시 계속하게 되었다고 했다. 그리고 연재는 11월 10일의 일기인 '어머니의 사랑'부터 재개하였다. 하지만 1차 연재와 2차 연재는 온전한 연속성을 갖지 못했다. 우선 1차 연재가 소설 내용을 짧게 줄인 축역(abridged translation)인 반면, 2차 연재는 완역에 가깝다. 또한 1차 연재가 끝난 지점과 2차 연재가 시작되는 부분이 일치하지도 않는다. 1월 12일의 일기에서 1차 연재가 끝났음에도 불구하고, 2차는 다시 11월 10일의 일기까지 거슬러 올라가 연재를 시작했다. 이 때문에 상당히 많은 부분이 겹치게 되었다. 이렇게 된 데는 1925년의 연재분을 제대로 확인하지 않은 탓도 있었던 것으로 보인다. 연재 재개 기사에서 〈학교 일

괴>가 35회까지 연재되었다고 잘못 계산(실제로는 49회 연재됨)한 데서 그런 실수의 가능성을 짐작할 수 있다.

〈사랑의 학교〉 단행본

[그림 2] 〈사랑의 학교〉 표지

2차 연재는 중간에 빠진 부분 없이 2월의 마지막 일기까지 이어졌다. 오탈자가 발생한 경우에는 다음 회의 끝부분에 세세한 교정 사항을 밝혀놓았을 정도로 연재는 꼼꼼하게 이루어졌다.76) 하지만 1차 연재 때와 마찬가지로 2차 연재도 돌연 중단되었다. 연재 기간과 횟수는 1929년 1월 23일부터 5월 23일까지 총 98회였다. 갑작스런 연재 중단은 단행본 출판과 관련된 것으로 보인다. 그해 12월 1일에 이정호 번역으로 단행본 〈사랑의 학교〉(BGN-2019 : 386)가 간행되었던 것이다. 이문당에서 545쪽 분량으로 간행된 단행본은 2차 연재본을 고스란히 수록하였다. 이것이 국내에서 간행된 최초의 〈쿠오레〉 완역본이다. 그리고 앞에서 다뤘던 〈아펜니노 산맥에서 안데스 산맥까지〉라는 원제를 가진 5월의 이야기는 이 책에서 '어머니를 차저서 삼천리'로 번역되었다.

어린이 독서물

이정호는 「쿠오레를 번역하면서」라는 연재 재개 기사에서, <쿠오레>가 세계 각국에서 어린이 독본이나 어린이 경전으로 취급되는 아주 값있는 책이며, 원작자인 아미치스는 안데르센, 이솝, 오스카 와일드, 톨스토이 등과 비교할 만한 유명한 작가라고 말한다. 그런데도 국내에서는 그의 존재조차 모르고 있어 섭섭하다고 말한다. 그러면서 이정호는 "세상의 수만흔 어린이들을 지도하고 조종하는데 가장 바르고 조흔 방편"이 들어있는 이 책을 통해 "어린 사람을 가장 완미한 한목 사람을 맨들어 볼" 생각이라고 번역 의도를 밝힌다. 자신의 몫을 할 수 없는 어린이를 자신의 몫을 해내는 사람으로 키워보겠다는 것이다. 즉 당장의 실천이 요구되었던 청년보다는 식민지 조선의 미래를 담보한 어린이의 교육에 번역의 목적이 있었던 것으로 파악된다. <이태리 소년>이 청년담론의 영향 아래서 10대 중반 이후의 청년들에게 애국계몽을 고취할 목적으로 번역되었던 것과 비교할 때, <사랑의 학교>는 '어린이 독물'로 지칭되면서 대상 독자의 연령이 하향 조정되었다.

최남선은 9~15세 전후 소년에게 현재의 정치, 사회 현실에서 한걸음 떨어져, 들판을 거닐고, 바다를 여행하며, 세계를 주유할 수 있는 자유를 부여했다. 소년의 유일한 임무는 진취적 모험심을 갖고 세계를 편력하고 온갖 지식을 습득하는 것이었다.[77] 하지만 식민지로의 전락을 앞둔 조선에서 '최남선의 소년'은 미래를 허락받을 수 없었다. 그후 천도교를 중심으로 해서 소년 운동이 다시 활발해진 것은 1920년대에 가서였다. 1921년 '천도교청년회'에서 '천도교소년회'가 분리되어 만7세부터 만16세까지의 소년을 회원으로 받아들였다. 방정환의 소년 운동도 이를 기반으로 하였다.[78] 그런데 이정호는 20년대의 소년 운동의 영향 아래서 자라났고, 이후 소년 운동에 투신한 인물이었다. 그는 '천도교소년회' 창립 당시 15살 소년 회원이었고, 성장해서는 개벽사에 입사하여 방정환을 도와 『어린이』, 『신여성』 등의 잡지에 관여하는 등 아동문화운동가로 활동했다. 이런 점에서 이정호가 번역한 <사랑의 학교>는 1920년대 소년 운동의 영향권 하에서 만들어졌다고 할 수 있다. 따라서 자연히 대상 독자도 천도교소년회의 회원 기준이었던 7~16세의 어린이에 맞춰졌다고 볼 수 있다. <사랑의 학교>에는 방정환이 쓴 서문이 붙어있는데, 여기서 그는 자신도 어릴 때 <쿠오레>를 애독했다고 하면서 그것이 자신에게 많이 유익했던 것처럼 "지금 자라는 어린 사람들"에게도 많은 유익을 가져다 줄 것이라고 하였다. <사랑의 학교>가 한 달여 만에 재판을 발행79)할 정도의 판매고를 올릴 수 있었던 것도 소년 운동과의 연계가 있었기 때문에 가능했을 것이다. 이렇게 하여 <쿠오레>는 국내에서 15세 미만의 아동문학으로 자리를 잡아갔다.

해방 이후의 〈쿠오레〉 수용 현황

해방 이후 <쿠오레> 번역은 두 계통으로 확실하게 나뉜다. 하나는 <쿠오레> 작품 전체를 번역한 것이고, 다른 하나는 <엄마 찾아 삼만리> 부분만을 번역한 것이다. <쿠오레> 전체를 번역한 경우는 대개 <사랑의 학교>나 <쿠오레>라는 제목을 사용하였고, 일제강점기에 사용되었던 <학동 일기> 류의 제목은 더 이상 사용되지 않았다. <엄마 찾아 삼만리> 계통은 해방 직후에 <어머니를 찾아서>라는 제목이 잠깐 사용되다가 70년대 이후로는 줄곧 <엄마 찾아 삼만리>로 통일되었다. 번역의 형태를 볼 때, <쿠오레> 전체를 옮긴 전자는 대부분 초역(selective translation) 혹은 축역(abridged translation), 심지어는 둘을 혼합한 초축역 형태이다. 원본은 대개 500쪽 정도의 분량인데 반해 국내 번역본은 대개 200쪽 내외로 간행되었다. 반면 <엄마 찾아 삼만리>의 경우는 원본 자체가 그렇게 길지 않기 때문에 대개 원문과 비슷한 길이로 번역되었다.

국립중앙도서관 지식정보 통합검색 시스템[80]의 검색 결과를 분석해 본 바에 따르면, <쿠오레> 전편을 번역한 계통은 95회, <엄마 찾아 삼만리> 계통은 53회 간행된 것으로 확인된다. 결국 <쿠오레> 관련 번역은 해방 이후 총 148회 이상 간행되었다고 볼 수 있다. 아래 표는 시기별 간행횟수를 정리한 것이다. 표의 숫자는 번역본의 종수를 말하는 것이 아니라 간행횟수라고 보는 것이 정확하다. 동일한 번역본이 재차 출간되는 경우가 가끔씩 확인되기 때문이다.

	〈사랑의 학교〉, 〈쿠오레〉		〈엄마 찾아 삼만리〉		합계
	전집·선집류	단행본류	전집·선집류	단행본류	
1945년~1950	0	2	1	0	3
1950년대	0	0	0	0	0
1960년대	2	0	0	0	2
1970년대	10	4	5	0	19
1980년대	1	9	0	4	14
1990년대	2	22	2	13	39
2000년대 이후	6	37	5	23	71
합계	21	74	13	40	148

해방 후 최초로 간행된 <쿠오레> 번역본은 1946년 학생사에서 간행된 <사랑의 학교>로 확인되고 있다. 그 뒤를 이어 1946년에 을유문화사에서도 번역본이 나왔다. 이들은 완역본이 아니었고 각각 117쪽과 202쪽

분량의 축약본이었다. 그리고 아동문학가 윤복진이 1949년에 엮은『세계 명작아동문학선집』1권에는 <어머니를 찾아서>가 원작자에 대한 해설 과 함께 실려 있다. 1950년대 들어서는 1957년~1959년에 간행된 학원사 의『세계명작문고』(60권)[81]와 1959년~1962년에 간행된 계몽사의『소년소 녀 세계문학전집』(50권)이 아동 독서시장에서 등장했으며, 계몽사 전집에 는 <쿠오레>가 포함된 것이 확인된다.

한국전쟁 직후 나라가 혼란스럽고 물자가 부족한 상황에서도 <쿠오 레>는 간행횟수에서는 다른 시기에 훨씬 못 미치지만 여전히 아동들에 게 꾸준히 읽혔던 것으로 보인다. 1965년 9월 4일『경향신문』에는 '이화 여대 학생들이 어렸을 때 읽은 책들'이라는 기사가 실렸다. <소공녀>, <알프스의 소녀>, <소공자>, <톰소야의 모험>, <장발장> 등 총 34권 의 작품 목록이 실렸는데 이중 13번째에 <어머니를 찾아 삼만리>가 올 라 있다. 이 기사는 당시의 대학생들이 어렸을 때인 1950년대의 독서 상 황을 알려주는데, <쿠오레>는 여전히 좋은 독서물로 기능했던 것으로 보인다.

1960~70년대의 전집류 붐

<쿠오레>의 번역 출판은 60년대 전반기까지 부진을 면치 못했다. 그 러다가 60년대 후반으로 들어서면서 조금씩 변화가 나타났다. 1960년대 후반부터 70년대까지는 1차 세계문학전집 붐이 일던 때였다. <쿠오레> 도 이런 전집의 붐을 타고 다시 등장했다. 가장 빠른 전집류는 1966년 어 문각에서 발행한『소년소녀세계문학전집』이었는데, 이 전집의 제5권으 로 이원수 번역의 <쿠오레>가 포함되어 있다. 이후 <쿠오레>는 계몽 사,[82] 삼성당, 영문출판사, 광음사, 육영사, 정음사, 동서문화사, 예술문화

사, 한영출판사 등에서 간행한 20권 내외(많은 것은 50~60권에 이르는 것도 있음)의 아동문학전집에 단골로 포함되었다. 전집류 중에는 <엄마 찾아 삼만리>만을 번역한 경우도 있었다. 1971년 국민서관에서 간행한 『컬러판 세계의 명작동화』에는 이청준이 번역한 <엄마 찾아 삼만리>가 제6권으로 포함되었다. 이후 1972년 삼성당, 1973년 장원사, 1979년 춘추문화사 등에서 <엄마 찾아 삼만리>만을 번역하여 전집류에 포함시켰다. 이들은 대개 컬러 그림판임을 내세워 판매를 촉진하는 전략을 썼다.

1960~70년대의 세계아동문학전집에서 지향하는 세계는 주로 서구 열강들이었고, 이것들은 선진과 발전을 상징하는 서구에 대한 욕망을 부추겼다.[83] 특히 <쿠오레>는 아동들의 애국심을 강조하기에 더없이 좋은 텍스트였다. <쿠오레>에는 나라와 가족을 위해 희생하거나 죽는 어린 아이들의 이야기가 여럿 등장했기 때문이다. 정부는 이런 이유 때문에 추천과 권장 도서를 통해 <쿠오레>의 보급에 힘썼다. <쿠오레>는 1966년 선생님들이 뽑은 좋은 책 2위에 추천되었다. 뿐만 아니라 당시 문교부는 우량아동도서선정위원회를 구성하여 <쿠오레>를 1966년[84]과 1971년 두 차례나 우량아동도서로 선정했다. 이런 시책은 상업적 이윤 추구라는 출판사들의 목적과 잘 맞아떨어졌고, 이렇게 70년대를 지나면서 <쿠오레>는 대표적인 아동 독서물의 하나로 확고하게 자리를 굳혔다.

1970년대의 <쿠오레> 인기는 영상매체의 영향도 컸다. 1976년 11월부터 TV 애니메이션 <엄마 찾아 삼만리>가 TBC를 통해 방송 전파를 탔던 것이다.● 이 애니메이션은 일본의 닛폰 애니메이션과 후지 TV가 공동 제작하였고, 26분 총 52회 분량으로 당시 어린이들의 뇌리에 깊이 각인되었다.

● <쿠오레> 관련 영화로는, 휠코 쿠이릿치 감독의 <참사랑>이라는 영화가 이미 1960년에 개봉된 바 있었다. 이탈리아 제노바에서 아르헨티나까지 엄마를 찾아가는 마르코의 여정을 다큐멘터리 형식으로 그린 영화였다. 마르코와 마찬가지가 대초원을 횡단하는 정경을 그린 '남십자성의 아래에서'라는 영화 삽입곡은 당시 매스컴으로부터 주목을 받았다. (「높아진 상송 熱」, 『동아일보』, 1960.1.22)

1980년대 이후 〈사랑의 학교〉

1980년대 들어서도 TV 애니메이션 〈엄마 찾아 삼만리〉는 1983년 KBS2, 1984년 KBS1, 2008년 EBS 등에서 다시 방송되었다. 1999년에는 극장용 애니메이션 〈마르코〉가 제작되기도 했다. 이처럼 애니메이션의 인기가 더해지면서 1980~1990년대는 물론 2000년대까지도 〈엄마 찾아 삼만리〉는 물론이요 〈사랑의 학교〉 단행본도 꾸준히 간행되었고, 간행 횟수도 증가했다. 이 시기에 들어서는 〈쿠오레〉라는 원제보다는 이미 〈사랑의 학교〉라는 제목이 훨씬 더 잘 알려져 대부분의 간행본이 이 제목을 사용하였다. 〈사랑의 학교〉가 1929년에 이어 국내에서 두 번째로 완역 출간된 것은 1997년 창작과 비평사에 의해서였다.[85] 그리고 2000년을 전후해서는 대학입시와 관련하여 논술 붐이 일면서 다시 전집류 몇 종류가 출판되었는데, 이때 〈사랑의 학교〉도 아동 논술 교육용 도서로 기획되어 한국아동교육원의 『초등학교 EQ논술 세계문학』(전64권)이나 한국파스퇴르의 『논술 세계문학』(전60권) 등의 전집류에 포함되었다.

CHAPTER 6
미주

1) 다지마데쓰오, 「<파선밀사> 원본 연구-원본 <The Wrecker>간의 비교를 중심으로」, 『현대문학의 연구』 43, 2011.
2) 피제손, 「동양론」, 『대조선독립협회회보』 6호, 1897.2.15.
3) 백영서, 「대한제국기 한국언론의 중국인식」, 『동아시아의 귀환』, 창작과비평사, 2000, 174쪽.
4) 『황성신문』, 1902.4.30일자.
5) 다지마 데쓰오, 「<국치전> 원본 연구 : <일본정해신파란>, <정해파란>, 그리고 <국치전> 간의 비교를 중심으로」, 『현대문학의연구』 40, 2010.
6) 김욱동, 『번역과 한국의 근대』, 소명출판, 2010, 206~207쪽.
7) 김욱동, 『번역과 한국의 근대』, 소명출판, 2010, 209쪽.
8) 서여명, 「중국을 매개로 한 애국계몽서사 연구 : 1905~1910년의 번역 작품을 중심으로」, 인하대 박사논문, 2010.
9) 송명진, 「<월남망국사>의 번역, 문체, 출판」, 『현대문학의 연구』 42, 2010; 정환국, 「근대계몽기 역사전기물 번역에 대하여」, 『근대어·근대매체·근대문학』, 성균관대 대동문화연구원, 2006, 172쪽.
10) 서여명, 「중국을 매개로 한 애국계몽서사 연구 : 1905~1910년의 번역 작품을 중심으로」, 인하대 박사논문, 2010; 윤영실, 「동아시아 정치소설의 한 양상-<서사건국지> 번역을 중심으로」, 『상허학보』 31, 2011.
11) 우림걸, 「양계초 역사 전기소설의 한국적 수용」, 『한중인문학연구』 6, 2001; 정환국, 「근대계몽기 역사전기물 번역에 대하여」, 『근대어·근대매체·근대문학』, 성균관대 대동문화연구원, 2006, 160쪽. 양계초는 발단, 결론, 그리고 제9절을 독자적으로 추가하고 또 일부는 축약 개역했다.
12) 손성준, 「번역과 원본성의 창출-롤랑부인 전기의 동아시아 수용 양상과 그 성격」, 『비교문학』 53, 2011.
13) 서여명, 「중국을 매개로 한 애국계몽서사 연구 : 1905~1910년의 번역 작품을 중심으로」, 인하대 박사논문, 2010.

14) 최원식, 「<화성돈전> 연구 : 애국계몽기의 조지 위싱턴 수용」, 『민족문학사연구』 18권1호, 2001.

15) 『황성신문』 1906년 12월 12일자 4면 4단에 실린 '조양보 제11호 광고' 속에 <역술 갈소사전>이 포함되어 있는 것이 확인된다. 이로 볼 때 갈소사의 전기는 1908년 중 앙서관 단행본 이전에 이미 국내에 전해진 것으로 보인다.

16) 김욱동, 『번역과 한국의 근대』, 소명출판, 2010, 188쪽.

17) 양뢰 · 티안밍, 「단행본 회천기담(回天綺談)의 번역 대본 및 한국적 변용 양상 연구」, 『한국어교육연구』 11권 1호, 2015.

18) 양뢰 · 티안밍, 「정치소설 <경국미담>의 동북아 연쇄 번역 양상 연구 : 순한글판 및 상무인서관 단행본 <경국미담>을 중심으로」, 『한국문예비평연구』 43권, 2014.

19) 김욱동, 『번역과 한국의 근대』, 소명출판, 2010, 238~239쪽.

20) 장노현, 「<이태리 소년>에서 <엄마 찾아 삼만리>까지 : 아동문학 <쿠오레>의 한 국 수용사」, 『한국언어문화』 52, 2013, 383~387쪽.

21) 한기형, 「근대어의 형성과 매체의 언어전략-언어, 매체, 식민체제, 근대문학의 상관 성」, 『역사비평』 71, 2005, 368쪽.

22) 김교봉, 「<철세계>의 과학소설적 성격」, 『과학소설이란 무엇인가』, 국학자료원, 2000.

23) 문한별, 「국권상실기를 전후로 한 번역 및 번안 소설의 변모 양상」, 『국제어문』 49 집, 2010, 63쪽.

24) 「朝鮮總督府警務總監部告示 第72號」, 『조선총독부관보』 제69호, 1910년 11월 19일 발행.

25) 손병국, 「<원앙도> 연구」, 『한국어문학연구』 47, 2005.

26) 최태원, 「일재 조중환의 번안소설 연구」, 서울대 박사논문, 2010.

27) 사에구사 도시카쓰, 「한국/학의 근대성과 로컬리티; 쥘 베른(Jules Verne)의 <십오소 호걸>의 번역 계보-문화의 수용과 변용」, 『사이(間SAI)』 4호, 국제한국문학문화학 회, 2008.

28) 이혜순, 「신소설 <행락도> 연구 : 중국소설 藤大尹鬼斷家私와의 관계를 중심으로」, 『국어국문학』 84, 1980.

29) 강현조, 「김교제 번역 번안소설의 원전 연구 : <비행선>, <지장보살>, <일만구천 방>, <쌍봉쟁화>를 중심으로」, 『현대소설연구』 48호, 2011.

30) 최태원, 「모방과 유용-김교제의 번안소설 <현미경>에 대해」, 일본 天理大學 조선학 회 제62차 학술대회 발표문, 2011.10.(강현조, 「한국 근대초기 번역 · 번안소설의 중 국 · 일본문학 수용 양상 연구」, 『현대문학의 연구』 46, 2012, 18쪽에서 재인용)

31) 서대석, 「소설 <명월정>의 번안 양상」, 『비교문학 및 비교문화』 1집, 1977.

32) 강현조, 「김교제 번역 번안소설의 원전 연구 : <비행선>, <지장보살>, <일만구천 방>, <쌍봉쟁화>를 중심으로」, 『현대소설연구』 48호, 2011.

33) 손병국, 「<벽부용> 연구」, 『한국어문학연구』 43, 2004.

34) 강현조, 「한국 근대초기 번역 번안소설의 중국 일본문학 수용 양상 연구」, 『현대문학의 연구』 46, 2012.

35) 강현조, 『번역소설 <홍보석> 연구』, 『국어국문학』 159, 2011.

36) 박진영, 「한국의 근대 번역 및 번안소설사 연구」, 연세대 박사논문, 2010.

37) 최태원, 「일재 조중환의 번안소설 연구」, 서울대 박사논문, 2010.

38) 박상석, 「번안소설 백년한 연구」, 『연민학지』 12권 1호, 2009.

39) 이문혁, 「<沈小霞相會出師表>와 <靑天白日> 비교 연구」, 『중국소설논총』 4, 1995.

40) 최윤희, 「<쌍미기봉>의 번안 양상 연구」, 『고소설연구』 11, 2001.

41) 박진영, 『번역과 번안의 시대』, 소명출판, 2011. <와라와노츠미>는 버서 클레이의 <The Haunted Life>(1887)과 휴 콘웨이의 <Dark Days>(1884)을 각각 전반부와 후반부의 대본으로 삼은 번안작임.

42) 강현조, 「김교제 번역 번안소설의 원전 연구-<비행선>, <지장보살>, <일만구천방>, <쌍봉쟁화>를 중심으로」, 『현대소설연구』 48호, 2011.

43) 박진영, 『번역과 번안의 시대』, 소명출판, 2011, 301~389쪽 참조.

44) 김영화, 「한국·일본의 명대 백화단편소설 번역·번안 양상」, 고려대 석사논문, 2011, 3쪽.

45) 포옹노인, 최형섭 옮김, 『금고기관』, 지식을만드는지식, 2012, 247~249쪽 참조.

46) 한국학중앙연구원, <한국역대인물종합정보시스템>의 '최찬식' 항목. 최찬식을 소개하는 대부분의 글들은 여기서처럼 『설부총서』 번역을 계기로 신소설 창작을 시작했다는 맥락의 설명을 하고 있지만, 어떤 곳에서도 그가 『설부총서』의 어떤 작품을 번역했는지 자세한 관련 내용을 설명하지 않고 있다.

47) 付建舟, 「談談 <說部叢書>」, 『明淸小說硏究』 93, 2009.

48) 필자는 한국학대학원 박사과정에 재학 중이던 중국 유학생 송정자의 도움으로 이 목록을 입수할 수 있었다. 이 자리를 빌려 고마운 마음을 전한다.

49) 동양서원의 '소설총서'와 중국 상무인서관 『설부총서』의 관련성을 처음 지적한 강현조에 따르면, 동양서원의 '소설총서'는 표지 디자인까지도 10집 계열을 그대로 따랐다고 한다. 강현조, 「한국 근대초기 번역 번안소설의 중국 일본문학 수용 양상 연구」, 『현대문학의 연구』 46, 2012.

50) 안확, 『조선문학사』, 한일서점, 1922, 124쪽.

51) 전광용, 「백년래 한중문학 교류고」, 『비교문학』 5, 1980.

52) 한기형, 「근대어의 형성과 매체의 언어전략-언어, 매체, 식민체제, 근대문학의 상관성」, 『역사비평』 71호, 2005, 368쪽.

53) 김성철, 「일제강점기 한문소설 작가 진암 이보상의 행적과 작품 활동 연구」, 『한국학연구』 43호, 2012, 322쪽. 김성철은 이 작품에 대해 이보상이 "중국의 양계초가 번역한 것을 중역"하였다고 했지만 아무런 근거를 제시하지 않았다.

54) <아동수신지감정>은 1917년에 재판본이 나왔는데, 필자는 한국학중앙연구원 한국
    학대학원을 수료한 중국인 유학생 송정자의 도움으로 이 재판본(북경사범대 도서관
    소장)의 사본을 입수하여 논문 작성에 활용하였다.
55) 일역본 <철세계>의 역술자는 통상 모리타 시켄으로 알려져 왔지만 최근에 홍작원
    주인이라는 사실이 밝혀졌다. 이 사실과 관련해서는 이 책의 제3장을 참고하기 바람.
56) 包天笑, 『釧影樓回憶彔』, 中國大百科全書出版社, 2009, 173쪽.
57) 陳宏淑, 「譯者的操縱 : 從Cuore 到『馨兒就學記』」, 『編譯論叢』 第三券 第一期, 2010,
    45~47쪽.
58) 杉谷代水, <教育小說　學童日誌>상, 東京, 春陽堂, 1902.12. 152쪽 분량.
    杉谷代水, <教育小說　學童日誌>하, 東京, 春陽堂, 1902.12. 167쪽 분량.
59) 이보상의 행적에 대해서는 다음 두 논문에서 자세히 다루고 있다. 김성철, 「일제강점
    기 한문소설 작가 진암 이보상의 행적과 작품 활동 연구」, 『한국학연구』 43호, 2012;
    이대형, 「『매일신보』에 연재된 한문현토소설 <춘도기우>와 작가 이보상」, 『민족문
    학사연구』 50호, 2012.
60) 김성철, 「일제강점기 한문소설 작가 진암 이보상의 행적과 작품 활동 연구」, 『한국학
    연구』 43호, 2012, 315~316쪽.
61) 이 책의 제6장 「1910년대 전후의 중국 매개 번역서사」를 참고하기 바람.
62) 이해조, <철세계>, 회동서관, 1908.
63) 윤영실, 「국민국가의 주동력, '청년'과 '소년'의 거리」, 『민족문화연구』 제48호,
    2008, 103~105쪽 참조.
64) 윤영실, 「국민국가의 주동력, '청년'과 '소년'의 거리」, 『민족문화연구』 제48호,
    2008, 108~111쪽 참조.
65) 이기훈, 「일제하 청년담론 연구」, 서울대 국사학과 박사논문, 2005, 40쪽.
66) 『장학보』의 현상 모집 제도 관련해서는 다음 논문을 참고할 수 있다. 김영민, 「근대
    매체의 독자 창작 참여 제도 연구(1)」, 『현대문학의 연구』 43집, 2011.
67) 『장학보』는 1권 2호, 4호, 5호가 서울대 도서관에서 원문 서비스를 하고 있어 참조
    가 가능하다.
68) 『장학보』 1권 5호(1908.5.20)에는 학생연합친목회 가입을 독려하는 「社報」(67쪽)와
    「권고 학생연합친목회」라는 사설(10쪽)이 실렸다.
69) 광동이나 절강 지역의 중국어 방언에서 '거(渠)'가 3인칭 대명사로 쓰였다고 한다.
70) 김남이·하상복, 「최남선의 신대한 기획과 '로빈슨 크루소'」, 『동아연구』 제57호,
    2009.
71) 『황성신문』, 1908.11.6.~1908.12.5 광고. 총 25회 게재됨.
72) 김성철, 「일제강점기 한문소설 작가 진암 이보상의 행적과 작품 활동 연구」, 『한국학
    연구』 43호, 2012, 318쪽.
73) 이효석, 「나의 수업시대 : 머리 속에 새겨진 세계문학의 인명부」, 『동아일보』,

　　1937.7.28일자 기사.

74) 최시한 외, 「일제강점기 문화운동가 신명균 연구」, 한국학중앙연구원 2017년도 연구
　　과제보고서(AKSR2017-KS08), 2018.

75) 이정호, 「<쿠오레>를 번역하면서」, 『동아일보』, 1929.1.23.

76) 1929년 2월 28일과 3월 1일 연재 끝부분에 '잘못된 것'이라고 하여 전회의 오탈자에
　　대한 교정사항을 자세하게 밝혀놓았다.

77) 윤영실, 「국민국가의 주동력, '청년'과 '소년'의 거리」, 『민족문화연구』 제48호,
　　2008; 권보드래, 「'소년' '청춘'의 힘과 일상의 재편」, 『소년과 청춘의 창』, 이화여
　　대출판부, 2007.

78) 박현수, 「아동의 발견과 작가의 탄생」, 『작가의 탄생과 근대문학의 재생산 제도』, 소
　　명출판, 2008, 57~60쪽 참조.

79) 『동아일보』, 1930년 2월 14일, 3면 광고.

80) http://www.dibrary.net. 2013년 9월 중의 검색 결과를 기준으로 함.

81) 최애순, 「1960~1970년대 세계아동문학전집과 정전의 논리」, 『아동청소년문학연구』
　　11호, 2012, 50쪽. 이 논문 50쪽 각주 15번에서는 학원사의 『세계명작문고』가 50권
　　이라고 했는데, 사실은 60권이다. 51권 쟝크리스토프에서 60권 서유기까지 정확한
　　목록이 확인된다. 그리고 60권 속에 <쿠오레>는 포함되지 않았다.

82) 계몽사판 『세계소년소녀문학전집』(전50권)은 원래 1959년~1962년에 1차본이 출간
　　되었고, 1968년~1971년 사이에 2차본이 나왔다. 국립중앙도서관에서는 1차본은 검
　　색되지 않고 2차본만 검색되는데, 2차본에서는 <쿠오레>가 제37권으로 포함되어
　　있다.

83) 최애순, 「1960~1970년대 세계아동문학전집과 정전의 논리」, 『아동청소년문학연구』
　　11호, 2012, 63~75쪽 참조.

84) 「이런 책을 읽어 봅시다」, 『경향신문』, 1966.1.15일자 기사

85) 에드몬도 데 아미치스, 이현경 옮김, <사랑의 학교> 1·2·3, 창작과 비평사, 1997.